हिन्द पॉकेट बुक्स

हमारी संस्कृति
एवं
सत्य की खोज

डॉ० सर्वेपल्लि राधाकृष्णन भारत के प्रथम उप-राष्ट्रपति (1952 – 1962) और द्वितीय राष्ट्रपति रहे। वे भारतीय संस्कृति के संवाहक, प्रख्यात शिक्षाविद, महान दार्शनिक, एक महान लेखक और एक आस्थावान हिन्दू विचारक थे। उनके इन्हीं गुणों के कारण सन् 1954 में भारत सरकार ने उन्हें सर्वोच्च सम्मान भारत रत्न से अलंकृत किया था। उनका जन्मदिन (5 सितम्बर) भारत में शिक्षक दिवस के रूप में मनाया जाता है।

हमारी संस्कृति

एवं

सत्य की खोज

डॉ. राधाकृष्णन्

हिन्द पॉकेट बुक्स
पेंगुइन रैंडम हाउस इम्प्रिंट

हिन्द पॉकेट बुक्स

यूएसए। कनाडा। यूके। आयरलैंड। ऑस्ट्रेलिया। सिंगापुर
न्यू ज़ीलैंड। भारत। दक्षिण अफ्रीका। चीन

हिन्द पॉकेट बुक्स, पेंगुइन रैंडम हाउस ग्रुप ऑफ़ कम्पनीज़ का हिस्सा है,
जिसका पता global.penguinrandomhouse.com पर मिलेगा

पेंगुइन रैंडम हाउस इंडिया प्रा. लि.,
चौथी मंजिल, कैपिटल टावर -1, एम जी रोड,
गुड़गांव 122 002, हरियाणा, भारत

पेंगुइन
रैंडम हाउस
इंडिया

प्रथम संस्करण हिन्द पॉकेट बुक्स द्वारा 2015 में प्रकाशित
यह संस्करण हिन्द पॉकेट बुक्स में पेंगुइन रैंडम हाउस द्वारा 2022 में प्रकाशित

10 9 8 7 6 5 4 3 2

इस पुस्तक में व्यक्त विचार लेखक के अपने हैं, जिनका यथासंभव तथ्यात्मक
सत्यापन किया गया है, और इस संबंध में प्रकाशक एवं सहयोगी
प्रकाशक किसी भी रूप में उत्तरदायी नहीं हैं।

ISBN 9789353493592

मुद्रकः रेप्रो इंडिया लिमिटेड

हमारी संस्कृति

क्रम

धर्म की आवश्यकता

संचार के साधनों और प्रौद्योगिकी (टैक्नोलॉजी) में जैसे-जैसे प्रगति होती जा रही है, वैसे-वैसे संसार तेजी के साथ सिकुड़ता जा रहा है। अब हमारे पास विश्व-समाज की एकता के लिए भौतिक आधार उपस्थित है। अब हम पहले की तरह अलग-अलग संसारों में नहीं रहते। यूरोप और अमेरिका की प्रौद्योगिकी सहायता के बिना, एशिया और अफ्रीका अपनी जनता के रहन-सहन का स्तर ऊंचा नहीं उठा सकते। दूसरी ओर, खुद यूरोप और अमेरिका भी दुनिया के दूसरे हिस्सों से जिन्सों और कच्चे माल का आयात किए बिना अपना काम नहीं चला पाते। इसके अलावा यह भी बात है कि विज्ञान और प्रौद्योगिकी ने मनुष्य के हाथों में बहुत शक्ति दे दी है जिसका यदि सही उपयोग किया गया, तो करोड़ों आदमियों को शक्ति, स्वतंत्रता और बेहतर जिदंगी मिल सकती है, लेकिन अगर उसका दुरूपयोग हुआ, तो परिणाम होगा-अव्यवस्था और विनाश!

इग्लैंड की रॉयल सोसाइटी के अध्यक्ष प्रो.ऐड्रियन ने 'ब्रिटिश एसोसिएशन फॉर दि एडवांसमेंट ऑफ साइंस' (वैज्ञानिक प्रगति के लिए स्थापित आंग्ल संघ) के 116वें वार्षिक अधिवेशन में, 'विज्ञान और मानव-प्रकृति' विषय पर उद्घाटन-भाषण करते हुए कहा था कि प्रकृति की शक्तियों पर इतना पूर्ण नियंत्रण कर लिया गया है कि 'हम शीघ्र ही इस योग्य हो जाएंगे कि चाहने पर, एक बटन दबाकर दो-तिहाई दुनिया को नेस्त-नाबूद कर देंगे।' मनुष्य के हाथों में विनाशक शक्तियां इतने भयावह परिणाम में आ गई है कि अब हम उनकी ओर से आंखें नहीं मूंद सकते और न जान-बूझकर किसी विपत्ति को निमंत्रण दे सकते हैं। संसार की एकता अर्थात् लोक-संग्रह अब केवल निरीह स्वप्न नहीं रह गया है। यह एक अनिवार्य व्यावहारिक आवश्यकता बन गया है। भौतिक, आर्थिक और राजनीतिक घटनाओं का तकाजा कुछ ऐसा है कि संसार की एकता की

रूपरेखा तैयार होती जा रही है। अगर इस एकता को टिकाऊ बनना है, तो इसे अपने भीतर मनोवैज्ञानिक एकता तथा आध्यात्मिक सामंजस्य लाना पड़ेगा। संसार, एक देह के रूप में तो एकीभूत हो गया है, परन्तु वह अपनी आत्मा की तलाश में भटक रहा है। अगर मानव जाति अपने-आपको बचाना चाहती है, तो उसे अपने विचार और जीवन की धुरी को बदल डालना होगा। समस्त संसार में भौतिकवाद का, चाहे वह यांत्रिक हो या मार्क्सवादी, अधिकाधिक प्रसार होता जा रहा है।

एक विचार-पद्धति के लिए, एक ऐसे प्रयोजन के प्रति निष्ठा के लिए जिससे हमारे नाजुक और क्षणभंगुर अस्तित्व को सार्थकता तथा महत्त्व प्राप्त हो सकेगा, धर्म की कितनी आवश्यकता है, इसको सिद्ध करने के लिए किसी लंबे तर्क-वितर्क की जरूरत नहीं है। धर्म मानव-प्रकृति का एक आभ्यन्तर तत्तव है। प्रश्न बस यह है कि धर्म का स्वरूप क्या हो? क्या यह धर्म प्रेम और बन्धुत्व पर आधारित हो, या शक्ति और घृणा पर? धर्म-निरपेक्ष विचार-धाराएं चाहती हैं कि हम धन और भोग की आराधना करें, अथवा वर्ग या राष्ट्र की। इसलिए धर्म के होने, न होने का सवाल नहीं है, वरन् सवाल तो यह है कि धर्म किस तरह का हो।

जब तक कोई धार्मिक पद्धति आनेवाली हर नई चुनौती को, चाहे वह बाह्य घटनाओं के रूप में आवे या विचारों के रूप में, रचनात्मक ढंग से भुगतने के लिए सक्षम रहती है, तब तक वह स्वस्थ और प्रगतिशील बनी रहती है। जब वह ऐसा करने में असफल हो जाती है, तब उसका पतन होने लगता है। साधारणतया किसी समाज का विघटन इस कारण से होता है कि वह नई चुनौतियों का सामना करने के लिए पर्याप्त सक्षम नहीं हो पाता, या साधारण जन, जो विचार और आलोचना की नई आंधियों के थपेड़े खाकर आस्थाहीन हो गए हैं, हालांकि नास्तिकता या संशयवाद से वे भयभीत भी हैं, की स्वैच्छिक निष्ठा बनाए रखने

में असफल रहता है। जो ताकतें इस समय काम कर रही हैं, जब तक धर्म उनका ख्याल रखकर नहीं चलते और रचनात्मक विधि से उनके साथ निपटते नहीं, तब तक उनके विलुप्त हो जाने की संभावना बनी रहेगी।

हम विज्ञान के युग में रहते हैं। हमसे यह आशा नहीं की जाती कि हम अविश्वसनीय मतों या ऐकान्तिक दैवी संदेशों (इल्हामों) की स्वीकार कर लेंगे। फिर, यह युग तो मानववाद का है। जो धर्म मानवीय बुराइयों तथा सामाजिक अपराधों के प्रति संवेदनशील नहीं हैं वे आधुनिक मनुष्य के गले नहीं उतरते। जो धर्म विभेद, वैमनस्य और अनेकता को बढ़ावा देते हैं तथा एकता, सद्भाव और सामंजस्य को प्रोत्साहित नहीं करते, वे धर्म-द्रोहियों के हाथों में खेलते हैं।

लोगों की यह धारणा कि विज्ञान की प्रकृति धर्म के विरूद्ध है, दुर्भाग्यपूर्ण और मिथ्या है। धार्मिक मतवाद के पक्ष में एक मुख्य तर्क है ब्रह्मांड-संबंधी वस्तु-परक विचार। जिसे प्राकृतिक धर्मशास्त्र कहते हैं, वह अनुभव सिद्ध प्रत्यक्ष तथ्यों के अध्ययन पर आधारित हैं, न कि किन्हीं आप्त स्त्रोतों पर, जैसे कि इल्हामों या परम्पराओं पर। जो लोग प्राकृतिक तथ्यों का सर्वेक्षण करके, युक्तियुक्त तर्क देकर, परम सत्ता-विषयक सिद्धांत का प्रतिपादन करने का प्रयास करते हैं, वे वैज्ञानिक विधि का ही अनुसरण करते हैं। 'ब्रह्मसूत्र' का आरंभ इस सूत्र से होता है : 'अथातो बह्मजिज्ञासा' (अतएव अब ब्रह्म को जानने की इच्छा); उसके बाद दूसरा सूत्र यह आता है: 'जन्माद्यस्य यत:' (जिस ब्रह्म से जगत् की- अवस्थान और विनाश सहित-उत्पत्ति हुई है)। यह सूत्र तैत्तिरीय उपनिषद् के तृतीय अध्याय में आए वर्णन की ओर संकेत करता है। विकास का क्रम इस प्रकार ऊर्ध्वमुखी रहा है : अप्राण से सप्राण तक, सप्राण से संवेदनशील तक, संवेदनशील से सज्ञान जीवन तक। सज्ञान प्राणी को आध्यात्मिक प्राणी के रूप में अपना विकास करना पड़ता है। आध्यात्मिक प्राणी विशुद्ध ज्ञानी या विचारवान् प्राणी से उतना ही ऊपर होता

है, जितना ज्ञानयुक्त प्राणी विशुद्ध संवेदनशील प्राणी से। इतिहास का अर्थ है एक आध्यात्मिक साहचर्य। ब्ह्माण्डीय प्रक्रिया का उद्देश्य है ईश्वरीय लोक, जो कालगत भी है और कालातीत भी। पृथ्वी नए आत्मिक जीवन की प्रजनन भूमि है। पृथ्वी और स्वर्ग परस्पर गुंथे हुए है।[1]

विज्ञान की चेतना से कहीं यह संकेत नहीं मिलता कि पदार्थ से ही सृष्टि का आदिम आरम्भ हुआ था। हम अणु का विखण्डन कर सकते हैं। अणु को विखण्डित करने वाले मनुष्य का मन निश्चय ही अणु से श्रेष्ठ है। मनुष्य के भीतर आत्मा है, इसका साक्ष्य तो विज्ञान की उपलब्धियों से ही मिल जाता है। ब्रह्माण्डीय विकास में जो व्यवस्था और प्रगति दिखाई देती है, उससे यह संकेत मिलता है कि इस सबके पीछे कोई अन्तर्निहित आत्मा है अवश्य। यह जरूरी नहीं लगता कि मैं लॉयड मॉर्गन, अलेक्जैण्डर, ह्वाइटहेड प्रभृति अध्यात्म विद्याविदों का, जो विज्ञान में भी प्रशिक्षित हैं, यहां हवाला दूं। अलबर्ट आइन्स्टीन अपनी 'दि वर्ल्ड ऐज आइ सी इट' (संसार मेरी दृष्टि में) शीर्षक पुस्तक में लिखते हैं कि "वैज्ञानिक की धर्म-भावना प्राकृतिक नियमों की एकता एवं सुसंगति को देखकर आनन्दातिरेक-जनित विस्मय के रूप में प्रकट होती है। प्राकृतिक नियमों की इस एकता में जिस श्रेष्ठ बुद्धि-वैभव के दर्शन होते हैं, उनकी तुलना में मानव जाति की समस्त व्यवस्थित चिंतना तथा क्रिया नितान्त महत्तवहीन

---

1. सेंट जॉन के 'इल्हाम' (अपोकैलिप्स) में एक पुनर्नवीकृत सृष्टि की कल्पना प्रखर रूप से इस प्रकार अभिव्यक्त हुई है: 'मनुष्यों के साथ ईश्वर के अस्थायी आवास को देखो; ईश्वर उनके साथ निवास करेगा और वे उसकी प्रजा होंगे; और खुद उनके साथ रहते हुए भी वह उनका ईश्वर होगा। "और ईश्वर उनकी आंखों के सारे आंसू पोंछ डालेगा और फिर मृत्यु नहीं रह जाएगी; न शोक, विलाप और दुख ही रह जाएंगे, क्योंकि उनके उपादान कारणों का ही अवसान हो गया होगा। तदनन्तर सिंहासनासीन ईश्वर ने कहा: 'देखो, मैं सारी वस्तुओं की नई सृष्टि कर रहा हूँ।"

बौद्धिक शक्ति जान पड़ती है। मनुष्य को जहां तक स्वार्थपूर्ण इच्छा के बंधनों से अपने को मुक्त रखने में सफलता मिल जाती है, वहां तक यह साधना उसके जीवन और कार्य का निर्देशक सिद्धान्त बनती है। निर्विवाद रूप से, यह युग युगों की धार्मिक प्रतिभाओं को प्रभावित करने वाली चेतना से मिलती-जुलती भावना है।"

वैज्ञानिक लोग एक अलग कोटि के समर्पित मनुष्य होते है। वे सक्रिय जीवन को त्याग चुके होते हैं। उनका सत्यान्वेषी जीवन एक प्रकार से ईश्वर की सेवा का ही रूप है, और ईश्वर ही तो सत्य है, 'सत्य स्वरूप सत्यनारायण' है। ईरैस्मस ने यह सिद्धान्त-वाक्य रचा था: "जहां कहीं तुम्हारा सत्य से सामना हो, उसे तुम ईसांनियत का ही रूप जानो।"

विज्ञान की मूल प्रवृति धर्म का भी संस्कार करती है। धर्म कोई जादू-टोना, टोटबाजी, नीम-हकीमी या अंधविश्वास नहीं है। मानव-प्रगति के मार्ग में बाधक, अवरोधक तथा आध्यात्मिक जीवन की सहजता तथा सादगी को नष्ट-भ्रष्ट कर देने वाली जीर्ण-शीर्ण, निरर्थक रूढियों तथा अविश्वसनीय अंधविश्वासों को गलती से धर्म नहीं समझ लेना चाहिए। केवल परम्परा से दाय रूप में प्राप्त आप्त वाक्यों का ही नहीं, अपितु बौद्धिक आप्त चिंतन का भी समादर किया जाना चाहिए। इसके अलावा, विज्ञान हमसे यह भी चाहता है कि हम अपना दृष्टिकोण ऐसा बना लें कि केवल प्रयोगसिद्ध या आनुभाविक बातें ही हमें ग्राह्य हो सकें। अनुभव केवल प्रत्यक्ष ज्ञान और आत्मदर्शन के आंकड़ों तक ही सीमित नहीं है। परा-सामान्य गोचर विषयों और आध्यात्मिक दशाओं तक भी इसकी व्याप्ति है। सभी धर्मों का मूल आध्यात्मिक अनुभव है।

सिंधु घाटी सभ्यता के अवशेषों में ऐसी आकृतियां मिली हैं जो शिव का आदि रूप जान पड़ती है। उनसे यह संकेत मिलता है कि जो आदमी अपनी अंत:प्रकृति का अनुसंधान करता है और उसमें समत्व एवं एकत्व स्थापित

करता है, वही आदर्श मनुष्य होता है। यह प्रतिमा प्राचीन काल से लेकर आज तक इस देश के आध्यात्मिक दृश्य-पटल पर मंडराती रही है। उपनिषद् चाहते हैं कि हम ब्रह्मविद्या या आत्मविद्या का अर्जन करें।[1] कठोपनिषद् कहता है कि मनुष्य की ज्ञानेन्द्रियों ने उसे बहिर्मुख बना दिया है, इसलिए उसका अपने-आपसे सम्पर्क टूट गया है। वह पथभ्रष्ट हो गया है। उसकी आत्मा-शक्ति और सम्पत्ति जैसी बाह्य वस्तुओं में निमग्न हो गई है। उसे 'आवृत्त-चक्षु' होना है, पीछे मुड़कर देखना है, सही दिशा का संधान करना है और जिस सार्थकता और वास्तविकता को उसने खो दिया है, उसे फिर से ढूंढ़ निकालना है। 'जिन' वह है जिसने 'स्व' पर विजय पा ली है। 'महावीर' वह है जिसने अपनी अंत: प्रकृति से संघर्ष किया हो और उसे पराभूत कर लिया हो। बुद्ध हमें ज्ञान, 'बोधि' प्राप्त करने के लिए कहते हैं। ये भिन्न-भिन्न धर्म हमें अपनी अ-पुनर्जात प्रकृति को बदल डालने के लिए कहते हैं। वे चाहते हैं कि हम अविद्या (अज्ञान) के स्थान पर विद्या (ज्ञान) को ग्रहण करें। निस्संदेह, 'विद्या' से उनका तात्पर्य शास्त्रों के अध्ययन से नहीं है। जो आदमी शास्त्रों के विषय में जानता है, वह 'मंत्रविद्' है, 'आत्मविद्' नहीं। "नायमात्मा प्रवचनेन लभ्यो न मेधया न बहुना श्रुतेन"[2] (इस आत्मा को न तो प्रवचन से प्राप्त किया जा सकता है, न बुद्धि से, न शास्त्र-श्रवण

---

1. यूनानी धर्म के कुछ पहलू ऐसे हैं जिनमें आत्मज्ञान पर जोर दिया गया है। हेराक्लिटस कहता है: "मैंने अपने-आपको खोजा।" डेल्फी के द्वार-मण्डप पर 'अपने-आपको जानो' की हिदायत लिखी हुई थी। सुकरात को जब एहसास हुआ कि वह खुद को नहीं जानता, और सच ही वह नहीं जानता था और जिसने खुद को नहीं जाना, उसने कुछ भी नहीं जाना, तब उसने ज्ञान की खोज शुरू की। जब हमें पता चल जाता है कि हम नहीं जानते, तब हम अपने-आपको जानना शुरू करते हैं।
2. कठोपनिषद्, I 2.33

से ही।) बौद्धिक समानुरूपता का ही नाम धर्म नही है, धर्म कर्मकांड-संबंधी पवित्रता भी नहीं है; यह तो आध्यात्मिक साहसिकता है। यह अध्यात्मविद्या नहीं है, कर्म है, साधना है। यह मान लेना कि हमने अंतिम सत्य का अनुसंधान कर लिया है, एक भयांकर भूल है। सत्य को पा लिया गया है, उसे मूर्त कर लिया गया है और उसका प्रतिमानीकरण हो गया है, तथा एक सनातन, नित्य पूर्ण सत्य के कतिपय बहुमुल्य विशिष्ट लक्षणों को लचर तरीके से दुहारने के कारण मानव-मन का धार्मिक चिंतन बुरी तरह क्षतिग्रस्त हुआ है। धर्म से माननव जीवन को पूर्णता प्राप्त होती है; यह एक ऐसा अनुभव है जिसमें उसके अस्तित्व के प्रत्येक पक्ष को उच्चतम विकास प्राप्त होता है। आवश्यकता है इस बात की कि चेतना में परिवर्तन हो, उसका पुनर्जन्म हो, मनुष्य का आंतरिक विकास हो, और उसकी संवेदना में परिवर्तन हो।

काल और चिरन्तनता का भेद गुणात्मक है। कितना भी काल चिरन्तनता को उत्पन्न नहीं कर सकता- 'नास्ति अकृत: कृतेन'। काल के संबंध में हमें किसी दूसरी श्रेणी के सत्य का सन्धान करना होगा।[1] बुद्धि से आत्मा की दिशा में परिवर्तन गुणात्मक होता है।

मनुष्य का कोई विकास खुद-ब-खुद नहीं होता। ऐसी कोई चीज नहीं जो वंशानुक्रम और प्राकृतिक चुनाव के नियमों के अनुसार स्वत:-घटित होती हो। मनुष्य का विकास तभी होता है जब वह इसके लिए चौकस होकर कोशिश करता है। जैसा कि वह है, मनुष्य एक अपूर्ण प्राणी है। उसे अपना पुन: पुन: संस्कार करना है और पुन: पुन: विकसित होना है; उसे सार्वभौम जीवन की चेतना-धारा को अपने भीतर से प्रवाहित होने देना है। जिन लोगों ने अपना विकास कर लिया है, जिन्होंने अपने भीतर छिपी संभावनाओं को पहचान लिया

1. तुलना कीजिए स्पिनोजा के इस कथन से--'काल के द्वारा चिरन्तनता की परिभाषा नहीं की जा सकती। काल का चिरन्तनता से कोई संबंध नहीं है।'

है और जिनकी चेतना का पुनर्जन्म हो चुका है, ऐसे ही लोग दूसरे लोगों के लिए आदर्श तथा पथ-प्रदर्शक बनते हैं।

ईसाइयत की यही शिक्षा है। जीसस क्राइस्ट हमसे कहते हैं कि अपनी चेतना का पुनर्नवीकरण करों, अपना पुनर्जन्म कर डालो, क्योंकि बिना इसके, तुम नए मनुष्य नहीं बन सकते। मनुष्य में परिवर्तन होता है आंतरिक संकल्प से, बाह्म जीवन से नहीं। जब क्राइस्ट पारसियों की भर्त्सना करते हैं, तो असल में वे पाखंडी और दिखावटी प्रकृति के आदमी की निंदा कर रहे होते है वे उस आदमी की ताड़ना करते हैं जो शास्त्रोक्त विधि नियम का लकीर का फकीर बना फिरता है। 'जब तक तुम्हारी न्याय परायणता यहूदी शास्त्रज्ञों और पारसियों की न्यायपरायणता से बढ़ी-चढी न होगी, तब तक तुम स्वर्ग-राज्य में किसी भी प्रकार प्रविष्ट नहीं हो पाओगे।'[1] हमको लाभ या पुरस्कार के लोभ से कोई काम नहीं करना चाहिए; उस काम में जो अच्छाई है, वही हमारी प्रेरणा बननी चाहिए। स्वर्ग-प्राप्ति के लिए जो प्राणी को समझने का एक ऊंचा स्तर है, मनुष्य को अपना आंतरिक विकास करना पड़ता है। यह आंतरिक विकास विवेक और व्यक्तित्व की दृष्टि से करना होता है, और इसके लिए प्रार्थना, उपवास, ध्यान तथा आत्मानुशासन का सहारा लेना पड़ता है। जीसस क्राइस्ट बपतिस्मावादी जॉन के विषय में कहते हैं कि 'किसी औरत ने जॉन से अधिक श्रेष्ठ पुत्र नहीं जना, परन्तु स्वर्ग-राज्य की तुच्छ से तुच्छ वस्तु भी जॉन की अपेक्षा अधिक महान थी।'[2] जॉन ने नैतिक ज़ीवन के द्वारा मोक्ष प्राप्त करने की बात बताई है। उन्होंने हमें यह तो बताया है कि हमें क्या 'करना' चाहिए, पर यह नहीं बताया कि हमें क्या 'होना' चाहिए। जीसस क्राइस्ट आंतरिक रूपान्तर पर विशेष जोर देते हैं। जॉन बाह्म शुद्धाचरण वाले आदमी के प्रतीक है, तो क्राइस्ट आंतरिक

1. मैथ्यू, v,20
2. मैथ्य, III,2: व्यूक, III,10-14

संवेदना वाले आदमी के।[1] जॉन चाहते हैं कि हम अब से बेहतर बन जाएं, क्राइस्ट चाहते हैं कि हम अब से बिलकुल भिन्न, नए बन जाएँ। बपतिस्मावादी जॉन ने जब यह सुना कि जीसस क्राइस्ट और उनके शिष्य खाते-पीते हैं और व्रत-उपवास नहीं करते, तब वह परेशान हुए। जीसस के शिष्य अनाज की बालियां रविवार (सैबथ डे) को चुनते थे। जीसस क्राइस्ट रविवार को लोगों को आरोग्य-दान करते थे। जॉन अभी तक औरत से पैदा आदमी ही हैं, उन्होंने पुनर्जन्म का अनुभव नहीं किया है। "जब तक कोई मनुष्य पुन: जन्म नहीं लेता तब तक वह ईश्वर के राज्य (बैकुण्ठ) का दर्शन नहीं कर सकता।"[2] "अरे सोने वाले, तू जाग और मुर्दों के बीच से तू उठ जा।"[3] हम मुर्दा लोगों की तरह हैं; हमें जाग जाना चाहिए। ईसाई धर्म में बाह्य आडम्बर आने और उसके संगठित संस्थात्मक रूप ग्रहण करने से पहले, वह मूल रूप में एक ऐसा धर्म था जिसमें आंतरिक विवेक के द्वारा विकीर्ण प्रकाश में जागृत हो जाने का उपदेश दिया गया था। जीसस क्राइस्ट उन लोगों में से थे जो जाग चुके थे। उन्होंने दूसरों को जागने की विधि सिखाई थी। इस प्रकार, लेखक एशिया माइनर के इफेससवासियों से कहता है: 'तुम काल का विमोचन करोगे।'[4]

---

1. ल्यूक, XVII,20
2. जॉन, III, 3
3. IV, 14
4. V,16.बोहम (Boehme) का अनुसरण करते हुए विलियम लॉ लिखता है: "अगर आदमी बस इतना जान ले कि वह इस दुनिया में आता है और अपने आप को जानने के लिए; उसके इस दुनिया में आने का इसके सिवाय कोई दूसरा प्रायोजन नहीं कि वह काल की नि:सारता से अपने को ऊपर उठावे ; अगर आदमी अपने आंतरिक विचार और बाह्य क्रिया को इस आत्मदृष्टि से नियंत्रित कर डाले, तो रोजमर्रा की बुराइयां उसके लिए कोई मतलब नहीं रखेंगी, संपत्ति और विपत्ति में उसे कोई फर्क नहीं दिखाई देगा, क्योंकि वह दोनों को समान भाव से झेलता है, भोगता है।" दि वर्क्स ऑव् विलयम लॉ (1749 ई.),1863 में पुनर्मुद्रित जिल्द VII, पृ.1

स्वर्ग का राज्य मनुष्य के लिए प्राप्तव्य एक उच्चतम स्थिति है। वह कहीं बाहर नहीं है, हमारे भीतर ही है।[1] उसने (ईश्वर ने) मनुष्य के हृदय में चिरन्तनता स्थापित कर दी है।[2] दृश्य और अदृश्य लोक के बीच मनुष्य की स्थिति है। हमारी चेतना का सामान्य स्तर न तो वह उच्चतम रूप है और न एक मात्र धार्मिक अनुभूति की रीति, जिस तक मनुष्य की पहुंच असंभव है। आंतरिक अनुभूति तक पहुंचने के लिए हमें बाह्य अनुभव से अपने को पृथक् कर लेना होगा। हमें इन्द्रियबोध की उत्तेजना, विचारों की उथल-पुथल, मनोभावों की उमड-घुमड़ और इच्छाओं के स्पन्दन से दूर हट जाना चाहिए। बोहम का कथन है कि 'अगर हम आत्म-चिंतन और आत्मेच्छा से अपने को अलग करके शांत कर सकें और कल्पना तथा ज्ञानेन्द्रिय के चक्र को रोक सकें,' तो हम अपने अस्तित्व की वास्तविकता को समझ सकते हैं और हर चीज को एक नए संदर्भ में देख सकते हैं। कार्ल बार्थ कहता है: "लोग इस कारण से दुख पाते है कि उनके भीतर एक अदृश्य संसार बसा होता है, परन्तु इस अलक्ष्य आंतरिक संसार का सामना होता है एक दूसरे पार्थिव, विजातीय, बाह्रा संसार से; जो बुरी तरह से दृश्य अस्त-व्यस्त होता है और जिसके खंड-खंड परस्पर टकराते रहते हैं; फिर भी जो अत्यंत शक्तिशाली विचित्र प्रकार का भयावह और प्रतिकूल संसार होता है।"[3]

महान् धर्म-ग्रंथ पैगम्बरों के कथनों के दस्तावेज- 'आप्तवचन' होते हैं। किसी विचार की सत्यता प्रमाणित करने के लिए हम यह नहीं बताते फिरते कि उसका प्रणेता कभी ठइस दुनिया में जीवित था या वह प्रतिष्ठित व्यक्ति था। सत्य का साक्ष्य तो इतना ही है कि मनुष्य के मन में उतर जाने के बाद वह उसके अनुभव

1. जॉन, III, 3
2. एक्लेजियास्ट्स, III, II
3. कमेन्टरी ऑन रोमन्स, पृ. 306

में भी खरा उतर जाए। बुद्ध का कहना था कि मेरी बातों को पूरी तरह जांचने-परखने के बाद स्वीकार करो, केवल इसलिए उनको मत स्वीकारो कि तुम मेरा आदर करते हो।

सभी धर्म यह चाहते हैं कि हम जीवन को आत्म-ज्ञान के लिए- 'आत्मनस्तु कामाय'– एक अवसर मानों उनका कथन है कि हम अनवरत चेष्टा करें और नश्वर से अनश्वर को छीन लें। ईश्वर है सार्वभौम सत्य, विवेक और प्रेम; और हम हैं उसके बच्चे- भले ही हमारी नस्ल या मजहब कुछ भी क्यों न हो। प्रत्येक देहधारी के भीतर ईश्वरीय चेतना विद्यमान रहती है, उसे खोज निकालना और जगाना हमारा काम है। जब मानव जाति सत्य के प्रति चैतन्य हो जाएगी, तब उसमें सार्वभौम भ्रातृत्व का विकास होगा और समस्त सृष्टि के महान् मूलस्रोत के प्रति उसे ऐक्यानुभूति होने लगेगी।

जिस व्यक्ति का जीवन ईश्वरानुभूति से ओत-प्रोत है, उसमें सारी सृष्टि के प्रति प्रेम का सोता फूट पड़ता है। उसमें हृदय में किसी आदमी के लिए घृणा नहीं रहती। वह किसी भी आदमी को गैर-जिम्मेदार नहीं मानता और न उसे दूसरे मनुष्यों की स्वार्थ-सिद्धि का साधन ही समझता है। वह एक ऐसे समाज की रचना करने के लिए निर्भीक होकर प्रयत्न करेगा जिसमें मनुष्य स्वतंत्र और निर्भय होकर रह सकें, जिसमें मनुष्यकर्ता बने, जड़ वस्तु-मात्र नहीं। वह आतंक और क्रूरता का विरोध करेगा तथा जाति बहिष्कृत लोगों तथा शरणार्थियों के दुर्दिन का साथी बनेगा। वह गूंगों को वाणी देगा। मार्क्सवाद को आखिर अमित प्राणवत्ता किस कारण से प्राप्त हुई है? इसी कारण से तो कि वह अन्याय होते नहीं देख सकता, वह गरीबों को अधिकार देना चाहता है और धन के घमंडियों का सिर नीचा करना चाहता है।

इस अर्थ में धर्म एक ऐसी योजक शक्ति बन जाएगा जो मानव-समाज की एकता को सुदृढ़ बनाएगी। विभिन्न धर्मों की आपस में जो भिडंत हो रही है,

उससे यह प्रश्न सामने आया है कि क्या वे साथ-साथ रह सकते हैं या उनमें से कोई एक धर्म औरों पर प्रभुता प्राप्त कर लेगा? अपने इतिहास के प्रत्येक काल में मानव जाति यह भ्रम पालती रही है कि उसके वर्तमान ज्ञान की प्रणाली ही अंतिम सत्य है। इस भ्रम के कारण असहिष्णुता और धर्मांधता पैदा हुई है।[1]

हठधर्मिता और मत-दुराग्रह की बीमारी के कारण संसार ने बहुत कष्ट पाया है और हानि उठाई है। जो लोग समझते है कि दुनिया में वे इस मिशन को लेकर पैदा हुए है कि उन्हें शेष सारी मानव जाति को अपने जीवन-प्रणाली में ढ़ालना है, वे दूसरों की जीवन प्रणाली के प्रति असहिष्णु आक्रमक होते देखे गए है। सभी राष्ट्रों को अपना शिष्य या अनुगत बना लेने की यह महत्वकांक्षा कोई कम्युनिस्टों का आविष्कार नहीं है। यदि हम अपने मत-संबंधी नियमों या व्यवस्थाओं को एकमेव सत्य न मानकर उन्हें सत्य के समीप मानें, तो यह संभावना रहेगी कि दूसरे मतों को सत्य के अधिक समीप पाकर हम अपने मत में संसोधन करने के लिए प्रस्तुत रहेंगे। इस दृष्टि से, अगर हम यह दावा करें कि अमुक धर्म तत्व प्रामाणिक है, सनातन है, उसका अनुगत होना सबके लिए अनिवार्य है और एकमात्र वही धर्म है जो सत्य को अंतिम रूप से प्रस्तुत करता है, तो हमारा यह दावा तर्कसंगत नहीं माना जाएगा।[2] कोई भी ध्रम-तत्त्व, वह

---

1. परीक्ष्य भिक्षवो ग्राम मद्वचो न तु गौरवात्।
2. तुलना कीजिए चार्ल्स ई. रैवेन के इस कथन से: "चाहे 'चर्च' हो या बाइबिल या खुद जीसस क्राइस्ट हों या और कोई, यह दावा करना कि इन्होंने जो कह दिया है वही अंतिम सत्य है; या यह दावा करना कि इल्हाम (दैवी संदेश) कोई ऐसा भिन्न कोटि का सत्य है जिसमें तर्क और बुद्धि का कोई दखल नहीं है, जिसकी कोई छानबीन नहीं की जा सकती, या यह मानकर चलना कि कोई भी धार्मिक सिद्धान्त एक काम चलाऊ परिकल्पना से कुछ विशेष है, यह सब हम जैसे लोगों के गले नहीं उतरता जो अपनी सीमाओं को ठीक-ठाक समझते हैं। इन बातों से हमें सचमुच बड़ी परेशानी होती है।"

चाहे जितना बड़ा हो, सत्य से बड़ा नहीं हो सकता। सत्य सदा ही किसी भी धर्मशास्त्र से अधिक बड़ा और व्यापक होता है।

उनका व्यावहारिक रूप चाहे जो हो, पर सभी महान् धर्म सैद्धान्तिक रूप से जीवन की विविध पद्धतियों के लिए आदर प्रकट करने का ही उपदेश देते हैं। सबको अच्छी तरह मालूम है कि पूर्वी देशों में धार्मिक कलह अपेक्षाकृत कम हुए है। ईसाइयत का प्रारंभिक रूप निरंकुश धर्म का नहीं था। जब तक यह गरीबों और सीधे-सादे किसानों, कारीगरों तथा गुलामों का मजहब रहा, तब तक यह मानववादी और सहनशील रहा, लेकिन जब यह रोमन साम्राज्य का मजहब बन गया, तब इसकी निरंकुशता अधिक स्पष्ट हो गई। इसके इन दोनों रूपों में तनाव कभी समाप्त नहीं हुआ। ऑगस्टीन और पेलैगियस के बीच कैथॉलिक सभ्यता और कई नास्तिक, धर्मभ्रष्ट समूह के बीच तथा प्रोटेस्टैंटवाद के विभिन्न पंथों के बीच जो संघर्ष आगे चलकर हुए उनसे यह बात भलीभांति प्रमाणित हो जाती है। जब तक यह रुख कायम रहेगा तब तक सहिष्णुता बी अपरिहार्य बनी रहेगी। विवेक तथा दूसरों की जीवन-पद्धतियों के प्रति सहिष्णुता एवं आदर से रहित कोई भी आस्था खतरनाक चीज बन जाती है। जिन धर्म-योद्धाओं (क्रूसेडर्स) ने अपनी सेनाओं को पूर्व की ओर कूच करने का हुक्म दिया, कदाचित् वे यह नहीं समझ पाए थे कि इस्लाम का खुदा भी वही 'गॉड' है, जिस पर खुद उन्हें भरोसा है। धर्म-योद्धाओं के इतिहासकार श्री स्टीवेन रुन्सिगैन ने निम्नलिखित महत्त्वपूर्ण शब्दों से, जो समकालीन संसार की परिस्थिति को भली-भांति व्यक्त करते हैं, अपना विवरण समाप्त किया था:

'प्राच्य और पाश्चात्य की परस्पर क्रिया-प्रतिक्रिया तथा उनके मिश्रण के एक लम्बे क्रम के फलस्वरूप हमारी जिस सभ्यता का विकास हुआ है, उसमें धर्म-युद्धों (क्रुसेड्स) का होना एक शोकपूर्ण और संहारक दुर्घटना थी। इतिहासकार जब पीछे मुड़कर शताब्दियों के पार अपनी दृष्टि डालता है और मानव-स्वभाव

की इन कमियों को देखता है, तब मानव-सभ्यता के लिए उसके प्रशंसा के भावों पर शोक की बदली छा जाती है। लोग कितने बहादुर थे, पर उनमें एक-दूसरे के लिए सम्मान एवं समादर की कितनी कमी थी; कितनी निष्ठा और भक्ति उनमें थी, लेकिन एक-दूसरे के लिए सद्भाव का कितना अभाव था! क्रुरता और लोभ ने ऊंचे-ऊंचे आदर्शों को कलंकित कर दिया था, अंधविश्वास मूलक और संकीर्ण धर्माभिमान ने साहसिकता और सहिष्णुता को धूमिल कर दिया था और 'पवित्र युद्ध' (काफिरों से यरूसलम की रक्षा करने के लिए ईसाइयों द्वारा किया गया युद्ध) ही क्या था? क्या वह ईश्वर के नाम पर असहनशीलता का प्रदर्शन नहीं था? लेकिन धर्म-ग्रंथों में असहनशीलता को तो ईश्वर के विरुद्ध पाप की संज्ञा दी गई!'[1]

कुरान कहता है: "अल्लाह के अलावा जिन दूसरे इष्टदेवों को लोग पूजते हैं, उनका तुम तिरस्कार मत करों, अन्यथा अज्ञानता के कारण, द्वेषवश वे लोग अल्लाह का तिरस्कार करने लगेंगे।"[2] कुरान में ही लिखा है: "हम खुदा में और सके द्वारा अब्राहम, इस्माइल, इसहाक, जैकब और कबीले वालों को कराए गए इल्हाम पर एतबार करते हैं; लेकिन हमारा इस पर भी एतबार है कि मूसा और ईसा मसीह तथा दूसरे ईसाई धर्म-प्रचारकों को भी उनके प्रभु ने दिव्य संदेश (इल्हाम) दिए हैं। हम उन इल्हामों में से किसी को घटिया या बढ़िया बताकर उनमें फर्क नहीं करना चाहते, क्योंकि हम खुदा के बंदे हैं।"[3] मुहम्मद साहब का अपने बारे में यह ख्याल था कि उन्होंने प्राचीन धर्म को शुद्ध किया है और उसमें जो बुराइयां घुस आई थीं, उनसे उसको मुक्त किया है। कुरान का कथन है: "खुदा ने तुम्हारे लिए भी उसी मजहब की व्यवस्था की है जिसकी व्यवस्था

1. ए हिस्ट्री ऑव् दि क्रुसेड्स, खंड III(1954) पृ.480
2. VI,108
3. II,136

उसने हजरत नूह के लिए की थी-हमने उसी को प्रेरणा से उस मजहब का संदेश तुम्हारे पास भेजा है। खुदा ने अब्राहम, मूसा और ईसा मसीह के लिए भी उसी मजहब का निर्देश किया था। सबके लिए उसका यही संदेश रहा है कि तुम धर्म में अपनी आस्था अडिग रखो और धर्म में किसी तरह के भेदभाव को न पनपने दो।"

जो धर्म प्रकृति और इतिहास में दैवी शक्ति-स्फुरण (रिविलेशन) और आत्मिक जीवन में हुए आंतरिक दैवी शक्ति-स्फुरण को समीप ला देता है, वही विश्व-व्यवस्था का आधार बन सकता है और वही भविष्य में मानव जाति का अपना धर्म बन सकेगा। हम हिन्दु या मुसलमान, बौद्ध या ईसाई- किसी धर्म-पंथ से अपनी यात्रा क्यों न प्रारंभ करें, यदि हम अपने इरादों के बारे में ईमानदार हैं और निष्ठा के साथ प्रयत्न करते रह सकते हैं, तो हम परमेश्वर तक पहुंच सकते हैं। हम सब ईश्वर के एक अप्रकट धार्मिक संघ (चर्च) के सदस्य हैं अथवा एक ही आध्यात्मिक बिरादरी से संबंधित हैं, भले ही हम इस या उस प्रकट धार्मिक संघ (चर्च) का अनुसरण करते हों।

सभी देशों और सभी धर्मों में कुछ ऐसे अल्पसंख्यक व्यक्ति हैं जो रचनात्मक ढंग से एक आध्यात्मिक धर्म के विकास के लिए प्रयत्नशील है। हम विश्व के पुनर्जन्म का प्रथम कम्पन महसूस कर रहे हैं। आज संसार के कई संगठन इस दिशा में कार्य कर रहे हैं, जैसे कि–'वर्ल्ड कांग्रेस ऑव फेथ्स' (1936), 'वर्ल्ड एलायेन्स फार फ्रेंडशिप थ्रू रिलीजन एंड चर्च पीस यूनियन' (1914), 'वर्ल्ड ब्रदरहुड' (1950), 'वर्ल्ड स्पिरिचुअल काउंसिल' (1946) और 'सोसाइटी फार दि स्टडी ऑफ रिलीजन्स' (1924)।

विभिन्न धर्मों के बीच परस्परिक सद्भाव भारतवर्ष के लिए कोई नई चीज नहीं है। यह यहां प्राचीन काल से ही मिलता आया है। अशोक महान् ने अपने बारहवें शिला-लेख में यह घोषणा की थी:

"जो मनुष्य अपने धार्मिक सम्प्रदाय के मोह में पड़कर, उसकी गौरव-वृद्धि की इच्छा से, दूसरे धर्म-सम्प्रदायों की निंदा करता है और अपने धर्म-सम्प्रदाय के प्रति समादर प्रकट करता है, वह वास्तव में अपने इस आचरण से अपने ही सम्प्रदाय को भारी क्षति पहुंचाता है। इसलिए विभिन्न सम्प्रदायों के बीच मेल-मिलाप पैदा करना श्लाघ्य है, अर्थात् दूसरे लोगों द्वारा स्वीकृत पावित्र्य एवं धर्म-निष्ठा के विधि-नियम के प्रति स्वेच्छया सद्भाव रखना सराहनीय है।"

गांधी जी ने भी कहा थाः "मेरा यह मत है कि संसार के धर्मशास्त्रों को सहानुभूतिपूर्वक पढ़ना प्रत्येक सुसंस्कृत नर-नारी का कर्तव्य है। संसार के सभी धर्मों का मैत्री भाव से अध्ययन एक पवित्र कर्तव्य है।" हमारे अंदर विभिन्न परम्पराओं के अच्छे संस्कार होने चाहिए। हम केवल अपने राष्ट्र या धर्म के ही उत्तराधिकारी नहीं है, अपितु समूची मानवता की विरासत के वारिस हैं। अब पाश्चात्य धार्मिक केन्द्रों में इस विचार को मानने वालों की संख्या क्रमशः बढ़ रही है। आर्कबिशप विलियम टेम्पुल इसी बात को दूसरी तरह से कहते है:

"गैर-ईसाई विचार-पद्धतियों या आचार या आराधना में जो कुछ उत्तम है, वह उन पर क्राइस्ट के प्रभाव के कारण है। क्राइस्ट ने उनको बाह्य और आंतरिक दोनों रूपों में प्रभावित किया है। ईसाइयाह, प्लेटो, सोरोस्टर, बुद्ध और कनफ्यूशस ने जो कुछ सोचा, जो कुछ सत्य कहा तथा जो कुछ घोषित किया उसके मूल में ईश्वरोक्त शब्द ही थे; दूसरे शब्दों में वे ईसा मसीह के ही शब्द थे। दुनिया में केवल एक ही दैवी प्रकाश है और हर आदमी अपनी-अपनी सामर्थ्य के अनुसार उसी से ज्योतित होता है।

इतने पर भी, हर आदमी के पास उस दिव्य प्रकाश की केवल कुछ किरणें ही हैं। उस प्रकाश की सम्पूर्ण रंगावलि को आत्मसात् करने के लिए तो समस्त मानव-परम्पराओं द्वारा अर्जित सम्पूर्ण विवेक की आवश्यकता है।"[1]

डॉ.अलबर्ट श्वेत्ज़र कहते है: "पाश्चात्य और भारतीय दार्शनिकों को इस भावना से वाद-विवाद नहीं करना चाहिए। गोया वे एक दर्शन को दूसरे दर्शन का एकदम विरोधी सिद्ध करने जा रहे हों। दोनों को ऐसी विचार-पद्धति की ओर बढ़ते रहना चाहिए, जिसे अंततः सारी मानव जाति अंगीकार कर लेँ"[2] प्रोफेरसर आर्नल्ड तोयन्बी लिखते हैं कि 'यह मेरा निजी विश्वास है कि जिस युग में मैं जी रहा हूँ, उस युग में प्रचलित चार श्रेष्ठ धर्मों का मूल कथ्य एक है; वे एक ही बात को अपने अलग-अलग ढंग से कहते हैं। यदि विश्व के इस स्वर्गिक संगीत के चार अवयवों को कोई एक ही साथ, समान स्पष्टता से अपने दोनों कानों से सुन सकें, तो उसे यह जानकर प्रसन्नता होगी कि वह कोई विसंवादी स्वर नहीं, प्रत्युत प्रसंवादी स्वर ही सुन रहा था।'[3] 24 अक्टूबर, 1954 के 'दि ऑब्जर्वर' में वे लिखते हैं कि 'यदि हम अपना सर्वनाश नहीं चाहते, तो हमें इस युग में एक परिवार के सदस्यों की भांति मिल-जुलकर रहना होगा। इस युग में कैथॉलिक विचारधारा से मिलती-जुलती,सहिष्णु भारतीय धर्म-भावना ही वह एकमात्र राह है जिस पर चलकर सभी धर्मों के लोग मोक्ष पा सकते हैं।' हमें इस ढर्रे पर नहीं सोचना चाहिए कि कोई धर्म अपने में संशोधन कर ले या दूसरे प्रबल धर्म के सामने बिलकुल हथियार डाल दें। हमें तो यह

---

1. रीडिंग्स इन सेंट जॉन्स गॉस्पेल, पहली सिरीज (1939)
2. जार्ज सीवर: 'अलबर्ट श्वेत्जर' (1947), पृ. 276
3. 'एस्टडी ऑव् हिस्ट्री', खंड VII (1954), पृ. 428

सोचना चाहिए कि मानव जाति के आध्यात्मिक जीवन का पोषण करने के महत्तकार्य में सभी धर्म मित्रवत् सहाभागी है। जब वे एक-दूसरे को समृद्ध करने लगेंगे, शक्तिशाली बनाने लगेंगे, तभी उस आत्मा का अवतरण होगा जिसकी तलाश आज इस संसार को है।

भारत के धार्मिक विचार और आधुनिक सभ्यता

मनुष्य अपूर्ण है-इस तथ्य के अभिज्ञान से धर्म की समस्या उत्पन्न होती है। जीवन कोई भौतिक व्यापार या जैविक प्रक्रिया मात्र नही हैं। इस मृत्यु के चंगुल से मुझे कौन बचाएगा, और कौन उभारेगा। मुझे संसार के मोहपाश से और संकटों से? जब हम त्राण की आवश्यकता अनुभव करते है, तब उससे यह उपलक्षित होता है कि कुछ ऐसी दशाएं और परिस्थितियां मौजूद है जिनसे हम बचना चाहते हैं और जिनसे छुटकारा पाने के हम इच्छुक हैं।

पहले, संक्षेप में, भारतीय धार्मिक जीवन की मूलभूत धारणाओं के संबंध में बतला देना ठीक रहेगा। धर्म का लक्ष्य है परमेश्वर से सम्पर्क स्थापित करना। धार्मिक जीवन आत्म-दर्शन, आत्मिक ज्ञान और अंततः स्फूर्त ईश्वर-दर्शन का जीवन है। इसमें मनुष्य को अबाध स्वतंत्रता प्राप्त हो जाती है और वह सामान्य इन्द्रियबोध की आन्ध-दासता से छुटकारा पा जाता है। यह मानव-जीवन को अध्यात्मिक जगत् की यथार्थ अनुभूतियों के साथ सूक्ष्म रूप से संग्रथित कर देता है। यह किसी तार्किक प्रक्रिया या अनुभविक आंकड़ों के विश्लेषण के द्वारा सार्वभौम विचारों को स्वीकार करना नहीं है। हमारा अंतर्निहित आत्म-तत्त्व के द्वारा अनुप्रेरित और अनुरक्षित विश्व के गहनतम सत्य के साथ दुर्निवार एकता की जो कल्पना प्लेटो ने की थी, यह चीज उसी से मिलती-जुलती है।

'अस्ति ब्रह्मोति चेद् परोक्षं ज्ञानमेव तत्; अस्मि(अहं)

ब्रह्मेति चेद् वेद अपरोक्षं तत् तु कथ्यते।'

बौद्धिक अभिज्ञान और आत्मिक दर्शन के बीच का अंतर इससे स्पष्ट हो जाता है। हम देह से मोह-पाश से अपने को मुक्त कर सकते है और एक सूक्ष्मात्तिसूक्ष्म

क्षण में सत्य का दर्शन करके उससे अभिभूत भी हो सकते हैं। हमें ईश्वर की सत्ता की प्रतीति इतनी तीव्र होती है कि आत्मा उसका दर्शन पाकर अधिक निर्विकल्प और अधिक आविष्ट हो जाती है। दिन के प्रकाश में चर्मचक्षुओं की दृष्टि भी उतनी अचूक नहीं हो सकती जितनी कि आत्मा की यह ब्रह्मानुभूति।

'तद् विष्णोः परमं परं
सदा पश्यन्ति सूरयः द्विवीव चक्षुराततम्।'

'बृहदारण्यक उपनिषद्' का कथन है कि श्रवण, मनन और निदिध्यासन के द्वारा हमको आत्म-दर्शन-लाभ करना है:[1] (आत्म-दर्शनमुद्दिश्य वेदान्त-श्रवण-मनन-निदिध्यासनं कर्त्तव्यमिति अर्थः)। 'माण्डूक्य उपनिषद्' कहता है-

प्रणवो धनुः शरो ह्यात्मा ब्रह्म तत् लक्ष्यमुच्यते।
अप्रमत्तेन वेद्धव्यं शरवत्तन्मयो भवेत्॥[2]

अन्य उपनिषद भी कहते हैं-

'वेदाहमेतं पुरुषं महान्तमादित्यवर्णं तमसः परस्तात्।'[3]

'अनुभूतिं विना मूढो ब्रह्मणि मोदते।'[4]

अन्तः प्रेरणा मनोभाव नहीं है, वरन् किसी ज्ञान की दावेदार है। इसके कारण दैवी सत्य तुरन्त निश्चित और प्रत्यक्ष ज्ञात वस्तु जैसा जान पड़ता है। ईश्वरीय भाव द्रष्टा की चेतना में प्रविष्ट तो होता है, परन्तु यह दिन के प्रकाश की भांति कहीं बाहर से, कहीं अन्तरिक्ष से नहीं आता। द्रष्टा और दैवी जीवन को अलग करने वाला अवरोध टूट जाता है। द्रष्टा का उद्देश्य यह होता है कि वह इस अनुभूति की

---

1. बृहदारण्यकोपनिषद, IV, 4-5
2. ताण्डूक्योपनिषद्, II, 2-4
3. देखिए श्वेताश्वतरोपनिषद्, III, 8; III, 21 भी देखिए।
4. मैत्रेयोपनिषद् 2

ज्योति और प्रेरणा का आनन्द सर्वदा उठाता रहे तथा वह ईश्वर के साथ एकाकार हो जाए, और दोनों की यह एकता चिरन्तन बन जाए।

इन अनुभूतियों के प्रलेख हैं हमारे वेद, जो 'हमेशा बदलते रहकर भी हमेशा ज्यों के त्यों हैं।' वेद जो अनिवार्यत: भारत की समस्त आत्मिक परम्परा के मूलाधार है, अखण्ड अनुभूति पर आधारित है। 'वेद' शब्द 'विद्' धातु से नि:स्तृत है। वह एक ऐसे सिद्धान्त की ओर संकेत करता है जो आस्था या दैवी सन्देश (इल्हाम) पर आधारित नहीं, अपितु अन्त:प्रेरणा या आत्मदर्शन की प्रक्रिया द्वारा प्राप्त एक उच्चतर ज्ञान पर आधारित है। वेदों में जो ज्ञान और अनुभव है, वह ऋषियों का है, जो आदिम द्रष्टा थे। वेदों में न धार्मिक सिद्धान्त वर्णित हैं, न धर्मविद्याएं। वेदों की ऋचाओं में एक ऐसी चेतना का प्रतिबिम्ब झलकता है जो आध्यात्मिक सत्य का सम्पर्क प्राप्त कर चुकी हो। देवतागण स्वयं केवल प्रतिमाएं या बिम्ब नहीं हैं, बल्कि महत्त्वपूर्ण अनुभूति और मानव, प्रकृति, या उनसे परे की वस्तुओं में प्रत्यक्ष: लक्षित शक्तियों के प्रक्षेपण हैं।

वेद न तो अमोघ हैं, न ऐसे जिनमें सब कुछ समा जाता है। धर्मशास्त्रों से भी बहुत बढ़-चढ़कर है आध्यात्मिक सत्य। अवैदिक ऋषियों या पैगम्बरों ने जो कुछ कहा है, उसकी सत्यता और महत्ता को हम स्वीकार करते हैं; बाद में शताब्दियों में, कई धार्मिक गुरुओं ने जो अन्तर्दृष्टि पाई, उसके प्रति भी हमारे मन में समादर है। वेद अन्त: स्फूर्त विवेक और मूढ़ आन्तरिक अनुभूति के दस्तावेज हैं।[1]

दूसरी बात है मनुष्य की देवी सम्भावनाओं पर जोर देने की। 'तत्तवमसि' का महामंत्र इस सत्य पर बल देता है। ब्रह्म मनुष्य की आत्मा में है। प्लेटो[2]

1. "तद् वचनाद् आम्नायस्य प्रामाण्यम्।" –वैशेषिक सूत्र।
2. टाइमेयस, 90

और फिलो[1] की भांति ही उपनिषदों ने भी मनुष्य को एक स्वर्गीय प्राणी माना है।

ईश्वर का वर्णन कई प्रकार से किया जा सकता है और उस तक पहुंचने के मार्ग भी कई हैं। हिन्दू मनीषियों को परमात्मा की व्यापकता, अनन्तता, अविनश्वरता तथा रहस्यात्मकता का ज्ञान था। एक निषेधात्मक धर्म-तत्त्व विकसित हुआ। ब्रह्म स्थानातित और कालातीत सत्य है, इसलिए वह इतना महान् है कि मानव को समझ-बूझ से परे हो जाता है। 'शान्तोयम् आत्मा'। ब्रह्म शान्त है, निर्वाक् है। फिर भी ब्रह्म एक अविच्छिन्न सत्ता है जो जगत् को थामे रहती है। उससे बढ़कर कोई दूसरी वास्तविकता, सच्चाई नहीं। वही वह बुनियाद है जिस पर दुनिया टिकी है। वह अनिवार्य स्वतंत्रता है। सृजन, संरक्षा और पूर्णता-ये हैं उसके विविध कार्य, जिनका ब्रह्मा, विष्णु और शिव के रूप में वैयक्तीकरण हुआ है। उनमें से प्रत्येक के साथ विभिन्न देवी-देवताओं को सम्बद्ध कर दिया गया है। ब्रह्म-सम्बन्धी विविध धारणाओं और उसके विभिन्न प्रतिनिधि-रूपों की आराधना करते समय हिन्दू लोग दैन्य भाव रखते है; मानव की नश्वरता के प्रति वे अत्यधिक सजग रहते हैं। भले ही अलग-अलग धर्म अपने को श्रुति प्रकाश (इल्हाम) का परिणाम बतावें, परन्तु उनके स्वरूप और प्रतिपाद्य निश्चय ही मानव-मन की उपज हैं।

एष देवो विश्वकर्मा महात्मा
सदा जनानां ह्यदये संनिविष्टः।
हृदा मनीषा मनसाभिक्लृप्तो
य एतद् विदुरमृतास्ते भवन्ति।।[2]

---

1. डिप्लान्टेशनी, प्रभाग 17 : तुलना कीजिए सेनेका के इस कथन से–'इस संसार में ईश्वर का जो स्थान है, उसपर मनुष्य की आत्मा आसीन है।'
2. श्वेताश्वतरोपनिषद, अव्य, श्लोक-17

ये जगत् को उत्पन्न करने वाले महात्मा, अर्थात् सर्वशक्तिमान् सर्वव्यापी परमदेव परमेश्वर सदा ही सभी मनुष्यों के हृदय में सम्यक् प्रकार से स्थित हैं। उनके गुण-प्रभाव को सुनकर द्रवित और विशुद्ध हुए निर्मल हृदय से, निश्चय-युक्त बुद्धि से तथा एकाग्र मन के द्वारा निरन्तर ध्यान करने पर ये परमात्मा प्रत्यक्ष होते हैं। जो साधक इस रहस्य को जान लेते हैं, वे उन्हें प्राप्त करके अमृत-स्वरूप हो जाते हैं, सदा के लिए जन्म-मरण से छूट जाते हैं।

धर्म में ईश्वर और मनुष्य दोनों के प्रतिबिम्ब मिलते हैं। चूंकि धर्म कोई स्वीकार्य सिद्धान्त या अनुगम्य विश्वास नहीं है, वरन् यह एक जीवन है जिसे जिया जा सकता है, इसलिए इसमें ईश्वर-प्राप्ति के विविध मार्गों को वैधता प्राप्त है और उनके लिए इसमें पूरी गुंजाइश रखी गई है। ईश्वर की अभिव्यक्ति विविध राष्ट्रीय अभिमान, नस्ल या प्रजातिगत श्रेष्ठता, आस्था और धर्म के रूढ़-जड़ नियमों और जातिगत या वर्गगत दर्प के कठोर आवरण में अपनी आत्मा को बंदी बना देते हैं, तब हम उसका गला घोंट देते हैं और उसका खुलकर सांस लेना मुश्किल कर देते हैं। उपनिषदों में स्पष्ट कहा है कि समिधा अलग-अलग प्रकार की हो सकती है, परन्तु उससे फूटनेवाली ज्वाला का रूप एक-सा होता है। गायें कई रंगों की भले हों, पर उनके दूध का रंग तो श्वेत ही होता है। दूध की भांति सत्य भी एक है, परन्तु उसकी अभिव्यक्ति गायों के विभिन्न रंगों की भांति अलग-अलग रूपों में होती है।[1] श्रीमद्भागवत में ही कहा है कि जैसे कई ज्ञानेन्द्रियां किसी वस्तु में अलग-अलग गुण देखती हैं, वैसे ही विभिन्न धर्मशास्त्र एक परमेश्वर के अनेक पक्षों की ओर संकेत करते हैं।[2]

1. गवाम् अनेकवर्णानां क्षीरस्यास्त्येकवर्णता।
क्षीरवत् पश्यते ज्ञानं लिङ्क्षिनस्तु गवां यथा॥
2. यथेन्द्रियैः पृथग् द्वारैः अर्थो बहु-गुणाश्रयः।
एको नाना ईयते तद्वत् भगवान् शास्त्र-वर्त्मभिः॥

उपनिषदों में परम सत्य-स्वरूप परमेश्वर के चार पाद बताए गए है: 'आत्मा चतुष्पाद्।' वे हैं: ब्रह्म, ईश्वर, हिरण्यगर्भ और विराज। संसार जबकि ईश्वर का ही रूप (विश्वरूप) है, तब कारण तीन प्रकार का है : 'पादोस्य सर्वभूतानि त्रिपादस्यामृतं दिवि।'[1]

मनुष्य के सामने समस्या है उसके अन्तःकरण में छिड़े दैवी और आसुरी वृत्तियों के संघर्ष की। 'योग-सूत्र भाष्य' में कहा गया है कि मन की धारा दो दिशाओं में प्रवाहित होती है: 'चित्त-नाड़ी नाम उभयतो वाहिनी, वहति कल्याणाय वहति च पापाया।'[2] धर्म का लक्ष्य है इस संघर्ष में मानव-मन को विजयी बनाना-अर्थात् उसे कल्याण-पथ पर अग्रसर करना और उसके व्यक्तित्व को सम्पूर्ण बनाना। जैसाकि अरस्तू कहता है, पशुओं और देवताओं के सामने पाप औप पुण्य के संघर्ष की यह समस्या नहीं रहती। यह विकट परिस्थिति तो केवल मनुष्य के सामने है।[3]

स्वीकृत पथ कई हैं जिन पर चलकर द्वैत-भावना मिटाई जा सकती है और पूर्णत्व प्राप्त किया जा सकता है। आत्मिक सत्य के जगत् को देखने के निमित्त हमें प्राकृतिक जगत् की ओर से अपनी आँखें मूंदनी ही चाहिए। कठोपनिषद् कहता है कि मनुष्य अपनी इन्द्रियों के स्वभाववश बहिर्मुख हो जाता है और अपनी अन्तरात्मा के साथ उसका सम्पर्क टूट जाता है। उसकी आत्मा अधिकार

---

1. ऋग्वेद।
2. वही, I, 12
3. द्वौ एव चिन्तया मुक्तौ परमानन्दे आप्लुतौ।
   यो विमूढो जढो बालो यो गुणेभ्य: पर गतः॥
   अर्थात्-दो ही चिन्ता से मुक्त हैं और परमानन्द से आप्लावित हैं: एक जड़ और अज्ञानी बालक, तथा दूसरा त्रिगुण (सत-तम-रज) से परे व्यक्ति। तुलना कीजिए शंकराचार्य के इस कथन से–
   'निस्त्रैगुण्ये पथि विचरतां को विधिः को निषेधः।'

और सम्पत्ति जैसी बाह्य वस्तुओं से मोहाविष्ट हो रहती है। अपनी सही दिशा पाने के लिए आत्मा को पीछे मुड़ना होगा और आध्यात्मिक जीवन के जिन अर्थों और सत्यों को उसने खो दिया है, उन्हें पुनः प्राप्त करना होगा।[1] आत्मा के मधुर संगीत को सुनने के लिए हमें दुनिया के कोलाहल की ओर से अपने कान मूंद लेने होंगे। इसका अर्थ दर्शन, श्रवण और वाणी की शक्तियों को त्यागना नहीं है। इसका अर्थ तो बस इतना ही है कि हम आध्यात्मिक सत्यों के दर्शनार्थ अपने अन्तश्चक्षुओं को खोल दें, आत्मिक जगत् से आनेवाली ध्वनियों को पकड़ने की कोशिश करें और परम सत्ता, परमेश्वर की प्रशंसा में मौन स्तुति गाएं।

सच्चे धार्मिक जीवन की अभिव्यक्ति प्रेम के रूप में होनी चाहिए और उसका उद्देश्य होना चाहिए मानव जाति की एकता। प्राणियों के कल्याण में निरत रहकर मनुष्य अपने को जितना पवित्र रख सकता है उतना रूद्राक्ष और तुलसी-काष्ठ की माला पहनकर या ललाट पर त्रिपुण्ड्र लगाकर, या शरीर पर भस्म पोतकर, तीर्थयात्रा और पवित्र नदियों में स्नान करके, ध्यान-मनन या प्रतिमा-पूजन करके नहीं।[2] हिन्दू धर्म ने सार्वभौम शान्ति का स्वप्न देखा और अपने स्वप्नों को इन अमर शब्दों में व्यक्ति किया–

"माता च पार्वती देवी पिता देवो महेश्वरः।

बान्धवः शिवभक्ताश्च स्वदेशो भुवनत्रयम्॥

उदार-चरितानां तु वसुधैव कुटुम्बकम्।" वाराणसी मेदिनी।

विश्व-एकता की लक्ष्य-पूर्ति अहिंसा के द्वारा करनी होगी। अहिंसा पर हिन्दू बौद्ध और जैन-सभी धर्मों का आग्रह रहा है।

---

1. कठोपनिषद, द्वितीय अध्याय, प्राणिमा वल्ली, श्लोक 1
2. रूद्राक्षं, तुलसी-काष्ठं त्रिपुण्ड्रं, भस्म-धारणम्;
   यात्राः स्नानानि होमाश्च जपा वा देव-दर्शनम्।
   -न एते पुनन्ति मनुजं यथा भूतहिते रतिः।

तमिल भाषा के शास्त्रीय ग्रन्थ 'तिरुक्कुरल' को विभिन्न धार्मिक सम्प्रदाय अपना ही धर्म-ग्रन्थ मानते हैं, इस तथ्य से उसकी उदारता तथा सार्वजनीनता का पता चलता है। इस ग्रन्थ में नैतिक, आर्थिक और सामाजिक-सभी क्षेत्रों में अहिंसा का प्रयोग करने पर जोर दिया गया है। इससे भी लक्षित होता है कि तमिल संस्कृति इसको कितना महत्त्व देती रही है। 'तिरुक्कुरल' का उपयोग बौद्ध, जैन, शैव और वैष्णव आदि विविध मतों के लोग करते रहे हैं। इसे 'पोदुमुराइ' या सबका समान धर्मशास्त्र कहा जाता है।

तमिल साहित्य के दो अन्य ग्रन्थों–'सिलप्पधिकारम्' और 'मणिमेखलाइ' में इन्द्रियनिग्रह एवं सन्यास की महिमा वर्णित है।

मनु तक की इच्छा थी कि भारत का सन्देश सार्वभौमिक उपयोग की वस्तु बने:

'एतद्देश-प्रसूतस्य सकाशादग्रजन्मन:।
स्वं स्वं चरित्रं शिक्षरेन् पृथिव्यां सर्वमानवा:॥'

-संसार के सभी लोग इस देश के अग्रणी मनुष्यों से अपने आचरण का आदर्श प्राप्त करेंगे।

लगातार एक गलतफहमी यह हो रही है कि हम संसार को माया समझते हैं, और शंकराचार्य को इस विचार का जनक कहा जाता है। 'ब्रह्म-सूत्र' में स्पष्ट कहा गया है कि संसार अविद्यमान–'नाभाव उपलब्धे:'–है, कि यह मतिभ्रम–'न स्वप्नादिवत्'–नहीं है। निस्सन्देह, शंकराचार्य ने पुष्टि की है कि जगत् ब्रह्म नहीं है। जगत् भी ब्रह्म का ही प्रकाशन है, परन्तु यह मूल सत्य नहीं है, केवल गौण सत्य है। इसकी सत्ता 'व्यावहारिक सत्ता' कहलाती है। किसी भी तरह इसको नितान्त मिथ्या या अवास्तविक कहकर नकारा नहीं जा सकता। 'प्रतिभासिक सत्ता' या मायिक अस्तित्व से यह भिन्न वस्तु है। शंकर बताते हैं कि जगत् ब्रह्म का आनुक्रमिक आविर्भाव है:

'एकस्यापि कूटस्थस्य चित्त-तारतम्यात्।
ज्ञानैश्वर्याणां अभिव्यक्तिः परेण परेण भूयसि भवति॥'

'जगत् त्रयं शाम्भव-नर्तनस्थली,
नटाधिराजोत्र परःशिवः स्वयम्।
सभा नटो रङ्क इति व्यवस्थितिः,
स्वरूपतः शक्तियुतात् प्रपिचता॥'

अर्थात्-तीनों लोक भगवान् शिव के नृत्य-स्थल मात्र हैं। नर्तकों के अधिपति परम शिव स्वयं हैं। भगवान शिव ने अपनी शक्ति के संयोग से अपने सभासदों, अभिनेताओं और रंगमंच की व्यवस्था कर ली है और उन्हीं के निर्देश से ये सब परिचालित होते हैं।[1]

यद्यपि हिन्दुओं ने कभी प्रचार को अपना ध्येय नहीं बनाया; उन्होंने दूसरों को अपने धर्म में दीक्षित करने की चेष्टा नहीं की, तो भी प्राचीन काल में हिन्दू धर्म का प्रभाव जावा, बली आदि क्षेत्रों में, जहां अब भी हिन्दू बस्तियां हैं, और पूर्व के अन्य कई देशों में विस्तृत हो गया था। हेलिओडोट्स जैसे यूनानी नेता हिन्दू धर्म के भक्त बन गए थे। जबकि मिशनरी मजहब प्रचार-कार्य करते हैं और अपने अनुयायियों की संख्या बढ़ाने में दिलचस्पी लेते हैं, तब हिन्दू धर्म कभी भी धर्म-परिवर्तन कराने वाला मजहब नहीं रहा; हालांकि अपने उत्कर्ष काल में इसने विदेशियों द्वारा हिन्दू आस्था स्वीकार करने में कोई आपत्ति नहीं की।

---

1. सोमस्तवराज,श्लोक 40। तुलना कीजिए श्रीहर्ष के इस कथन से: 'क्षणे क्षणे यन्नवतां विधत्ते, तदेव रूपं रमणीयतायाः।' (प्रति क्षण जो नवीन जान पड़े, वहि वस्तु सुन्दर है)- 'नैषध'।

बौद्ध धर्म भारत में उत्पन्न हुआ; उसका प्रादुर्भाव हिन्दू धर्म को शुद्ध करने के लिए हुआ। उसे हिन्दू धर्म का एक विद्रोही मत या हिन्दू धर्म के भीतर उठा सुधार-आन्दोलन भी कह सकते हैं। बौद्ध धर्म अपने निर्माणकाल में हिन्दू धर्म के वातावरण में ही पला। हिन्दू धर्म के आधारभूत पूर्वगृहीत सिद्धान्तों को इसने बहुत कुछ अपना लिया है। यह हिन्दू धर्म की स्वाभाविक विशेषता की उपज है। किन्तु शीघ्र ही इसने अपनी विशिष्ट धार्मिक परम्परा स्थापित कर ली। बहुत जल्दी यह दो शाखाओं में बंट गया; हालांकि इसके विभिन्न मत-मतान्तरों में इसके सिदधान्तों और उपदेशों की प्रकृति एक-जैसी है। 'हीनयान' दक्षिणी, पाली या थेरवाद बौद्ध धर्म है; 'महायान' उत्तरी, मुख्यत: संस्कृत बौद्ध धर्म है। दोनों ही सम्प्रदाय यह दावा करते हैं कि बुद्ध की शिक्षाओं के प्रति वे निष्ठावान् हैं। हीनयान सम्प्रदाय महायान सम्प्रदाय की अपेक्षा मठ या बिहार का आश्रमिक जीवन बिताने पर अधिक जोर देता है। महायान जनता की धार्मिक आकांक्षाओं के प्रति अधिक संवेदनशील है। हीनयान जबकि व्यक्तिश: मोक्ष-प्राप्ति पर बल देता है, तब महायान ईश्वरीय अनुग्रह पर निर्भर करता है। कभी-कभी यह बात जोर देकर कही जाती है कि बुद्ध ने पाली धर्मग्रन्थों के माध्यम से, पाली भाषा में अपने अनुयायियों को जो सत्य-दर्शन कराया, उससे कहीं अधिक ऊंचे स्तर के सत्य का उद्घाटन बौद्ध धर्म का महायान सम्प्रदाय करता है; कारण यह बताया जाता है कि बुद्ध के अनुयायी उच्च स्तरीय सत्य को ग्रहण कर पाने के लिए आध्यात्मिक दृष्टि से परिपक्व नहीं थे।

'बुद्ध' धातु का अर्थ है जगाना, चैतन्य करना। इसी धातु से 'बुद्ध' शब्द व्युत्पन्न होता है जिसका अर्थ है जाग्रत् या सचेत। इस तरह 'बुद्ध' वह है जिसको आत्म-ज्ञान हो गया हो। बुद्ध धर्म आध्यात्मिक ज्ञान की एक पद्धति है। इसलिए उसका आरम्भ ही होता है आत्म-दर्शन से। बुद्ध की धार्मिक अनुभूति

बौद्धों के धार्मिक ज्ञान का मूल स्रोत है। उदान का कथन है कि जिसे चरम ज्ञान की प्राप्ति हो जाती है, वही ब्रह्मचर्य-व्रत का पालन करता है; ब्राह्मण वह है जिसे सत्य की उद्घोषणा का अधिकार हो।[1]

ज्ञानोद्दिप्ति या 'बोधि' सम्बन्धी अपने अनुभव के आधार पर बुद्ध ने अपने सिद्धान्तों का विकास किया। चतुर्गुण सत्य मानव-प्रकृति और जागतिक चरित्र, दुःख का कारण, दुःख से मुक्ति पाने का उपाय और बोधि दशा या काल की दासता से छुटकारा- ये सब बुद्ध द्वारा स्वानुभूत सत्य के निष्कर्ष हैं। अपनी अनुभूति की जो बातें शब्दों के द्वारा बताई जा सकने योग्य थीं, उनको महात्मा बुद्ध ने लोगों को बताया। सम्बोधि या ज्ञानागम की दशा की न तो परिभाषा की जा सकती है, न उसका वर्णन ही किया जा सकता है। यह दोनों से परे हैं। बुद्ध ने अनुभवातीत सत्य के स्वरूप के बारे में अटकलबाजी करने से इन्कार कर दिया था। हममें से प्रत्येक को बुद्ध के पद-चिह्नों का अनुसरण करना है, क्योंकि बुद्ध ने ही पथ को जगमगाया है। फिर भी, प्रत्येक व्यक्ति को अपने निजी प्रयास से ही सत्य का अनुभव करना होता है। व्यक्ति जब खुद ज्ञानोद्दिप्ति का अनुभव कर लेता है, तभी कहा जा सकता है कि उसने सत्य को जान लिया या वह प्रबुद्ध हो गया। इसके बाद वह अपने पार्थिव अस्तित्व के बंधनों से मुक्त हो जाता है और दिव्यात्मा बन जाता है। बौद्ध धर्म-ग्रन्थ, जैसे कि पाली में लिखित त्रिपिटक सत्य ज्ञान के स्रोत हैं, क्योंकि उनमें बुद्ध की शिक्षाएं समाविष्ट हैं। वे बुद्ध वचन हैं। अतीत के साधकों और वर्तमान के सिद्धों ने बुद्ध द्वारा प्रदर्शित मार्ग का अनुसरण करके और उनके प्रति आस्थावान बनकर मोक्ष प्राप्त किया।

बुद्ध ने इस बात पर जोर दिया है हर आदमी के लिए सत्य को पा सकना सम्भव है कि उसके लिए इसकी जरुरत भी है। हीनयान की यह मान्यता है कि बुद्ध को जो ज्ञानानुभव हुआ वह किसी भी व्यक्ति को हो सकता है, बशर्ते कि

1. वेदान्त-गु वुषित-ब्रह्मचर्यो, धर्मेण स ब्रह्मवादं वदेय्य।

वह बुद्ध के पद-चिह्नों का अनुसरण करे। प्रत्येक व्यक्ति में 'अर्हत्' बनने की सम्भावना छिपी पड़ी है। अर्हत् काल-श्रेष्ठ और जगजयी होता है। महायान बोधिसत्त्व का आदर्श अपनाता है। प्रत्येक व्यक्ति में अर्हत् बन सकने की सम्भावना है। अर्हत् काल-श्रेष्ठ होता है और वह जग-जयी बन चुका होता है। महायान सम्प्रदाय 'बोधिसत्त्व' को अपना आदर्श मानता है। बोधिसत्त्व यद्यपि स्वयं मुक्त हो चुके होते हैं, तथापि मानव जाति के प्रति अपनी चिंता और प्रेम के कारण वे संसार में जन्म ग्रहण करते हैं, ताकि आशा का सन्देश देकर और पथ-निर्देश करके वे मानव जाति की सेवा कर सकें। महायान सबको मोक्ष का उपदेश देता है। हीनयान सम्प्रदाय में बौद्ध धर्म के संस्थापक की पूजा ईश्वर के रूप में की जाती है। लोग जिन अन्य देवी-देवताओं की पूजा करते हैं, वे भी बुद्ध के प्रति श्रद्धालु होते हैं। बुद्ध को मनुष्य का ही नहीं, देवताओं का भी शास्ता कहा जाता है सत्य को अपने जीवन में आचरित करने के कारण वे मनुष्यों के उद्धारक माने जाते हैं, और इसीलिए वे सबके पूज्य हैं। महायान के पार्थिव बुद्ध चिरन्तन बुद्ध के पार्थिव अवतार हैं और वे असंख्य लोकों में विद्यमान हैं। संसार की सभी वस्तुएं उनकी वशवर्तिनी हैं। समस्त जड़चेतन सृष्टि के स्रष्टा वही हैं। महायान में ईश्वरत्व का जो स्वरूप वर्णित है, वह हिन्दू-धारणा से मिलता-जुलता है। निकाय के सिद्धान्त के अनुसार 'धर्मकाय' (धर्मदेह) ही परम आदि कारण है, वही ईश्वर है जिससे और जिसमें वस्तुओं का आविर्भाव एवं तिरोभाव होता है। यह परमेश्वर जगत् से परे है, परम श्रेष्ठ है और अतीन्द्रिय है। ईश्वर की अगली श्रेणी है 'संभोगकाय' की वह आनन्दस्वरूप और ज्ञानस्वरूप है। वह हिन्दुओं के परमात्मा का, जो विश्व का सर्जक और रक्षक है, समकक्ष है। वह मनुष्य द्वारा पूजित देवता है। 'निर्माणकाय' पृथ्वी पर ईश्वर की अभिव्यक्ति है। मनुष्य ईश्वर को जान सके, एतदर्थ यह मानव जीवन एवं इतिहास में साकार ईश्वर के रूप में अवतीर्ण

होता है। बौद्ध धर्म की महायान शाखा में ईश्वर की अनुकम्पापूर्ण रक्षा-शक्ति के लिए भी गुंजाइश है। मनुष्य अपने प्रयास से नहीं, बल्कि दैवी अनुग्रह से मोक्ष प्राप्त करता है।

बुद्ध ने माना है कि सत्य तक पहुंचने के भिन्न-भिन्न मार्ग हैं। परन्तु, सत्य की उपलब्धि हो जाने के बाद मार्ग का अपने-आपमें कोई महत्त्व नहीं रह जाता। किसी को इस चीज का आग्रह नहीं करना चाहिए कि उसका मार्ग ही सत्य तक पहुंचने का एकमेव मार्ग है। बुद्ध ने बेड़ा का दृष्टान्त देकर इस बात को स्पष्ट किया है: अगर किसी आदमी ने एक भयंकर नदी को पार करने के लिए किसी बेड़े (लट्ठों से बनी नाव) का सहारा लिया है, और नदी को पार कर चुकने के बाद भी वह अपने कन्धों पर उसे लादकर अपनी यात्रा में साथ ढ़ोता है, तो उसका यह कार्य मूर्खतापूर्ण ही तो कहा जाएगा?[1] चीन में कन्फ्यूशसवाद, ताओवाद और बौद्ध धर्म के अनुयायी जब आपस में मिलते हैं तब अपने-अपने धर्म की प्रशंसा कर चुकने के बाद वे गोष्ठी का समापन इस सहगान से करते हैं: 'धर्म अनेक हैं पर तर्कना एक है; हम सभी भाई-भाई हैं।'[2] जापान के राजकुमार शोतुको (सातवीं शती ईस्वी) ने शिन्तोवाद, कन्फ़्यूशसवाद और बौद्ध धर्म-तीनों का सामंजस्य इन शब्दों में किया था:

---

1. 'मज्झिम निकाय', XXII; तुलना कीजिए उपनिषद् के इस कथन से-
   'शास्त्राणि अभ्यस्य मेधावी ज्ञान-विज्ञान तत्परः।
   पलालगिव धान्यार्थी त्यजेत् ग्रन्थान् अशेषतः।।'
   अर्थात् चतुर मनुष्य धर्मग्रन्थों का अध्ययन उनके महत्त्व को समझने के लिए करता है, और जब उसका यह प्रयोजन सिद्ध हो जाता है तब वह उसी प्रकार उन ग्रन्थों को फेंक देता है जिस प्रकार अन्न को चाहनेवाला भूसे को फेंक देता है।
2. जे एस्टलिन कारपेण्टर: 'दि प्लेस ऑव क्रिश्चियैनिटी इन दि रिलीजन्स ऑव दि वर्ल्ड', पृ. 60।

"शिन्तो 'निकाय' का स्रोत एवं मूल है; आकाश और पृथ्वी का सम्बन्ध जोड़ता हुआ वह मनुष्य को पुरातन पथ का उपदेश देता है, कन्फ़्यूशसवाद उस पथ की शाखा और पत्तियों के तुल्य है; वह मनुष्य के साथ ही अंकुरित होकर उसे माध्यम मार्ग की शिक्षा देता है; बौद्ध धर्म उस अध्यात्म मार्ग का फूल और फल है; मनुष्य की मानसिक शक्तियों के परिपुष्ट हो जाने के बाद प्रकट होकर वह उसे परम पथ का उपदेश देता है। इसलिए एक के बजाय दूसरे को तरजीह देकर उससे प्रेम करना मनुष्य के स्वार्थपूर्ण भावावेग का ही सूचक है...वास्तव में प्रत्येक नया पन्थ पुरातन पन्थ को ज्ञान से आलोकित करता है।"

बुद्ध द्वारा प्रतिपादित चौहरे सत्य के अनुसार, मानव का सांसारिक जीवन एक भगोड़े का जीवन है और क्षणभंगुर है। इसका तात्पर्य यह नहीं है कि बुद्ध एक ऐसे मत का प्रतिपादन करते हैं जो संसार को नकारता है और ऐहिक जीवन में जिसकी कोई रुचि नहीं। बुद्ध न केवल सत्य के अन्वेषी हैं वरन् वे मानव जाति को उस सत्य से परिचित करानेवाले भी हैं। जिस सत्य को उन्होंने पाया है, उसका भागीदार वे सभी मनुष्यों को बनाना चाहते हैं। वे लोगों को वह मार्ग दिखलाना चाहते हैं जिस पर चलकर सत्य की प्राप्ति हो सकती है। धार्मिक तत्त्व-दर्शन का मध्यम मार्ग धर्म का अन्त नहीं है, वरन् वह ऐसा साधन भी है जिससे सत्य को पाया जा सकता है। लक्ष्य-प्राप्ति का साधन स्वयं लक्ष्य के स्वरूप का भी निर्धारण करता है। नैतिक साधनों और आध्यात्मिक लक्ष्य को अलग नहीं किया जा सकता। ज्ञानागम का लक्ष्य उसके साधनों में समाविष्ट है। जो लोग संसार से घृणा करते हैं, वे हमारे संसार को समृद्ध करनेवाली कला तथा संस्कृति को जन्म नहीं दे सकते। बौद्धधर्म लोगों को मानव-जीवन की प्रवृत्तियों और प्रयत्नों से विरत नहीं करता।

बौद्ध धर्म चाहता है अपने को एक ऐसे धर्म का रूप देना जिसका अनुगमन सारी मानव जाति कर सके। महायान में किसी व्यक्ति विशेष के निजी मोक्ष पर

नहीं, वरन् समस्त प्राणियों के मोक्ष पर जोर दिया गया है। संघर्षशील मानवता के प्रति बोधिसत्त्वों का यह अनन्त स्नेह ही है जिसके कारण वे स्वेच्छा से निर्वाण के परमानन्द से अपने को वंचित कर लेते हैं–हालांकि वे उसके पूर्ण अधिकारी हैं, ताकि वे सभी प्राणियों को आत्माओं के उद्धार के लिए निरन्तर प्रयत्न कर सकें; क्योंकि बुद्धत्व प्राप्त करना तो सबकी ही नियति है।

बुद्ध ने अपने सिद्धांत के प्रचार का कार्य अपने अनुयायियों के सुपुर्द कर दिया था। कलिंग विजय के सिलसिले में जो नर-संहार हुआ, उससे सम्राट अशोक को बहुत पश्चात्ताप हुआ; और उसी का यह परिणाम हुआ कि उन्होंने बौद्ध धर्म स्वीकार कर लिया। उसके संरक्षण में बौद्ध धर्म सारे भारत में फैल गया। अशोक ने पाषाण-स्तम्भों और शिलाओं पर बौद्ध धर्म के उपदेशों को उत्कीर्ण करने का आदेश दिया। उन्होंने अपने 'बच्चों' अर्थात् अपनी प्रजा को निर्देश दिया कि वे एक-दूसरे को प्यार करें, जीवों पर दया करें और सभी धर्मों का आदर करेँ। अपनी धुन के पक्के, 'देवताओं के प्रिय' (देवानां प्रिय) उस सम्राट का सम्पर्क-सम्बन्ध भूमध्यसागरीय और पश्चिम एशियाई देशों से था। उन्होंने बौद्ध धर्म के सिद्धान्तों का प्रचार करने के लिए विदेशों में अपने धर्म-दूतों को भेजा। किवदन्ती है कि उनका औरस पुत्र बौद्ध धर्म का सन्देश लेकर सिंहल गया था। अफगानिस्तान से लेकर जापान तक बौद्ध धर्म की दुन्दुभी बज उठी थी। यह एक ऐसा धर्म है जो प्रदेशों की सीमा का अतिक्रमण करके फैला। अपने विस्तार की प्रक्रिया में बौद्ध धर्म ने उन क्षेत्रों की परम्पराओं और संस्कृतियों को आत्मसात् कर लिया, जिन्होंने उसके संदेश को स्वीकार किया, वहां उनको सुसंस्कृत बनाने में भी उसने मदद की।

जैन धर्म के अनुसार, 'तीर्थंकर' उसे कहते हैं जो भवसागर को पार करने के लिए जहाज की व्यवस्था करता है। धर्म ही वह जहाज है। तीर्थंकर अर्हत् है-पूजा का पात्र है। ऐसा व्यक्ति संसार के धर्म में नए सिरे से जीवन-संचार कर देता है।

चार कर्मों का विनाश करके वह चार प्रधान गुणों-अनन्त ज्ञान, अनन्त दर्शन, अनन्तवीर्य, अनन्त सुख का अर्जन करता है। इन गुणों से विभूषित होकर वह सर्वज्ञ प्राणी बन जाता है और अपना शेष जीवन मानव जाति के कल्याण में व्यतीत करता है। जब आत्मा अपने सच्चे स्वरूप का दर्शन कर लेती है, तब वह काल के वशीभूत नहीं रहती, और जैसा कि कहा जाता है, पुनर्जन्म के चक्र से उसको छुटकारा मिल जाता है। तीर्थंकर 'सिद्ध परमेष्टि' अर्थात् पूर्ण मनुष्य बन जाता है। सिद्ध को इसीलिए पूजा जाता है, क्योंकि वह आध्यात्मिक पूर्णता का प्रतिनिधित्व करता है। अर्हत्, सिद्ध, संघ और धर्म – ये चार वस्तुएं चरम महत्त्व की हैं और पूजा के योग्य हैं। जैन धर्म इस बात पर जोर देता है कि मनुष्य दिव्यता की किसी भी ऊंचाई तक उठ सकता है, उसका दावा है कि उसकी शिक्षाएं सार्वदेशिक उपयोग की हैं।

ज़रथुस्त्री मत (पारसी धर्म) में द्वैत है–उसमें दो शक्तियों के बीच खुला संघर्ष है। अहुरमज्दऔर अंग्र मैन्यू दो परस्पर विरोधी सिद्धान्त है; उनके संघर्ष में ब्रह्माण्डीय जीवन और मानव-इतिहास का रूपक मिलता है। उनमें से एक है प्रकाश, न्याय और शिवं का सिद्धान्त; तथा दूसरा है अन्धकार, अन्याय और अमंगल का सिद्धान्त। इन दोनों शक्तियों के युद्ध का अन्त होता है शिवं (कल्याण) की विजय में। अन्धकार पर प्रकाश की पूर्ण विजय होने के पूर्व मानव जाति को थका देनेवाली यातना और अथक संघर्ष के अनन्त चक्रों से गुजरना ही पड़ता है। सांसारिक मनुष्य के सामने यह समस्या होती है कि वह इन दो सिद्धान्तों में से किसे चुने। चूँकि जहां तक देश और काल का सम्बन्ध है, दोनों सिद्धान्तों के बीच होने वाला संघर्ष सार्वभौमिक है, इसलिए मनुष्य जिस भी सिद्धान्त को अनिवार्यत: चुनता है, उनको दूसरे सिद्धान्त से अलग करने वाला और उसका परिसीमन करने वाला कोई ऐन्द्रिक परिचय-चिह्न नहीं होता। सामान्यत: अहुरमज्द के अनुगामी कहे जाने वाले लोग आध्यात्मिक एकता

के बंधन में बंधे होते हैं; उनके बीच कोई जागतिक सम्बन्ध नहीं होता; जाति, राजनीतिक निष्ठा और प्रजातिगत समूहों का भी सम्बन्ध उनकी इस आत्मिक एकता के मार्ग में बाधक नहीं बनता। अहुरमज्द का सिद्धान्त सार्वदेशिक है। 'जेन्द-ए-आवेस्ता' में कहा गया है:

'आर्य देशों, तूरानी देशों, मलय देशों, सीरियाई देशों और डेसियाई देशों– सभी देशों के धर्म-प्राण आस्तिक लोगों का हम समादर करते हैं।'[1]

यहां एक सार्वभौम धार्मिक समाज की सुस्पष्ट परिभाषा हाथ लगती है जिसमें जाति-प्रजाति और राष्ट्रीयता से सम्बन्धित विभेदों के लिए कोई स्थान नहीं है। आस्तिक व्यक्ति, चाहे वह कहीं का भी क्यों न हो, श्रद्धास्पद है। पारसी धर्म-भावना के अनुसार, आस्तिक व्यक्ति वह है जो अपनी राजनीतिक निष्ठा और देश-जातिगत जन्म के बावजूद, न्याय और शान्ति की तलाश में अहुरमज्द का अनुयायी बन जाता है। महात्मा ज़रथुस्त्र कहते हैं: "और हम संसार के नीतिपरायण प्राचीन धर्मों की पूजा करते हैं।"[2]

यद्यपि मैरथन् और सैलमिस में फारस की पराजय हो गई, तो भी निष्कासनोत्तर काल के यहूदी पैगम्बरों और यूनानी जगत् पर उसका प्रबल प्रभाव पड़ा। ईरानियों की स्थल और जल-सेना पर एथेन्स वालों की दो महान् विजयों के तुरन्त बाद यूनानी धार्मिक जीवन में एक बड़ा भारी फेर बदल दिखाई दिया जिसका कारण था भारतीय और ज़रथुस्त्री (पारसी) विचारों का प्रवेश। मिस्र के पुरातत्त्व के महान् विद्वान प्रोफेसर फ्लिण्डर्स पेट्री को प्राचीन मिस्र की राजधानी मेम्फिस की खुदाई के दौरान, नगर की फारसी तह में भारतीय ढंग के मिट्टी के बर्तन, गुरियां और आकृतियां प्राप्त हुई थीं। इस खोज पर टिप्पणी करते हुए वे लिखते है: "फारसी साम्राज्य के अन्तर्गत मेम्फिस

1. यास्त, XIII, 143, 144
2. यस्ना, XVI,3

में भारतीय बस्ती होने का महत्त्व इस बात में है कि उसके कारण भारतीय विचारधारा का मिस्र में प्रवेश हुआ और ईसा मसीह के आविर्भाव से पूर्व ही वहां संन्यास या वैराग्य का आन्दोलन चल पड़ा जिसकी परिणति पाश्चात्त्य मठवास या संन्यासाश्रम में हुई।" रेवरेण्ड फ्रैंक नाइट लिखते हैं: "मिस्र में ईसा से 340 वर्ष पूर्व ही ऐसे मठ स्थापित हो चुके थे जहां कुछ साधु-संन्यासी साथ रहकर आश्रम-जीवन बिताते थे और भारतीयों द्वारा निर्धारित साधना-नियमों के अनुसार अपने जीवन को संयमित करते थे। इस बात की बहुत सम्भावना है कि यूनानी स्टोइकवाद (संन्यासवाद) मूलत: यूनान की उपज न रहा हो, वरन् भारत के बौद्ध भिक्षुओं के विचार-विश्वास ही मिस्र के रास्ते यूनान में घुस-पैठ कर गए हों और वहां स्टोइकवाद का रूप ले बैठे हों।"[1] प्लेटो के अनुसार, सुकरात ने कहा है–

"आत्मस्थ होती हुई आत्मा जब ध्यान करती है तब वह विशुद्ध, सनातन, निष्पक्ष और समरूप वस्तु पर सीधे अपना अक्स डालती है तथा अपनी एकाकी एवं अबाधित स्थिति में उसी के साथ सम्बद्ध हो जाती है। और तब, अपनी भूलों से अपने को विरत कर लेती है और चिरन्तन सत्ता, जिसके साथ उसका सम्पर्क स्थापित हो चुका होता है, के सदृश हो जाती है।"

आत्मा की यह दशा 'ज्ञान' कहलाती है। डायोनिसियस, जिसकी भूमिका होमर के महाकाव्यों में अपेक्षाकृत गौण है, अब पार्थेनन के स्तम्भ फलकों पर उत्कीर्ण ओलिम्पियाई (प्राचीन यूनानी) देवताओं के बीच अपनी जगह बना लेता है। डायोनिसियस-सम्बन्धी रहस्य-गाथाओं के विकास और यूनानी धार्मिक जीवन में लक्षित रूपान्तरण का समय ऐथेन्स वालों की उक्त दो विजयों के बीच का रहा होगा। इससे यूनानी जगत् के परम्परागत धर्म में एक नए रहस्यात्मक तत्त्व का समावेश हो गया।

---

1. जी.एस.घुर्ये: 'इंडियन साधूज' (1953), पृ. 11 पर उद्धृता

ज़रथुस्त्रवादी (पारसी) दर्शन के द्वैतवाद में आर्फियस[1] का रहस्यात्मक दृष्टिकोण भी समाविष्ट हो जाता है। आनुभविक जगत्, जिसे ऐन्द्रिक या यथार्थ जगत् भी कहते हैं, भ्रमजाल में पड़ा है और यंत्रणा झेल रहा है। संगीत, ध्यान और प्रेम के द्वारा मनुष्य अपने को ऐन्द्रिक अनुभव की स्थिति से मुक्त कर सकता है और अब भी आध्यात्मिक अमरत्व प्राप्त कर सकता है। इस प्रकार, यूनानियों का धार्मिक जगत् आध्यात्मिक समाज की धारणा से परिचित हुआ। यह एक ऐतिहासिक सत्य है कि शताब्दियों तक आध्यात्मिक सत्संग की परम्परा चलती रही। ऐसे लोगों के समुदाय उठ खड़े हुए जो नस्ल, राष्ट्र, रक्त, राजनीति, वर्ग या जाति को मानव-एकता का आधार नहीं मानते थे; जो इन्द्रियातीत मूल्यों और भगवत्कृपा पर विश्वास करते हुए एकता के सूत्र में आबद्ध थे। जो आदमी आध्यात्मिक समरसता के स्वर को, जो पार्थिव श्रोत्रेन्द्रिय की पहुंच से परे हैं, न सुनकर अपनी इन्द्रियों के माध्यम से हुए अनुभव को ही प्रमाण मानता है, उसे हेराक्लिटस वहशी कहता है। स्टोइकवादी विचारक यह घोषित करते हैं कि प्रकृति के एक अनुल्लंध्य नियम के अनुसार सभी आदमी आपस में भाई-भाई हैं।

यहूदी बाइबिल का आरम्भ यहूदियों से नहीं होता। 'ऐडम' (हिब्रू के इस शब्द का अर्थ है 'आदमी') की कहानी से इसका आरम्भ होता है। जेनेसिस[2] (vi) में कहा है: "यह आदमी की पीढ़ियों की किताब है।" इनमें न तो 'लेवाइट' का जिक्र है, न पादरी और न यहूदी का ही; इसमें तो जिक्र है बस आदमियों का। धरती की सन्तानों को एक कुटुम्ब के रूप में माना गया है। उनका पूर्वज एक ही है जो सबका पिता है। सब मनुष्य समाजन हैं, इस असलियत को न तो जाति-पांति के भेदभाव झुठला सकते हैं और न रक्त या वंशानुक्रम के आधार पर किए

1. यूनान का एक महान् मधुर गायक।
2. बाइबिल का पहला अध्याय जिसमें सृष्टि का वर्णन है।

जाने वाले वर्ग-भेद। रब्बी पूछते हैं: "मनुष्य को एक-सा क्यों रचा गया है?" और वही उत्तर देते हैं: "इसीलिए कि एक आदमी दूसरे आदमी से यह न कह सके कि 'मेरा बाप तेरे बाप से अधिक महान् था।'"

बताते हैं कि यहूदी लोग यद्यपि कर्मकाण्डीय पवित्रता पर बहुत जोर देते हैं तथापि उनके यहां जीवन के प्रति एक भिन्न दृष्टिकोण अपनाने पर भी बल दिया जाता है। मनुष्य ईश्वर की प्रतिच्छवि है। मनुष्य का मूल स्वभाव ईश्वरीय सत्त्व से युक्त है। पुरानी बाइबिल (ओल्ड टेस्टामैंट) में कहा गया है कि मनुष्य की आत्मा भगवान् का दीपक है जिसको ईश्वरीय ज्योति से प्रज्वलित करना पड़ता है। यद्यपि मनुष्य ईश्वर की प्रकृति है, तथापि 'मनुष्य के पतन' का अर्थ है ईश्वर के साथ उसके घनिष्ठ सम्बन्ध की स्थिति में चूक होना। इसलिए हम कह सकते हैं कि मनुष्य में ईश्वर का प्रतिरूप होने की संभावना तो मौजूद है, लेकिन असल में वह ऐसा है नहीं। परमेश्वर की इच्छा के अनुरूप अपने को बनाने के लिए यह आवश्यक है कि व्यक्ति अपनी अन्तःशुद्धि करें। आत्मा की ज्योति हर आदमी के अन्तःकरण में ज्योतित की जानी चाहिए। परमात्मा इस प्रकार कहता है: "मैं एक नई आत्मा तुम्हारे भीतर डाल दूंगा और उनके शरीर में से पाषाण ह्दय निकाल लूंगा और उनको रक्त-मांस का एक ह्दय दे दूंगा।"[1] 'हे ईश्वर, मेरे भीतर एक शुद्ध ह्दय दो, और मेरे अन्तःकरण में एक सही आत्मा का पुनर्नवीकरण करो।' एक अग्न और अनुतप्त ह्दय का सृजन करना यहूदियों का उद्देश्य है, क्योंकि ईश्वर ऐसे ह्दय को घृणा नहीं कर पाएगा।

एक नए आदमी और एक नई दुनिया को बनाने के लिए यह आवश्यक है कि 'आत्मा को बदल दिया जाए।' आदमी की आत्मा को 'ईश्वर के ऐसे चिराग के रूप में' देखा गया है जो 'अन्तःकरण के एक-एक कोने के छल-छिद्र को ढूंढता फिरता है।' 'एक्सोडस' (निष्क्रमण) के अनुसार, ईश्वर ने मूसा (मोज़ेज) से कहा:

---

1. इज़ेकील, II, 16, 19

"तू मेरा चेहरा नहीं देख सकता, क्योंकि कोई आदमी मुझे देखने के बाद जिन्दा नहीं रहेगा।" जब ईश्वर का इकरारनामा (कॉवेनैण्ट) मनुष्य के हृदय में लिख दिया जाएगा, तब अतीन्द्रिय पूर्णत: सर्वान्तर्यामी हो जाएगा। "मैं कह चुका हूँ कि तुम देवता हो और तुम सभी परमात्मा की सन्तान हो।" (साम्स[1])

हिब्रू बाइबिल मूर्तिपूजा के साथ समझौता नहीं कर सकती। 'तुम मेरे अलावा किसी और को अपना ईश्वर नहीं मानोगे।' टैसिटस का कथन है: "नश्वर पदार्थ को मनुष्य का रूप देकर उसे देवता या ईश्वर का प्रतिनिधि मानने को यहूदी लोग ठीक नहीं समझते, और जो लोग ऐसा करते हैं, उनको अधार्मिक कहकर वे उनकी निन्दा करते हैं। वे कहते हैं कि वह परमेश्वर सर्वोपरि और चिरन्तन है: उसमें न कभी कोई परिवर्तन होता है, न कभी उसका क्षय।"[2] फिलो ने जूडाई के राजा अग्रिप्पा द्वारा कैलिगुला को लिखे एक पत्र का उद्धरण दिया है जिसमें कहा गया है:

"हे मेरे प्रभु और स्वामी, गेइयस, इस मन्दिर के भीतर, इसकी नींव रखी जाने के दिन से लेकर अब तक, आदमी के हाथों से निर्मित कोई प्रतिमा कभी नहीं प्रविष्ट हो पाई, क्योंकि यह भगवान् का आवास है। तस्वीरें और प्रतिमाएं उन देवताओं की, जिन्हें बाह्य चक्षुओं से देखा जा सकता है, प्रतिकृतियां मात्र हैं; लेकिन हमारे पूर्वजों ने यह उचित और संगत नहीं समझा कि जिस अदृश्य भगवान को हम इतना आदर देते हैं, उसकी कोई प्रतिमा बनावें या किसी वस्तु को उसका प्रतिनिधि स्वीकार करें।"

यहूदी लोग अपने मन्दिरों में भगवान् की कोई प्रतिमा या उसके स्वरूप का कोई प्रतिनिधि-अदृश्य परमात्मा का कोई मिलता-जुलता दृश्य-स्वरूप नहीं आने देते। वे ईश्वर की अतीन्द्रियता पर जोर देते हैं।

---

1. ओल्ड टेस्टामेंट (पुरानी बाइबिल) में संगृहीत स्तोत्र।
2. हिस्ट्री, V, 5

यहूदियों की बाइबिल में उनके लिए एक महान् ईश्वरीय आज्ञा यह है कि 'अपने पड़ोसी से वैसा ही प्रेम करो जैसा तुम अपने-आपसे करते हो।' लेविटिकस XIX में, जहां इस सिद्धान्त पर टीका की गई है, यह कहा गया है:

"अपने भाई के लिए अपने हृदय में घृणा-भाव न रखो; लेकिन अगर तुम्हारे पड़ोसी कोई बुरा काम करे, तो तुम चाहो तो उसका प्रतिवाद कर सकते हो, ताकि वह उस बुरे काम को छोड़ दे। अगर कोई आदमी तुम्हारे साथ बुरा करता हो, तो तुम उसका बुरा करके उसकी बराबरी करने की कोशिश मत करो; या अपने लोगों के बच्चों के प्रति किसी तरह की दुर्भावना न रखो; बल्कि अपनी तरह ही अपने पड़ोसी को भी प्यार करों। मैं ईश्वर हूँ।"

यह सिद्धान्त किसी आदमी के भाइयों या सगे-सम्बन्धियों पर ही लागू नहीं होता, बल्कि सब पर लागू होता है। "और अगर कोई परदेशी तुम्हारे अपने देश में तुम्हारे साथ रह रहा है, तो तुम उसके जीवन में कांटे न बोओ; उसको अपने देश के निवासी के समान ही मानो और उसको भी उतना ही प्यार करो जितना तुम खुद अपने से करते हो; क्योंकि तुम भी तो कभी एक अजनबी मुल्क-मिस्र देश में रहते थे। मैं हूँ तुम्हारा प्रभु, तुम्हारा ईश्वर।" मिकाह पूछता है: "भगवान् आखिर तुमसे चाहता ही क्या है, बस इतना ही तो कि तुम इंसाफ से काम करो और दयालुता को प्रेम करो और जिसे तुमने अपना भगवान् मान रखा है, उसके सामने विनयावनत रहो।" हजरत मूसा ने यह प्रार्थना की: "कितना अच्छा होता कि ईश्वर के सभी जन पैगम्बर होते।" ईसाइयाह का कहना है: "राष्ट्रों में कौन अच्छा है, कौन बुरा, इसका फैसला वह (खुदा) करेगा। वे अपनी तलवारों को ठोक-पीटकर हल के फाल बना लेंगे। अब आगे से कोई युद्ध का प्रशिक्षण नहीं लेगा।" युद्ध के अस्त्र-शस्त्रों को शान्ति की सेवा में नियोजित कर दिया जाना चाहिए। सभी राष्ट्र एक ही परिवार के अंग हैं और वे एक-दूसरे के प्रति उत्तरदायी हैं।

ईसाई धर्म जीसस क्राइस्ट के जीवन और अनुभव पर आधारित है। क्रूस (सलीब) तभी महत्त्वपूर्ण होता है जब हम उसे अपना बना लें, जब हम खुद सूली पर चढ़ने की प्रक्रिया से गुजरें। जीसस क्राइस्ट हमें उस पथ पर चलने के लिए आदेश देते हैं जिस पर वे खुद चल चुके हैं; वे हमें ऐसा करने को इसलिए कहते हैं ताकि ईश्वर के साथ जो संयोगावस्था को उन्होंने प्राप्त किया, उसके भागीदार हम भी बन सकें। 'खोजो और तुम पाओगे।' 'जिन खोजा तिन पाइयां।' हर आदमी को पाने के लिए खुद कोशिश करनी पड़ेगी। हर आत्मा में जो सत्य अन्तर्हित है, उसको जाग्रत् आत्मिक चेतना के रूप में प्रकट होना ही चाहिए। यही है 'लोगों के हृदयों में जीसस क्राइस्ट का आविर्भाव होना।' ऐसा होगा, तभी हम 'एक नया जीवन जी सकेंगे।' जब ऐसा होता है तब सारी चीजें नई हो जाती हैं। जो लोग अपने को अपनी अपुनर्जात दशा से ऊपर उठा लेते हैं, वहीं मानवता की भावी नियतकि की आशाएं और संकल्प होते हैं। आध्यात्मिक पुनर्जन्म को प्राप्त करने का कोई एक मार्ग नहीं हैं। "मैंने तुमसे जो कहा है कि निश्चय ही तुम्हारा पुनर्जन्म होगा। इस पर अचम्भा करने की जरूरत नहीं।–आंधी जब चलती है तब आवाज होती है, वह आवाज तुमको भी सुनाई देती है, लेकिन तुम यह नहीं बता सकते कि आवाज कहां से आ रही है और कहां को जा रही है; ठीक यही हाल परमात्मा से उत्पन्न हर प्राणी का है।"[1] इसी भावना से यह कहा गया है–"सारे धर्मग्रन्थ ईश्वर-प्रेरित हैं, अत: अपदेश करने, भर्त्सना करने, सुधार करने और ईमानदारी का प्रशिक्षण देने के लिए इनकी उपादेयता है। धर्मग्रन्थों का उद्देश्य यही है कि ईश्वरीय जनों को पूर्ण और हर अच्छे कार्य में सक्षम बनाने के लिए आवश्यक साधन-सुविधाएं दी जाएं।"[2]

---

1. जॉन III
2. II टिमोथी, III, 16-17

सेंट पॉल का कथन है: 'तुम्हारा शरीर ईश्वर का मन्दिर है, और ईश्वर तुम्हारे भीतर है।'[1] "क्या तुम नहीं जानते कि तुम ईश्वर के मन्दिर हो और ईश्वर की चेतना तुम्हारे अन्दर निवास करती है?"[2] तुम चेतन ईश्वर के मन्दिर हो।[3] ओरिजन की दृष्टि में, ईश्वर और मनुष्य में रक्त का सम्बन्ध है। यद्यपि ईश्वर हमारे अस्तित्व का ऐसा ऐसा स्रोत है जो चिरन्तन और और अतीन्द्रिय है, तथापि वह हमारे हृदयों के अत्यन्त निकट है; वह है सार्वभौम पिता, जिसके वरद आश्रय में हम जीते हैं, चलते-फिरते हैं और अपना अस्तित्व कायम रखे हुए हैं। 'इसीलिए जैसा तुम्हारा स्वर्गिक पिता पूर्ण है, वैसे ही तुम भी पूर्ण बनो।'[4] फिलिपियनों के नाम लिखे अपने धर्मपत्र 'एपिस्टल टू दि फिलिपियन्स' में सेंट पॉल कहते हैं:

"डरते-कांपते तुम अपने मोक्ष का उपाय खुद ढूंढ़ निकालो; क्योंकि ईश्वर ही तुम्हारा अंत:करण में समाकर कार्य करता है; वही है जो तुमसे इच्छा करवाता है और वही है जो अपने मनचाहे ढंग से तुमसे काम करा लेता है।"[5] "यह ध्रुव सत्य जानो कि मानव-स्वभाव भले ही भ्रष्ट और पार्थिव है, तो भी हर मनुष्य की आत्मा में ईश्वर का तेज, प्रकाश और प्रेम मौजूद है।" (विलियम लॉ) "जो आदमी अंतर्मुखी होकर 'स्व' में गहरे पैठता है, वह 'स्व' से ऊपर और परे चला जाता है और सचमुच ईश्वर की ऊंचाई तक पहुंच जाता है।" हमारे लिए किसी धर्म-मत का अनुयायी होना आवश्यक नहीं है, बल्कि महत्त्वपूर्ण है उस अनुभव में से गुजरना, जिससे उस धर्ममत का विकास हुआ था। मनुष्य एक अधूरी रचना है, अपूर्ण सृष्टि है। उसे पूर्णता की प्राप्ति के लिए प्रयास करना पड़ता है। 'ईश्वर के पुत्र का अवतार हुआ ही इस प्रयोजन के लिए था कि वह शैतान के कार्यों को

1. I कोरिन्थियन्स, VI, 19
2. वही, III, 16
3. II कोरिन्थियन्स, VI, 16
4. मैथ्यू, V, 48
5. II, 12-13

विनष्ट कर सके।'[1] यह एक ऐसा युद्ध है जो समस्त ब्रह्माण्ड को हिला देता है: यह युद्ध मनुष्य के अन्तर्तम में, उसकी अन्तरात्मामें छिड़ता है। ईश्वर-प्रेम मोक्ष-प्राप्ति का सबसे आसान तरीका है। सेंट जॉन कहते हैं: "अगर कोई आदमी कहे कि मैं ईश्वर से प्रेम करता हूँ, और वही अपने भाई से घृणा करता हो, तो वह झूठा है।" यह प्रेम एक नया जन्म है, इसका जन्मदाता ईश्वर है। जॉन कहते हैं: "जो भी कोई ईश्वर से उत्पन्न है, वह कोई पाप नहीं करता, क्योंकि उसका बीज उसमें निहित होता है; और वह पाप इसलिए नहीं करता, क्योंकि वह ईश्वर से पैदा हुआ है।" प्रेम विश्व-विजयी है, वह दुनिया के सारे भयों और चिन्ताओं को हर लेता है। प्रेम की लगन ईश्वर के प्रति जागरूकता का स्वाभाविक परिणाम है। ईश्वर की संतानों में से जो तुच्छ से तुच्छ हैं, उसको भी ईसा अपने बराबर समझते हैं। 'और तुम सभी भाई-भाई हो।'

'अगर कोई आदमी संसार को प्यार करता है, तो समझ लो कि उसमें परम पिता परमेश्वर के प्रति प्रेम नहीं है। क्योंकि संसार में जो कुछ है-देहासक्ति, रूपासक्ति और जीवन का मिथ्या अभिमान आदि, वह सब उस परमपिता से सम्बन्धित नहीं है, बल्कि सांसारिक है।' हमें तो अपने शत्रुओं तक से प्रेम करना चाहिए। तुममें से जिसने कभी कोई पाप न किया हो, उसे ही सबसे पहले पत्थर फेंकने दो![2]

क्रूस (सलीब) का अर्थ है शारीरिक कष्ट-सहन, भौतिक पराजय, लेकिन इसका एक और अर्थ है: आध्यात्मिक विजय। पीड़ा-सहन के माध्यम से मुक्ति तक पहुंचा जा सकता है। पैस्कल कहते हैं कि ईसा संसार के समाप्त होने तक मृत्यु से जूझते रहेंगे। इस असीम काल में, जो संसृति का प्राण है, जहां कहीं कोई आंसू गिर रहा होगा, जहां कहीं अन्याय या हिंसा का कोई कृत्य हो रहा

1. I जॉन, III, 8
2. जॉन, VIII,7

होगा, वहां-वहां हमको मृत्युपर्यन्त संघर्ष करते रहना होगा। 'क्या तूने अपने भाई को देख लिया? तो समझ ले कि तूने ईश्वर को देख लिया।' सिकन्दरिया और टरटुलियन के क्लीमेंट की सूचना के अनुसार, आरम्भिक ईसाइयों का यही आदर्श वाक्य था। इस संदेश की सार्वभौम उपयुक्तता है। 'जिस ईश्वर ने दुनिया को बनाया और उसकी सारी चीजों का निर्माण किया...उसी ईश्वर ने विभिन्न राष्ट्रों के मनुष्यों की धमनियों में एक ही रक्त प्रवाहित किया, ताकि वे सारी पृथ्वी पर बसे रहें। कारण यह है कि उस परमेश्वर में ही हम जीवित रहते, चलते-फिरते तथा अपना अस्तित्व कायम रखते हैं। आपके कुछ अन्य कवियों ने भी विश्वासपूर्वक इस तरह की बात कही है, क्योंकि हम सभी परमात्मा की सन्तानें हैं।' (सेंट पॉल)

कीर्केगार्द ने ही सबसे पहले अस्तित्ववाद शब्द का प्रयोग शास्त्रीय अर्थ में किया था। यह एक ऐसा सिद्धान्त है जो वैयक्तिक अनुभूति पर जोर देता है। कीर्केगार्द की मान्यता है कि वैयक्तिक अनुभूति (सबजेक्टिविटी) ही सत्य है। यह हीगेलवाद का प्रतिषेधक सिद्धान्त है। हीगेलवाद मानता है कि हम तर्क द्वारा सत्य तक पहुंच सकते हैं। अस्तित्व की पहेलियों को ऊहापोह से या कल्पनात्मक साधनों से नहीं सुलझाया जा सकता। कीर्केगार्द के विचार में, सत्य को उत्कट शोध से ही प्राप्त किया जा सकता है; समग्र व्यक्तित्व के अस्तित्व को सत्य-शोध में समर्पित किए बिना सत्य के दर्शन नहीं हो सकते। अन्तर्मुखता सत्य तक पहुँचने की सीढ़ी है। कीर्केगार्द अपने 'जर्नल्स' में कहता है: "इस जीवन का प्रयोजन है-संसार के प्रति वैराग्य को उसकी चरमावस्था तक पहुंचा देना।" हीडेगर हमें अप्रामाणिक अस्तित्व से प्रामाणिक अस्तित्व में, संसार से मोक्ष या निर्वाण की स्थिति में आ जाने को कहता है। मार्सेल की दृष्टि में मनुष्य का लक्ष्य है आत्म-ज्ञान। यह कोई समस्या नहीं है, जिसका समाधान ढूंढ़ा जाए, बल्कि एक रहस्य है जिसमें श्रद्धा के साथ प्रविष्ट हुआ जाता है।

इस्लाम इस बात की पुष्टि करता है कि भौतिकता के प्रसार से महान् राष्ट्रों का पतन हो जाता है। यूनानियों और ईरानियों के ह्रास का कारण इन राष्ट्रों में नास्तिक भौतिकवाद का प्रसार होना बताया जाता है। धर्मशास्त्र-सम्बन्ध वाद-विवादों ने ईसाई-जद्त् में फूट फैला दी और सामाजिक न्याय तथा बन्धुत्व की उपेक्षा होने लगी। मुहम्मद ने ताईद की है कि खुदा एक है और सभी इंसान भाईचारे के ताल्लुक से जुड़े हुए हैं, मुसलमान बड़ी गहराई से महसूस करते हैं कि इंसान नाचीज है, उसकी किस्मत का कोई ठिकाना नहीं, और खुदा से बढ़कर कोई दूसरी चीज नहीं है। उनके शायरों, पैगम्बरों और पीरों ने स्रष्टा और प्राणियों के बीच की गहरी खाई को और भी बढ़ा-चढ़ाकर दिखाया है। अल्लाह का न कोई रूप-रंग है, न अंग; उसका न आदि है, न अन्त; उसकी बराबरी का कोई दूसरा नहीं है। लेकिन आदमी खुदा को समझ सके, इसके लिए उसका कम से कम आंशिक रूप से वर्णन किया जाना आवश्यक है। उसको इष्ट सत्ता, सर्वशक्तिमान, सर्वान्तर्यामी, सर्वव्यापक और दयालु माना जाता है।

अगर कोई सचमुछ इंसान की जिदंगी जीना चाहता है, अर्थात् अगर वह धार्मिक जीवन व्यतीत करना चाहता है, तो उसे ईश्वर के प्रति अपने विचारों और कार्यों को समर्पित कर देना चाहिए।

रे मानव अपने प्रभु को प्राप्त करने के लिए तुझे प्रयत्न करना चाहिए,

अथक प्रयत्न, जब तक कि तू प्रभु को पा नहीं लेता।

वे लोग वस्तुत: घाटे में हैं जो अल्लाह में मिलना नहीं चाहते।

वे लोग सचमुच विनष्ट हो जाएंगे जो अल्लाह से मिलन की बात को झूठ कहते हैं।

अल्लाह सब कार्यों का नियमन करता है, वह ऐसे लक्षण स्पष्ट कर देता है, जिनसे तुझे अपने प्रभु से मिलने का पूरा-पूरा यकीन हो सके।

कुरान का कथन है: "अल्लाह अपनी मर्जी के मुताबिक, जिसे चाहता है उसे रास्ते से भटका देता है, और जिसे चाहता है उसे सही रास्ते पर लगा देता है।" ईश्वर के निकट पहुंचने की हमारी चेष्टा के सफल होने के लिए यह अत्यावश्यक है कि ईश्वर कृपापूर्वक हमारा रूपान्तरण कर दे।

इस्लाम के समूचे इतिहास में, विजातीय तत्त्वों को अपने अनुकूल बनाकर उन्हें आत्मसात् करने की प्रक्रिया चलती रहती है। जबकि बर्बर गैर-मुसलमानों ने ग्रीक विचार-धारा को कुछ मठों या खानकाहों के सुपुर्द करके छुट्टी पर ली, तब मुसलमान विद्वानों ने ग्रीक भाषा के उत्कृष्ट शास्त्रीय ग्रन्थों का अनुवाद किया, ग्रीक विचार-धारा को आत्मसात् किया और बाद में उसी को अपने रंग में रंगकर पश्चिमी जगत् में प्रसारित किया। पश्चिम में, बारहवीं शती में, इस्लाम के माध्यम से आई इस ग्रीक विचारणा ने एक बड़ा बौद्धिक पुनर्जागरण पैदा किया। हम आम तौर से कहा करते हैं कि यूरोपीय लोगों का मन तीन तत्त्वों से बना हुआ है: (1) ग्रीक संस्कृति, जिसे विज्ञान, कला और साहित्य को अपनी देन दी; (2) रोमन सभ्यता, जिसकी विशेषताएं है राजनीतिक आचार-नियम, कानून और संस्थाएं; तथा (3) ईसाइयत। प्रथम दो तत्त्व इस्लाम और ईसाइयत दोनों में पाए जाते हैं। इस्लाम को यकीन है कि उसने ईसाइयत की कमियों को दूर किया है और उसे पूर्ण बनाया है।

मुहम्मद ने इस तथ्य को स्वीकार किया कि हर धार्मिक गुरु अपने मिशन के प्रति आस्थावान् होता है, और उसकी कल्पना तथा अनुभव उसके अनुयायियों की आवश्यकताओं की पूर्ति करते हैं;

कोई लोग ऐसे नहीं जिनके बीच चेतावनी देने वाली कोई गया न हो;

और हर राष्ट्र को एक सन्देहवाहक मिल चुका है;

और हर राष्ट्र एक पथप्रदर्शक पा चुका है;

और निश्चय ही हमने हर राष्ट्र में एक संदेशवाहक को उत्पन्न किया है, जिसने पुकार-पुकार लोगों से कहा है: अल्लाह की खिदमत करो और शैतान से दूर रहो।

हर कौम के लिए हमने इबादत के तरीके मुकर्रर किए।

तुममें से हरेक के लिए हमने कोई न कोई कानून और तरीका मुकर्रर किया है।[1]

अगर मानव जाति के धार्मिक अनुभवों में समानता है, तो इसका यही मतलब है कि ईश्वर के साथ मनुष्य के साक्षात्कार की प्रतिक्रिया समस्त मानवता पर न्यूनाधिक रूप से एक जैसी ही होती है। विभिन्न नामधारी धर्मों या मजहबों में कुछ बातें समान रूप से मिलती हैं; लेकिन इससे हमें यह नहीं सोच बैठना चाहिए कि वे बातें हर मजहब में एक ही तरह से समाविष्ट हुई हैं। प्रत्येक धर्म सिद्धान्त, अराधना और साधना का एक जीवन्त संगठन होता है; उसमें अपना कुछ अनूठापन और निजी वैशिष्ट्य होता है और युग की आवश्यकताओं के अनुसार उसमें समग्र रूप से परिवर्तन हो जाते हैं इसलिए जब हम विभिन्न धर्मों में पाए जाने वाले समान अविरोधी तत्त्वों की बात करते हैं, तब यह नहीं भूलते कि उनमें कुछ बुनियादी विचार ऐसे हैं जिनके कारण उनको अलग-अलग विशिष्टता प्राप्त है। लेकिन यहां यह जरूरी नहीं जान पड़ता कि हम विभिन्न धर्मों में पाए जानेवाले विभेदों पर जो कुछ मायनों में महत्त्वपूर्ण और बुनियादी हैं, जोर दें। यद्यपि धर्म का हर सम्प्रदाय अपने को उसके विशिष्ट धार्मिक सन्देश का सच्चा प्रतिनिधि होने का दावा करता है, तथापि सभी सम्प्रदायों के सभी अनुयायी यह महसूस करते हैं कि वे एकता के सूत्र में आबद्ध हैं। जैसे कि हम हर धर्म, जिसका प्रत्येक संगठित समूह धर्म की एकता को स्वीकार करते हुए यह दावा करता है कि सच्चाई का ठेका बस उसी के पास है, के अन्तर्विरोध को दूर करने की कोशिश करते हैं, ठीक वैसे ही अलग-अलग धर्मों के बीच पाए जाने

1. कुरान, XXXV, 25, XVI, 37

वाले विरोधों को भी मिटाना आवश्यक है। अगर ऐसा नहीं हुआ तो धर्म-मात्र पर से लोगों की आस्था उठ जाने का संकट पैदा हो सकता है।

हठधर्मिता, अतिबद्धता और असहिष्णुता के रोग से संसार पीड़ित रहा है और खून के आँसू बहा चुका है। जो लोग अपनी जीवन-पद्धति में चाहे वह राजनीतिक हो या धार्मिक, मानवता का समावेश करने की उदार भावना से अनुप्रमाणित हैं, वे भी दूसरों की जीवन-पद्धति के प्रति आक्रमक हो उठते हैं। जेहाद बोलने की इस भावना ने सभी धर्मों के इतिहास को भ्रष्ट कर दिया है।

भविष्य में, संसार में केवल एक ही सभ्यता रह सकेगी, क्योंकि अब यह सम्भव नहीं जान पड़ता कि विभिन्न सभ्यताएं आपस में अनजान रहते हुए टिक पाएं। यद्यपि विभिन्न सभ्यताएं आज तक अपना अस्तित्व बनाए हुए हैं और अपने विशिष्ट जीवन-सिद्धान्तों को छाती से चिपकाए हुए हैं, तो भी वैज्ञानिक खोजें, जो दुनिया के हर हिस्से में जा पैठी हैं, दुनिया को एक बना रही हैं। अगर संसार को धार्मिक आधार पर एकीभूत होना है, तो उसमें इस या उस धर्म के आधार पर एकता नहीं आएगी, बल्कि संसार के विभिन्न धर्मों के सहयोग और समन्वय के द्वारा ही उसको लाया जा सकेगा। अगर सभी धर्म अपने समान आदर्शों को प्राप्त करने का प्रयास करें और विभेदों को सहानुभूतिपूर्वक समझने की कोशिश करें, तो जिस विपत्ति और भय से आज संसार ग्रस्त है, उससे उनको छुटकारा मिल जाएगा। एक-दूसरे का विरोध करने की परम्परा का स्थान सहयोग को लेना चाहिए। अपने धर्म की श्रेष्ठता के प्रति आस्थावान् होना स्वाभाविक है, लेकिन दूसरे मत-मतान्तरों एवं धार्मिक विश्वासों को समझने, उनकी अच्छाइयों की सराहना करने और परस्पर आदान-प्रदान करने की राह में स्वधर्म-निष्ठा बाधक न बने, इसका ध्यान रहना चाहिए। एरैस्मस की एक महान् सूक्ति है: "जहां कहीं तुम्हारा सामना सत्य से हो, समझ लो कि वह ईसाइत है।" जब हम भविष्य के अन्धकार में भटक रहे हों, तब हमें इस परामर्श की अन्तर्निहित भावना को जरूर

याद रखना चाहिए। अगर धर्मों के सन्देश को हमारे युग की समस्याओं के सन्दर्भ में साफ-साफ समझा जाना है, तो हमें यह धारणा त्याग देनी होगी कि किसी एक धर्म में ही अंतिम, निरपेक्ष और सम्पूर्ण सत्य समाया हुआ है, और हमें यह प्राच्य दृष्टिकोण अपनाना होगा कि आस्था ऐतिहासिक आदर्शों के रूप में व्यक्त होती है, क्योंकि इनमें से कोई भी आदर्श ऐसा नहीं, जिसे सबके लिए एकमेव, एकान्त सत्य माना जा सके। अपरिवर्तनीय, जड़ विचारों और धर्मान्धता के शिकार व्यक्तियों को सत्य का शत्रु समझा जाना चाहिए, और ऐसे लोगों से हमें संभलकर रहना चाहिए।

विभिन्न ऐतिहासिक आदर्शों में विश्वास करने वाले लोगों के बीच एक सामान्य प्रच्छन्न उपस्तर विद्यमान रहता है। यदि हम इसकी उपेक्षा करें, तो हम नास्तिवाद, आस्थाहीन और अधर्म-भावना पर काबू नहीं पा सकेंगे।

यदि हम मानव-परिवार के सदस्यों के बीच सुखद मेल-मिलाप कराना चाहें तो हम देखेंगे कि नास्तिक और धर्मद्रोही लोगों तक ने ईश्वरत्व के कुछ पहलुओं को दिव्यता प्रदान कर रखी है। जिस प्रकार ईश्वर अपने सूर्य को भले और बुरे सभी पर समान रूप से चमकने देता है, उसी प्रकार वह मानव जाति की सभी सन्तानों पर अपनी स्नेहपूर्ण दयालुता की वर्षा से करता है। विभिन्न बड़े धर्मों के साक्ष्य से इस मत की और भी पुष्टि होती है कि धर्म मानव जाति की आशा है और वह नई दुनिया को भी सहारा देने में समर्थ है।

'बहु-द्वारस्य धर्मस्य नेहास्ति तिफला क्रिया।'[1] अर्थात् धर्म के अनेक द्वार होते हैं, इसके कर्त्तव्यों का पालन कभी निष्फल नहीं जाता। यह दृष्टिकोण धार्मिक ज्ञान को जानने, सराहने और दूसरे लोगों के विश्वासों और क्रियाओं को सहानुभूतिपूर्वक समझने का प्रतिपादन करता है। जब हम दूसरे लोगों के विश्वासों और कार्यों को सहानुभूति के साथ समझने की कोशिश करेंगे,

1. महाभारत, शान्तिवर्ष, 174, 2

तब आध्यात्मिक बिरादरी की जड़ें मजबूत होंगी। इस बिरादरी के अन्दर हर धर्म को अपनी अभिव्यक्ति के लिए पूरा अवकाश रहेगा। विभिन्न धर्मों के अनुयायियों के साथ मित्रता करने और उनके धर्मों की जानकारी होने से धार्मिक चिन्तन को स्फुरण ही प्राप्त होगा। इससे हमें सार्वभौम नैतिक मानदण्ड भी मिलेंगे। जैसे कि पश्चिम में यहूदी, ईसाई और इस्लाम धर्मों की परस्पर क्रिया के कारण पश्चिम के अनुभव बढ़े हैं, और हिन्दु, बौद्ध तथा कनफ्यूशसवादियों की परस्पर क्रिया-प्रतिक्रिया ने पूर्व के अनुभवों को समृद्ध किया है, वैसे ही संसार के वर्तमान जीवित धर्मों के बीच विचारों के आदान-प्रदान एवं प्रतिउर्वरण से आध्यात्मिक जीवन संतुष्ट और समृद्ध होगा। धर्म कभी पुराने नहीं पड़ते, वे चिरयुवा बने रहते हैं; जैसे-जैसे दुनिया बदलती जाती है, वैसे-वैसे वे भी अपने में ताजगी और नयापन लाते जाते हैं। हमारे लिए आशा की कोई किरण है तो बस यह।

आर्नल्ड तोयन्बी कहते हैं:

"जैसे-जैसे मैं आगे बढ़ा हूँ, धर्म अधिकाअधिक प्रमुख स्थान लेता गया है, यहां तक कि अन्त में यह तस्वीर के केन्द्र में आ जमा है।...मुझे फिर से यह विश्वास होने लगा है कि मानव-अस्तित्व के रहस्य की कुंजी धर्म के ही पास है; लेकिन इसका यह मतलब नहीं कि मैं यह विश्वास भी करने लगा हूँ कि केवल मेरे पुश्तैनी धर्म के हाथों में ही यह कुंजी है।...भारतीय धर्म कभी यह दावा नहीं करते है कि मानव जीवन का रहस्य अकेले वही जानते हैं। वे यह मानने के लिए प्रस्तुत हैं कि इस रहस्य तक पहुंचने के दूसरे रास्ते भी हो सकते हैं। मुझे यकीन है कि उनकी यह मान्यता बिल्कुल ठीक है। आज ऐसा युग आ गया है जिसमें अगर हम अपने-आपको नेस्तनाबूद नहीं कर देना चाहते, तो हमें एक परिवार के रूप में मिल-जुलकर रहना सीखना होगा। इस युग में सभी धर्मों के लिए मुक्ति का एकमेव मार्ग है: उदार और सहिष्णु भारतीय धार्मिक भावना।"

आज मानवता के सामने दो विकल्प हैं। एक है स्वतंत्रता और समझदारी के साथ आपस में सहयोग, और दूसरा है भय, सन्देह तथा ईर्ष्या के वातावरण में परस्पर संघर्ष। मानव जाति को इन दो विकल्पों में से एक को चुन लेना है। हम कौन-सा विकल्प चुनते हैं, इस पर ही धर्म और मानव जाति का भविष्य निर्भर करेगा। मानव जीवन के आध्यात्मिक मूल्यों में वृद्धि करेगी सहमति, न कि असहमति; एकता, न कि अनेकता। अशोक महान् ने कहा था: 'समवाय एव साधु' (एकता ही ठीक है)

धर्मों की आपसी एकता

यदि किसी एक लक्षण से हमारे इस आधुनिक युग की विशिष्टता सूचित होती है, तो वह है लोगों, जातियों, नस्लों, संस्कृतियों और धर्मों का परस्पर मिश्रण। इस संसार के इतिहास में इस प्रकार का मिलन इससे पूर्व कभी नहीं हुआ था।

प्राचीन काल में सभ्यताएं समानान्तर रूप से विकसित होती रहीं, एक-दूसरे से वे नितान्त अप्रभावित और दूर-दूर रहीं, परन्तु आज यह संभव नहीं रह गया है। विज्ञान और प्रौद्योगिकी (टैक्नोलॉजी) के अविष्कारों, राजनीतिक धारणाओं तथा आर्थिक विचारों के द्वारा दुनिया का दायरा सिकुड़ता जा रहा है, कोई भी देश अब किसी भी देश से बहुत दूर नहीं रह गया, पड़ोसीपन की निकटता विकसित होती जा रही है; और हमें पूरी आशा है कि यह पड़ोसीपन एक सच्चे भाईचारे में परिणत हो जाएगा। अगर हमें मानव जाति को बचाना है, तो सारे संसार को अपना घर बना देना होगा।

एक ओर तो हमें संयुक्त राष्ट्र संघ, अंतर्राष्ट्रीय श्रम-संगठन, यूनेस्को, विश्व स्वास्थ्य संगठन और अन्य अंतर्राष्ट्रीय संस्थाओं के अस्तित्व के कारण कई ऐसे संकेत मिलते हैं जिनसे हमें आशा और आश्वासन प्राप्त होते हैं; दूसरी ओर विश्व-एकता के मार्ग में हमें कई रुकावटें भी दिखाई देती हैं।

मिसाल के तौर पर स्पूतनिकों को ही लीजिए। साधारण समय होता, तो मनुष्य की बौद्धिक उपलब्धि के रूप में उनका भारी स्वागत हुआ होता। अन्तरिक्ष पर विजय प्राप्त करने की सम्भावनाएं उनमें छिपी हुई हैं, उनके लिए हमने इनका स्वागत किया होता। हमने इन सब वैज्ञानिक शक्तियों का उपयोग मानव जाति के अधिकाधिक कल्याण के लिए किया होता। लेकिन जब ये स्पूतनिक आकाश में चक्कर लगाने लगे तो दुनिया को कोई ज्यादा खुशी नहीं हुई। हमें भय हुआ कि इस विभाजित संसार में इनका किस तरह उपयोग होने की सम्भावना है।

क्या यह विभाजित संसार इतना पतित हो जाएगा कि अपना विनाश खुद ही कर डालेगा? या क्या यह किसी ऐक्यबद्ध संसार में परिणत हो जाएगा? यह किसी नवयुग का आरम्भ है या अन्त? यह उपोद्घात या उपसंहार? चारों ओर, खास तौर से एशिया और अफ्रीका में विस्फोटक शक्तियां सक्रिय हैं। हम यहां जाति-भेद और रंग-भेद के विरुद्ध उठती आवाजें सुनते हैं। यहां कम सुख-सुविधा वाले देश हैं जो अपनी हालतों को बेहतर बनाने की कोशिश कर रहे हैं।

संसार को हमारा घर होना चाहिए था, लेकिन विस्फोटक शक्तियां उसकी चूल हिलाए दे रही हैं। ऐसी हालत में हमारा क्या कर्त्तव्य है? कतिपय आदर्शों के आधार पर संसार में घनिष्ठ एकता लाना क्या हमारी पहुंच के बाहर की चीज है? क्या यह कोई मुश्किल काम है?

पैगम्बर के स्वप्न-एक दुनिया, पृथ्वी पर शांति और सद्भावना-को चरितार्थ करने में कौन-सी बाधा हमारे मार्ग में आ रही है? भौतिक साधनों का अभाव, बौद्धिक क्षमता या कुशलता का अभाव तो हमारे मार्ग में बाधा डाल नहीं रहे; बाधक तो हैं मानव स्वभाव का एक तरह का जिद्दीपन, लोभ, घमंड, पद-प्रतिष्ठा, मान-सम्मान इत्यादि।

नई दुनिया हमारे लिए एक आह्वान है कि हमें इसके साथ फिर से अपना ताल-मेल बैठाना है। पुराने घिसे-पिटे सामाजिक और आर्थिक सांचे अब काम नहीं देंगे। हमें अपने-आपको बदल डालना है, एक नए किस्म का आदमी गढ़ डालना है, जो उस नई दुनिया के साथ अपनी संगति बैठा सके, जिसमें संयोगवश हम रह रहे हैं।

व्यक्ति को नए सांचे में ढालने का, उसको फिर से गढ़ने का काम आम तौर से धर्मानुशासन के जिम्मे डाल दिया जाता है। उस धर्मानुशासन का तकाजा है कि हम अपने भीतर देखें, अपने-आपका कायापलट कर डालें, अपने को सभी बुरी

प्रवृत्तियों, मानव-प्रकृति की दुष्टताओं और दुर्बलताओं से स्वच्छ कर लें और अपने-आपको उदात्त बनाएं, महानता की ओर ले चलें।

दुर्भाग्य से आज, दुनिया के धर्म स्वयं आलोचना की मनोदशा से गुजर रहे हैं। इस वैज्ञानिक युग में हम अविश्वसनीय एवं निरर्थक रूढ़ियों, सन्देहास्पद घटनाओं को स्वीकार नहीं कर सकते; हम एक ऐसी धार्मिक आस्था की तलाश में हैं जिसको मनुष्य समझ सके, जो तर्क एवं विवेक की कसौटी पर कसी जा सके।

फिर, हमारे सामने एक और कठिनाई है, और वह यह कि जब कहीं कोई अन्याय होता है, तब धार्मिक नेता अपना मुंह न जाने क्यों सी लेते हैं; वे अन्यायों का प्रतिरोध करने का साहस नहीं जुटा पाते। धार्मिक नेताओं का यह कर्त्तव्य है कि वे राष्ट्रीय राजनीतियों से अपने को ऊपर रखें और लोगों को अपने-आपको बदल डालने के लिए कहें। धार्मिक नेता बदली परिस्थिति को समझने और उसकी चुनौती को स्वीकार करने की सूझ-बूझ नहीं दिखा पा रहे। या तो हम यह कहें कि धर्म और समाज-व्यवस्था एक-दूसरे से अलग हैं, दोनों का कोई आपसी सम्बन्ध नहीं है। या यह मान लें कि भौतिकता इतनी गहराई तक हमारे जीवन में पैठ गई है कि धर्मों को भौतिकता के साथ सामंजस्य करना पड़ रहा है। धर्म के आलोचक यही आरोप हम पर लगाते हैं।

इसके अलावा, अगर हम संसार से एकता लाना चाहते हैं, तो धर्म को अपना दृष्टिकोण सार्वभौमिक एवं सार्वजनीन बनाना ही पड़ेगा। लेकिन मौजूदा हालत तो यह है कि धर्म राष्ट्र-राज्य (नेशन स्टेट) की तरह हो गया है जिसमें एक बुरा नागरिक तो उसका अपना हो जाता है और एक अच्छा अजनबी उसके लिए बाहरी आदमी, परदेशी बन जाता है। हम न्यूनाधिक रूप से खुद धर्मों या मजहबों के प्रति भी यह नीति अपना रहे हैं।

हमारे सामने तीन प्रबल धारणाएं हैं: पहली है–वैज्ञानिकता और आलोचना की प्रवृत्ति; दूसरी है-जागरूक सामाजिक चेतना, जो संसार में व्यवहृत असमानताओं का विरोध करती है; और तीसरी है–धर्मों की संकीर्णता, जिसके कारण विभिन्न धर्म एक-दूसरे की सहायता करने के बजाय एक-दूसरे से प्रतियोगिता कर रहे हैं। ये तीनों बाधाएं समझदार लोगों के मन में धर्म के महत्त्व और औचित्य के विषय में सन्देह उत्पन्न कर रही है। इसके अलावा, संसार में धर्मनिरपेक्षता या 'ऐहिकता' की भावना भी बढ़ती जा रही है। प्रोफेसर सी.एस.लिविस ने कैम्ब्रिज में 1954 ई. में दिए अपने उद्घाटन-भाषण में बताया था कि यूरोपीय इतिहास के तीन काल रहे हैं: ईसाइयत-पूर्व का काल, ईसाइयत का काल और ईसाइयत का परवर्त्ती काल। उनके कहने का तात्पर्य यह था कि यूरोपवासी पहले काफिर (मूर्तिपूजक, पैगन्स) थे; फिर वे ईसाई बने, लेकिन ईसाइयत-निरपेक्ष होने की प्रक्रिया भी शुरू हो चुकी है। यह प्रक्रिया सत्रहवीं शती ईस्वी के अन्त के आसपास आरम्भ हुई थी। अब हम उसको रोकना चाहते हैं, हम मानव जीवन में आध्यात्मिक मूल्यों को पुन:स्थापित करना चाहते हैं। हमारे लिए यह भारी चिन्ता का विषय है। अगर हम यह करना चाहते हैं, तो हमें उन चुनौतियों को समझ लेना होगा जो आज विभिन्न धर्मों के सामने उपस्थित हैं।

मुझे निश्चय है कि जो धर्म आत्म-बोध और आत्म-लोचन की प्रक्रिया से गुजर रहे हैं, वे इन महान् चुनौतियों का उचित रूप से सामना करेंगे। मेरा दृढ़ विश्वास है कि मानव-समाज को धर्म की आवश्यकता है सभी धर्मों को आपसी सहकार की। मैं मानता हूँ कि धर्म और विज्ञान में, धर्म और उच्चतम सामाजिक नैतिकता में, धर्म और धर्मों के पारस्परिक सहकार में कोई विरोध नहीं है।

यदि हम वैज्ञानिक दृष्टिकोण की बात लें, तो क्या पाते हैं? वैज्ञानिक लोग संसार को देखते हैं और पर्यवेक्षण कर पाते हैं कि यह संसार व्यवस्थित है और

विकासशील है; यह मात्र पार्थिवता की स्थिति से जीव की स्थिति में विकसित हुआ; जीव से प्राणि-चेतना की दशा में; और प्राणि-चेतना से मानवीय प्रज्ञा की दशा में। अब इसे मानवीय प्रज्ञा के स्तर से आध्यात्मिकता के स्तर तक विकसित होना है। प्रज्ञा के प्रादुर्भाव से जागतिक विकास की इति-श्री नहीं हो जाती। अब आगे जो विकास होगा वह मनुष्य की पार्थिव संरचना में नहीं होगा; वह होगा उसकी आन्तरिक प्रकृति में।

मानव प्राणी के मनस को ही अब विकसित होना है, उसी को अब विस्तृत होना है। धर्म का प्रयोजन है इस प्रज्ञा-जगत् से-इस विभक्त चेतना वाले जगत् से, जिसमें विभेद है, द्वित्व है-सामरस्यमय, स्वातन्त्र्यमय एवं प्रेममय जीवन में विकसित होने में हमारी मदद करना।

यहां तक, मानव जाति से हीन प्राणियों के स्तर तक तो प्रगति स्वत: होती रही, परन्तु मानवीय स्तर पर, मनुष्य को अपना लक्ष्य प्राप्त करने के लिए प्रयत्न करना ही पड़ेगा। मनुष्य अब द्रष्टा-मात्र नहीं रह गया है, वरन् वह जागतिक विकास की इस प्रक्रिया का सहभागी बन गया है।

हमारा यह सोचना गलत होगा कि हम प्राकृतिक शक्तियों के शिकार बन गए हैं, कि हम एक तरह की अपरिहार्य परिस्थिति में आ फंसे हैं, कि निष्ठुर विधि-विधान के आगे हमें नतमस्तक हो जाना है, कि मानव चाहे भी तो उबर नहीं सकता; उसको, जो-कुछ हो रहा है, उसे केवल सहते जाना है। मनुष्य का जन्म केवल इस संसार के बंधन में बंध जाने के लिए नहीं हुआ है, उसको तो इससे कोई अधिक महान् चीज प्राप्त करनी है। वह उससे ऊपर उठ सकता है; वह चाहे तो प्रकृति की अवहेलना तक कर सकता है।

इस तरह, अगर आपको बौद्धिकता की स्थिति से आध्यात्मिकता की स्थिति तक ऊपर उठना है, तो इसके लिए हमें अवश्य प्रयत्न करना है; यह एक ऐसा प्रयत्न है जिसे हम कर सकते हैं, क्योंकि दूसरे लोगों ने इसके लिए संघर्ष किया

है, प्रयास किया है और अपने इस लक्ष्य को प्राप्त कर लिया है। जो चीज कुछ दूसरे धर्म के लिए सम्भव है, वह सबके लिए सम्भव हो सकती है।

धर्म एख आन्तरिक रूपान्तर है, एक आध्यात्मिक परिवर्तन है, हमारे अपने स्वभाव के विसंवादी स्वरों में सामंजस्य लाने की क्रिया है–और उसका यह रूप इतिहास के आरम्भ से ही मिलता आया है, यही उसका मूल स्वरूप है।

हमारे देश में यह कहा जाता है कि हमको अपने स्वभाव का रूपान्तर कर डालना चाहिए; अज्ञान की अधम, आत्मोद्धार-बाधक दशा की जड़ता से छूटकर ज्ञान की दशा में पहुंच जाना चाहिए। एक दशा से दूसरी दशा में विकसित होना, संक्रमण करना धार्मिक अन्वेषण का ही अंग है। अपनी प्रकृति के विखंडन की बजाए हमें उसमें संश्लेषण लाने ली चेष्टा करनी है। बुद्ध ने ठीक यही बात कही थी। हम दु:ख और अज्ञान में डूबे हुए हैं, लेकिन हमारा लक्ष्य तो है ज्ञान को प्राप्त करना। इजेकील के अनुसार, "प्रभु ईश्वर कहता है-मैं तुम्हारे भीतर एक नई चेतना डाल दूंगा; और मैं उनकी देह में से निष्ठुर ह्दय को निकाल लूंगा और उसकी जगह एक संवेदनशील ह्दय उनको दे दूंगा।" यहूदियों की दृष्टि में, "मनुष्य की आत्मा ईश्वर का दीपक है।"[1] यूनान के रहस्यात्मक धर्मों के विषय में अरस्तु यह विचार प्रकट करता है: "(ऐसे धर्मों में) दीक्षित लोग कोई चीज उतनी सीखते नहीं जितना कि वे कुछ संवेगों को अनुभव करते हैं। उनकी एक खास तरह की मानसिक गठन हो जाती है।"

जीने के लिए जरूरी है कि व्यक्ति पहले अपने पुराने जीवन की दृष्टि से मर जाए। ऑर्फियस का विश्वास था कि आत्मा 'तारक-खचित आकाश का पुत्र है', कि देह के भीतर इसका बंदी होना इसके मौलिक पाप का ही एक रूप है; आत्मा का पार्थिव जीवन भ्रष्टता का ही एक साधन था और उसका स्वाभाविक उद्देश्य था इस जीवन के परे पहुंच जाना। प्लेटो के आदर्शवाद के मूल में भी यही विचार

1. प्रॉवर्ब्स, XX, 27

है। प्लेटो अपनी 'रिपब्लिक' में गुफा का बिम्ब हमारे समाने उपस्थित करते हुए कहता है कि हम सभी कैदी हैं और केवल छाया-रूप में जी रहे हैं। एक दार्शनिक मुडा और उसने स्वयं को अपने बन्धनों से मुक्त कर लिया। जब वह दार्शनिक गुफा में से बाहर निकला तब उसने सूरज को चमकता पाया। गुफा में जो आग जल रही थी, वह उस चमकते सूरज का एक लघु प्रतिबिम्ब-मात्र थी। उस महान् तेजपुंज प्रकाश को देख चुकने के बाद प्लेटो का वह दार्शनिक अपने इल्हाम से ही संतुष्ट नहीं हो पाता; वह गुफा में वापस आता है और वहां जंजीरों में जकड़े पड़े कैदियों से कहता है कि जिसको वे सत्य समझ रहे हैं वह तो उस प्रकाश की छायामात्र है जिसे वे देख नहीं पा रहे। कैदियों ने चूंकि उस प्रकाश को नहीं देखा था, इसलिए वे उसकी छायाओं को ही सत्य समझ बैठे। उन्होंने सोचा कि इस दार्शनिक का दिमाग खराब हो गया है, वह पागल हो गया है।

प्लेटो की दृष्टि में, दर्शनशास्त्र ज्ञान के प्रति अनुराग है, वह प्रशान्ति का पुष्प है। प्लॉटिनस कहता है: "अन्तर्मुखी होकर देखो, परन्तु इस पर भी अगर तुम अपने को सुन्दर न पाओ, तो वैसा ही करो जैसा एक मूर्तिकार करता है। अपनी मूर्ति को सुन्दर बनाने के लिए वह कुछ यहां काट फेंकता है, कुछ वहां चिकना करता है; इस रेखा को कुछ हल्की बनाता है, तो उस रेखा को कुछ ज्यादा निखारता है; और तब तक इस कार्य में जुटा रहता है जब तक मूर्ति का चेहरा सौन्दर्य की आभा से आलोकित नहीं हो उठता। ठीक यही काम तुम्हें करना है; जो कुछ अतिरिक्त है, उसे काट फेंको, जो कुछ टेढ़ा-मेढ़ा है, उसे काट- छांटकर सीधा कर डालो, जितना कुछ अन्धकाराच्छन्न है, उस पर प्रकाश का पुंज डालो, अपने समस्त व्यक्तित्व को सौन्दर्य की एक दीप्ति में ढाल लो; अपनी प्रतिमा को तराशना तब तक बंद न करो जब तक उसमें से ईश्वरीय गुणों की आभा विकीर्ण होकर तुम्हें आलोकित न कर डाले; जब तक निर्मल, अकलंक देह-रूपी मंदिर में पूर्ण शिवत्व की भली प्रकार स्थापना न हो जाए।" चौथे 'गॉस्पेल'

(ईसामसीह द्वारा उपदिष्ट मंगल-संदेश) का लेखक ईसा से कहलाता है: "मैं ही सत्य हूँ।" सत्य की धर्म आध्यात्मिक अन्तमुर्खता पर आधारित होता है। ईसा की बपतिस्मा के समय आत्मा का अवतरण होना और विजन वन मे उनका प्रलोभन में जा पड़ना निश्चय ही उनके आन्तरिक अनुभव का ही रूपक है। अपने वर्तमान रूप में ये बातें स्थूल, बहिर्वर्ती जान पड़ती है।

ईसाई धर्म में हमको ईसा के पद-चिह्नों पर चलने के लिए प्रेरित किया जाता है। अपनी स्वाभाविक इच्छाओं और प्रत्याशाओं को 'सार्वभौम प्रयोजन' के अधीन करके हमें अपने को ईसा के समान बनाना है। विलियम लॉ का कथन है: "क्राइस्ट से मुक्ति प्राप्त करने का अर्थ इसके सिवाय और कुछ नहीं है कि हम अपने को उनके समान बना डालें, हम अपने स्वभाव में उनकी-सी विनम्रता, सहिष्णुता, ईश्वर के प्रति उनका-सा प्रेम, ईश्वर की इच्छा के अनुसार ही कार्य करने की उनकी-सी इच्छा ले आवें।" जीसस चाहते हैं कि हम पादरी-पुरोहितों के नियन्त्रण से अपने को छुडावें और अपना आध्यात्मिक विकास करें। बारहवीं शती के एक सूफी रहस्यवादी सन्त ऐन अल्-कदात अल्-हमधानी (1131 ईस्वी) कहते हैं: "जो आदमी माँ के गर्भ से पैदा होता है, वह केवल इस लोक से अपने को देखता है, लेकिन परलोक को तो देखता है वह जिसने खुद अपने भीतर से जन्म लिया हो।" इब्न-उल्-अरबी (तेरहवीं शती) कहते हैं: मैं ज्ञान हूँ, मैं ही ज्ञेय और मैं ही ज्ञाता हूँ। मैं विवेक हूँ, मैं ही विज्ञ पुरूष हूँ और मैं ही उसकी विज्ञता हूँ। (60.16) बुद्ध और जीसस दोनों ही यह कहते हैं: "तुम खूब साहसी बनो और कहो कि मैंने संसार को जीत लिया है।"

धर्म आध्यात्मिक परिवर्तन हैं, एक अन्तमुखी रूपान्तरण है। यह अन्धकार से प्रकाश की ओर जाना है, आत्मोद्धारहीनता से आत्मोद्धार की स्थिति में पहुंचना है। यह एक जागरण है, एक प्रकार की पुनर्जन्मता है। हमारे पूर्व जन्म के जो संस्कार हम पर पड़े हुए है, उनके कारण जिन बंधनों में हम जकड़े हुए

हैं, उनको छिन्न-भिन्न कर देना है और खून-पसीना एक करके अपनी मौलिक अपूर्णता से ऊपर उठना है।

जब हमारा अंत:करण पीड़ा से कराह उठता है और जब हम अपना सब कुछ दांव पर लगा देते है, तब हम द्वन्द्व और संघर्ष की स्थिति से ऊपर उठते हैं और स्वत्रन्ता तथा प्रेम के साम्राज्य में प्रवेश करते हैं। प्राण की ज्योति प्रत्येक व्यक्ति की आत्मा में जगाई जानी है। यह धार्मिक रूढ़ सिद्धान्तों और ऐतिहासिक घटनाओं की स्वीकृति का परिणाम नहीं है। बंधे-बंधाए गुरों, नुस्खों और कायदे-कानूनों की संकीर्ण सीमाओं को हमें तोड़ डालना है और उनके पार जाना है। धर्म एक ऐसा अनुभव है। जो हमारे समस्त अस्तित्व को प्रभावित करता है, हमारी अशान्ति, व्यग्रता और वेदना को वह समाप्त करता है; हमारे क्षणभंगुर और अल्पकालिक जीवन में जो उद्देश्यहीनता है, उसको यह मिटा डालता है। यह दशा प्रत्यावर्त्तन की, भयावह संसार से पलायन करने की दशा जान पड़ सकती है। रहस्यवादी यह दावा करती है कि उसकी उत्कट लालसा की पूर्ति इस संसार की गहनतम तृप्तियों से भी अधिक श्रेष्ठ और गहरी है।

यह कहा जा सकता है। जब मनुष्य अपने को अकेला, अपर्याप्त और अपूर्ण अनुभव करने लगता है तब अपने अकेलेपन या पार्थक्य की इस स्थिति में वह परम सत्ता के साथ अपने मिलन के लिए अतुर हो उठता है। जब उसका सम्पर्क परम सत्ता के साथ हो जाता है। तब वह पुन: संसार से लौट आता है और स्वत: अपने साथियों का प्यार तथा उनकी सेवा करने लगता है। जागतिक प्रक्रिया का लक्ष्य है। मुक्तात्माओं के अधिराज्य की प्राप्ति, जहां मानव-पुत्र परमात्मा पुत्र बन जाता है। आध्यात्मिक व्यक्तित्व सम्पन्न मानव की यह नई नस्ल विभिन्न धर्मों के सन्तों और महात्माओं के रूप में पृथ्वी पर पहले से ही अवतीर्ण होती आ रही है।

जब आत्मा अपनी गहराइयों में उतरकर अपने जीवन और सत्य के धरातल का स्पर्श करती है, तब उसको जो आध्यात्मिक अनुभव प्राप्त होता है, और जो आत्मिक आनन्दातिरेक होता है, उसका स्वरूप क्या है, कैसा है, इसको अभिव्यक्त करने में कोई भी भाषा समर्थ एवं पूर्ण नहीं है। यह एक अन्तिम धर्म-साक्ष्य है। ये सन्त और द्रष्टा चाहे किसी भी नस्ल, धार्मिक सम्प्रदाय और राष्ट्रीयता के क्यों न हो, इनका साक्ष्य सर्वसम्मत है। विलियम लॉ का कथन है कि यह बड़ी कृतज्ञता का विषय है कि इतनी अधिक संख्या में प्रमुख आत्माएं, दिव्य जीवन के भागीदार लोग दुनिया के इतने सारे काफ़िर हिस्सों में अवतीर्ण हुए हैं-ये सभी बड़े यशस्वी हैं, ज्ञानवान हैं और अन्तःकरण में विद्यमान क्राइस्ट-भावना वाले देवदूत है। ये महान् आत्माएं मानती हैं कि धर्मग्रन्थों में लिखित आचार-नियम नहीं है, बल्कि यह एक रहस्य है जिसको जीवन में आचारित करना होता है। इन महात्माओं के अपने-अपने धर्मों एवं पंथों के अधिकांश अनुयायियों में परस्पर जितनी समानता नहीं पाई जाती, उससे कहीं अधिक समानता इन महात्माओं के बीच पाई जाती है। नए धर्म की नियति इन लोगों के विचारों से जुड़ी हुई है, न कि पादरी-पुरोहितों और विद्वानों के अपने निष्कर्षों से।

धर्म-शास्त्रों में आत्मा के अस्तित्व को वस्तु का रूप दे दिया गया है। सभी धर्म परम सत्य तक पहुंचने के मानवीय प्रयत्न हैं। महान् रहस्यवादी दार्शनिक क्यूसा वाले निकोलस ने यह तत्व-दर्शन कर लिया था कि 'नाना प्रकार से ईश्वर को खोजा जाता है और विभिन्न धर्मों में उसे भिन्न-भिन्न नामों से पुकारा गया है। ईश्वर ने विभिन्न युगों में विभिन्न लोगों के मध्य विभिन्न पैगम्बरों और गुरुओं को भेजा है।' धार्मिक इतिहास की यह एक दुखःद विडम्बना है कि जब कोई धर्म सम्प्रदाय का रूप ले लेता है तब मनुष्य जिस धर्म-मत के माध्यम से ईश्वर के साथ सम्पर्क स्थापित करता है, वह मत ईश्वर को अपदस्थ करके खुद उसकी जगह पर आ जमता है। जो पैगम्बर दैवी संदेश की घोषणा करता है, वह स्वयं

पूजा की वस्तु बन जाता है और जिस उच्च सत्य में वह विश्वास करता है, उसकी जगह वह खुद ले लेता है। हम अपने फार्मूलों, पैगम्बरों और अपने संगठनों की प्रतिष्ठा के लिए अत्यधिक महत्त्वाकांक्षी हो उठते हैं।

धर्म कोई भी क्यों न हो, है वह एक आध्यात्मिक साहसिकता मात्र। जब धर्म अंतिम समाधान प्रस्तुत करने का दावा करने लगता है, तब वह अपने-आपके लिए खतरा बन जाता है। जिस मन की खिड़कियां बन्द हो जाती है और जो किन्हीं खास नियमों एवं अनुशासनों की श्रृंखला में जकड़ जाता है, वह आध्यात्मिक प्रयोजनों की सिद्धि के उपयुक्त नहीं रह जाता। ईश्वर एक रहस्य है; उस रहस्य को समझने के लिए कोई एक मार्ग नहीं हो सकता; इसलिए हमें मान लेना चाहिए कि ईश्वरीय में रहस्य तक पहुंचने के अनेक वैकल्पिक मार्ग हो सकते हैं। हम सब एक ही लक्ष्य तक पहुंचना चाहते हैं, लेकिन अलग-अलग झण्डों के नीचे रहकर। हर आदमी का जीवन उसके खुद तक पहुंचने का, आत्म-साक्षात्कार का एक अलग रास्ता है।

आज हमारे लिए यह स्वीकार करना कठिन है कि धर्म-ग्रंथ अपौरुषेय हैं या उनकी शब्दशः रचना किसी इल्हाम का परिणाम है, कि उनके हर शब्द का तत्यात्मक दृष्टि से सत्य माना जाना चाहिए। परम्परा-प्राप्त ज्ञान की अपेक्षा विवेक-सम्मत ज्ञान श्रेष्ठतर होता है। जितने भी धर्मग्रंथ हैं (वेद, कुरान, इंजील इत्यादि) महान् ऋषियों एवं द्रष्टाओं के अनुभवों के आलेख हैं। उन द्रष्टाओं ने अपने गहन चिन्तन-मनन एवं कल्पना के द्वारा जगत् के आन्तरिक तत्त्व को समझने का प्रयास किया है और जैसा समझा है, वैसा प्रकट कर दिया है। वैज्ञानिक सिद्धान्त और ऐतिहासिक वक्तव्य धर्म-ग्रंथों के अविकल अंग नहीं हो सकते। किसी भी धर्म के तत्त्वदर्शी इस बात पर एकमत हैं कि संसार में मनुष्य से भी बड़ा कोई सत्ता है; वह सत्ता मानव-प्रकृति और अन्य गोचर व्यापारों की तुलना में 'निरपेक्ष परम सत्य' है। वह 'निरपेक्ष शिवम्' भी है जिसके लिए मनुष्य पिपासु है। मनुष्य के

लिए इतना ही पर्याप्त नहीं है कि वह उसकी सत्ता से परिचित रहे, बल्कि यह भी आवश्यक है कि उसके साथ उसका सम्पर्क रहे। यही वह परिस्थिति है जिसमें रहते हुए मनुष्य संसार के साथ अपना तालमेल बैठा सकता है। ज्ञान-बोध होने के बाद फॉक्स इस निष्कर्ष पर पहुंचा कि 'शब्द जितना अभिव्यक्त कर सकते हैं, उससे भी अधिक यह सृष्टि कुछ व्यंजित करती है।' जब हमें सत्य की अनुभूति होती है, तब हम शब्दों को सुरक्षित रखना चाहते हैं। हम जानते हैं कि किसी भी ससीम रूप या प्रकार से असीमता की भावना को यथेष्टत: दूसरों पर व्यक्त नहीं किया जा सकता। यूनानी, भारतीय और चीनी लोग यह नहीं मानते कि धार्मिक सिद्धान्तों के द्वारा परम सत्य को व्यक्त करने के लिए धार्मिक सिद्धान्त केवल प्रतीकात्मक प्रतिनिधि का काम देते हैं। परब्रह्म परमात्मा सभी धार्मिक सिद्धान्तों से परे है। उसकी कोई सीमा नहीं है, हालांकि धर्मशास्त्रज्ञ लोग परमात्मा को भी सीमाओं में बांधने की कोशिश करते हैं। कुछ ऐसे ऐतिहासिक विचार हैं जो कभी-कभी अनिवार्य सत्यों के विपरीत पड़ते हैं। इन विचारों को, इतिहास की एक खास घड़ी में, किसी समाज के सदस्यों तक संदेश पहुंचाने के लिए स्वीकार कर लिया जाता है। जो चीज स्थायी और सार्वभौम है, उसको एक अस्थायी और स्थानीय विचार के रूप में अनूदित कर दिया जाता है। कुरान में बताया गया है कि प्रत्येक राष्ट्र को दैवी मार्ग-दर्शन दिया जाता है। 'तु (ऐ मुहम्मद!) अकेला है जो चेतावनी दे रहा है, लेकिन हर राष्ट्र के लिए एक न एक (दैवी) मार्ग-दर्शक होता है।'[1] कुरान आगे कहता है: "हर कौम को खुदा की इबादत सिखाने के लिए हमने एक सन्देशवाहक भेजा था।"[2] ईश्वर ने जितनी आत्माएं बनाई हैं, उतने ही रास्ते उस तक पहुंचने के हैं। प्रत्येक व्यक्ति अनन्य है और ईश्वर के साथ उसका सम्बन्ध भी अनन्य है, अपने-आपमें बेजोड़ है।

1. सूरा 13-5-30
2. सूरा 16-5-37

जब धर्म संगठन का रूप ले लेता है, तब मनुष्य की स्वतंत्रता समाप्त हो जाती है। यदि हम यह सोचें कि ईश्वर-सम्बन्धी जिस धारणा को हम स्वीकार करते हैं, यह हमारे लिए जीवन-मरण का प्रश्न है, तो हमारा हृदय क्रोध से भर उठता है। ईश्वर की पूजा करने के बजाय हम उस समूह या अधिष्ठाता की पूजा करने लगते हैं जो ईश्वर के नाम पर बोलने का दावा करता है। तब, निष्ठा-भंग पाप नहीं कहलाता, वरन् धर्म के अधिष्ठाताओं की अवज्ञा ही पाप कहलाने लगती है। साइमन वील (1909-1943) की दृष्टि में, धर्म यह विश्वास करना है कि ईश्वर प्रेम है, और कुछ नहीं। दूसरी किसी भी चीज, जिसमें धर्म शास्त्रीय सिद्धान्त और 'चर्च (ईसाई धर्म-संस्था) ने जो कुछ सिखाया है और आगे सिखाएगा, के प्रति बिना शर्त और व्यापक अनुरक्ति भी शामिल है, जिसे सेंट टॉमस ने धर्म की संज्ञा दी है, वस्तुत: धर्म नहीं है, बल्कि सामाजिक मूर्ति-पूजा है।' वह कहती थी कि संस्थात्मक ईसाइयत के पक्ष में तर्क-वितर्क करना 'दुर्बल लोगों के लिए गुलाबी गोलियां' का नारा लगाने जैसा जान पड़ता है। धर्म में आश्रय या सान्त्वना की तलाश करना भूल है। 'सान्त्वना और मानसिक शान्ति के स्रोत के रूप में धर्म एक विज्ञित पेटेण्ट औषधि जैसी चीज बन जाता है।' इस तरह 'यह सच्ची आस्था या धार्मिक विश्वास के मार्ग में रुकावट साबित होता है। इस अर्थ में अनीश्वरवाद शुद्धीकरण का साधन है।'[1]

गेटे के नाटक 'फ़ॉस्ट' के आरम्भ में एक स्वर्गीय प्राक्कथन दिया हुआ है, जिसमें ईश्वर और शैतान इस बात पर बहस करते हैं कि जगत्-स्रष्टां की आराधना करते समय मनुष्य उसकी श्रेष्ठ से श्रेष्ठ कैसी प्रतिमा की कल्पना कर सकता है। लेकिन बहस के अंत में ईश्वर और शैतान इस बात पर सहमत हो जाते हैं कि मनुष्य ने ईश्वर की जिस रूप में कल्पना कर रखी है, उस रूप की तुलना यदि ईश्वर के सत्य स्वरूप से की जाए, तो उसके सामने मानव-कल्पित

---

1. सोरोकिन के 'दि वेज एण्ड पावर्स ऑव् लव' (1954), पृ. 163 में उद्धृत।

ईश्वर एक दयनीय प्राणी जान पड़ता है। ईश्वर का सत्य स्वरूप कुछ और है और मानव द्वारा कल्पित ईश्वर का प्रतिरूप कुछ और। दोनों को एक मान बैठना निरा भ्रम है। हमें दोनों रूपों को गड्ड-मड्ड नहीं करना चाहिए। मनुष्य ने ईश्वर के जो भिन्न-भिन्न प्रतिरूप कल्पित कर रखे हैं, उनको एक गहनतर एकता के एकता के विविध पक्ष के रूप में स्वीकारा जा सकता है। विभिन्न प्रतीकों और व्यक्तिगत अभिरूचियों के मूल में हमें आध्यात्मिक एकता के दर्शन करने चाहिए।

हमें अपनी धार्मिक विरासत को अविभाज्यपूर्ण ईकाई नहीं मान बैठना चाहिए। हमें धर्म की भावना और उसके ब्राह्य रूप में अन्तर करना चाहिए। विभिन्न संस्कार, पर्व, कर्मकांड, वैवाहिक रीति-रिवाज, खान-पान-संबंधी नियम और सामाजिक संगठन आदि धर्म के बाह्य स्वरूप-मात्र हैं। नैमित्तिक संघटन उतने वैध नहीं हैं जितने आध्यात्मिक सत्य।

नैतिक सुविधा के साथ धर्म की कोई संगति नहीं। धर्म नहीं सिखाता कि हम नैतिकता की मनचाही परिभाषा करें और मनचाहे ढंग से उस पर आचरण करेँ। हम सामाजिक व्यवस्था से अपने को अलग-अलग नहीं रख सकते। हमको अपने पड़ोसी को खूब प्यार करना चाहिए। आपके संविधान में लिखा है कि सभी मनुष्य समान पैदा हुए हैं, इसका मतलब यह है कि यद्यपि हम कई बातों में समान नहीं हैं, तथापि हम इस बात में तो समान हैं ही कि हमें कष्टों का सामना करना होता है और उन्हें सहना पड़ता है। इसलिए हमारे भीतर करूणा होनी चाहिए। आध्यात्मिक विकास का पथ हमें अहंवाद, स्वेच्छाचार और निजी बड़प्पन की भावना से दूर ले जाता है और विन्म्रता, दिल-दिमाग के खुलेपन, दूसरों की आवश्यकताओं को सहानुभूतिपूर्वक समझने और उत्तरदायित्व लेने की तत्परता की दिशा में आगे बढ़ाता है। तालमद[1] में लिखा है: 'क्या वे मेरा

1. यहूदी संहिता का नाम।

नाम भूल गए हैं और मैंने उन्हें जो करने का आदेश दिया था, उसका पालन कर रहे हैं?' अंतर्राष्ट्रीय सम्बन्धों में भी हमें सहनशीलता और सहानुभूति का रुख अपनाना चाहिए। ये गुण अजेय हैं। हमारे नैतिक जीवन के बारे में महत्त्वपूर्ण बात यह नहीं है कि हम हिन्दू हैं या मुसलमान, यहूदी हैं या ईसाई, बल्कि महत्त्व की बात है यह कि हम भले हैं या बुरे।

लोगों का आपस में घुलना-मिलना इतना ज्यादा हो रहा है कि हमें अपने धर्म से भिन्न धर्मों तथा आस्थाओं के विषय में अपने रुख को स्पष्ट करना अनिवार्य हो गया है। हमें दूसरे धर्मों की तुलना में अपने धर्मों को देखना पड़ रहा है। हमें उनको नई दृष्टि से देखना चाहिए। चूंकि आप ईसाइयत से परिचित हैं, इसलिए मैं उसके विकास का उदाहरण देकर, दूसरे धर्मों के साथ हमारे सम्बन्धों के बारे में जो विभिन्न दृष्टिकोण हैं, उनको स्पष्ट करने की चेष्टा करूंगा।

कार्ल बार्थ की दृष्टि में, गैर-ईसाई धर्म लोगों को सत्य से दूर खींच ले जाने के लिए शैतान के आमंत्रण हैं। वह कहता है: 'ईश्वर का इल्हाम होना धर्म का विलोपन है।' उसने धर्म को विचार और संस्कृति की एक पद्धति माना है। उन्नीसवीं शती के उत्तरार्द्ध के उदार धर्मतत्त्वज्ञों ने, जिन्होंने ईसाई धर्म-ग्रंथ (बाइबिल) में उल्लिखित अति प्राकृत घटनाओं की स्वाभाविक और बौद्धिक व्याख्या खोजना का प्रयास किया, कार्ल बर्थ का विरोध किया है। उन्होंने बाइबिल को एक महान् पैगम्बर के अपने समकालीन लोगों पर पड़े प्रभाव के प्रकीर्ण संस्मरणों का संकलन-मात्र माना है। बाइबिल में जो उपदेश संगृहीत हैं, उनको धर्म के महान् सत्यों की काव्यात्मक अभिव्यक्ति भी माना गया है। कार्ल बार्थ ने ईसाई धर्म के सत्य को इस रूप में देखा था: उनकी दृष्टि में, जीसस क्राइस्ट ने ईश्वर और मनुष्य दोनों ही रूपों में आचरण किया था और उनमें (जीसस में) इतनी सामर्थ्य थी कि वह ईश्वरेच्छा-जनित प्रकृति के

नियमों को भी कुछ समय के लिए निष्क्रिय कर दे सकते थे। अत: कार्ल बर्थ का कथन हैं कि मनुष्य द्वारा बनाए गए धर्म स्वमताग्रह, अविश्वास के रूप, आत्मऔचित्य प्रमाणित करने के प्रयत्न और आत्मोद्धार की चेष्टाएं मात्र हैं। उनके लिए तो ईसाइयत भी धर्म के रूप में बहुत-से धर्मों में से एक है। क्राइस्ट में आत्मविवृति की प्रवृत्ति मिलती है, वह मानव की आवश्यकताओं की पूर्ति है और मानव-निर्मित सभी धर्मों पर एक फतवा है। क्राइस्ट समकालिक तथा आनुभविक इसाई धर्म तथा अन्य धर्मों के भ साधक और निर्णायकतुल्य हैं। ईश्वर के इल्हाम के सम्बन्ध में बाइबिल में जो कुछ बताया गया है, उसके मुकाबिले में ईसाई और गैर-ईसाई दोनों प्रकार के धर्मों का आत्मौचित्य-स्थापन की अपवित्र मानवीय चेष्टाएं कहकर उसकी निन्दा की गई है। बार्थ ईश्वर की सर्वशक्तिमत्ता पर जोर देता है। कौन है जिसने कोई पाप नहीं किया, इसलिए ईश्वर की महिमा की बराबरी कोई नहीं कर सकता। सब उसके गौरव के सम्मुख बौने हैं। स्पष्ट है कि कार्ल बार्थ ने इस दूसरी उक्ति पर कोई ध्यान नहीं दिया है: 'सृष्टि इस आतुर प्रतीक्षा में है कि ईश्वर के पुत्रों के हृदय में इल्हाम (ज्ञान-प्रकाश) हो जाए।'

धर्मों का इतिहास बताता है कि जब कोई धर्म असहिष्णु और ऐकांतिक बन जाता है, तब उसने कितने दु:खद परिणाम होते हैं। यदि हम बार्थ के मत को स्वीकार कर लें और ईश्वर को असहनशील मान लें, तो धार्मिक जगत् से शांति सदा के लिए विदा हो जाएगी। धर्म के प्रति इस दृष्टिकोण को संवेदनशील व्यक्तियों ने कभी नहीं स्वीकारा, उसको उन्होंने आतमविकास के मार्ग में बाधक माना, इसलिए उन्होंने धर्म का ही परित्याग कर दिया। मैं इस निष्कर्ष पर पहुंचा हूँ, कि ईसाइयत-सम्बन्धी यह दृष्टिकोण ही 'इन्क्विजिशन' (ईसाई जांच-न्यायालय) और 'धर्मों की लडाई' (वार ऑवरलीजन्स) के लिए उत्तरदायी है, और जीसस क्राइस्ट की इस शिक्षा, कि

'ईश्वर प्रेम है',[1] के साथ न्याय नहीं करता। यह सोचना कि किसी भी मानव या संस्था के पास ईश्वरीय सत्य का एकाधिकार है, अहंकारमात्र है और यह एक तरह का पाप है। 'अपने मन में यह बात सोचो भी मत कि अब्राहम हमारा पिता है, क्योंकि ईश्वर में इतनी सामर्थ्य है कि वह इन पत्थरों से अब्राहम जैसे बच्चे पैदा कर दे।' जब हम सोचते हैं कि सारा सत्य हमारे ही पास है, तब जो लोग उसमें भागीदार नहीं बनते उनके प्रति हमारा रूख कठोर हो जाता है, और ऐसा होना स्वाभाविक एवं अपरिहार्य है। सभी धार्मिक अवस्थाओं के मूल में ईश्वर है, जो न हिन्दू है, न ईसाई; न यहूदी, न मुसलमान।

दूसरे लोग, जो कार्ल बार्थ के मतानुयायी हैं, इस बात की पुष्टि करते हैं कि ईश्वर ने जीसस क्राइस्ट में अपनी अनूठी, अंतिम, पूर्ण और अनतिक्रभ्य अभिव्यक्ति (इल्हाम) कर दी थी।

यह इल्हाम कुछ ऐसा था जैसा पहले कभी नहीं हुआ था; अतीत की परम्परा से विच्छिन्न था यह।

एक सार्वभौम श्रुति-प्रकाश (इल्हाम) सम्बन्धी दृष्टि भी है जिसके समर्थक हैं जस्टिन, क्लीमेण्ट और ओरिगेन। इस दृष्टिकोण के अनुसार, 'लोगस' या शब्द-ब्रह्म ने लोगों की धार्मिक चिन्तना में जो कुछ भी सत्य और शिव है, उसको प्रेरित किया और ईश्वर के परम, अनन्य दिव्य संदेश की अभिव्यक्ति क्राइस्ट में होने के लिए उन्हें तैयार किया। 'लोगस' या शब्दब्रह्म के बीज समस्त मानव

1. गांधी जी ने एक अमेरिकी मिशनरी को, जिसका दावा था कि ईसाइयत का मार्ग ही सर्वोत्तम है, लिखा था: 'आप ऐसा मान बैठे हैं कि आपको सब लोगों के बारे में जानकारी है, लेकिन ऐसा तो आप तभी कह सकते हैं जब आप खुद ईश्वर हों। मैं आपको यह समझाना चाहता हूँ कि आप दुहरे छलावे में पड़े हैं। आप अपने लिए जिस चीज को सर्वोत्तम मानते हैं, उसे सारी दुनिया के लिए भी सर्वोत्तम समझते हैं यह तो एक प्रकार से अपने को सर्वज्ञ मान बैठना है और अपने पर अमोघत्व का आरोप कर लेना है। मेरा आग्रह है कि आप थोड़े विनम्र बनें।'

जाति में बिखेर दिए गए। जस्टिन घोषित करता है: 'जिन लोगों ने 'लोगस' के अनुसार अपना जीवन बिताया है, वे ईसाई हैं, भले ही लोग आमतौर से उनको नास्तिक मानते हों, जैसे कि यूनानियों में सुकरात और हेराक्लिटस को माना जाता था।'[1] सिकन्दरिया (अलेक्जैण्ड्रिया) निवासी क्लीमेंट ने यूनानी दर्शन को 'क्राइस्ट के लिए तैयारी', 'क्राइस्ट तक हमको ले जाने वाला गुरु'[2] माना था। उसने प्लेटोवाद और ईसाई धर्म का परिणय करा दिया। प्रारम्भिक पादरियों ने सुकरात और प्लेटो के विचारों का समावेश करके ईसाई रहस्य-कथाओं को समृद्ध किया। ऑगस्टीन के विचार तो सुविज्ञात हैं ही। 'ईसाई धर्म ने जिस मोक्ष का द्वार खोल दिया, उसमें किसी भी सुपात्र व्यक्ति का प्रवेश कभी निषिद्ध नहीं रहा।'[3] 'जिसे अब ईसाई धर्म कहा जाता है, उसका अति प्राचीन काल से ही अस्तित्व रहा है, और मानव जाति के आदि काल से लेकर उस समय तक जब क्राइस्ट हाड़-मांस की देह में प्रकट हुए, यह कभी अनुपस्थित नहीं रहा। उस समय, वह सच्चा धर्म, जो पहले से ही मौजूद था, ईसाई धर्म के नाम से पुकारा जाने लगा।'[4] लोगों ने अब यह स्वीकार कर लिया है कि अपने विकास-क्रम में, ईसाइयत ने यूनानी अध्यात्म-विद्या और रहस्यवादी धर्मों से काफी-कुछ ग्रहण किया है। सेंट पॉल के शब्दों में, 'न्यू टेस्टामेण्ट' (नई बाइबिल) द्वारा प्रतिपादित धर्म भी 'यूनानियों और गैर-ईसाई बर्बर जातियों का ऋणी है।'[5] स्पष्ट है कि ईसाई धर्म विश्व के धार्मिक विकास का ही एक अभिन्न अंग है। किसी भी अन्य धर्म की भांति इसके विकास की भी एक लम्बी ऐतिहासिक प्रक्रिया रही है। यह पूर्व-निष्पन्न अतिप्राकृत विचार दर्शन के रूप में संसार में नहीं आया।

---

1. एपॉलॉजी, 46
2. स्ट्रोमैटा, 1, V, 28, 32
3. एपिस्टिल 'सी' 11.5
4. रिट्रैक्शन्स, 1 XIII,3
5. रोमन्स, 1, XIII, 3

दूसरे धर्मों के माध्यम से भी हम ईश्वर के चिरन्तन शब्द के संपर्क में आ सकते हैं। उन धर्मों को कभी-कभी 'न्यू टेस्टामेण्ट' के लिए तैयारी का नाम दिया जाता है। ईसाई धर्म को अन्य धर्मों की निष्पत्ति मान लिया जाता है।

टॉमस एक्विनास 'सामान्य' और 'विशेष' श्रुति-प्रकाश (इल्हाम) में अन्तर करता है। सामान्य श्रुति-प्रकाश समस्त मानव जाति में समान रूप से पाया जाता है; इसके द्वारा लोगों को ज्ञान-प्राप्ति होती है और ईश्वर का अस्तित्व तथा उसके साथ आत्मा की एकता का बोध होता है। श्रुति-प्रकाश-युक्त (इल्हामी) धर्म तर्क का विरोधी तो नहीं होता, परन्तु उसके परे अवश्य होता है। लोग धार्मिक आस्था के कारण ही त्रिदेव (ट्रिनिटी) के सिद्धान्त को और सच्चे ईश्वर तथा सच्चे मानव के रूप में शरीर क्राइस्ट को स्वीकार करते हैं। गैर-ईसाई धर्म सामान्य श्रुति-प्रकाश (इल्हाम) वाले धर्म हैं जिनमें मानव को मानव के रूप में दिव्य ज्ञान का स्फुरण होता है; परन्तु ईसाई धर्म जीसस क्राइस्ट में विशेष श्रुति-प्रकाश होने के फल-स्वरूप उत्पन्न हुआ।

यदि ईश्वर प्रेम-स्वरूप है, तो यह हो नहीं सकता कि हजारों वर्षों तक मानव जाति उस दिव्यानुभूति से वंचित रहे जिसे ईश्वर ने इजरायल के एक कबीले को देने की कृपा की। क्या ईश्वर इतना पक्षपाती और अकृपालु था कि उसने अन्य धर्मों के अनुयायियों को अपने प्रेम-दान से वंचित रखा? जब फ्रांसिस जेवियर जापान गए और उन्होंने वहां के लोगों को उपदेश दिया कि ईश्वर ने दया करके अपने पुत्र को संसार में भेजा था, तब उनसे लोगों ने पूछा कि ईश्वर ने जापानियों और दूसरे लोगों को अपने महान् प्रेम से परिचित कराने में इतना विलम्ब क्यों कर दिया? यदि ईश्वर प्रेम है, तो उसका इल्हाम सभी राष्ट्रों, सभी युगों और सभी धर्मों को होना अत्याश्वयक है। लेकिन अगर वह अपने दिव्य सदेश का प्रकाशन केवल 'ओल्ड' और 'न्यू टेस्टामेंट' (पुरानी और नई बाइबिल) के चेहते लोगों तक ही सीमित रखता है, और मानवता के एक बड़े भाग को अज्ञानान्धकार

तथा मृत्यु के गह्वर में पड़ा रहने देता है, तो वह प्रेम-स्वरूप ईश्वर नहीं हो सकता। ईश्वर इतिहास के सारे दौर में अपने स्वरूप का उद्घाटन करता रहता है।

यदि ईसाई धर्म अपनी मुख्य परम्परा के प्रति ईमानदार है, तो उसे यह मंजूर कर लेना चाहिए कि गैर-ईसाई धर्मों में भी दिव्य संदेश का स्फुरण (इल्हाम) होता रहा है। जैसे-जैसे गैर-ईसाई धर्मों की एकता-सम्बन्धी धारणा मान्य होती जा रही है। विभिन्न धर्मों में प्रचलित चमत्कारिक कथाओं, साम्प्रदायिक प्रतीकों, पारलौकिक आदर्शों और धार्मिक संस्थाओं में तो काफी कुछ समानता जान पड़ती ही है, परन्तु इनके अलावा गहन तत्त्वज्ञान में भी सभी धर्मों में अत्यन्त सादृश्य दिखाई देता है।[1]

सौ वर्ष से भी अधिक हुए, जोज़ेफ गोरेस ने इस तथ्य को प्रभावपूर्ण ढंग से प्रस्तुत किया था। एक ही ईश्वरीय सत्ता समस्त ब्रह्माण्ड में क्रियारत है; एक ही धर्म, एक ही आराधना-पद्धति, एक ही मूलभूत प्राकृतिक व्यवस्था, एक ही नियम और एक ही बाइबिल सारे विश्व में परिव्याप्त है। सारे पैगम्बर 'एक' पैगम्बर हैं; उन्होंने एक समान धरातल पर एक ही भाषा में अपना संदेश दिया है-हालांकि उनकी बोलियां अलग-अलग रही हैं। जैसे हर महान् सभ्यताएं एक-जैसी हैं, वे एक ही जीवन का उद्घाटन करती हैं, वैसे ही समस्त संसार के महान्

1. प्रोफेसर फ्रीडरीक हीलर 'ईसाई और गैर-ईसाई धर्म' शीर्षक अपने एक महत्त्वपूर्ण लेख में लिखते हैं: 'त्रिदेव (ट्रिनिटी) और अवतार के सिद्धान्त, कुमारी के गर्भ से सन्तानोत्पत्ति, प्रेम के दिव्य बलिदान में विश्वास, अप्रतिहत अनुग्रह की धारणा और मात्र आस्था के द्वारा दोष-शुद्धि, ईश्वर-कृपा-प्रेरित प्रार्थना, पापों की क्षमा के लिए आवेदन, सभी प्राणियों के प्रति प्रेम, शत्रुओं के प्रति भी शौर्यमय प्रेम, शाश्वत जीवन और कयामत तथा जगत् के पुनरुद्धार में विश्वास-ईसाइयत का एक भी मूल सिद्धान्त ऐसा नहीं है जिससे मिलते-जुलते सिद्धान्तों की एक पूरी श्रृंखला हमें विभिन्न गैर-ईसाई धर्मों में न मिल जाती हो।'
-'हिब्बर्ट जर्नल', जनवरी, 1654

पौराणिक तत्त्व भी एक समान हैं, और समस्त धर्मों की उत्पत्ति का विकास-क्रम भी एक ही रहा है; ईश्वर की परम चेतना ने उनकी पौध लगाई, उसी ने स्वर्ग की हवाओं और पृथ्वी की ओस-कणिकाओं से उनका पोषण किया, और सभी युगों में आनन्दमग्न होकर उसने इन धर्मों के माध्यम से अपने को ही उद्घाटित किया।[1]

लोगों की ऐसी दृढ़ धारणा है कि अपने धर्म के द्वारा ही सत्य का अधिक गहन अन्तर्दर्शन किया जा सकता है; परन्तु इसका यह अर्थ नहीं कि हम दूसरे धर्मों के अनुयायियों के प्रति वैर-भाव रखें। हम दूसरों को भी सत्य का सहान्वेषी मानें।

प्रत्येक धर्म में आत्म-विश्लेषण और आत्मालोचन की प्रक्रिया चल रही है और वह एक ऐसा रूप लेता जा रहा है जिसमें दूसरे धर्मों के प्रति भी सहानुभूति पाई जाती है। कोई भी धर्म अपनी पूर्णता पर नहीं पहुंच पाया है, वह अपना सम्पूर्ण कथ्य अभी तक कह नहीं पाया है। कोई भी धर्म आधुनिकता और विज्ञान में मुँह नहीं चुरा सकता। वैज्ञानिक ज्ञान के प्रसार के साथ धर्मों में उदारता आती जा रही है, हालांकि अब भी कुछ धर्म ऐसे हैं, जो इस विकट परिस्थितियों मं, अपनी एकमात्र रक्षा-पंक्ति के रूप में, धार्मिक रूढ़ियों से चिपके हुए हैं। वे बुनियादी तत्त्व यह है: सभी धर्मों का मूल आध्यात्मिक जगत् में है जिससे हर आदमी अपने धर्म को देखने की अन्तर्दृष्टि पा सकता है और अपने धर्म में उसकी आस्था दृढ़ हो सकती है।

विश्व का लक्ष्य हैं एक घनिष्ठ आध्यात्मिक साहचर्य की उपलब्धि। वे सभी धर्म जो आज आत्मान्वेषण, आत्मप्रतीति और आध्यात्मिक आदान-प्रदान की प्रक्रिया से गुजर रहे हैं, एक-दूसरे के समीप आते जा रहे हैं। हमें अपने धर्म को तिलांजलि देने की आवश्यकता नहीं है, और न इसकी कि हम एक प्रकार के संहतिवाद (सिन्क्रेटिज्म) में जा पड़ें। हम दूसरे धर्मों के प्रति आदर का भाव

1. हिब्बर्ट जर्नल' (जनवरी, 1954) पृष्ठ 3 पर प्रोफेसर फ्रीडरिक हीलर द्वारा उद्धृत।

रखते हुए उनसे बहुत-कुछ सीख सकते हैं। जब हम दूसरे लोगों के धर्मों का आदर करेंगे, तो वे भी हमारे धर्म का आदर करेंगे। सत्य अपने किसी भी रूप में हमारे लिए पराया नहीं होना चाहिए। सेंट ऐम्ब्रोज का यह कथन, जिससे टॉमस ऐक्विनास भी सहमत थे, स्वीकार करने योग्य है: 'प्रत्येक सत्य, चाहे वह किसी के मुख से क्यों न निकला हो, ईश्वरीय सत्य है।'[1] कहते हैं कि एक बार असीसी वाले फ्रांसिस ने रास्ते में गिरा एक कागज उठा लिया; किसी ने उससे कहा कि उस पर जो लिखा है, वह एक काफिर (पैगन) लेखक का है। फ्रांसिस ने उत्तर दिया: 'यह फिजूल की बात है, क्योंकि बात चाहे कोई काफिर कहे या कोई दूसरा, उसका मूल स्रोत ईश्वरीय प्रजा है और उसमें ईश्वर की ही बात कही गई होती है। ईश्वर से ही हर अच्छी चीज निकली है।'

अन्य धर्मों में जो कुछ न्यायसंगत और उचित है, उसको स्वीकार करके धर्म में परिपक्वता आई है और आज वह विज्ञान तथा सामाजिक विवेक की आलोचना का सामना करने की स्थिति में है। जब आस्थाओं की परस्पर क्रिया-प्रतिक्रिया होती है, तब हमारे अपने धर्म में अलक्ष्य रूप से संशोधन होता है, उसकी कठोरता कम होती है। मिथ्या का स्थान सत्य ले लेता है, अवास्तविक की जगह वास्तविक को मिल जाती है। चुनीदा लोगों, चुनीदा राष्ट्रों और चुनीदा धार्मिक सम्प्रदायों वाली धारणा हम छोड़ देते हैं। यदि हम एक ऐसी आध्यात्मिक एकता उत्पन्न करना चाहते हैं जो नई विश्व-व्यवस्था की भौतिक एकता से बढ़-चढ़कर हो, साथ ही उसको संभालती भी चले, तो हमें धर्मों में आपसी समझ और सहानुभूति पैदा करनी होगी। इस प्रकार जो नवीन धार्मिक स्थिति उत्पन्न होगी, वह अनन्तरूपता या एकधार्मिता की स्थिति न होगी, बल्कि समन्वित एकता की होगी जिसमें हम दूसरे धार्मिक विश्वासों को सहानुभूतिपूर्वक समझने की कोशिश करेंगे और उनकी अच्छी बातों की सराहना करेंगे। सभी धर्म ज्ञान और

1. टॉमस-ए-केलानो, विटा II, संपा ऐलेन कॉन,पृ. 173 पादटिप्पणी।

प्रेम के सार्वभौम धर्म के रूपों में अपने को अबिव्यक्त करेंगे और इसी दृष्टिकोण से हम प्रत्येक धर्म के पिछले इतिहास और वर्तमान सिद्धान्तों की आलोचना कठोरता के साथ-साथ सहानुभूति के साथ भी कर सकेंगे। भले ही हमारे मार्ग अलग-अलग हों, लेकिन हमारा गन्तव्य एक है-परम रहस्य तक पहुंचना। हम सब एक ही चीज की खोज में जुटे हैं। हमें एक-दूसरे को अपना आत्मिक बन्धु मानना चाहिए। सहिष्णुता को प्रेम में बदल देना चाहिए।

सभी धर्म एकता की दिशा में बढ़ रहे हैं। अनेकता की प्रवृत्ति ईसाई चर्च में काफी पहले ही शुरू हो गई थी। ईसाई एकता में दो महत्त्वपूर्ण दरारें पड़ी-एक ग्यारहवीं शती में और दूसरी सोलहवीं शती में। 1054 ई. में ईसाई चर्च दो वर्गों में बंट गया; एक वर्ग में पूर्वी यूरोग के देश और मिस्र तथा सीरिया आदि थे; इसका मुख्य केन्द्र था कुस्तुनतुनिया। दूसरा वर्ग था कैथोलिक चर्च का, जिसका क्षेत्र पश्चिमी यूरोप के देशों में फैला था। रोम उसका केन्द्र था। तब से ही पूर्वी चर्च अलग रहा है। पांच सौ वर्ष पश्चात्, सोलहवीं शती में, धर्म-सुधार-आन्दोलन (रिफॉर्मेशन) छिड़ गया जिसने पोप की प्रभुता को ही चुनौती दे डाली। फलस्वरूप, जर्मनी, फ्रांस, नीदरलैण्ड्स, स्विट्जरलैंण्ड, इंग्लैण्ड, स्कॉटलैण्ड और स्कैण्डिने-वियाई देशों (नार्वे,स्वेडन आदि) में प्रोटेस्टैंट चर्च का प्रादुर्भाव हुआ।

ईसाई चर्च के कैथोलिक, प्रोटेस्टैंट और पूर्वी परम्परागत ईसाई सम्प्रदाय (ईस्टअर्न ऑर्थोडाक्स चर्च) जैसे मुख्य विभाग तो हुए ही, परन्तु इनके भी कई-कई सम्प्रदाय बने जिनकी विचारधारा एक-दूसरे से बहुत भिन्न थी और उनमें आपस में विरोध-भाव भी था। जब कि कुछ प्रोटेस्टैंट सम्प्रदाय वाले इल्हाम और परलोकशास्त्र को ईसाइयत का सार-तत्त्व समझते हैं, तब कुछ दूसरे प्रोटेस्टैंट मतवादी यह कहकर इनका तिरस्कार कर देते हैं कि ये उस समय की मानसिक स्थिति की अभिव्यक्तियां हैं जब पुरानी और नई बाइबिलें लिखी

गई थीं। रूढ़िगत धार्मिक मतों के अनुयायियों (फंडामेंटलिस्ट्स) के लिए तो ये विश्वास अनिवार्य हैं, जबकि आधुनिकतावादियों (मॉडर्निस्ट्स) की दृष्टि में ये इतने महत्वपूर्ण नहीं हैं। जब सेण्ट पॉल ने कोरिन्थ-स्थित चर्च को पत्र लिखा था, तब से ही ईसाई चर्च के विभिन्न सम्प्रदाओं को एक करने और पश्चिमी और पूर्वी यूरोप के ईसाई चर्चों की फूट को दूर करने की निरन्तर चेष्टाएं हुई हैं, लेकिन रोमन कैथोलिक चर्च ने इन चेष्टाओं में कोई भाग नहीं लिया, क्योंकि उसे इस बात का यकीन है कि ईसाई धर्म में एकता लाने का एक ही रास्ता है–रोम-स्थित पोप की धार्मिक सत्ता के सामने आत्म-समर्पण करना। इन आन्दोलनों का मुख्य ध्येय रहा है सिद्धान्त के मामलों में 'चर्चों' (ईसाई धर्म-संस्थाओं) के बीच सहयोग पैदा करना और सामाजिक जीवन की समस्याओं से जूझने में एक समान कार्रवाई करना।

'चर्चों' की विश्व-परिषद् का द्वितीय अधिवेशन एवान्स्टन में हुआ। हमको विश्वास है कि आन्दोलन मानव जाति के जीवन धर्म-मतों तक फैल जाएगा। धर्मों के आपसी सहयोग के आधार पर ही कोई विश्व-सभ्यता पनप सकती है। इससे जीवन में दिव्य गुण लाने की हमारी दृष्टि उदार बनेगी और हम संकीर्णता तथा हठधर्मिता से मुक्त हो जाएंगे। सभी धर्म हमारी विरासत हैं, और किसी भी विरासत की तरह इसे भी हमें तीन-तेरह नहीं कर देना चाहिए।

इसका मतलब यह नहीं कि दुनिया में धर्म या मजहब-सम्बन्धी मतभेद होंगे ही नहीं, वे तो होते रहेंगे। जब हम एक-दूसरे को सहयोग देते हुए विकास करने की इच्छा प्रकट करते हैं, तब उससे हमारा यह तात्पर्य नहीं होता कि हम किसी विभेद-रहित सार्वभौमवाद की बात कर रहे है या किसी सरल तटस्थतावाद की वकालत कर रहे हैं। विभेदों को तो हम स्वीकार करते हैं; फिर भी एकता तो स्वस्थ आधार पर विकसित होते देखना चाहते हैं। हमारी यह इच्छा नहीं है कि हम मतभेदों को एकदम मिटा डालें, हम तो मतभेदों का उपयोग अपनी साझेदारी

को मजबूत करने और बढ़ाने में करना चाहते हैं। हमको सही किस्म की मनोवृत्ति बनानी चाहिए, और वह है: मानव-जाति में भाईचारे की भावना बढ़ाकर विश्व के प्रति अपनी निष्ठा बनाना। जो लोग ईश्वर या एक परम आध्यात्मिक सत्य में विश्वास करते हैं, उनके बीच हमें मुक्त सहयोग बढ़ाना चाहिए। हमारे धार्मिक विचार चाहे जो हों, हम सभी ईश्वर की छत्रछाया में पलनेवाले एक परिवार के सदस्य हैं। फिओर वाले जोशिम ने भावी 'परमात्मा के चर्च' की बात कही थी। वे सब लोग जो बाइबिल के इन दो आदेशों-'तु अपने प्रभु, अपने ईश्वर को अपने सम्पूर्ण हृदय से, अपनी सम्पूर्ण आत्मा से और अपनी सारी शक्ति से प्यार करेगा; और तू अपनी पड़ोसी को भी आत्मरूप मानकर प्यार करेगा'-को मानते हैं, उस सार्वभौम 'चर्च' से सम्बन्धित हैं। बाइबिल के अन्तिम अध्याय के लेखक के अनुसार, स्वर्गस्थ यरूशलम में कोई गिरजाघर नहीं होगा, क्योंकि वहां ईश्वर सर्वशक्तिमान एवं सर्वव्यापक होगा।

यदि हम विचारधाराओं तथा उच्चाकांक्षाओं पर ध्यान नहीं देते, फिर भी ईश्वर-सम्बन्धी अमोघ सत्य की बात करने का दावा करते हैं; सामाजिक न्याय के नियमों का तिरस्कार करते हैं, इस तथ्य की उपेक्षा कर देते हैं कि ईश्वर किसी एक धर्म में ही पूरा-पूरा नहीं मिलता, बल्कि सभी धर्मों में उसका थोड़ा-थोड़ा अश विद्यमान रहता है; यदि हम एक ऐसे संसार में जो हमारे ही बनाए उपकरणों एवं साधनों के कारण आज बुरी तरह निराश के कगार पर जा खड़ा हुआ है, सौमनस्य एवं हार्दिक एकता नहीं स्थापित करते, तो नास्तिकों की संख्या बढ़ जाएगी और ईश्वर किसी दिन स्वयं नास्तिकों की टोली में शामिल हो जाएगा।

आध्यात्मिक खोज

आध्यात्मिक स्वभाव, जो प्रत्यक्ष इन्द्रिय-बोध के द्वारा प्राप्त सीमित ज्ञान के पीछे पैठने और सामान्य विचारों के माध्यम से संसार की प्रकृति को समझने की कोशिश करता है इतिहास के आरम्भ से ही भारतीय मानस की विशेषता रहा है। जर्मन-मानस अपने विचार-गाम्भीर्य, कल्पनात्मक शक्ति और मानवानुभूति की गहराइयों की छानबीन करने की क्षमता के लए प्रसिद्ध रहा है। गेटे की दो विरोधाभासी सूक्तियां है जो जर्मन-मानस की जिज्ञासु चेतना को व्यक्त करती हैं: 'आदमी को अपना यह विश्वास बनाए रखना चाहिए कि अज्ञेय ज्ञेय हो सकता है। यदि उसका यह विश्वास डगमगा गया, तो वह अन्वेषण करना छोड़ देगा।' 'बौद्धिक प्राणी को सबसे अधिक आनन्द अनुसन्धेय का अनुसंधान करने में आता है इतने ही उल्लस से वह अनुसन्धेय के सम्मुख चुपचाप श्रद्धा से सिर भी झुका देता है।' मानव-मन वस्तुओं, व्यक्तियों और घटनाओं को उनके आपसी सम्बन्धों के सन्दर्भ में देखने की चेष्टा करता है। उसके लिए ऐसा करना अपरिहार्य है जो अनुभव से तो उपलक्षित होता है, किन्तु जिसे वैज्ञानिक माप या बौद्धिक तर्क-वितर्क से जांचा-परखा नहीं जा सकता, उसकी बुनियादी जानकारी पर आध्यात्मिक विचार आधारित होते हैं जो लोग विज्ञान की उपलब्धियों से बहुत प्रभावित हैं, वे अध्यात्म-ज्ञान को अगर निरर्थक नहीं, तो असंगत तो अवश्य मानते है। वैज्ञानिक रुझानवाले व्यक्ति जबकि आध्यात्मिक विचारों के विरोधी है, तब धार्मिक प्रवृत्ति वाले यह महसूस करते हैं कि कल्पनात्मक आदर्शवाद की प्रचलित पद्धतियां व्यक्ति के स्वभाव के विकास में बाधा पहुंचती हैं और आस्था के क्षेत्र में घुसपैठ के लिए बुद्धि को अनुमति दे देती हैं। यदि सारा विश्व परंब्रह्म से परिव्याप्त है, तो फिर व्यक्ति का क्या महत्त्व रह जाता है? इसलिए 'निरपेक्ष आदर्शवाद' (ऐब्सोल्यूट आइडियलिज्म) के सिद्धान्त की विरोध

वैज्ञानिक ज्ञान के हित में भी किया गया और व्यक्ति के महत्त्व की दृष्टि में भी। विज्ञान और धर्म दोनों अध्यात्ममवाद के विरोध में खड़े दिखाई दिए।

ऑगस्ट कॉमटे (1798-1857) और सोरेन कीर्केगार्ड (1813-1855) प्राय: समकालीन थे। परन्तु उन दोनों ने हीगेल के आदर्शवाद के विरुद्ध जो प्रतिकूल प्रतिक्रिया व्यक्त की, उसको उस समय किसी ने गंभीरता से नहीं लिया। अब कई विचारशील लोगों को उनके विचार स्पष्ट और आकर्षक लग रहे हैं। एक ही पीढ़ी में हमने दो-दो महायुद्ध देखे हैं; राजनीतिक और सामाजिक उथल-पुथल के बीच से हम गुजरे हैं; इन सबने और जीवन के सामान्य कष्टों तथा निराशा ने हमें ध्वस्त कर दिया है, हमारा मोह भंग हो गया है और हम हताश हो गए हैं। बौद्धिक अस्तव्यस्तता और आत्मिक अवसाद की स्थिति में हम हर तरह के उपचारों- 'धर्मशास्त्रीय रूढ़िवादिता' (कार्ल बार्थ), 'नव-शैक्षिकता' (जैक्यूज़ मैरिटैन और एटीने गिल्सन के निओ-स्कॉलेस्टिसिज्म), मार्क्सवादी भौतिकवाद, तर्कसंगत प्रत्यक्षवाद (लॉजिकल पॉजिटिविज्म) या शून्यवादी अस्तित्ववाद (निहिलिस्टिक एक्जिस्टेन्शियलिज्म) का आश्रय लेते रहे हैं। हम किसी भी कीमत पर निराशा और निराश्रय की भावना से अपने को बचाना चाहते हैं, और ये विचार-पद्धतियां दावा करती हैं कि ये हमारा सम्बन्ध किसी के साथ जोड़ देंगी-हमें लगने लगेगा कि हमारा भी कोई है और हम भी किसी के हैं। देर या सवेर हमें जीवन को सही ढंग से समझना ही होगा, अपना स्थान और अपना आचरण हमें निश्चित करना पड़ेगा और कुछ विश्वासों तथा मूल्यों का स्वीकार करना होगा। सवाल यह नहीं है कि हमें एक अध्यात्मवाद की जरूरत है या नहीं; क्योंकि हम सबके पास एक न एक प्रकार का अध्यात्म तो है ही। प्रश्न तो यह है कि इसको एक अपरीक्षित एवं कुछ-कुछ अनजाने ही आ जाने वाला अध्यात्मवाद होना है या एक व्यवस्थित विचार-सरणि जिसको जान-बूझकर पाने की कोशिश की जाती है। 'तर्कसंगत प्रत्यक्षवाद' (लॉजिकल

पॉजिटिविज्म) और 'अस्तित्ववाद' जैसे दर्शन भी, जो अध्यात्मवाद से विद्रोह करते हैं, आध्यात्मिक दृष्टिकोण प्रस्तुत करते हैं।

कॉमटे का दावा था कि मानसिक विकास के तीन सीढ़ियां हैं। पहली सीढ़ी पर, धर्म-तत्त्ववेत्ता संसार को मिथकों (पुराण-कथाओं) के रूप में समझाने की कोशिश करते हैं। दूसरी सीढ़ी पर, आध्यात्मिक व्यक्ति कल्पनात्मक और बौद्धिक सिद्धान्तों का प्रणयन कर सांसारिक व्यापारों के लिए कारण ढूंढ़ते हैं। लेकिन तीसी सीढ़ी प्रत्यक्षवादी होती है; वह आधुनिक विज्ञान से सम्बन्धित है। उसमें आलेखित करने का उपक्रम करते हैं-इसमें हम तथ्यों के बाहर जाने की कोशिश नहीं करते। कॉमटे की दृष्टि में अध्यात्मवाद वैज्ञानिक युग के पहले की चीज है और विज्ञान ने उसे अपदस्थ कर दिया है। कॉमटे ने जिस प्रत्यक्षवाद को विकसित किया, वह कोई मतवाद नहीं था, वरन् एक तरीका था, जो हर क्षेत्र में धर्मशास्त्रीय सिद्धान्तों या आध्यात्मिक अटकलों के बजाय वैज्ञानिक व्याख्याओं को महत्त्व देता था।

'तर्कसंगत प्रत्यक्षवाद' आनुभविकविधि को अपनाना चाहता है। आदर्शवाद के विरुद्ध इसका विद्रोह प्रारम्भिक स्थिति में अध्यात्मवाद के विरुद्ध विद्रोह नहीं था। उदाहरण के लिए, जी.इ. मूर ने 1910 में कहा था कि 'दार्शनिकों ने जो सर्वाधिक महत्त्वपूर्ण और दिलचस्प काम किया है, वह है समस्त विश्व का एक सामान्य विवरण देना।'[1] बर्ण्ट्रेण्ड रसेल ने 1918 में घोषणा की थी कि मेरा इरादा 'एक तरह के अध्यात्मवाद' को आगे लाने का है।[2] उन्होंने आध्यात्मिक यथार्थवाद की एक पद्धति विकसित कर दिखाई। पॉल नैटोर्प (1854-1924) ने, जो मारबुर्ग 'स्कूल' के सह-संस्थापक थे, अन्तर्विरोधों से भरी दुनिया से उठकर शुद्ध सौमनस्य और अबाध सत्य-कथन के क्षेत्र में पहुंचने की बात कही है।

1. 'सम मेन प्राब्लेम्स ऑव् फिलॉसफी' (1953), पृ. 1
2. 'दि फिलॉसफी ऑव् लाजिकल ऐटमिज्म'

लुडविग विटजेन्स्टीन से दर्शन-शास्त्र की दो भिन्न-भिन्न विचारधाराओं का श्रीगणेश होता है। वे हैं: 'भाषातात्त्विक विश्लेषण' और 'तर्कसंगत प्रत्यक्षवाद'। वे कहते हैं कि सारी प्रस्थापनाएं प्राकृतिक विज्ञानों में सनिहित है और दर्शन अपने तई कोई नए दावे नहीं कर सकता। दर्शन-शास्त्र का एकमात्र कार्य है, हमारे विचारों की शुद्धि और उनका स्पष्टीकरण।

दर्शन-शास्त्र का प्रायोजन है विज्ञान और उसके तर्क तथा भाषा का विश्लेषण। हम दर्शन-शास्त्र-सम्बन्धी प्रश्न पर तब तक गंभीर विचार नहीं कर सकते, जब तक उनको स्पष्ट रूप से प्रस्तुत नहीं किया जाता। किन्तु भाषातात्त्विक विश्लेषण अपने-आप में आध्यात्मिक चिन्तन की दिशा में एक कदम है। 'तर्कसंगत प्रत्यक्षवाद' विज्ञान और गणित-शास्त्र का बहुत आदर करता है और अध्यात्मवाद के बारे में उसमें अरुचि पाई जाती है। इसका दावा है कि अध्यात्मवाद सिद्धान्त असम्भव या निरर्थक है। यह जांच-पड़ताल के सिद्धान्त को सार्थकता या महत्त्व की कसौटी मानता है। जिस रूप में किसी कथन को जांचा-परखा जा सके या उसको प्रमाणित किया जा सके, उसी रूप में उसका अर्थ स्पष्ट होता है। यह मान लिया जाता है कि जांच-पड़ताल की समाप्ति निश्चित रूप में प्रत्यक्ष दर्शन या इन्द्रियानुभव में होना चाहिए-इस मत के अनुसार देखना ही जानना है। इसके एकमात्र अपवाद हैं गणित-शास्त्र आदि के विश्लेषातमक गुर (फार्मूले), जिनको गोचर-प्रत्यक्ष रूप में जांचने की जरूरत नहीं पड़ती। चूंकि अध्यात्मवादियों और धर्म-तत्त्वज्ञों के वक्तव्यों को, और नैतिक तथा सौन्दर्यात्मक निर्णयों को इन्द्रियानुभव के द्वारा नहीं जांचा-परखा जा सकता, इसलिए वे महत्त्वहीन और अर्थहीन हैं।

केवल वक्तव्यों को ही प्रत्यक्ष: जांचा जाना चाहिए; उन्हीं के लिए प्रत्यक्ष प्रमाण जुटाने की आवश्यकता है, न कि आदेशों, आग्रहों, प्रतिज्ञाओं, विस्मयादिबोधक उक्तियों या अभिप्रायों की अभिव्यक्तियों के लिए।

यहां कई कठिनाइयां उठ खड़ी होती हैं। पहली कठिनाई तो यही है कि खुद प्रत्यक्षवादियों ने आध्यात्मिक धारणाओं की भौतिकवादी सिद्धान्त की भांति व्यक्त किया है। हम जब नदियों, पर्वतों, फूलों और फलों, पक्षियों और पशुओं के बारे में बात करते हैं, जब हम जागतिक वस्तुओं का वर्गीकरण करते हैं, तब हर आनुभविक यथार्थवाद की ओर झुके आध्यात्मिक पथ पर चल रहे होते हैं। जब विज्ञान जगत् के विषय में यह कहता है कि इसका एक अटूट ढांचा है और यह प्रकृति, कारण तथा नियम-सम्बन्धी धारणाओं का उपयोग करता है, तब यह उस ढांचे और प्रकृति के नैरन्तर्य के बारे में आध्यात्मिक मान्यताओं को ही रेखांकित कर रहा होता है। वैज्ञानिक अन्वेषणों को जो चीज महत्त्व प्रदान करती है, उसका स्रोत विज्ञान में नहीं, कहीं और होता है। 'तर्कसंगत प्रत्यक्षवाद' (लॉजिकल पॉजिटिविज्म) अध्यात्मवाद को इस आधार पर प्रामाणिक नहीं मानता कि आध्यत्मविद्या-सम्बन्धी कथन आनुभविक परीक्षण की कसौटी पर खरे नहीं उतर सकते; परन्तु खुद 'तर्कसंगत प्रत्यक्षवाद' एक आध्यात्मिक दृष्टिकोण नहीं तो और क्या है? वह भी तो यही कहता है कि इन्द्रियानुभव ही सब-कुछ है, और कोई भी कथन, जिसे इस कसौटी पर परखा नहीं जा सकता, दुर्बोध और निरर्थक है।

क्या अनुभव को इन्द्रियानुभव तक ही सीमित माना जाना चाहिए? हम प्रयोजन, अभिरुचि, कल्पना, सौन्दर्य, आशंका, सच्चाई के बारे में हुए अनुभव से इन्कार तो नहीं कर सकते, हालांकि इनको भी वैज्ञानिक पैमानों से शायद ही जांचा जा सके।

ह्यूसेर्ल का प्रत्यक्ष ज्ञानवाद (फेनॉमेनोलॉजी) विचार-जगत् के विषय में उतना ही आनुभविक और यथार्थवादी होने की कोशिश करता है, जिनते कि अन्य अनुभववादी प्रत्यक्ष ज्ञान-जगत् के विषय में कहते आए हैं। ह्यूसेर्ल की मान्यता है कि जिन विचारों से हम अपनी चिन्तना में अवगत होते हैं, वे वस्तुगत दृष्टि

से वैसे ही वास्तविक होते हैं, जैसी इन्द्रियबोध के द्वारा सम्पर्क में आई वस्तुएं वास्तविक होती हैं। यदि वाद की वस्तुएं इसलिए 'अस्तित्व' रखती हैं कि हम आँखों से देखकर उनके अस्तित्व को प्रमाणित कर देते हैं, तो विचार भी अपनी 'अव्यवस्थित' रखते हैं, क्योंकि उनको हम सोचते हैं। पदार्थों का अस्तित्व यदि भूत जगत् में है, तो विचारों का अस्तित्व मानस जगत् में। हमें अपनी बौद्धिक कल्पना को इतना प्रखर और तीव्र बनाना चाहिए, जिससे हम उन विचारों को देख सकें, जो मानस-जगत् में अपनी समस्त तर्कसंगत संरचना के साथ अवस्थित रहते हैं।

फिर, हमें मूल्यों और विश्व-चेतना का भी अनुभव होता है। हम दर्शन की, देखने की, कल्पना करने की बात करते हैं; यह वह स्थिति है जिसमें आत्मा का भेदन एक ऐसी सत्ता करती है जो आत्मा से भी अत्यधिक बलवती होती है। जब आत्म-सम्बन्ध और काल की परिधि का अतिक्रमण कर, देह और देश (स्थान) से अपने को विरत करके अन्तर्मुखी बन जाती है और अपनी सत्ता के मध्यबिन्दु पर ध्यान केन्द्रित करती है, तब यह 'दैवी विधातृ सत्ता' (ब्रह्म) के समक्ष उपस्थित होती है। यह कोई विरल या अपवाद-स्वरूप घटना नहीं है। कोई भी व्यक्ति आध्यात्मिक दृष्टि से इतना दरिद्र नहीं कि इसके प्रकाश और इसके मुक्तिसुख को अनुभव न कर सकता हो। चाहे हम ईश्वर के साथ संयोग या सम्पर्क की बात करें, या ईश्वर के प्रति प्रतिबद्धता की, हमारे पास एक अनुभव होता है जो आत्मिक है; जो प्रत्यक्ष बोध या धारणा-सम्बन्धी नहीं है। यह कहना ठीक है कि हमारे पास अनुभव के अतिरिक्त ज्ञान-प्राप्ति का दूसरा साधन नहीं है, लेकिन यह अनुभव भिन्न प्रकार का है, यह अनुभव है वैज्ञानिक नियमों का, नैतिक कर्त्तव्य का और आत्मिक सत्य का।

जांचने के भी दो तरीके हैं-प्रत्यक्ष और अप्रत्यक्षा। जैसे, यह मकान ऊंचा है। इसे आप प्रत्यक्ष रूप से नापकर इसकी ऊंचाई की जांच कर सकते हैं। सापेक्षवाद के

सिद्धान्त की जांच उसके निष्कर्षों से होती है, परन्तु उसी हद तक यह जांच की जा सकती है जिस हद तक इन निष्कर्षों की गणना और इनका पर्यवेक्षण करना सम्भव हो। किसी आध्यात्मिक सिद्धान्त की प्रामाणिकता की परख अप्रत्यक्ष रूप से ही की जा सकती है-देखना यह होता है कि पर्यवेक्षित तथ्यों का कारण देने में वह सिद्धान्त कहां तक समर्थ है। कल्पनात्मक आध्यात्मवाद एक उचित प्रकार की जिज्ञासा है जिसका अपना अलग क्षेत्र है।

भारतीय दार्शनिक चिन्तन के निष्कर्षों का आधार आनुभविक होता है। दिए गए तथ्यों का परीक्षण करके, यह 'वास्तविकता' का एक सिद्धान्त निरूपित करता है; उस सिद्धान्त में तार्किक संगति और आनुभाविक उपयुक्तता होती है। 'वास्तविकता' है वह, जो ठीक-ठीक ढंग से समझ में आ जाए। ब्रैडले का कथन है: 'जो सम्भाव्य है, अगर उसका घटित होना अनिवार्य है, तो उसका अस्तित्व भी अवश्य है।'

आधुनिक दार्शनिक चिन्तन पुन: संसार की प्राचीन धारणा की ओर लौट रहा है। 'संसार' का व्युत्पत्यात्मक अर्थ है- 'वह जो शाश्वत रूप से गतिशील रहे।' यह घटनाओं की एक लम्बी प्रक्रिया है जिसमें एक घटना दूसरी घटना को लांघती हुई आगे बढ़ जाती है। जिस संसार को हम जानते हैं, विज्ञान जिस संसार का अध्ययन करता है, वह प्रक्रिया है। यह प्रक्रिया अपनी वर्तमान स्थिति में पूर्ण नहीं है। यह अतीत से अपना स्रोत ग्रहण करती है और भविष्य में गमन करती है। क्या यह अपने से परे किसी सत्ता की अभिव्यक्ति करती है। यदि यह करती है, तो खुद प्रक्रिया के साथ सत्ता का क्या सम्बन्ध है? क्या यह प्रक्रिया सोद्देश्य है? ये प्रश्न हैं आध्यात्मवाद के, जिनको उठाए बिना हम नहीं रह सकते, हालांकि सम्भव है, इनका कोई सन्तोषजनक उत्तर हमारे पास न हो।

विज्ञान हमें बताता है कि समस्त ब्रह्माण्डीय प्रक्रिया एक प्रकार की नियमितता है, एक नियम है जो द्रष्टव्य है। इसमें केवल गति ही नहीं है, वरन् उस गति की

एक गति की एक दिशा भी है। कोई भी परिस्थिति अपने जिस अतीत में से उत्पन्न हुई है, उसके बिलकुल समरूप नहीं होती। अतीत से नवीनता के सम्बन्ध में पूरी-पूरी पूर्व-सूचना नहीं मिल पाती, हालांकि यह अतीत से सम्बन्धित हो सकती है। उसका यह सम्बन्ध एक बार उसके घटित होते ही हमें दिखाई दे जाता है। ब्रह्माण्डीय प्रक्रिया कुछ गिनी-चुनी परिस्थितियों की अनवरत पुनरावृत्ति नहीं होती। वर्तमान अतीत के स्वरूप के महत्व में वृद्धि कर देता है और यह भविष्य की अप्रत्याशित सम्भावनाओं के चरितार्थ होने के लिए भी पथ प्रशस्त कर देता है।

यदि बीज से वृक्ष का विकास होता है और शिशु भ्रूण से विकसित होता है, तो यह मान लेना अनुचित न होगा कि इकाइयों के जीवन-सम्बन्धी अनुभव में भी कोई सोद्देश्य विशेषता है। क्या जीवन-प्रक्रिया की कहानी निर्देशन का महत्त्व नहीं बताती? जीवन को दिशा देने वाली कोई महत्वपूर्ण प्रेरणा विद्यामान है। विस्तृत खगोलीय और भूगोलीय प्रक्रियाओं ने प्राण के उद्भव और विकास के लिए वांछित वातावरण प्रदान किया है। प्राण से प्राणि-मन की उपत्ति होती है; प्राणि-मन से मानवीय बुद्धि की, और उससे चेतना, ज्ञान, करुणा और आनन्द आदि की उत्पत्ति हुई है।

मनुष्य के द्वारा प्रकृति के रहस्यों को जानने की चेष्टा और प्रकृति का निर्णायक बनने का उसका उपक्रम ही इस बात को सूचित करता है कि मनुष्य सृजन की प्रक्रिया में भाग लेता है। वैज्ञानिक में जो आत्मोत्सर्ग और निःस्वार्थ, मिशनरी उत्साह पाया जाता है, वही इस बात को बताता है कि उसमें जीवन्त चेतना की प्रधानता है।

मार्क्सवाद ब्रह्माण्डीय प्रक्रिया और उसकी प्रवृत्तियों से परिचित है। मार्क्सवाद बताता है कि पदार्थ स्वयं द्वन्द्वात्मक (डायालेक्टिकल) है किन्तु पदार्थ और द्वन्द्वात्मकता (तार्किकता) आपस में घुल-मिल नहीं

पाते। हीगेल ने मन के तार्किक व्यवहार की जो प्रस्थापना की है, उसी तरह का तार्किक व्यवहार पदार्थ भी करेगा, इसकी सम्भावना हमें नहीं है। ऐंगल्स ने अपनी 'डायलेक्टिक ऑव नेचर' शीर्षक पुस्तक में लिखा है: 'हम इसके (प्रकृति के) स्वामी इसलिए बन पाए हैं, क्योंकि हम इसके नियमों को जानने में समर्थ हैं और उनको सही-सही लागू कर सकते हैं। इस मामले में हम अन्य प्राणियों की अपेक्षा अच्छी स्थिति में हैं।' मनुष्य कर्त्ता है, विषयी (संजेक्ट) हैं; वह विषय (ऑबजेक्ट) से श्रेष्ठ है। प्रकृति और मानव-अस्तित्व अपने रहस्य का स्वयं प्रकाश नहीं कर सकते, वे स्वत: व्याख्यात्मक नहीं हैं।

संसार की व्याख्या उस जीवात्मा की सक्रियता से रूप में की जा सकती है, जो अपने को उससे श्रेष्ठतर बना लेता है। जिस तरह बीज और वृक्ष में, शिशु और मनुष्य में एक नैरन्तर्य मिलता है, उसी तरह एक सतत एकात्मता भी जान पड़ती है जो प्रक्रियागत सभी परिवर्तनों के बीच से गुजरकर भी अपना स्वभाव बनाए रखती है। यह एकात्मता प्रक्रिया के व्यतिक्रमों और परिवर्तनों, शक्तियों की सामर्थ्य, जैविक विकास के निर्देशन एवं सामाजिक परिवर्तन के रूप में अपने को अभिव्यक्त करती है। मानव प्राणी, जो काल के थपेड़े खाकर भी अपने अस्तित्व को बनाए हुए है, उस पूर्ण की, जिससे वह स्वयं सम्बन्धित है, व्यापक एकात्मकता का प्रतिरूप है। यही कारण है कि वह उस सर्वव्यापक परमात्मा के क्रिया-कपाल में भाग लेने में समर्थ है, जो विश्व की वह सार्थकता है, अन्तर्भूत तत्त्व है, जिसका अन्वेषण भले ही अन्त में हुआ हो पर जो विश्व के आदि से ही उसमें, तिल में तेल की तरह, समाया हुआ है। इस परग अभेदावस्थान का साक्ष्य ज्ञान के अन्तरालों में नहीं ढूंढ़ा जाना है, वरन् सम्पूर्ण प्रक्रिया में, जो व्यवस्थित और प्रगतिशील है। उदहारण के लिए, शंकराचार्य कहते हैं कि संसार की प्रक्रिया के पीछे और आगे एक मूलभूत

सिद्धान्त है, जो उस प्रक्रिया को, प्रेरित करता है और चैतन्य बनाता है। वह प्रक्रिया अविकल रूप से नए मूल्यों को उभारती जा रही है:

एकस्यापि कूटस्थस्य चित्त-तारतम्याद् ज्ञानैश्वर्याणाम् अभिव्यक्ति: परेण प्रेरण भूयसी भवति।

1784ई. में हर्डर ने अपने ग्रन्थ 'आइडियाज फॉर ए फिलॉसफिकल हिस्ट्री ऑव् मैनकाइण्ड' ('मानव जाति के दार्शनिक इतिहास के लिए कुछ विचार') का प्रथम खण्ड प्रकाशित किया था। उसमें उसने दलील दी है कि सभी चीजें एक ही आत्मिक सिद्धान्त के द्वारा परिचलित हैं, जो विभिन्न स्तरों पर अलग-अलग प्रकार से काम करता है, परन्तु उसके व्यवहार का रूप अनिवार्यत: एक जैसा है। यहां तक कि टॉमस हार्डी भी अपनी पुस्तक 'दि डाइनास्ट्स' में संसार को एक यंत्र के रूप में नहीं देखता, वरन् एक जीवित प्राणी के रूप में देखते है, जो एक उद्देश्य की पूर्ति में लगा है- वह उद्देश्य है: परित्राण, उद्धार, मुक्ति। अंत:स्थ आत्मन् आत्म-ज्ञान के लिए भटक रहा है। इसके ही फलस्वरूप मनुष्य की आत्मा का विकास हुआ है जिसका सक्रिय और वृद्धिगत आत्म-ज्ञान सार्वभौम सत्ता (ईश्वर) की श्रेष्ठतम अभिव्यक्ति बन गया है।

बर्गसन, अलेक्जैण्डर, लॉयड मॉर्गन और ह्वाइटहेड ने विश्व-सम्बन्धी एक ऐसी दृष्टि विकसित की है जिसमें आत्मिक मूल्यों की भूमिका निर्णायक है। विज्ञान हमें बताता है कि मनुष्य से भी बढ़कर एक आत्मिक सत्ता है। मनुष्य का लक्ष्य है, सर्वव्यापक सत्ता के साथ अपनी एकात्मकता स्थापित करना।

भारत में धर्म और अध्यात्म कभी एक-दूसरे से विलग नहीं रहे। सभी धर्म-शास्त्रों में धार्मिक विचार को तार्किक ढंग से जांचने-परखने पर जोर दिया गया है। आधुनिकता और विज्ञान जिस सीमा तक आगे बढ़ गए हैं, उससे पीछे हटने का सवाल ही नहीं उठता। आध्यात्मिक प्रयास धार्मिक चिन्तन को सीमा और शक्ति प्रदान करता है।

अस्तित्ववादी दार्शनिक अध्यात्मवाद को स्वीकार नहीं करते। उनकी इस धारणा के मूल में उसकी अपर्याप्तता की स्वीकृति और वैज्ञानिक ज्ञान की सापेक्षता है। अस्तित्ववाद कोई स्पष्ट सिद्धान्त नहीं है। यह एक विचार-पद्धति है जो उपचेतन अस्तित्व को सही विषय मानती है और यहीं से दर्शन-शास्त्र का मार्ग उससे अलग हो जाता है। जीने का मतलब और एक उपचेतन प्राणी बनना, जिसे अपने 'स्व' का ज्ञान हो और जो एक महान् निजी साहसिक अभियान में जुटा हो।

आदर्शवादी दर्शन विश्व-इतिहास को स्वयंभू परमात्मा की लीला समझता है जिसमें व्यक्ति मानव की कोई स्वतंत्र भूमिका नहीं है। अस्तित्ववाद आदर्शवाद की इस मान्यता की कटु आलोचना करता है। परब्रह्म की इस सत्ता में व्यक्ति की भूमिका चाहे जितनी नगण्य या शून्य हो, परन्तु ऐतिहासिक कार्य तो मनुष्यकृत कार्य होते हैं। मनुष्य ही इतिहास का निर्माता है।

अस्तित्ववाद की कार्य-पद्धति अनुभवसिद्ध है। जबकि पिछले खेवे के प्रत्यक्षवादी प्रकृति में विश्वास करते थे, तब अस्तित्ववादी मानव-अस्तित्व में विश्वास करते हैं। उपनिषदों में कहा है कि 'स्व' को पहचानो: 'आत्मानं विद्धि।' भगवद्गीता कहती है कि सब प्रकार के ज्ञानों में आत्म-ज्ञान अत्यन्त महत्त्वपूर्ण है। जिन गुणों एवं विशेषताओं के कारण मनुष्य मनुष्य है, उनके बारे में हमें गहरी जानकारी होनी चाहिए। जो ज्ञान हम प्राप्त करना चाहते हैं, वह मनोवैज्ञानिक ज्ञान नहीं है, क्योंकि आखिर तो तो वह वैज्ञानिक ज्ञान की ही एक किस्म है। मनोविज्ञान हमें अस्तित्व का तंत्र और उसकी शर्त बताता है। यह मनुष्य को क़ई खण्डों में विभाजित कर देता है, फिर एक-एक खण्ड का अध्ययन विभिन्न विज्ञानों के द्वारा किया जाता है। मनुष्य को आत्मिक स्थिति-ज्ञान और नैतिक दृढ़ विश्वास से रहित, अन्य पदार्थों की तरह एक पदार्थ-मात्र मान लिया जाता है। व्यक्तियों के बजाय विज्ञान हमें देता है अवधारणाएं, प्रत्यय और सिद्धान्त।

मनुष्य विचारों, भावनाओं और इच्छाओं का एक संकलन बन जाता है। टेनिस की क गेंद एक पदार्थ है, परन्तु मनुष्य तो अपने-आपके लिए विषयी (कर्त्ता) भी है और विषय (कर्म) भी। अस्तित्ववाद के अर्थ और मूल्यों का अध्ययन करने की चेष्टा करता है। इसके लिए हमें विज्ञान की परिधि को तोड़कर बाहर निकालना होगा।

धर्मों द्वारा, विशेषत: हिन्दू और बौद्ध धर्म द्वारा मानव जीवन की मुख्य-मुख्य विशेषताओं का, जैसे कि दुख की व्यापकता का, जो अस्तित्वादियों के सिद्धान्त के पूरी तरह विपरीत नहीं है, वर्णन किया गया है। संसार काल, ऐतिहासिकता और परिवर्तन के अधीन है। जीवन पर मृत्यु की काली छाया मंडरा रही है और सौन्दर्य पर ह्रास की। 'जो बरा सो बुझा, जो खिला, कुम्हिलाना'। इस जगत् में कोई चीज सदा नहीं रहती, हर चीज यहां की आनी-जानी है। मानव जाति की इस बीमारी की आखिर दवा क्या है? उपनिषद्कार प्रार्थना करता है:

असतो तो सद्गमय,
तमसो मा ज्योतिर्गमय,
मृत्योर्मा अमृतं गमय।

अर्थात्-'मुझे असत्य से सत्य की ओर ले चल। अंधकार से मुझे प्रकाश की ओर ले चल; मरण से मुझे अमरता की ओर ले चल।' मुझे काल-जगत् से शाश्वत जीवन की ओर ले चल।

बुद्ध ने संसार को कष्ट, रोग, वृद्धावस्था और मृत्यु से परिपूर्ण किया। जिन दृश्यों को उन्होंने देखा, उनमें से चार ये थे: एक संन्यासी, जिसके चेहरे से क्रांति और शांति टपक रही थी। संन्यासी ने बुद्ध से प्रश्न के उत्तर में कहा कि मैं जन्म और मृत्यु से भयभीत हूँ, इसलिए काल से मुक्ति पाने के लिए सचेष्ट हूँ। भारतीय विचारक केवल मृत्यु को ही काल का प्रतीक नहीं मानते, वे जन्म और मृत्यु दोनों को उसका प्रतीक मानते हैं। हमारी परियोजनाओं की निस्सारता,

हमारी उपलब्धियों की निरर्थकता, लौकिक जीवन की अशांतता, इस जीवन की उलझनों और इसके अंतर्विरोधों, इसकी अंतिक शून्यता आदि को अनुभव कर बुद्ध ने हमें बताया है कि अपने को पूर्णता तक पहुंचाने के लिए हर आदमी को इन सारी स्थितियों से गुजरना पड़ता है। ऐसा करके ही, वह सभी संघर्षों की गहराई में निर्वाण की चिरशांति प्राप्त कर सकता है। हर बौद्ध यह जिज्ञासा करता है: मैं जो हूँ, वैसा होने के लिए मैं क्यों बाध्य हूँ? इस व्यक्तित्व की जब इतनी सीमाएं है, कमियां है और इसके साथ जब इतनी प्रवंचनाएं जुडी हुई हैं, तब मैं इसका मुखौटा क्यों लगाए रहूँ और इसकी नियति को क्यों भोगूं? कैसे मैं एक ऐसी दशा को प्राप्त करूं जिसकी कोई सीमाएं न हों और जिस पर ऐसे प्रतिबंध न हों जो मेरी शुद्ध असीम सत्ता की स्वतंत्रता पर रोक लगा सकें?' सेंट पॉल पूछते हैं-कौन है जो मुझे मरणशील देह से मुक्ति दिलाएगा? वह कहते हैं कि 'अंत में हमारा एक ही शत्रु रह जाता है जिसका नाश हमें करना है, वह है मृत्यु।' ऑगस्टीन 'उस अनवरत अशांति' की बात करते हैं 'जो व्यक्ति के पार्थिव जीवन का एक अनिवार्य लक्षण है।'

संसार की असारता एवं निरर्थकता के विरुद्ध जो मनौवैज्ञानिक असंतोष उत्पन्न होता है, उससे आध्यात्मिक खोज को उद्दीपन मिलता है। मनुष्य अपनी सांतता, सीमाबद्धता से असंतुष्ट है, क्योंकि उसकी कामनाएं अनन्त हैं। अध्यात्म-तत्त्व में मनुष्य की दिलचस्पी मानव जीवन की विकट परिस्थिति से पार पाने और परलोक को प्राप्त करने एवं सत्ता के नए स्तर को उपलब्धि के लिए एक चुनौती है। मनुष्य में चूंकि अनन्तता की सम्भावना है, इसीलिए वह अपनी सान्तता को पहचान पाता है। जब वह अपनी अस्तित्व-सम्बन्धी स्थिति को जान लेता है, तब वह अपने भीतर विद्यमान ईश्वरीय शक्ति के प्रति भी जागरुक हो उठता है। व्यक्ति जब अपने पाप का समझने लगता है, तब उसकी यह जागरूकता अन्त:स्थ निरपेक्ष, पूर्ण प्रतिमान की ही छाया होती है। यह एक ऐसी मांग है जो

आत्मा खुद अपने-आपसे करती है। यह ईश्वर का निर्णय नहीं, मनुष्य का स्वयं के विषय में निर्णय होता है। वह निरपेक्ष प्रतिमान को जान इसलिए पाता है, क्योंकि वह पूर्ण ब्रह्म के स्वभाव का भागीदार होता है। अद्वैत वेदान्त के अनुसार, परब्रह्म परमात्मा की सत्यता को प्रमाण की आवश्यकता नहीं होती, क्योंकि यह एक ऐसा विशिष्ट एवं स्वीकृत चेतना-तत्त्व है जो मनुष्य के निजी अस्तित्व की चेतना से आबद्ध है।

आत्मा उत्तर है निरर्थकता का। आत्मा की परिसमाप्ति शून्यता में नहीं होती है। मृत्यु ही सब कुछ नहीं है। जीव से आत्मा की ओर संक्रमण अध्यात्मवाद के पुनस्थापन की चेष्टा है। धार्मिक जीवन एक ऐसा जीवन है जो आत्मा-परमात्मा की शक्ति को लेकर जिया जाता है। वह मनुष्य में आध्यात्मिक प्रेरणा जगाता है और उसे पुष्ट करता है तथा मनुष्य की आराधना-सम्बन्धी आवश्यकता की पूर्ति करता है।

परवर्ती यूरोपीय चिन्तना में काण्ट को प्रत्यक्षवाद (पॉजिटिविज्म) और अस्तित्वाद (एक्जिस्टेन्शियलिज्म) का पुरोधा कहा जा सकता है। 'क्रिटीज ऑव् प्योर रीजन' के आरम्भ में वे कहते हैं कि हमारा ज्ञान अनुभवसिद्ध होता है, इसका यह मतलब नहीं कि यह अनुभवजनित भी है। सिद्धि स्रोत का प्रमाण नहीं बन सकती। कान्ट तीन प्रकार की बोधात्मक क्रियाएं मानते हैं: सौन्दर्यात्मक क्रिया, जिसमें प्रत्यक्ष दर्शन के अनेक रूप समाविष्ट हैं: विश्लेषणात्मक क्रिया, जिसमें अनुभूति की अनेक श्रेणियां होती हैं; आन्विक्षिकी (तार्किकी) क्रिया, जिसमें तर्क या बुद्धिजनित विचार आते हैं। अवबोधन या ज्ञान की जो विभिन्न श्रेणियां हैं, वे पूर्व-धारणाएं होती हैं; वे मन की संरचनात्मक प्रवृत्तियां होती हैं जिनके बिना हमको इन्द्रियग्राह्य प्रातिभासिक सत्ता का ज्ञान नहीं हो सकता। ये बौद्धिक अमूर्त्त कल्पनाएं न होकर मन के एकीभूत करने वाले सिद्धान्त को सक्रिय अभिव्यक्तियां हैं। अनुभव एवं प्रातिभासिक सत्ता की आवश्यकताओं

के अनुरूप वे इन्द्रियग्राह्य पदार्थों पर लागू होती है, न कि प्रकृति-तत्त्व जैसी चीजों पर। इस तरह के पूर्वधारणात्मक सिद्धान्तों का इन्द्रियातीत उपयोग अवैध है।

जबकि अवबोधन (अंडरस्टैंडिंग) के वर्ग अन्तर्भूत होते हैं, अर्थात् इन्द्रिय-बोध के द्वारा समुचित रूप से ब्राह्य हो सकते हैं, तब बुद्धिगत विचार इन्द्रियातीत होते हैं। कर्ता किसी भी वस्तु के अनुभव को पूरी तरह व्यक्त नहीं कर सकता; कर्त्ता चरम इन्द्रियबोधात्मक तत्त्व होता है, जिससे चेतना सत्ता कर्म या विषय को, अर्थात् संसार को, ग्रहण करती है; संसार बाह्य नामरूपात्मक सत्ता का पूर्ण प्रतिनिधि है और ईश्वर कर्त्ता और कर्म का, विषयी और विषय का एकीभूत रूप है; वह सारे अस्तित्वों (जीवों) का स्रोत और संगम होता है। यद्यपि बुद्धिगत विचार कोई पदार्थ नहीं है जिनका अनुभव करना सम्भव हो; तो भी ये सभी तरह के अनुभवों के आदर्श हैं। हम अवबोधन के वर्गों को उनपर लागू नही कर सकते। आत्मा, जगत् और ईश्वर कोई पदार्थ नहीं है, न ये कारण ही हैं। यदि हम इन वर्गों को लागू कर देते हैं, तो बौद्धिक मनोविज्ञान, बौद्धिक संसृति-विज्ञान और बौद्धिक धर्मशास्त्र जैसे छद्म-विज्ञानों से हमारा पाला पड़ता है। प्रत्यय (आइडिया) विचार की उच्चाकांक्षाओं, उनकी मांगों और स्वपनों, जिन्हें हम धता नहीं बता सकते, के बारे में हमें सूचित करता है। ऐसा कोई पदार्थ-विज्ञान नहीं है जो बौद्धिक प्रत्ययों की टक्कर का हो, लेकिन हम ऐसा मानकर चलते हैं गोया इस तरह के पदार्थ हैं। हमारी अनुभूत्यात्मक क्रियाएं आस्था और आशा पर अवलम्बित हैं।

कोई भी अनुभवसिद्ध वस्तु प्रसीमित और सापेक्ष होती है, किन्तु विचार निरपेक्ष और असीमित होते हैं जीवन में यदि नैतिकता हो, तो बौद्धिक प्रत्ययों में अधिक गहराई और सार्थकता आ जाती है। नैतिक नियमों के प्रति आदमी के मन में जो सहज शंका उठ खड़ी होती है, वह देश-काल-साक्षेप वस्तुओं के प्रति

उठी तार्किक शंकाओं से भिन्न हुआ करती है। क़ाण्ट कहते हैं कि हम असीमित के प्रति भी आशंकित हो सकते हैं। 'अतिन्द्रिय-बोध के क्षेत्र में, कल्पनात्मक बुद्धि की शक्ति को जरा भी कारगर होने देने से इन्कारकर देने के बाद देखना यह है कि हमारे व्यावहारिक ऐन्द्रिय बोध में क्या कोई आंकड़ा ऐसा नहीं है जो असीम के अतीन्द्रिय स्वरूप को निश्चित करने में हमारी सहायता कर सके और इस प्रकार, जैसा कि अध्यात्मवाद चाहता है, सभी सम्भव अनुभवों की सीमा का एक पूर्व-ज्ञान के द्वारा अतिक्रमण किया जा सके? इस सम्बन्ध में यह जान लेना उचित होगा कि इस तरह का कोई भी ज्ञान केवल व्यावहारिक दृष्टि से ही उचित है।' अध्यात्मवाद जिस चीज को कोरे बौद्धिक साधनों से सिद्ध करने की चेष्टा करता है, किन्तु सफल नहीं हो पाता; उसको साधारण जन व्यावहारिक या नैतिक अनुभव के आधार पर हर घड़ी स्वीकार करने के लिए तैयार रहता है। यह वैज्ञानिक ज्ञान का विषय नहीं है, बल्कि विवेकपूर्ण आस्था का है। अपने

उपोद्धातीय शोध- प्रबन्ध में काण्ट 'अन्त:प्रेरित बुद्धिवादी' के विषय में बताते हैं। सत्यं शिवं सुन्दरम् के आदर्श हमारे भीतर विद्यमान परमात्मा की ही अभिव्यक्तियां हैं। उनके विषय अमूर्त सत्ता से संबंधित हैं, प्राणी-सत्ता के सार-तत्व हैं। मानवीय ज्ञान, नैतिकता और सौंदर्यानुभूति के लिए आत्मिक चेतना के तत्व अत्यन्त आवश्यक हैं। असीमित सिद्धांत आत्मिक प्रत्यय अधिक बौद्धिक प्रत्यय कम। इन्द्रियबोध, अवबोधन और बुद्धि-ये तीन साधन हैं जिनके दवारा हमारा अन्त स्थ ब्रहम् कार्य करता है। किसी निर्णय के लिए अध्यात्मवाद की प्रेरणा अधिक बुनियादी है, ऐन्दिय अनुभव या बौद्धिक तर्क में से कोई भी उसकी बराबरी नहीं कर सकता। यह विज्ञान और तर्कशास्त्र के पूर्वानुमानों के कारणों और उसकी अन्तनिर्हित कमियों को जांचने की कोशिश करता है।

कीर्केगार्द अस्तित्व-सम्बन्धी भय की चर्चा करते हैं, परंतु भय तो असल में उस चीज से है जो व्यक्ति को निराशा की उस अवस्था में पहुँचा देता जिसे

आस्था कहते हैं। यह भय है अपने शान्त अस्तित्व और अपने अनन्त अस्तित्व की सम्भावना के बीच ठमकी हुई आत्मा का। कीर्केगार्द की कृति 'दि कॉन्सेप्ट आव ड्रेड' इन शब्दों के साथ समाप्त होती है : 'मनोविज्ञान ने जितनी जल्दी भय से छुट्टी पा ली है, उससे बस यही हुआ है कि इसने भय को हठधर्मिता के हाथों सौंप दिया है।'[1] जब कीर्केगार्द अस्तित्व के ऊपर अहम् की शक्ति की बात कहते हैं तब उनका इरादा मनुष्य को उस शक्ति से अपना बचाव करने में सहायता करना होता है। जब मनुष्य अपने अहं को जान जाता है तब संसार उसके लिए सूला-सूना-सा हो जाता है। कीर्केगार्द ने मानव अस्तित्व का जो विश्लेषण प्रस्तुत किया, उसके पीछे एक तर्कपूर्ण प्रयोजन है। वह इस बात की पुष्टि करते है कि मनोविज्ञान से धर्म-मत तक संक्रमण की क्रिया सदा आस्थामूलक होती है, तार्किक आवश्यकता से उसका कोई संबंध नहीं होता। हीगेल ने अध्यात्म को उपासना-पद्धतियों में विभक्त कर दिया है, परन्तु कीर्केगार्द अध्यात्म को विभिन्न उपासना-पद्धतियों में वर्गीकृत करने का प्रत्याख्यान करते हैं, और इसमें उनका विरोधी स्वर उतना ही प्रखर है जितना मार्टिन लूथर का स्वर, ईसाई धर्म के क्षेत्र में अरस्तूवादी दर्शन की घुसपैठ देखकर, विरोध में प्रखर हुआ था।[2] कीर्केगार्द की दृष्टि में, ईश्वर के साथ मनुष्य के सम्बन्ध की गहराई की कसौटी यह है कि यह सम्बन्ध मनुष्य में कितनी मानवता लाता है।

---

1. वाल्टर लोबरी के अंग्रेजी अनुवाद से, (1946), पृ. 145
2. मार्टिन लूथर लिखते हैं: 'हमारे ईसाई धर्म के सभी नियमों, अगर उनपर हम बौद्धिक दृष्टि से विचार करें, तो असम्भव, मिथ्या और अनर्गल जान पड़ते हैं। लेकिन धर्म इस परिस्थिति से दो-दो हाथ करने के लिए तैयार है! यह बुद्धि की गरदन पकड़ लेता है और उस हैवान का गला घोंट देता है!' इस पर कार्ल बार्थ ने यह टिप्पणी की है: 'जो इसे सुन सकता है, उसे सुन लेने दो, क्योंकि यह इतिहास का आदि और अंत है।'-प्रोफेसर एच.जे.पैदन दि मॉडर्न प्रेडिकामेंट, (1955), पृ. 119-120

महान् जर्मन चिंतक पॉल नैट्रप एक भारतीय ऋषि की याद दिलाते हैं जिसने मौन को ही ईश्वर के महान् रहस्य को व्यक्त करने का सर्वोत्तम माध्यम माना है। सत्य की अपनी गरिमा ही उसे टिकाए हुए है। मत्य की भाषा मौन है। जब हम किसी तत्त्वदर्शी महात्मा की उद्दीप्त ऊष्मा और उसके ज्योतित आलोक को महसूस करते हैं। वह कोई दृढ़ विश्वास या आस्था उत्पन्न करने के बजाय एक मनोदशा, एक रुझान पैदा कर देता है। पुनर्जन्म लेकर पुन: शिशु की भांति बन जाने को नैट्रप मानव-जीवन का उच्चतम लक्ष्य कहते हैं। वह यह भी महसूस करते थे कि अभी तक कोई आदमी, यहां तक कि ईसा मसीह भी इस लक्ष्य तक नहीं पहुंच जाए हैं।

इस धार्मिक पृष्ठभूमि के कारण, अस्त-व्यस्तता और अन्तर्विरोध से पूर्ण इस जगत् से मानव का दार्शनिक स्तर पर उत्थान हो पाता है और वह शुद्ध सौमनस्य तथा अप्रतिबंधित अनुमोदन के जगत् में पहुंच जाता है।[1]

सार्त्र का अस्तित्ववाद, यद्यपि एक नास्तिकतावादी सिद्धान्त है, तो भी यह विश्व-सम्बन्धी आध्यात्मिक दृष्टि का काफी कुछ समर्थन करता है। सार्त्र हमें एक ऐसी विचार-पद्धति प्रदान करता है जो आस्था में दीक्षित होना चाहती है। वह कहते हैं कि अगर हम मान लें कि ईश्वर का अस्तित्व है, तो उस दशा में भी मनुष्य को अपना परित्राण स्वयं ही करना होगा। हमें यथार्थ स्थिति का सामना

1. ब्रैडले विश्व को खण्डात्मक, असम्बद्ध और विवेकहीन मानते हैं। उन्होंने कहा है कि कोई भी चीज़, जिसे सच या वास्तविक मान लिया जाता है, वह अपने-आप अपना प्रतिवाद करती प्रतीत होती है, इसलिए उसको मात्र प्रातिभासिक मानकर छोड़ दिया जाता है। सत्य-स्वरूप ईश्वर के स्वभाव से यह बिलकुल विपरीत है, सच्चाई केवल निरपेक्ष, पूर्ण ब्रह्म में ही पाई जा सकती है, क्योंकि वह होता है, उसमें कई चीजों का समावेश नहीं होता। निरपेक्ष, प्रकेवल ब्रह्म में कोई अलगाव नहीं होता, कोई भिन्नता या वैशिष्ट्य नहीं रह जाता और सभी सम्बन्ध घुलमिलकर एकाकार हो जाते हैं।

बहादुरी से करना चाहिए और कोई ऐसी काल्पनिक धारणा (मिथ) से मन को नहीं बहलाना चाहिए, जो हमारे मन को शान्ति प्रदान करने का छल करती हो। हमको अपने अहं के साथ अपना सामंजस्य बैठाना ही चाहिए।

अलबर्ट कामू कहते हैं कि सिसीफस की पुराण-कथा[1] मनुष्य की हताश और निरर्थक स्थिति के विषय में हमें बताती है। हमें चैन की सांस लेने की कोई उम्मीद बांधे बिना या अपने जीवन को कोई सार्थकता खोजने की कोशिश किए बिना अपने अस्तित्व-रूपी चट्टान को लुढ़काते जाना है। कामू विश्व के साथ मानव के सम्बन्ध को असंगत, बेहूदा बताते हैं, लेकिन वह दृढ़तापूर्वक यह अवश्य मानते हैं कि मनुष्य को अपने तईं इस सम्बन्ध को साहस और विवेक सहित निभाने की कोशिश जरूर करनी चाहिए। यह मनुष्य की अपने-आपमें आस्था होने का चिह्न है।

मार्टिन हीडेगर के विचार में, सच्चा या प्रामाणिक अस्तित्व उसे कहेंगे, जिसमें मनुष्य अपने-आपको, 'स्व' को पा लेता है, और अप्रामाणिक अस्तित्व वह है जिसमें व्यक्ति खो जाता है और अपने-आपको दुनिया में विखरा, जब वह संसार के गर्त्त में गिर जाता है तब वह अपने जड़-मूल से उखड़ जाता है, फिर वह अस्तित्व के चरम प्रश्नों से परेशान नहीं होता। जब उसकी सुरक्षा उससे छिन जाती है, तब उसे चिंता सताने लगती है और उसकी आत्म-तृप्ति छिन्न-भिन्न हो जाती है। तब, उसको लगता है कि वह वियुक्त हो गया है, कि अपने वास्तविक 'स्व' और उसकी प्रामाणिक सम्भावनाओं से उसको पृथक् कर दिया गया है। बुराई है मनुष्य का अपने-आपसे दूर हट जाना, अपने प्रामाणिक अस्तित्व से विलग हो जाना। जब मूलभूत सम्भावनाएं समाप्त हो जाती हैं, या वे हमारी पहुंच के बाहर हो जाती हैं, तब वह हमारी पतनावस्था होती है। मनुष्य संसार के गर्त्त

---

1. 'दि मिथ ऑव् सिसीफस एण्ड अदर एस्सेज': अंग्रेजी अनुवादक जस्टिन, ओ' ब्रियेन (1955)

में जितना गहरे गिरता जाता है, संसार के माया-मोह में वह जितना अधिक लिप्त होता जाता है उतना ही वह अपने आत्म-स्वरूप से अधिक दूर हटता चला जाता है। अस्तित्व की सत्यता को पुन: प्राप्त करने का अर्थ हैं, अपने छिन्न-भिन्न हुए 'स्व' को फिर से संयुक्त करना–उसे इस प्रकार आत्मस्थ करना कि वह मिथ्या सम्बन्ध से अपने को विलग कर ले और अपनी मूल सम्भावनाओं या क्षमताओं पर निर्भर करने लगे। पतित 'स्व' यदि प्रामाणिक 'स्व' की स्थिति में अपने को उठाना चाहता है, तो उसे अन्तरात्मा को जगाना होगा। हीडेगर के विचार में, हम मानव अस्तित्व की वास्तविकता को बहुत समीप से और बड़ी सुक्ष्मता से पहचानने की कोशिश करते हैं। आत्म-चेतना के स्तर पर अस्तित्व की वास्तविकता उजागर होती है; यदि हम आत्म-चेतना का विश्लेषण करें, तो हमें चीजों की वस्तुगत प्रकृति का ज्ञान हो सकेगा। गहन आध्यात्मिक चिन्तन के द्वारा हम अपने अस्तित्व के प्रति आत्म-विरक्ति की भावना पर काबू पा सकते हैं, यथार्थ स्थिति के साथ अपना तालमेल बैठा सकते हैं और अपने अस्तित्व को सार्थकता तथा आशा प्रदान कर सकते हैं।

कार्ल जैस्पर्स की दृष्टि में, अस्तित्व एक प्रत्यय या विचार नहीं है, वरन् यह अनुभव का एक अत्यन्त ठोस रूप है। इसका स्वभाव वैसा नहीं है जैसा अमूर्त्त विचारों का होता है। एक ऐसे संसार में, जो व्यक्ति स्वतंत्रता को प्रतिबंधित और सीमित कर डालता है, अपने-आपको एक सान्त, नश्वर अस्तित्व के रूप में जान लेना अपने इन्द्रियातीत स्वरूप की अनुभूति कर लेना है। संसार में जिस चीज का भी अस्तित्व है, वह अपने-आपसे परे जाने की, अपनी सीमाओं का अतिक्रमण करने की कोशिश करती है। 'मनुष्य अनुभवातीत ईश्वर के साथ अपना संपर्क जोड़े बिना अपने-आपमें स्थित नहीं रह सकता।' जब जैस्पर्स इस बात पर जोर देते हैं कि मनुष्य की पहुंच 'इन्द्रियातीत, अनुभवातीत ईश्वर तक हो सकती है', तब वह मनुष्य की अपने 'स्व' (आत्मस्वरूप) का अतिक्रमण कर

जाने की क्षमता का ही जिक्र कर रहे होते हैं। जीन की असारता और निरर्थकता के विषय में असंदिग्ध रूप से आश्वस्त हो चुकने पर हम उस सत्ता की ओर जाते हैं जो हमारे जीवन को सृजनात्मकता, सार्थकता और आशा प्रदान करती है। यह विश्वास करने की जरूरत है कि अस्तित्व की यथार्थता के मूल में ईश्वर का रहस्य छिपा हुआ है।

जिसे 'फिलॉसफी' या दर्शन कहते हैं, वह काल के क्षितिजों के पार झांकने की एक नई रीति है। जब वह दर्शन होता है, जो हमारी सहानुभूति को अवबोधन का आकस्मिक विकास है, तब संसार के प्रति हमारे सारे दृष्टिकोण में आमूल परिवर्तन हो जाता है। जब बर्गसन अध्यात्मवाद को ऐसे विज्ञान के रूप में परिभाषित करते हैं 'जो प्रतीकों का सहारा न लेने का दावा करता है', तब उनका यही मतलब होता है कि अध्यात्मवाद प्रत्ययी चिन्तन के विकृत स्वरूपों के परे जाकर सत्य-रूप परमेश्वर का सहज-स्फूर्त्त साक्षात्कार पाने के लिए सचेष्ट है।

धर्म कोई दार्शनिक प्रस्थापना नहीं है और न वह कोई ऐतिहासिक जीवन ही है। यह एक निजी खोज है कि संसार, जो प्रत्यक्षत व्यक्ति के प्रति उदासीन दिखाई देता है, अपनी सत्यता को छिपाए रखता है, परन्तु उस सत्य का संधान करना प्रत्येक व्यक्ति का परम कर्त्तव्य हो जाता हैं। जगत् के मूल में जो सत्य छिपा है, वह व्यक्ति से विमुख जान पड़ते हुए भी, व्यक्ति पर उद्घाटित होने के लिए आतुर रहता है-ठीक वैसे ही, जैसे पिता ऊपर से पुत्र के प्रति रूक्ष जान पड़ता हुआ भी, उसके लिए अपने हृदय में अमित स्नेह छिपाए रहता है।[1] 'देखो, मैं दरवाजे पर खड़ा हूँ और दस्तक दे रहा हूँ; दरवाजा खुलते ही मैं उसके पास जाऊंगा, उसके साथ बैठकर मैं ब्यालू करूंगा और वह मेरे साथ बैठकर।'

शाश्वत जीवन काल-सापेक्ष संसार से हमें दूर नहीं हटा ले जाता। यह उसका एक नया ही रूप हमारे सामने उद्घाटित करता है; यह संसार को ईश्वरीय ऐश्वर्य के

1. भगवद्गीता, अध्याय 11, श्लोक 44

प्रतिबिम्ब और इसकी एकता के बंधन के रूप में प्रस्तुत करता है। संसार मनुष्य के सच्चे, प्रामाणिक अस्तित्व के लिए खतरा नहीं है। हमको अपने चिरन्तन अस्तित्व के प्रति जागरूक रहते हुए संसार में जीवन-यापन करना है। हम रहें संसार में परन्तु शाश्वत सत्ता के साथ हमारी लौ लगी रहे। मनुष्य का सच्चा जीवन भौतिक सुरक्षा का जीवन नहीं है। अगर भौतिक सुरक्षा को ही हम सच्चे जीवन का स्वरूप मान लें, तो यह बालू पर दीवार खड़ी करने के समान होगा। सहानुभूति और प्रेम पर आधारित सत्य, प्रामाणिक अस्तित्व ठोस चट्टान पर टिका होता है। मनुष्य अनिवार्यत: एक सर्जक है, जो एक ऐसे अस्तित्व का निर्माण करने में जुटा रहता है जो ईश्वरत्व के साथ एकात्म होने की उच्चाकांक्षा मन में पाले हुए है। एक निर्वैयक्तिक प्राकृतिक व्यवस्था के जंगल में भटकता हुआ एकाकी अहं वह नहीं है। इन्द्रियातीत परमात्मा के प्रति अपने संकल्प को समर्पित करके वह चेतना का जीवन केन्द्र बन जाता है। उसके इस आत्मसमर्पण भाव के कारण उसकी आत्मा कार्य भी बन जाती है औ कारण भी; वह विषयी और विषय दोनों बन जाती है। उसकी स्वतन्त्रता ईश्वरीय क्रिया के अनुरूप हो जाती है, दोनों में सौमनस्य स्थापित हो जाती है। इसका एकमात्र लक्ष्य है, मानव प्राणियों की सृष्टि को पूर्ण बनाना।

ईश्वरीय सत्ता के साथ एकता की कल्पना जब व्यक्ति की आत्मा में जाग जाती है, तब वह कर्मशील जगत् में लौट जाती है; परन्तु अब वह रूपान्तरित हो चुकी होती है; दूसरों के साथ उसके सम्बन्धों के संदर्भ बदल चुके होते हैं; उसके सम्बन्धों में एक व्यापकता आ गई होती है; वह खुद को और दूसरे लोगों को ऐसी निजी इकाइयों के रूप में देखने लगती है, जो परस्पर सृष्टि की प्रक्रिया में एकत्र ला दी गई हों। आत्मा की इस सक्रियता, इस चेतना का धार्मिक महत्त्व है और उसको सार्वभौम तथा दिव्य प्रेरणा प्राप्त सृजनात्मक प्रक्रिया, जिसका उद्देश्य है सभी मानव-प्राणियों में एकता स्थापित करना, के प्रकाश में समझा जाना चाहिए।

यह दृष्टिकोण हमारे जीवन की आकस्मिकता या आनुषंगिकता की समस्या का एकमात्र समाधान है। हमारा जीवन कुछ इतना आकस्मिक, दैवयोगाधारित है कि उसका कोई महत्त्वपूर्ण प्रयोजन नहीं जान पड़ता; हम जीवन में छोटे-मोटे खतरों और अनिश्चितताओं से चौकन्ने हो उठते हैं और भविष्य् पर से हमारी आस्था उठ जाती है।

प्रत्यक्षवाद और अस्तित्ववाद के रूप में आधुनिक दर्शनशास्त्र में जो विद्रोह हुआ है, उसका कुल मिलाकर स्वस्थ्य और विमुक्तकारी प्रभाव पड़ा है। लेकिन विद्रोह करके ही हमको संतुष्ट नहीं हो जाना है। हमको एक रचनात्मक दर्शनशास्त्र की जरूरत है; जिस संसार में हम रहते हैं, उसके बारे में हमारी जो मूलभूत पूर्व-धारणाएं है, उनको अभिव्यक्त करने के लिए हम माध्यम की तलाश में हैं। वह गहन आध्यात्मिक चिन्तन के द्वारा ही सम्भव हो सकता है। आस्था (धर्म) को भी विवेकसम्मत, बौद्धिक होना होगा। आध्यात्मवाद आस्था (धर्म) का शत्रु नहीं है। केवल आध्यात्मवाद में ही ऐसी सामर्थ्य है कि वह मनुष्यों को आत्मिक पूर्णता, जिसकी खोज में वे जुटे हैं, पर जिसको पाने में वे सफल नहीं हो पा रहे, प्रदान कर सकता है। मानव जाति को अगर कोई चीज गरिमा प्रदान कर सकती है, तो वह है उसका आध्यात्मिक प्रयास। कोई भी संस्कृति तब तक चिरस्थायी नहीं हो सकती, जब तक वह इस प्रयास का समर्थन नहीं करती और मनुष्य में यह विश्वास नहीं जगाती कि वह जिस जागतिक प्रक्रिया में भाग ले रहा है, उसके मूल स्वभाव को समझने की अंतर्दृष्टि भी उसमें है।

बुद्ध और उनका संदेश

ईसा-पूर्व छठी शताब्दी में, कई देशों में आध्यात्मिक व्यग्रता और बौद्धिक विक्षोभ दिखाई दिया। इस दृष्टि से यह शताब्दी उल्लेखनीय है। चीन में लाओ त्जु और कनफ़्यूशस हुए; यूनान में परमेण्डीज और एम्पेडोक्लीज; फ़ारस में जरथुस्त्र; इज़राइल में पैगम्बरों; और भारत में महावीर तथा बुद्ध का आविर्भाव हुआ। उस काल में, बहुत-से चिन्तकों और द्रष्टाओं ने अपने पूर्वजों से प्राप्त ज्ञान की विरासत को आगे बढ़ाया और अपनी ओर से उसे नई भंगिमाएं प्रदान की।

वैशाख मास की पूर्णिमा बुद्ध के जीवन की तीन घटनाओं से जुड़ी हुई है। वे घटनाएं हैं-जन्म, सम्बोधि (ज्ञान-प्राप्ति) और परिनिर्वाण। बौद्ध पंचांग में यह दिन अत्यन्त पवित्र माना जाता है। बौद्ध धर्म के थेरवाद के अनुसार, बुद्ध ने 544 ई.पू. में महापरिनिर्वाण प्राप्त किया।[1]

बुद्ध के जीवन की मुख्य घटनाएं सर्वविदित है। वह एक छोटे-से राज्य, कपिलवस्तु के राजा के पुत्र थे; ऐश्वर्य और विलास के वातावरण में उनका पालन-पोषण हुआ था; उन्होंने यशोधरा नामक एक राजकुमारी से विवाह किया जिससे उनका एक पुत्र हुआ, जिसका नाम था राहुल। संसार के दुःखों और कष्टों की छाया से दूर, राजप्रासाद के सुखद परिवेश में उनका जीवन बीत रहा था। उनके जीवन के विषय में प्रसिद्ध उपाख्यानों से ज्ञात होता है कि जिन चार अवसरों पर वह राजप्रसादा से बाहर निकले, उनमें से एक में उनकी भेंट एक वृद्ध पुरुष से हुई, जिसे देखकर उनको महसूस हुआ कि एक दिन वह भी जरा-जीर्ण अवस्था को प्राप्त होंगे; दूसरे अवसर पर उनकी मुलाकात एक बीमार आदमी से हुई; उसे देखकर उनको लगा कि बीमारी किसी दिन उन्हें भी ऐसे ही धर दबाएगी; तीसरे अवसर पर, उन्हें एक शव दिखाई दिया जिसे लोग श्मशान की

1. बोधगया के शिलालेख में परिनिर्वाण की तिथि 544 ई.पू.दी गई है।

ओर ले जा रहे थे; उसे देखकर उनको अनुभव हुआ कि किसी दिन मेरी भी मृत्यु हो सकती है, चौथे अवसर पर उनकी भेंट एक संन्यासी से हुई जिसके चेहरे से शान्ति टपक रही थी और जिसने धार्मिक सत्य के अन्वेषकों के परम्परागत मार्ग को अपना रखा था। बुद्ध ने उस संन्यासी के पदचिह्नों पर चलकर जरावस्था, रोग और मृत्यु से मुक्ति पाने का संकल्प कर लिया। उस संन्यासी ने बुद्ध से कहा था:

'नर-पङ्गव जन्म-मृत्यीत श्रमणः प्रव्रजितोऽस्मि मोक्ष-हेतोः।'[1]

अर्थात्-"मैं श्रवण और संन्यासी हूँ। जन्म और मृत्यु के भय से तथा मोक्ष प्राप्त करने की अभिलाषा से मैंने गार्हस्थ्य जीवन को त्याग दिया है।"

शरीर से स्वस्थ, मन से प्रसन्न और रहन-सहन की सारी सुविधाओं से हीन उस पुण्यात्मा पुरुष के दर्शन से बुद्ध अत्यन्त प्रभावित हुए; उनके मन में यह धारणा दृढ़ हो गई कि धर्म का अनुगमन ही मनुष्य का सबसे उत्तम ध्येय है। धर्माचरण के कारण मनुष्य अस्थायी कष्टों और अल्पकालिक सांसारिक सुखों से अनासक्त हो जाता है। बुदध ने संसार को त्याग देने का धार्मिक जीवन के अनुसरण में तन-मन से लग जाने का निश्चय कर लिया। उन्होंने अपना घर, अपनी पत्नी और अपने बच्चे को त्याग दिया, भिक्षु का वेश धारण कर लिया और उसकी-सी आदतें डाल ली। वे वन में चले गए और वहां मानव-दुःख, दुःख के कारणों और दुःख-निवारण के उपायों के विषय में चिन्तन करने लगे। उन्होंने छः वर्षों तक धर्म के गूढ़ सिद्धान्तों का अध्ययन किया; कृच्छ्र साधना और कठोर तपस्या की; उन्होंने इस आशा में, कि इन्द्रिय दमन करके और शरीर को सुखाकर सत्य का ज्ञान कर पाऊंगा, अपने को भूखा मरने की हालत में पहुंचा दिया। लेकिन जो ज्ञात वे चाहते थे, वह तो मिला नहीं; हाँ. मौत के करीब वे जरूर पहुंच गए। फिर, उन्होंने साधना और तपस्या की क्रियाएं छोड़ दीं और सामान्य जीवन अपना लिया; नीरांजना नदी के जल से उन्होंने अपने को तरोताजा किया, सुजाता के

1. अश्वघोः बुद्धचरित,V,17

द्वारा अर्पित खीर को स्वीकार किया; 'नायमात्मा बलहीनेन लभ्यः'। शारीरिक स्वास्थ्य और मानसिक शक्ति पुनः प्राप्त कर लेने के बाद वे सात सप्ताहों तक एक 'बोधि' (पीपल) वृक्ष के नीचे गहनतम ध्यान की अवस्था में बैठे रहे। उनको समाधि लग गई। एक रात जब उषःकाल होने को था, उनकी प्रज्ञा जाग्रत् हुई और उनको ज्ञान (सम्बोधि) प्राप्त हो गया। ज्ञान-बोध प्राप्त कर लेने के अनन्तर बुद्ध अपने को अन्य पुरुष में, 'तथागत' कहकर सम्बोधित करने लगे। 'तथागत' का अर्थ है: वह व्यक्ति जो सत्य तक पहुंच गया हो। जो ज्ञान उन्होंने प्राप्त किया था, उसका उपदेश दूसरों को करने की इच्छा उन्हें हुई, इसलिए उन्होंने कहाः "मैं वाराणसी जाऊंगा और उस दीपक को प्रज्वलित करूंगा जो संसार को प्रकाशित कर देगा। मैं वाराणसी जाऊंगा और वह दुन्दुभी बजाऊंगा जिससे सारी मानव जाति जाग जाएगी। मैं वाराणसी जाऊंगा और वहां आर्य-सत्यों का उपदेश दूंगा।" "सुनो, भिक्षुओ! मैंने अमृत (शाश्वत जीवन) को पा लिया है। अब मैं तुम्हें शिक्षा दूंगा। मैं 'धर्म' का उपदेश दूंगा।" बुद्ध ने एक स्थान से दूसरे स्थान की यात्रा की; वह सैकड़ों लोगों से मिले; उनके जीवन को उन्होंने प्रभावित किया-उनसे प्रभावित होने वालों में ऊंचे और नीचे, राजा और किसान सभी वर्गों के लोग थे। वे सब उनके महान् व्यक्तित्व के संपर्क में आकर मंत्रमुग्ध हो गए। पैंतालीस वर्षों तक उन्होंने दान के सौंदर्य, त्याग के आनन्द और सादगी तथा समानता की आवश्यकता के विषय में प्रवचन किए।

अस्सी वर्ष की आयु में वे कुशीनगर की ओर जा रहे थे- जहां उन्होंने परिनिर्वाण प्राप्त किया। अपने प्रिय शिष्य आनन्द के साथ, वैशाली के सुन्दर नगर से विदा लेकर, वे एक समीपवर्ती पहाड़ी पर विश्राम कर रहे थे और सामने की दृश्यावली को, जिसमें कई मन्दिर और मृगवन थे, देख रहे थे। वह आनन्द से बोलेः "चित्रं जम्बूद्वीपं, मनोरमं जीवितं मनुष्याणाम्"–अर्थात् 'यह जम्बूद्वीप (भारतवर्ष) चित्र-विचित्र दृश्यावली से युक्त है और यहां के मनुष्यों का जीवन

सुन्दर और मोहक है।' हिरण्वती नदी के तट पर, शाल-वृक्षों के एक कुंज में, बुद्ध ने दो वर्षों के बीच अपने लिए एक शय्या तैयार कराई। आनन्द को, जो उनसे बिछोह की कल्पना से फूट-फूट कर रो रहा था, स्नेहपूर्वक सान्त्वना देते हुए उन्होंने कहाः "रो मत, निराश मत हो, आनन्द! मनुष्य को अपनी सभी प्रिय वस्तुओं से विदा लेनी ही पड़ती है। यह कैसे हो सकता है कि जिसने जन्म लिया है, वह मरे नहीं; जो चीज अस्थिर है, उसका नाश न हो? सम्भव है, तुम सोचते होगे, 'हमारा अब कोई गुरु नहीं रहा।' किन्तु तुम ऐसा सोचो ही क्यों, आनन्द! जिन विचारों का उपदेश मैंने तुमको दिया है, वे ही तुम्हारे गुरु हैं।" उन्होंने पुनः कहाः

'हंदा दानी भिक्खवे आमन्तयामि वो वयधम्मा संखारा, अप्पमादेन संपादेथऽति।'

अर्थात्-'सचमुच मैं तुमसे कहता हूँ, हे भिक्षुओं, सारी वस्तुएं नाशवान हैं, अपने मोक्ष के लिए निष्ठापूर्वक प्रयत्न करो।'

यही थे उनके अन्तिम शब्द। उनकी आत्मा गहन रहस्यात्मक ध्यान में निमग्न हो गई, और जब बुद्ध ध्यान की उस स्थिति में पहुंचे जिसमें समस्त विचार, समस्त धारणा विलुप्त हो जाती हैं, जिसमें वैयक्तिकता की चेतना समाप्त हो जाती है, तब वह परम निर्वाण की दशा में प्रविष्ट हुए।

बुद्ध के जीवन के दो पक्ष हैं- वैयक्तिक और सामाजिक। बुद्ध की जिस छवि से हम परिचित हैं, वह है एक ध्यानमग्न ऋषि की, योगी की, जो आत्मःस्थ और वीतरागी है तथा जो अपने आन्तरिक ध्यान के आनन्द में खोया हुआ है। यदि वह परम्परा है जो बौद्ध धर्म के थेरवाद ओर शोक के धर्म-प्रचार कार्यों से जुड़ी हुई है। इनके लिए बुद्ध मनुष्य हैं, ईश्वर नहीं; गुरु हैं, मोक्षदाता या उद्धारक नहीं। बुद्ध के जीवन का एक दूसरा पक्ष भी है जिसमें वे लोगों के दुःखों से विगलित हैं, उनके जीवनों में प्रवेश करने के लिए उत्सुक हैं, उनके कष्टों और

परेशानियों को दूर करने के लिए व्यग्र हैं और बहुतों के हितार्थ-'बहुजनसुखाय बहुजनहिताय' अपने सन्देश को प्रचारित करने के लिए आतुर है। मानवता के प्रति इस करुणा पर आधारित एक दूसरी परम्परा उत्तरी भारत में कुषाण राजाओं (70 ई.-480 ई.) तथा गुप्त-सम्राटों (320ई.-650 ई.) के शासनकाल में पनपी। इस परंपरा ने सबके लिए मोक्ष का आदर्श, भक्ति का साम्प्रदायिक अनुशासन और विश्वजनीन सेवा का मार्ग विकसित किया। जब कि पहली परम्परा श्रीलंका (सिंहल), बर्मा (ब्रह्मदेश) और थाईलैण्ड (श्याम) में प्रचलित हैं, तब दूसरी परम्परा नेपाल, तिब्बत, कोरिया, चीन और जापान में पाई जाती है।

परन्तु, बौद्ध धर्म के सभी रूपों में एक बात पर सहमति है कि बुद्ध ही इस धर्म के संस्थापक थे, कि उन्होंने ज्ञान-प्राप्ति के लिए बहुत तपस्या की और अन्त में बोधि-वृक्ष के नीचे उन्हें अनुभवातीत का प्रकाश मिला, कि उन्होंने दुःखमय जगत् से परे एक अमर परलोक का मार्ग निर्दिष्ट किया और बताया कि जो लोग मोक्ष के मार्ग का अनुसरण करेंगे, वे सम्भवतः पराज्ञान की सीमा को भी पार कर जाएं। मामले की यही जड़ है। जब बौद्ध धर्म भारत से संसार के दूसरे भागों में फैला तब उसके दृष्टिकोण और अभिव्यक्ति में कई प्रकार की भिन्नताएं आती गई, लेकिन इन सबके मूल में उपर्युक्त अनिवार्य एकता विद्यमा रही।

मनुष्य की प्रकृति में परिवर्तन करना सभी धर्मों का सार-तत्त्व है। द्वितीय जन्म की धारणा हिन्दू और बौद्ध धर्मों का एक प्रमुख सिद्धान्त है। मनुष्य एक नहीं है, वरन् अनेक है। वह सोया हुआ है, वह स्वयंचालित जीव है। वह भीतर से विसंवादी है। उसे अवश्य जागना है, एकीभूत होना है। अपने अन्तकरण में उसे सामरस्य जगाना है और मुक्त हो जाना है। यूनान के रहस्यवादी दर्शनों ने बताया है कि हमारी प्रकृति में इस परिवर्तन की सम्भावना मौजूद है, हम अपने-आपको बदल सकते हैं।

स्वयं मनुष्य को अनाज के एक दाने के समान माना गया है जो दाने के रूप में मर सकता है परन्तु दाने से भिन्न, एक पौधे के रूप में पुनर्जन्म ले सकता है। एक मन गेहूं की हो दी संभावित नियतियां हैं: पिसकर आटे का रूप ले लेना; या धरती में बो दिया जाना और अंकुरित होकर पौधे का रूप ले लेना और बोए गए दाने के बदले सौ दाने वापस कर देना। कयामत के दिन मृतकों के पुनरुत्थान के विचार को समझाने के लिए सेंट पॉल ने इस विचार को उधार लिया था। उन्होंने कहा है: 'रे मूर्ख, तु जो कुछ बोता है उसमें अंकुर नहीं निकलता; उल्टे वह दाना मर जाता है।' 'यह भौतिक शरीर के रूप में बोया जाता है और एक आध्यात्मिक शरीर के रूप में उग आता है।' यह परिवर्तन स्वयं तत्त्व का रूपान्तरण है। मनुष्य पूर्ण, अंतिम प्राणी नहीं है। वह एक ऐसा प्राणी है जो अपना रूपान्तरण कर सकता है, जो फिर से जन्म ले सकता है। इस परिवर्तन को लाना, पुनर्जात होना, जाग्रत् होना- यह सभी धर्मों का लक्ष्य है, और बौद्धधर्य का भी।

हम काल और संसार के अधीन हैं। इसका कारण है हमारी अविद्या, हमारा अज्ञान, हमारा अजागरण। अविद्या के कारण हममें मूढ़ता, दुर्वृत्ति आती है-हम अज्ञान का 'आसव' पी लेते हैं। अज्ञान और लालसा हमारे आनुभविक जीवन के आधार हैं। अविद्या से हमें विद्या, बोधि, ज्ञान की दशा में आना ही चाहिए। जब हममें 'विपासना' (चाक्षुप्-ज्ञान या प्रत्यक्ष दर्शन) आ जाएगी, तब हम समता (अडिग शान्ति) प्राप्त कर लेंगे। इस सबमें, बुद्ध ने निश्चयता की वैदिक कसौटी को अपनाया है। निश्चयता आती है वास्तविक ज्ञान से; वास्तविक ज्ञान मिलता है तात्कलिक अनुभव से, सत्य के प्रत्यक्ष बौद्धिक अन्तर्ज्ञान से, जिसे बौद्ध धर्म में 'यथा-भूतांगानदस्सन' कहा गया है।

बुद्ध ने ऐसा नहीं सोचा था कि वे कोई नया धर्म चलाने जा रहे हैं। वे हिन्दू पैदा हुए, हिन्दू के रूप में बड़े हुए और हिन्दू के रूप में ही मरे। वह भारतीय-आर्य सभ्यता के प्राचीन आदर्शों का कुछ नए जोर से पुनराख्यान कर रहे थे।

'भिक्षुओं, इस प्रकार से भी मैंने एक प्राचीन ढंग, एक प्राचीन पथ को ही देखा है जिसका अनुसरण प्राचीन काल के पूर्णत: ज्ञानवान्, जाग्रत् लोगों ने किया था। उसी पथ से मैं भी चला हूँ, और इस पर चलते हुए मैंने जिन बातों को पूरी तरह जान लिया है, उनको मैंने भिक्षुओं, अपने साधारण स्त्री-पुरुष अनुयायियों तथा साधुओं तक को बतलाया है। मैंने उनको इस ब्रह्मचर्य के विषय में कहा है, जो समृद्ध और पुष्पित-पल्लवित है, जो बहुप्रचलित और बहुविज्ञात तथा लोकप्रिय है-संक्षेप में, जो देवताओं और मनुष्यों के लए सुरचित एवं गोचर है।'[1]

भारत में धर्म अतुल सुरक्षितता, अभय, मोक्ष, निर्वाण की खोज करते रहे हैं। मनुष्य के लिए यह सर्वथा स्वाभाविक है कि वह पार्थिव वस्तुओं से ऊपर उठकर अपना उन्नयन करने की चेष्टा करें, इन्द्रिय-जगत् की सीमाओं से बाहर निकले, ऐहिक जीवन की बाधाओं और स्थूल भौतिकता के बंधनों से अपनी आत्मा को मुक्त करे, बाह्यान्धकार का भेदन कर प्रकाश और आत्मा के संसार में प्रविष्ट हो। बुद्ध का लक्ष्य है ज्ञान या बोधि (निरपेक्ष ज्ञान-प्रकाश) के माध्यम से एक नवीन आत्मिक सत्ता की प्राप्ति। 'मैं मनुष्य का उच्चतम ध्येय उस पद की प्राप्ति मानता हूँ जिसमें ने वार्द्धक्य है, न भय, न रोग, न शोक, न जन्म, न मृत्यु, न चिन्ताएं और न जिसमें कर्म की पुन:- पुन: यात्रा करनी पड़ती है।'

पदे तु यस्मिन् न जरा न भीर् न रुज:,
न जन्म नैव परमो न चाधय:।
तम् एव मन्ये पुरुषार्थम् उत्तमं
न विद्यते यत्र पुन: पुन: क्रिया।।[2]

---

1. अश्वघोष: बुद्धचरित, IX, 59
2. तुलना कीजिए: 'शब्द और मन जिसे न पाकर लौट जाते हैं।-'तैत्तिरीय उपनिषद्', 11, 41 'तैत्तिरीय ब्राह्मण' में कहा गया है: 'देवता लोग अस्तित्व में आए, उसके पहले भी मैं था।'11, 8, 81

वृद्ध एक ऐसे आध्यात्मिक अनुभव को प्राप्त करना चाहते हैं जिसमें समस्त स्वार्थपूर्ण लालसाओं का परिशमन हो जाता है और उसी के साथ प्रत्येक भय और सन्ताप का भी। यह पूर्ण आन्तरिक शान्ति की दशा है जिसमें आत्मिक स्वतंत्रता प्राप्त कर लेने का दृढ़ विश्वास रहता है–यह एक ऐसी दशा है जिसका वर्णन शब्दों में नहीं किया जा सकता है। जिसने इसका अनुभव किया है, वही जान सकता है कि यह क्या है। यह गूंगे का गुड़ है। जिस स्वर्ग में देवताओं का निवास है, वह स्वर्ग भी यह दशा नहीं है। 'यदि दूसरे धर्म-सम्प्रदायों के सन्यासी तुमसे यह पूछें कि सन्यासी गौत के शिष्यत्व में तुम सन्यासी जीवन इसलिए बिता रहे हो कि तुम किसी दिव्य लोक में अपने को ले जाना चाहते हो, तो तुम्हें लज्जा आनी चाहिए और इस पर आक्रोश भी होना चाहिए।' जिस तरह उपनिषद् ब्रह्मलोक के जीवन में मोक्ष को भिन्न बताते हैं, उसी तरह बुद्ध कहते हैं कि देवताओं का लोक गोचर, चाक्षुष् प्रत्यक्ष है, इसलिए उनको पूर्णता: निरपेक्ष नहीं कहा जा सकता। अस्तित्व का सापेक्ष है अनस्तित्व। जो वस्तुत: निरपेक्ष है, वह अस्तित्व और अनस्तित्व से परे है। मुक्त अर्थात् बुद्ध की स्थिति ब्रह्म की स्थिति से भी ऊंची है। यह अदृश्य, दीप्तिमय और चिरन्तन है। देवाताओं से भी उच्चतर एक सत्ता है, जो सर्वातिशायी, निगूढ़, शुद्ध-बुद्ध, निरपेक्ष है, जिसे 'उदान' में 'अजात', 'अभूत', 'अकत' (अकृत), 'असंखत' (असंयुत) कहा गया है। यह उगनिषदों का व्रहा ही है। जिसको 'न इति, न इति' बताया गया है। बुद्ध अपने को 'ब्रह्मभूत' (जो ब्रह्म हो गया है) कहते हैं। बुद्ध ने परम सत्य के प्रति नास्तिवादी दृष्टिकोण नहीं अपनाया, वरन् निरपेक्षवादी दृष्टिकोण अपनाया। उन्होंने महसूस किया कि बहुत-से लोग इस भरोसे में कर्म-विरत हो जाते हैं कि ईश्वर उनकी ओर से सब कुछ कर देगा। वे यह भूल बैठे हैं कि आत्मदर्शन आन्तरिक विकास के बिना नहीं होता। जबकि वे पढ़े-लिखे लोग अवर्णनीय ईश्वर के बारे में तरह-तरह की फिजूल अटकलें लगाते हैं, तब अनपढ़ लोग ईश्वर

को ऐसी सत्ता समझते हैं जिसे अभिचार कृत्यों या जादू-टोने से वश में किया जा सकता है और फिर उससे मनचाहा काम कराया जा सकता है। अगर ईश्वर हमें किसी तरह क्षमा कर ही देता है, तो फिर हम कैसे भी रहें, क्या फर्क पड़ता है। लोक-प्रचलित धर्म के साथ जो अज्ञानता, अन्धविश्वास, भय और आंतक जुड़े रहते हैं, उनके विरुद्ध बुद्ध ने विद्रोह किया था। इसके अतिरिक्त, नास्तिकता-सम्बन्धी विचार सामान्यत: मनुष्य के मन को दुराग्रह और हठवादिता से तथा उसके हृदय को असहिष्णुता से भर देते हैं। सैद्धान्तिक रूढ़िवादिता ने संसार को दु:ख, अन्याय, संघर्ष, अपराध और घृणा से भर दिया है।

हिन्दू, जैन, बौद्ध और सिख आदि सभी भारतीय धर्म-मतों में दुनिया को 'संसार'-अनन्त प्रवाह के रूप में माना गया है, जहां कर्म का सिद्धान्त लागू होता है। संसार में कोई चीज स्थायी नहीं है, देवतागण तक नहीं। मृत्यु भी सनातन नहीं है, क्योंकि उसे भी नए जन्म के रूप में परिवर्तित होना पड़ता है। व्यक्ति का एक जन्म का आचरण उसकी शाश्वत नियति का निर्धारण नहीं कर सकता। बुद्ध प्रारब्धवादी दृष्टिकोण को स्वीकार नहीं करते। वे यह नहीं कहते कि मनुष्य का अपने भविष्य पर कोई नियंत्रण नहीं है। वह अपने भविष्य के निर्माण कर सकता है, 'अर्हत्' हो सकता है, निर्वाण प्राप्त कर सकता है। बुद्ध कर्मठ जीवन के उत्साही समर्थक थे। हमारा उद्देश्य काल को जीतना है, संसार पर विजय पाना है, और इसका उपाय है नैतिक पथ का अवलम्बन, जो मनुष्य की अन्तरात्मा को ज्ञान से आलोकित कर देता है।

बुद्ध ने अपरिवर्तनीय अहं के अस्तित्व को स्वीकार नहीं किया, क्योंकि अहं का निर्माण सद्विचारों और सत्कर्मों से किया जा सकता है, लेकिन फिर भी उन्हें इसे मनकर चलता पड़ा है। जब कि कर्म वस्तु-जगत्, अस्तित्वमय जगत् को काल के साथ सम्बद्ध कर देता है, तब निर्वाणकर्त्ता की स्वतंत्रता, उसकी अन्तर्मुखता को मान लेता है। हम अपने जागतिक अस्तित्व की सीमाओं

का अतिक्रमण कर सकते हैं। हम संसार की असारता, शून्यता को इसलिए अनुभव करते हैं, क्योंकि हम उससे परे निकल जाना चाहते हैं। वैषयिक जीवन से अपने को विरक्त कर लेने के लिए व्यक्ति में बलिदान की भावना अत्यन्त पीड़क, परिशून्यन की भावना, समस्त आनुभाविक सत्ता, जो परिवर्तनशील एवं मरणशील है- 'मरणान्तं हिजीवितम्'–की असारता की तिक्त अनुभूति होनी चाहिए। हम घोर निराशा के घनान्धकार में से पुकारते हैं: 'मृत्योर्मा अमृतं मगय'। मुझे इस मृत्यु का ग्रास बनने से कौन रोक पाएगा! यदि मृत्यु ही सब कुछ नहीं है, यदि शून्यता ही सब कुछ नहीं है, तो कोई ऐसी चीज जरूर है जो मृत्यु के बाद भी बच सकती है, हालांकि उसका वर्णन नहीं किया जा सकता। 'अहं' (मैं) की सत्ता निरपेक्ष है; उसका शरीर, अनुभूति, प्रत्यक्ष ज्ञान, विन्यास, विचार से, जो अभी अस्थायी, परिवर्तनशील और असार हैं, कोई वास्ता नहीं है। अब व्यक्ति यह जान जाता है कि जो चीज अस्थायी या नाशवान् है, वह दु:खद है, तब वह उससे अनासक्त, मुक्त हो जाता है। इसके लिए 'अहं' (मैं) में एक उच्च्व चेतना या इसी तरह की कोई चीज-'अत्तेन या अत्तनीयेन'[1]—होनी अपेक्षित है, अपरिहार्य है। यह 'मैं' वह बीजभूत आत्मा है जो निरपेक्ष है तथा जिसका दर्शन हमें मुक्ति और शक्ति प्रदान करता है। आत्मा देह नहीं है; न वह अनुभूति या चेतनता इत्यादि है। लेकिन इससे यह निष्कर्ष नहीं निकलता कि आत्मा बिल्कुल है ही नहीं। अहं आत्मा का एकमेव मूल तत्त्व नहीं है, हालांकि वही एक तत्त्व है जिसे वस्तुगत रूप से जाना जा सकता है। हमारी आत्मा का एक अन्य पक्ष है जो निर्वाण-प्राप्ति में हमारी सहायता करता है। जब इन दोनों आत्माओं में से एक को दूसरे की भर्त्सना करने को कहा जाता है; 'अत्तापि अत्तानम् उपवदति'; तो दोनों का अंतर स्पष्ट हो जाता है। जब बुद्ध हमें अध्यवसायी होने को, मोक्ष के लिए चेष्टा करने को कहते हैं, तब वह उस आन्तरिक सिद्धान्त का ही उल्लेख

1. मज्झिम निकाय, XXIX

कर रहे होते हैं जो घटना-प्रवाह में बह नहीं जाता। इस घटना-प्रवाह को बाह्य परिस्थितियां नहीं नियंत्रित कर पातीं, यह समाज के बलात् अधिकार-स्थापन से व्यक्ति की रक्षा करता है, यह लोगों की सम्मति के आगे सिर नहीं झुकाता, बल्कि सजग रहकर इसके अधिकारों की रक्षा करता है।

जो ज्ञान की आभा से अभिमंडित है, वह स्वतंत्र है, क्योंकि उसने सारे बन्धनों को तोड़ डाला है। संन्यासी वह है जिसने अपने-आप पर काबू पा लिया है, 'जिसका हृदय उसके अधिकार में है, न कि वह स्वयं हृदय के अधिकार में।'[1] बुद्ध ने जब निर्वाण प्राप्त कर लिया, तब वह अनस्तित्व में विलय होने से बहुत दूर हो गए। विलुप्त वह नहीं होते, वरन् उनकी तृष्णाएं और इच्छाएं होती हैं। सामान्यत: जो भ्रमपूर्ण धारणाएं और स्वार्थपूर्ण इच्छाएं व्यक्तियों को गढ़ती और बदलती रहती हैं, उनका उन पर कोई प्रभाव नहीं पड़ता। जो गुणावगुण किसी व्यक्ति की विशेषताएं या स्वभाव माने जा सकते हैं, उनसे बुद्ध अपने को स्वतंत्र मानते हैं। वे द्वैत भावना के क्षेत्र से विलुप्त हो गए हैं। 'जिस भी विचार को वह नहीं चाहते, उस विचार को वह नहीं सोचेंगे।'[2]

बुद्ध ने हमें प्रज्ञा का अनुगमन और करुणा का अभ्यास करना सिखाया। हम कैसे हैं, इस बात का निर्णय हमारे धार्मिक सम्प्रदायों की दृष्टि से नहीं किया जा सकता, और न इसके कि हमने अपने ऊपर कौन-सा 'लेबिल' लगा रखा है या कौन-से नारे हम चिल्ला रहे हैं; हमारी अच्छाई का पता तो चलेगा हमारे यज्ञमय, त्यागपूर्ण कार्य से और हमारे बन्धुत्वमय दृष्टिकोण से।[3] मनुष्य वार्द्धक्य, रुग्णता और मृत्यु के अधीन होने के कारण निर्बल, असहाय है; परन्तु अपनी अज्ञानता

1. वही, XXXII
2. अंगुत्तर निकाय, IV, 35; मज्झिम निकाय, XX
3. तुलना कीजिए: रूद्राक्षं, तुलसी-निष्ठं, त्रिपुण्ड्रं, भस्मधारणम्।
   यात्रा: स्नानानि होमाश्च, जपा वा देवदर्शनम्:
   नैते पुनन्ति मनुजं यथा भूतहिते रतिः॥

और घमंड के कारण वह रोगियों, वृद्धों और मृतकों की निन्दा, अवमानना करता है। यदि कोई आदमी अपने किसी साथी के प्रति इसलिए अरुचिप्रदर्शित करता है कि वह रुग्ण या वृद्ध या मृत है, तो वह खुद अपने साथ अन्याय करता है। अगर कोई आदमी सड़क पर लंगड़ाकर चलता है या चलते-चलते ठोकर खा जाता है, तो हमें उसकी नुक्ताचीनी नहीं करनी चाहिए, क्योंकि हम नहीं जानते कि उसने कैसा जूता पहन रखा है या कैसा बोझ वह ढ़ो रहा है। मनुष्य के व्यवहार के लिए परिस्थितियां बहुत-कुछ उत्तरदायी होती हैं। यदि हम पीड़ा की कसक महसूस करने लगें, तो हम सभी पीड़ित जनों के भाई बन जाएंगे।

बौद्ध धर्म का आरम्भ एक नवीन, स्वतंत्र धर्म के रूप में नहीं हुआ। हिन्दुओं का धर्म उससे भी प्राचीन था; वह उसी की एक शाखा था, कदाचित् एक संघभेद या विधर्म। अध्यात्म-विद्या और नीतिशास्त्र की आधारभूत बातों पर तो बुद्ध अपने पैतृक धर्म (हिन्दू धर्म) से सहमत थे, परन्तु उन्होंने उस काल में प्रचलित कतिपय आधारों का विरोध किया। उन्होंने वैदिक कर्मकाण्डवाद को चुपचाप स्वीकार करने से इंकार कर दिया। जब उनसे कुछ वैदिक कर्मकाण्डों का पालन करने के लिए कहा गया तब उन्होंने कहा: 'जहां तक तुम्हारे इस कथन का प्रश्न है कि मुझे अपने परिवार में परम्परागत रूप से प्रचलित यज्ञादि कर्मों (जिनमें पशु-बलि भी दी जाती थी) को धर्म के नाम पर करना चाहिए, क्योंकि उनके विषय में यह प्रसिद्ध है कि वे मनोवांछित फल देने वाले हैं; मेरा पक्ष यह है कि मैं पशु-बलि वाले यज्ञादि कर्मों को उचित नहीं मानता; कारण कि मैं उस सुख की परवाह नहीं करता जो दूसरों को दुःख पहुंचाकर मिलता हो।'[1]

1. बुद्धचरित,XI,64
'यदात्थ चापीष्टफला कुलोचितां कुरुष्व धर्माय
मखक्रियाम इति तमो मखेभ्यो न हि कामये
सुखं परस्या दुःख-क्रियमा यद् इष्यते।'

यह सच है कि उपनिषद् भी यज्ञीय पुण्य को आध्यात्मिक धर्म से, जिसका स्वरूप उन्होंने स्पष्ट किया है, घटिया मानते हैं; परन्तु बौद्ध ने यज्ञादि कर्मकाण्ड पर जिस ढ़ंग से प्रहार किया, उस ढंग से वे उस पर प्रहार नहीं करते। बुद्ध का मुख्य उद्देश्य था हिन्दू धर्म के आचार-नियमों में सुधार करना और उसके मूलभूत सिद्धान्तों की ओर लौट जाना। जो लोग हिन्दू धर्म के अनिवार्य ढांचे को स्वीकार करते हैं और उसका पालन करते हैं, तथा जागृत चेतना की पुकार के अनुरूप उसे ढाल देना चाहते हैं, उनको 'अवतार' के समान माना जाता है। हिन्दरुओं में यह बात स्वीकार कर ली गई है कि मानव जाति के कल्याण के लिए ब्रह्म विष्णु के रूप में नाना प्रकार के स्वरूप धारण करते रहे हैं। बुद्ध को अवतार के रूप में स्वीकार कर लिया गया, क्योंकि उन्होंने हिन्दू धर्म को निष्ठुर कर्मकाण्डों और भ्रान्तिपूर्ण आचारों से बचाया और उसमें जो बहुत-सी बुराइयां धीमे-धीमे आ घुसी थीं, उनको निकालकर उसे पवित्र किया। अवतारवाद से हम अपने पैतृक धर्म में सुधार भी करते हैं और उसे बनाए भई रखते हैं हमारे पुराणों में बुद्ध को विष्णु का नवां अवतार बताया गया है।

जयदेव के 'गीत-गोविन्द' में जो अष्टपदी है, उसमें विभिन्न अवतारों का उल्लेख किया गया है और बुद्ध को विष्णु का अवतार माना गया है। उसमें कहा है कि-

'हे दयालु-हृदय, तुमने वेदों की भर्त्सना की, क्योंकि उनमें पशु-बलि देने की बात कही गई है। हे केशव, हे हरि, हे जगत् के स्वामी, तुम्हारी जय हो!'

'निन्दसि यज्ञविधेर् अहह श्रुतिजातम्
सदय-हृदयदर्शितपशुघातम्
केशवधृत-बुद्धशरीरं जय जगदीश हरे।'

टीकाकार ने लिखा है:

'यज्ञस्य विधान-बोधकं वेद-समूहं निन्दसि,

न तु सर्वम् इति अर्थ:।'

बुद्धसारी श्रुति की निन्दा नहीं करते, उसके केवल उस अंश की निन्दा करते हैं जिसमें पशु-बलियों का विधान है। जयदेव नीचे दिए इस श्लोक में दस अवतारों का समाहार प्रस्तुत करते हैं–

'वेदान् उद्धरते, जगन् निवहते भूगोलं

उदिवभ्रते, दैत्यान् दारयते, बलिं छलयते,

क्षत्र-क्षयं कुर्वते, पौलस्त्यं जयते,

हलं कलयते, कारुण्यम् आतन्वते, मलेच्छान्

मूर्च्छयते दशा-कृति-कृते कृष्णाय तुभ्यं नम:।'

अर्थात् जिसने वेदों का उद्धार किया, ब्रह्माण्ड को साधा, भूगोल को ढ़ोया, दैत्यों का विदारण किया, बलि को छला, क्षत्रियों की शक्ति को क्षय किया, रावण को जीता, हलायुध धारण किया, करुणा का विस्तार किया, म्लेच्छों को मूर्च्छित (शक्तिहीन) किया, जिसने ये दस स्वरूप धारण किए, उस कृष्ण को मेरा नमस्कार है।

टीकाकार लिखते है:

'कारुण्यं कृपाम् आतन्वते बुद्धरूपेण विस्तारयते।'

बुद्ध ने हिन्दु धर्म से जो विरासत पाई थी, उसका उपयोग उन्होंने उसकी कुछ अभिव्यक्तियों को शुद्ध करने में किया। वह निर्माण करने के लिए अवतीर्ण हुए थे, विनाश करने के लिए नहीं। इस देश के हम लोगों की दृष्टि में तो, बुद्ध हमारी धार्मिक परम्परा के एक विशिष्ट प्रतिनिधि हैं। उन्होंने भारत की धरा पर अपने पद-चिह्न छोड़े हैं। इस देश के अपने आचार, अपने संस्कार और दृढ़ विश्वास हैं, फिर भी बुद्ध ने उन पर अपनी निश्चित छाप छोड़ी है। बौद्ध धर्म इस देश की

सीमाओं से बाहर भी फैला; दुनिया के उन देशों की अपनी परम्पराओं एवं संस्कृतियों के अनुरूप बुद्ध की शिक्षाओं ने विशिष्ट स्वरूप ग्रहण किए, परन्तु यहां, बुद्ध ने अपने घर में, उनकी शिक्षाएं हमारी संस्कृति में गहरे पैठ गई हैं और उसका अभिन्न अंग बन गई हैं। बुद्ध ने ब्राह्मणों और श्रमणों को एक-जैसा माना, उनके साथ समान व्यवहार किया। आगे चलकर दोनों ही परम्पराएं धीरे-धीरे एकाकार हो गई। एक प्रकार से बुद्ध आधुनिक हिन्दूत्व के निर्माता हैं।

कभी-कभी ऐसा होता है कि असंख्य बार अंधेरे में टटोलने के बाद, मानवता अपने सत्यस्वरूप को पहचान पाती है, अपने अस्तित्व के प्रयोजनों को किसी एक महान् व्यक्तित्व के रूप में पूरा करती है, और तब फिर विलयन की अत्यन्त धीमी प्रक्रिया में अपने-आपको खो देती है। बौद्ध धर्म से सम्बन्धित कुछ आचार या कर्मकाण्ड बुद्ध की भावना से संगति नहीं रखते। बुद्ध एक नए प्रकार के मुक्त मानव के विकास का उद्देश्य लेकर चले; वह मानव को पूर्वाग्रहों से मुक्त देखना चाहते थे; एक ऐसा मानव उनका काम्य था जो अपनी आत्मा को अपना दीपक-'अत्तदीप'-बनाकर अपने भविष्य का स्वयं निर्माण करने के लिए संकल्पित हो। उनका मानववाद जातीय और राष्ट्रीय अवरोधों को पार कर जाता था। फिर भी सांसारिक मामलों में जो अस्तव्यस्तता फैली हुई है, उसका प्रभाव मनुष्य की आत्मा पर पड़ना स्वभाविक है। इस तरह मानवात्मा में जो विक्षोभ, अव्यवस्था है, वह सांसारिक अव्यवस्था का ही प्रतिबिम्ब है। इतिहास की अपनी चेतना विश्वजनीन बन चुकी है। उसकी विषय-वस्तु न तो यूरोप है न एशिया; न प्राच्य है, न पाश्चात्य; वरन् सभी देश-कालों में पाई जानेवाली मानवता ही उसका विषय है। हम चाहें-न-चाहें, राजनीतिक विभेदों एवं विभाजनों के बावजूद दुनिया एक है। हर आदमी की किस्मत दूसरे आदमियों की किस्मत से जुड़ी हुई है। परन्तु हम आज आत्मा की थकान से पीड़ित हैं, हममे अहंकार बढ़ गया है-यह अहंकार व्यक्तिगत भी है और सामूहिक भी। उसकी वजह से विश्व-समाज का आदर्श

दिव्य-स्वप्न बनकर रह गया है। शत्रु हमारे भीतर ही छिपा है; हमें उसी से लड़ना है। ईश्वर या प्रारब्ध को कोसने से कोई लाभ नहीं, क्योंकि अपने को अपमान और लांछना की स्थिति में ला पटकने की सारी जिम्मेदारी हमारी है। आज आवश्यकता इस बात की है कि हम विश्व को आध्यात्मिक दृष्टि से देखें; भारत ने चाहे जितनी भयंकर भूलें की हों, परन्तु उसने विश्व के स्वरूप को समझने की अपनी आध्यात्मिक दृष्टि कभी नहीं छोड़ी है। आज पुन: वही चेतना हमें जीवन में जगाती है ताकि मानव-जीवन के बंद कपाट और गवाक्ष फिर से खुल जाएं। हमें आत्मिक स्वतंत्रता के खोए आदर्श को पुनः प्राप्त करना है: 'आत्मलाभान् न पर विद्यते।' यदि हम शान्ति प्राप्त करना चाहते हैं, तो हमें उस आन्तरिक एकता, उस आत्मिक शक्ति को बनाए रखना होगा, जो शान्ति के अनिवार्य तत्त्व हैं। सब कुछ खो जाए, लेकिन हम अपने-आपको न खोएं। मुक्त आत्मा अपने प्रेम पर कोई बंधन नहीं लगाती, वह मानती है कि सभी मानवों में ईश्वरत्व की एक चिनगारी है और मानव जाति के हितार्थ वह स्वेच्छया अपने को शिकार बने जाने देती है। उसे केवल बुरे कामों से भय लगता है, और किसी चीज से वह भय नहीं खाती; काल और मृत्यु की सारी सीमाओं का वह अतिक्रमण कर जाती है और चिरन्तन जीवन में अखूट शक्ति का स्रोत पाती है।

महावीर का संदेश

800 से 200 ई.पू. का काल इतिहास की धुरी माना जाता है। दूसरे शब्दों में, विश्व की चिन्तना की धुरी प्रकृति के अध्ययन से हटकर मनुष्य के जीवन के अध्ययन पर आ गई है। चीन में लाओ-त्से और कनफ़्यूशस, भारत के उपनिषदों के द्रष्टा-ऋषि, महावीर और गौतम बुद्ध; ईरान में जरथुस्त्र; जूडिया में महान् पैगम्बर लोग; यूनान में पारथागोरस, सुकरात और प्लेटो जैसे दार्शनिक; इन सभी महापुरूषों ने बाह्य प्रकृति से अपना ध्यान हटाकर मानव-आत्मा के अध्ययन में लगाया।

इतिहास के इन महापुरुषों में से एक महावीर भी थे। उनको 'जिन' अर्थात् विजेता कहा जाता है। उन्होंने राज्य नहीं जीते: बल्कि अपनी आत्मा को, अपने अहं को जीता। उनको 'महावीर' कहा जाता है, परन्तु वह सांसारिक युद्ध को अपना पराक्रम दिखानेवाले वीर न थे, वरन् आन्तरिक जीवन के द्वन्द्व में वीरता दिखाने वाले महावीर थे। कृच्छ् साधना, संयम, आत्म-शुद्धि और सहानुभूति को निरन्तर प्रक्रिया के द्वारा उन्होंने अपने दैवी मानव की स्थिति प्राप्त कर ली। उनका जीवन अन्य लोगों के लिए भी, जो आत्मजित् बनने के इसी आदर्श का पालन करना चाहते हैं, प्रेरणाप्रद है।

यह देश अपने इतिहास के आदिकाल से लेकर आज तक इसी महान् आदर्श का पोषक रहा है। जब हम मोहनजोदाड़ो और हड़प्पा के काल से लेकर इस आधुनिक काल तक के प्रतीकों, मूर्त्तियों और अन्य अवशेषों को देखते हैं, तब हमें उस परम्परा की स्मृति हो आती है कि जो मनुष्य आत्मा की श्रेष्ठता स्थापित कर लेता है और भौतिकता से अधिक आध्यात्मिकता को महत्त्व देता है, वही आदर्श मनुष्य है। इस आदर्श ने हमारे देश के धार्मिक जगत् को चार या पांच सहस्राब्दियों से अनुप्राणित रखा है।

जिस महान् कथन के लिए उपनिषद् संसार में विख्यात हैं, वह है: 'तत् त्वमसि'–अर्थात् 'वह तुम हो!' इस कथन में इस बात पर जोर दिया गया है कि मानव-आत्मा में देवत्व प्राप्त करने की शक्यता है। उपनिषद् हमें बताते हैं कि आत्मा को देह मत समझो, क्योंकि देह का नाश हो सकता है; इसे मन भी मत जानो, क्योंकि मन में परिवर्तन हो सकता है, उसको चाहे जिस सांचे में ढ़ाला जा सकता है; बल्कि आत्मा तो देह के भूतावशेषों या मन की अस्थिरताओं से भी कहीं अधिक श्रेष्ठ है-वह ऐसी चीज है जो हर आदमी के पास है; एक तरह से वह अगम, अदम्य है; उसको किसी पदार्थ या विषय का रूप नहीं दिया जा सकता। ऐसा नहीं है कि मनुष्य को किसी ने ब्रह्माण्डीय वात्याचक्र में फेंक दिया हो। आत्मा के रूप में मनुष्य का स्थान प्राकृतिक और सामाजिक संसार से ऊपर है। जब तक हम मानव आत्मा की अन्तर्मुखता को, आत्मनिष्ठता के सिद्धान्त को समझ सकने के योग्य नहीं हो जाते, तब तक हम अपने-आपको पा नहीं सकते, हम अपनी खुदी को गवां बैठेंगे। हममें से अधिकांश लोग हमेशा दुनियादारी के गोरख-धंधे में पड़े रहते हैं, भौतिक सुखों के संग्रह में अपना सारा समय तथा सारी शक्ति लगा देते हैं। स्वास्थ्य, धन, वैभव, मकान और जायदाद- ये जो सांसारिक चीजें हैं, उन्हीं में हम अपने को खो देते हैं–हम खुद उनके स्वामी नहीं बनते, उनको अपना स्वामी बन जाने देते हैं। ऐसे ही लोग अपनी आत्मा का हनन करने वाले होते हैं। उनको 'आत्महनो जना:' कहा जाता है। यही कारण है कि हमारे देश में सदा से यह कहा जाता रहा है- आत्मा के स्वामी बनो।

सभी विज्ञानों में आत्म-विज्ञान श्रेष्ठ है। 'अध्यात्मविद्या विद्यानाम्।' उपनिषद् कहते हैं: 'आत्मानं विद्धि'-अपने-आपको जानो। शंकराचार्य आत्मिक जीवन के लिए 'आत्म-अनात्म-वस्तु विवेक' को एक अनिवार्य शर्त मानते हैं। क्या आत्म है और क्या अनात्म, इसमें भेद करने का विवेक हमें होना चाहिए। अपनी आत्मा पर अधिकार करने के सिवाय इस दुनिया में दूसरी कोई चीज बड़ी नहीं

है। इस तरह विभिन्न लेखकों ने हमें बताया है कि सही अर्थों में आदमी वह है जो सांसारिक सम्पदा का उपयोग आत्मा की स्वाभाविक गरिमा प्राप्त करने में करता है। उपनिषद् के कई श्लोकों में यह कहा गया है कि चाहे पति हो या पत्नी या सम्पत्ति ये सब, व्यक्ति के आत्म-दर्शन के लिए 'आत्मनस्तु कामाय' अवसर उपस्थित करते हैं। ये व्यक्ति के आत्म-साक्षात्कार में सहायक हो सकते हैं। जो आदमी संयम-नियम के पालन और निष्कलंक जीवन के द्वारा उच्चतम पद प्राप्त कर लेता है, वह 'परमात्मा' है। जो पूर्ण स्वातंत्र्य प्राप्त कर लेता है, वह 'अर्हत्' है। 'अर्हत्' पुनर्जन्म या कालाधीनता के बंधन से मुक्त हो जाता है।

महावीर से हमें एक ऐसे व्यक्ति का आदर्श मिलता है जिसने सांसारिक वस्तुओं का परित्याग कर दिया था, जो भौतिकता के बन्धनों में नहीं जकड़ा था, वरन् जो अपनी आत्मा की आन्तरिक गरिमा को प्राप्त करने में समर्थ था। इस आदर्श तक हम कैसे पहुंच सकते हैं? हमारे धर्मशास्त्र हमें बताते हैं कि यदि हम आत्मा को जानना चाहते हों, तो श्रवण, मनन, निदिध्यासन का अभ्यास करें। भगवद्गीता में कहा है: 'तद् विद्धि प्राणि-पातेन परिप्रश्नेन सेवया।' महावीर ने जब दर्शन, ज्ञान और चरित्र की बात कही, तब वह इन्हीं तीन सिद्धान्तों पर जोर दे रहे थे। हमको इस बात पर विश्वास होना चाहिए, श्रद्धा होनी चाहिए कि सांसारिक वस्तुओं से भी श्रेष्ठ कोई चीज है। केवल श्रद्धा से, अविवेकपूर्ण अन्धश्रद्धा से काम नहीं चलेगा। हमें मनन करना होगा, ज्ञान प्राप्त करना होगा। चिन्तन-मनन के द्वारा हम श्रद्धा की उपज को ज्ञान की उपज में बदल दे सकते हैं। लेकिन मात्र सैद्धान्तिक ज्ञान भी काफी नहीं है। 'वाक्यार्थज्ञानमात्रेण नामृतम्'- अर्थात् धर्मशास्त्रों को पढ़ने मात्र से हम शाश्वत जीवन नहीं प्राप्त कर सकते। हमें इन सिद्धान्तों का अपने निजी जीवन में समावेश करना आवश्यक है। चरित्र या आचरण भी उतना ही आवश्यक है। हम आरम्भ करते हैं दर्शन, प्रणिपात या श्रवण से। उसके बाद हम ज्ञान, मनन या परिप्रश्न तक आते; तत्पश्चात् हम

निदिध्यासन, सेवा, या चरित्र तक पहुंचते हैं। जैसा कि जैन तीर्थंकरो ने कहा है, ये चीजें अत्यावश्यक हैं।

चरित्र या सदाचार के क्या सिद्धान्त हैं? जैन आचार्य हमसे कई प्रतिज्ञाएं करने को कहते हैं। प्रत्येक जैन को पांच प्रतिज्ञाएं करनी पड़ती हैं: किसी की हिंसा नहीं करूंगा, असत्य नहीं बोलूंगा, जो वस्तु दी नहीं जाएगी, उसे नहीं लूंगा, ब्रह्मचर्य-पालन करूंगा और बाह्य वस्तुओं का सुख त्याग दूंगा। परन्तु इन सबमें महत्त्वपूर्ण है अहिंसा की प्रतिज्ञा, किसी भी प्राणी को क्षति ने पहुंचाने की प्रतिज्ञा। कुछ जैन तो अहिंसा को इस सीमा तक ले जाते हैं कि वे खेती करना तक छोड़ देते हैं, क्योंकि हल जोतने से धरती की छाती विदीर्ण होती है और कीड़े-मकोड़ों की हत्या होती है। इस संसार में रहते हुए हम हिंसा से पूर्णत: बच सकें, यह असम्भव है। जैसा कि महाभारत में कहा गया है:

'जीवो जीवस्य जीवनम्।'

हमसे आशा की जाती है कि हम अहिंसा का दायरा बढ़ावें-'यत्नात् अल्पतरा भवेत्'। अपने आत्म-प्रयत्न से हमें बल-प्रयोग का दायरा घटाना चाहिए और आग्रह या अनुनय का दायरा बढ़ाना चाहिए। इस प्रकार अहिंसा ही वह आदर्श है जिसे हमने अपने सामने रखा है।

यदि हम अहिंसा के आदर्श को अपना लें तो उसके फलस्वरूप हम एक दूसरे जैन-सिद्धान्त-'अनेकान्तवाद' तक पहुंचेंगे। जैन-मतावलम्बी कहते हैं कि 'केवल-ज्ञान' हमारा आदर्श है। लेकिन जहां तक हमारा सम्बन्ध है, हम केवल खण्ड-सत्य को ही जानते हैं। वस्तु 'अनेकधर्मात्मकम्' है; उसके अनेक धर्म या पक्ष हैं; वह जटिल है; उसमें बहुत-से गुण हैं। लोग वस्तु के कभी इस पक्ष को जानने की कोशिश करते हैं और कभी उस पक्ष को, परन्तु अपने विचार आंशिक, अस्थायी या प्रयोगात्मक और परिकल्पनात्मक होते हैं। इन विचारों में पूर्ण सत्य के दर्शन नहीं हो सकते। सत्य का दर्शन तो केवल वही आत्माएं

कर सकती हैं जिन्होंने अपनी तृष्णाओं पर काबू पा लिया हो। इससे एक ऐसी भावना जन्म लेती है जिससे हम विश्वास करने लगते हैं कि जिसे हम ठीक समझते हैं, वह अंतत: शायद ठीक न हो। यह मानवीय परिकल्पनाओं, निराधार अनुमानों की अनिश्चितता से हमें परिचित कर देती है। इससे हमारे मन में यह बात बैठ जाती है कि हमारे दृढ़ से दृढ़ संकल्प भी बदल सकते हैं या क्षणिक सिद्ध हो सकते हैं। जैनियों में लालबुझक्कड़ों की एक दन्तकथा प्रचलित है जिसमें छह अन्धे आदमी एक हाथी के बारे में अटकलें लगाते हैं। एक अन्धे की पकड़ में हाथी के कान आए, उसने कहा कि यह तो सूप है। दूसरा अन्धा हाथी से लिपट गया और बोला, यह तो खम्भा है। लेकिन उनमें से हर एक के हाथ केवल आंशिक सत्य लगा। पूर्ण सत्य को वह अंशत: ही जान पाया। किसी भी चीज के भिन्न-भिन्न पहलू आपस में विरोधी ही हों, यह जरूरी नहीं। वे आपस में उस तरह से सम्बन्धित नहीं हैं जिस तरह प्रकाश अंधकार से सम्बन्धित है; उनका आपसी संबंध वैसा ही है जैसा किसी 'स्पेक्ट्रम' (रंगावलि) के विभिन्न् रंगों का एक-दूसरे से होता है। उनको परस्पर-विरुद्ध न मानकर केवल परस्पर-विपरीत मानना चाहिए। वे आप से भिन्न हो सकते हैं, पर विरोधी नहीं। वे सत्य के वैकल्पिक पाठ हैं।

आज विश्व एक नए जन्म की प्रसव-पीड़ा भोग रहा है। हम सबका लक्ष्य तो एक विश्व, परन्तु हमारे युग का लक्षण एकता नहीं, विभेद बन गया है। दो-विश्व के ढ़ांचे में तो हममें से कई लोगों के लिए यह प्रलोभन है कि हम एक को गलत और दूसरे को सही समझें, और जिसे गलत समझें, उसका प्रत्याख्यान करें। लेकिन इनको विकल्प मानना ही उचित है; एक प्रकार से ये एक मूलभूत सत्य के परिवर्तनशील पक्ष हैं। सत्य के किसी एक पक्ष पर जरूरत से ज्यादा जोर देना हाथी के बारे में अन्धों की मान्यता से मिलती-जुलती चीज होगी। दन्तकथा के अन्धों में से हरेक ने हाथी के जिस अंग को छुआ, उसी के अनुरूप सारे हाथी

को नाम दिया। इसी तरह हम भी खण्ड सत्य को ही पूर्ण-सत्य मान लेने की भूल कर सकते हैं।

मानव-कल्याण के लिए व्यक्तिगत स्वातंत्र्य और सामाजिक न्याय दोनों अत्यावश्यक हैं। हम चाहें तो एक को अतिरंजित कर सकते हैं या दूसरे को अवमूल्यित। परन्तु जो आदमी जैन-मत के अनेकान्तवाद, सप्तभंगीनय, या स्याद्वाद् की धारणा का अनुसरण करता है, वह उस प्रकार का सांस्कृतिक साधारणीकरण या 'रेजिमेण्टेशन' नहीं स्वीकार करेगा। उसके और उसके प्रतिपक्षी के विचारों में से किसके विचार सही हैं और किसके गलत, इसको समझने का विवेक उसके पास होगा; फिर वह दोनों प्रकार के विचारों में समन्वय करने की चेष्ठा करेगा। हमें ऐसा ही रुख अपनाना चाहिए। इसीलिए आत्म-नियंत्रण, अहिंसा के अभ्यास, असहिष्णुता तथा दूसरों के दृष्टिकोण के प्रति सहानुभूति की आवश्यकता है–ये कुछ शिक्षाएं हमें महावीर के महान् जीवन से प्राप्त हो सकती है।

आदि ग्रन्थ और सिक्ख धर्म

'आदि ग्रन्थ' जिसे पंजाबी साहित्य की महानतम कृति माना जाता है, अधिकांशत: गुरु अर्जुनदेव की रचना है। अर्जुनदेव सिक्खों के दस गुरुओं में से पांचवें थे।[1] उन्होंने प्रथम चार गुरुओं की रचनाओं का संकलन कर दिया और उन्हीं के साथ भारत के विभिन्न भागों के हिन्दू और मुसलमान संतों की रचनाओं को भी जोड़ दिया। गुरु अर्जुन के उत्तराधिकारियों ने भी इस 'आदि ग्रन्थ' में कुछ चीजें जोड़ी, लेकिन दसवें गुरु गोविन्द सिंह ने कहा कि अब आगे कोई गुरु नहीं होगा और 'ग्रन्थ' को ही सभी महापुरुषों की वाणी-'गुरुवाणी' समझा जाएगा। विलियम पेन ने लिखा है: "धर्मशास्त्रों से भी अधिक कोई चीज हमारे निकट है, वह है ह्रदय स्थित शब्द, जिससे सब धर्मशास्त्र निकले हैं।" 'जपजी' में लिखा है: "गुरुमुखी नादं गुरुमुखी वेदम्।" गुरुवाणी वह संगीत है जिसको परमानन्द के क्षणों में तत्त्वदर्शी लोग सुनते हैं, गुरुवाणी सबसे बड़ा धर्म-ग्रन्थ है। शबद ('सबद') के साथ सम्पर्क होने से हम अलभ्य दृष्टि प्राप्त

---

1. (1) गुरु नानक 1469-1539ई.
   (2) गुरु अंगद 1504-1552
   (3) गुरु अमरदास 1479-1574
   (4) गुरू रामदास 1534-1581
   (5) गुरु अर्जुन 1563-1606
   (6) गुरु हरगोविंद 1595-1644
   (7) गुरु हर राय 1630-1661
   (8) गुरु हर किशन 1656-1664
   (9) गुरु तेगबहागदुर 1621-1675
   (10) गुरु गोविंद सिंह 1666-1708

कर लेते हैं। गुरु अर्जुन कहते हैं कि 'पोथी परमेश्वर का थाम (धाम)' है। 'आदि ग्रन्थ' में संकलित पद गेय हैं।[1] 'आदिग्रन्थ' में हमें कई प्रकार की रहस्यात्मक भावनाएं, ईश्वरानुभूति की सहज अभिव्यक्तियां और दिव्य प्रेम के परमानन्द से परिपूर्ण गीत मिलते हैं। सिक्ख सम्प्रदाय में दस गुरुओं और 'आदि ग्रन्थ' पर विश्वास करना भी शामिल है।

'आदि ग्रन्थ' की एक उल्लेखनीय विशेषता यह है कि उसमें हिन्दू और इस्लाम आदि धर्मों के सन्तों की रचनाओं का समावेश है। यह चीज भारत की परम्परा के अनुरूप है जो सभी धर्मों का आदर करती है और मानवत्मा की स्वतंत्रता में विश्वास करती है। भारत की आध्यात्मिक परम्परा केवल सहिष्णुता से ही संतुष्ट नहीं हो जाती। अगर हम एक-दूसरे को केवल सहन करते रहें, तो हमारे बीच भाईचारा या सद्भाव नहीं उत्पन्न होगा। लेसिंग ने 'नथान दि वाइज' शीर्षक अपनी पुस्तक में चुपचाप सहन करते जाने की आदत की लानत-मलामत की है। हमें दूसरे धर्मों की सराहना करनी चाहिए; यह मानना चाहिए कि उनमें भी गहन आध्यात्मिक अनुभवों का समावेश है; और वे त्यागमय रहन-सहन को प्रोत्साहित करते हैं तथा अपने अनुयायियों को भली जिन्दगी बिताने की प्रेरणा देते हैं। जिन सिक्ख गुरुओं ने 'आदि ग्रन्थ' का संकलन किया, उनमें दूसरी धार्मिक परम्पराओं के मूल्यवान् तत्त्वों की सराहना करने का सद्गुण अवश्य रहा होगा। सन्त किसी एक देश के नहीं होते, वे तो सारी दुनिया के होते हैं। वे सार्वभौम व्यक्ति होते हैं। जो धर्मान्धता और अन्ध-विश्वास, रूढ़ियों और

1. 'आदि ग्रन्थ' में फरीद (12वीं शती), बेनी (12वीं शती), जयदेव (12वीं शती), साथना (13वीं शती), त्रिलोचन(जन्म 1267 ई.), नामदेव(13वीं शती), रामानन्द(1360-1450), साई (1390-1440),पीपा (जन्म 1425 ई.), कबीर (1440-1518), रामदास (15वीं शती), धन्ना (16वीं शती का पूर्वार्द्ध), भिक्खन (मृत्यु 1573), सूरदास (जन्म 1528 ई.) परमानन्द के एक शिष्य) के गेय पद संकलित हैं।

कर्मकाण्डों से हमारे मन को मुक्त कर देते हैं और धर्म की मौलिक सरलता पर जोर देते हैं। दुनिया के बड़े-बड़े ऋषि और महात्मा आन्तरिक मूल्यों के संरक्षक होते हैं, वे अपने अन्धविश्वासी अनुयायियों की धर्मान्धता पर अंकुश रखते हैं और उन्हें उदार बनाने की चेष्टा करते हैं।

साधारण जन अंधविश्वास और भौतिकता में आकंठ डूबे हुए थे। हिन्दू नेताओं ने ऐसे लोगों को आध्यात्मिक सत्यों का उपदेश देने में उपेक्षा बरती। खान-पान-सम्बन्धी निषेधों एवं भेदभावों के कारण धर्म में घपला मच गया। मुसलमान भी अंधविश्वास के शिकार थे और उनके कुछ नेता असहिष्णुता[1] के रोग से पीड़ित थे। समाज के अनुयायियों और क्रुरताओं को सुधारने और समाज को सही रास्ते पर लाने का बीड़ा उठाकर देश के विभिन्न भागों में बहुत-से सन्त उठ खड़े हुए: महाराष्ट्र में ज्ञानेश्वर, नामदेव और एकनाथ; गुजरात में नरसी मेहता; बंगाल में चैतन्य महाप्रभु; उत्तर प्रदेश में कबीर, आन्ध्र में बल्लभाचार्य तथा अन्य सन्त हुए। इन सबने भक्ति, प्रेम और मानवता की एक नई भावना से जनता को स्पन्दित कर दिया। इन्हीं ने इस बात पर जोर दिया कि किसी आदमी के धर्म की परख उसके विश्वासों से नहीं होती, वरन् उसके आचरण से होती है। कोई भी ह्रदय, जो सत्य और प्रेम के लिए अपने कपाट बन्द रखता है, वह ईश्वर का धाम नहीं बन सकता।

एक ऐसे युग में, जब लोगों को चारों ओर 'असफलता और निराशा ही दिखाई दे रही थी और आक्रान्ताओं से पराजित होने के कारण उनका साहस

1. नानक जी ने लिखा था: "जमाना छुरी है। राजा लोग कसाई हैं। जब उनकी मंिड्यां गरम हो जाती हैं, तब वे इंसाफ करते हैं...शराफत और कायदे-कानून को बताए ताक रख दिया गया है, झूठ का चारों तरफ दौर-दौरा है। ऐसे ही वक्त मं बाबर का हमला हिन्दुस्थान पर होता है। मुगलों के हमले में हमारे लिए मौत छिपी बैठी थी। कत्लेआम हुआ और चारों तरफ कुहराम मच गया। या खुदा, क्या तुझे उस वक्त कुछ भी दर्द महसूस न हुआ?"

टूट चुका था, तब नानक धर्म और मानवता की चेतना को फिर से जगाने केल ए अवतीर्ण हुए। उन्होंने कोई नया धर्म नहीं खोज निकाला या कोई नया समाज या सम्प्रदाय नहीं संगठित किया! यह काम तो उनके उत्तराधिकारियों ने किया, खासतौर से पांचवें गुरु अर्जुनदेव ने। नानक ने स्वाभिमानी नर-नारियों, जिनमें ईश्वर-भक्ति हो, जिनमें अपने नेताओं के प्रति श्रद्धा हो, तथा जो सबके साथ समानता तथा भाईचारे का व्यवहार कर सकते हों, का एक राष्ट्र बनाने की कोशिश की।

सिक्ख-गुरु मानव जाति को मशाल दिखाने वाले मसीहा हैं। वे अकाल पुरुष के संदेशवाहक हैं। वे कोई नया सिध्दान्त सिखाने का दावा नहीं करते, बल्कि शाश्वत ज्ञान को ही नये रुप में प्रस्तुत करना चाहते हैं। नानक ने वैष्णव संतों के विचारों को ही विशद रुप दिया। उनकी सर्वाधिक प्रसिद्ध कृति है 'जप साहिब' या 'जपजी'। यह प्रात:कालीन प्रार्थना की पुस्तक है। गुरु अर्जुन की लोकप्रिय रचना है 'सुखमनि'।

वैयक्तिक और निर्वैयक्तिक, सगुण और निर्गुण, इन्द्रियातीत और सर्वान्तर्यामी के बीच जो अन्तर है, सिक्ख गुरु उसके फेर में नहीं पड़ते, वे उसके ऊपर हैं। ईश्वर अमूर्त्त ही नहीं है, वह एक वास्तविकता भी है। वह सत्य, अरूप, निर्गुण, निरपेक्ष शाश्वत, अनन्त और मानव-कल्पना से बाहर की चीज है। फिर भी वह सृष्टि के माध्यम से अपने को व्यक्ति करता है। जब कोई व्यक्ति श्रद्धा-भक्ति से उसकी आराधना करता है, तब वह उस पर अनुग्रह करके उसको दर्शन भी देता है। पूजा के समय उसका कोई रूपाकार हमारे समाने होता है, उसके बारे में हम जो विचार बनाते हैं, वे उसी रूप में बौद्धिक धारणा होते हैं। एक महान् मुसलमान संत ने कहा था: "जो मुझे देखता है, वह मेरा कोई रूप नहीं बता सकता, जो मेरा रूपाकार बतला सकता है, वह मुझे देखता नहीं है। कोई आदमी जो मुझे देखता है और फिर

मेरा रूप गढ़ता है, उसे और मेरे बीच में वह रूप ही परदा बन जाता है।" अब धर्मशास्त्र अभिव्यक्त करने के बजाय व्याख्या करने लगता है, जब अवर्ण्य ईश्वर को बिम्ब या प्रतीक के रूप में प्रकट करने के बजाय उसको रूपाकृति देने लगता है, तब यह उसका दुर्गुण बन जाता है। जो सत्ता हमें परिव्याप्त किए हुए है और हमारे अन्तरतम में समाई हुई हैं, उसको व्यक्त करने की एक ही उचित विधि है, और वह है मौन। शब्द चाहे कितना भी शिष्ट हो, प्रतीक चाहे कितना भी व्यंजक एवं महत्त्वपूर्ण हो, किन्तु ईश्वर के चकाचौंध कर देने वाले प्रकाश में एकाकार हो जाने के अवर्णनीय अनुभव को ये कभी दुसरों को नहीं समझा सकते। एक चेतना जिसको परिभाषित या सीमित करने की शक्ति मानव मन में भी नहीं है, उसको व्यक्त करने के लिए हम प्रकाश का प्रतीक प्रयोग करते हैं। अगर आँखें सूर्य के भास्वर तेज को देखने की चेष्टा करें, तो परिणाम क्या होगा? वे या तो अंधी हो जाएंगी या वह तेज उनमें अन्धकार बनकर समा जाएगा। हम उस तेजपुंज को केवल प्रतिबिम्ब के द्वारा जान सकते हैं, क्योंकि हम स्वयं उसकी अनन्त चेतनता के अंश हैं।

पैगम्बर मुहम्मद ने यहूदी धर्म (जूडावाद) से कठोर एकेश्वरवाद को अपनाया। 'तू अपने लिए उस खुदा की कोई उत्कीर्ण प्रतिमा नहीं बनाएगा, न उसकी समानता तू किसी भी रूप में किसी ऐसी चीज में खोजेगा जो ऊपर आकाश में है या नीचे धरती पर है या धरती के नीचे स्थित जल में है।'[1] रामानन्द मूर्ति पूजा के विरोदी थे। 'यदि ईश्वर पत्थर है, तो मैं पहाड़ को पूजूंगा।'

कबीर कहते हैं:

"प्रतिमा सकल तो जड़ हैं भाई,
बोलें नहीं बोलाय देखा।

---

1. एक्सोडस, XX, 3-4

पुरान-कोरान सबै बात है,

या घट का परदा खोल दिया।"[1]

नानक इस्लाम के एकेश्वरवाद से बहुत प्रभावित हुए थे, इसलिए उन्होंने मूर्तिपूजा का प्रत्याख्यान किया था। एक ईश्वर जो न्यायी है, स्नेहशील है, सच्चा है जो निराकार होते हुए भी ब्रह्माण्ड का सर्जक है; जो प्रेम और सच्चाई के साथ ही अपनी आराधना चाहता है–यही है वह विश्वास जो सिक्ख मत का मूलाधार है। जब जगन्नाथ के मन्दिर में नानक ने देखा कि दीपकों से भरे थाल से जगन्नाथ की प्रतिमा की आरती उतारी जा रही है और मुक्ता-जटिल सोने की थाली में पुष्प तथा सुगंधित द्रव्यादि अर्पित किए जा रहे हैं, तब उनके मुख से यह गीत फूट पड़ा:

हे प्रभु, सूर्य और चन्द्र तेरे दीपक हैं,

यह अनन्त आकाश

तेरा थाल है और जगमग करते ये तारे ही

उसमें जड़े मोती हैं।

चन्दन की सुगन्ध ही तेरी आराधना के धूपादि हैं;

पवन तुझे व्यजन डुलाता है, और ये सारे वन तेरी अर्चना के पुष्प हैं

हे ज्योतिपुरुष!

ईश्वर किसी एक ही अवतार तक सीमित नहीं है, बल्कि वह संघर्षरत मानवता को अपनी ओर ले आने के लिए समय-समय पर अपने संदेशवाहक इस धरा पर भेजता रहता हैं अध्यात्म-जगत् का यह एक नियम है कि जब कभी बुराई और अज्ञानता मानवीय क्रिया-कलाप पर अपनी काली छाया डालने लगती हैं तब नैतिकता और ज्ञान हमारे उद्धार के लिए आ जाते हैं:

---

1. आचार्य क्षितिमोहन सेन द्वारा संपादित 'कबीर-वाणी' के 42वें पद का अंश। श्री सेन द्वारा संकलित कबीर के सौ पदों को महाकवि रवीन्द्रनाथ ठाकुर ने अंग्रेजी में अनुदित किया था। वे पद उनकी अंग्रेजी पुस्तक 'कबीर' में संकलित हैं।

'यदा यदा हि धर्मस्य ग्लानिर्भवति भारत।

अभ्युत्थानमधर्मस्य तदात्मानं सृजाम्यहम्।।'[1]

गुरु अन्तरतम में बैठा ईश्वर है जो अन्तरात्मा के मन्द स्वर में सबको शिक्षा देता है। जो लोग प्रत्यक्ष निर्देशक के लिए लालायित रहते हैं, उनकी संतुष्टि के लिए वह मानव-रूप धारणा कर बाहर प्रकट हो जाता है। असल में ज्ञानदाता तो है अन्तरात्मा। सिक्खों की दृष्टि में नानक ईश्वर की वाणी हैं जो आध्यात्मिक उन्नयन के लिए आत्मा को जगाते हैं। हिन्दू संतों तथा मुसलमान सूफियों ने गुरु में दृढ़ आस्था प्रकट की है। सूफी एक धर्म-शिक्षक, पीर की आवश्यकता पर बल देते हैं। पीर दीक्षित व्यक्ति को प्रार्थना और ध्यान की प्रक्रिया में मार्ग दिखाता है। गुरु मनुष्य होते हैं, दिव्यलोक के प्राणी नहीं। उनकी पूजा नहीं होनी चाहिए। गुरु गोविन्दसिंह कहते हैं: "जो भी कोई मुझे भगवान् समझता है, उसका सत्यानाश अवश्य होगा।...मैं तो ईश्वर का एक सेवक-मात्र हूँ।"

केवल ईश्वर ही सत्य है। संसार भी हमको यथार्थ दिखाई देता है, क्योंकि ईश्वर उनको अनुप्राणित करता है और उसके द्वारा ही ईश्वर को पाया जा सकता है। यह सृष्टि निरपेक्ष सत्ता नहीं है। यह ब्रह्म से ही निकलती है और ब्रह्म में ही समा जाती है। जो परिवर्तनहीन है, उसने परिवर्तनशील जगत् कैसे बनाया? जो एक है, वह अनेक में कैसे व्याप्त हुआ? अगर किसी व्यक्ति को कोई सृजन करने के लिए विवश किया जाए, तो उसकी सृष्टि में अपूर्णता और अपर्याप्तता मिलेगी। लेकिन जो वस्तु सर्वांगपूर्ण होगी, उसमें तो यह पर्याप्तता, न्यूनता नहीं रह सकती। फिर प्रश्न यह उठता है कि चिरन्तन ब्रह्म ने किसी एक क्षण में सृष्टि-रचना का कारय आरम्भ किया होगा। परन्तु चिरन्तनता का न कोई आदि है, न अन्त, न अथ है, न इति। अगर सृजन इसका स्वभाव है, तब तो वह शाश्वत रूप से सृजन करता रहेगा। ईश्वर के बारे में यह धारणा कि वह आत्मचिन्तन में लीन रहता है और

1. देखिए, भगवद्गीता, चौथा अध्याय, श्लोक 7-8

फिर किसी अज्ञात कारण से, एक ब्रह्माण्ड की रचना करने के लिए वह सहसा जाग उठता है, हमारी मानवीय स्थिति का ही एक प्रतिबिम्ब जान पड़ती है। हम कभी क्रियाशील होते हैं, कभी विश्राम करते हैं, कभी निष्क्रिय एवं शिथिल रहते हैं और कभी उत्तेजित। यह क्रम हमारे दैनिक जीवन में एकान्त रूप से चलता रहता है। ईश्वरीय परमगति में एक साथ ही मनन और क्रिया, आत्म-चेतना और आत्म-दान का समावेश रहता है। जड़ पूर्णता भी मृत्यु का दूसरा नाम है। नानक ब्रह्म की सर्जना-शक्ति को 'माया' कहते हैं। यह ब्रह्म का अभिन्न अंग है। यह उसकी शक्ति है।

आत्म-समर्पण किये बिना ईश्वर का ज्ञान नहीं हो सकता। यह समर्पण एक कर्मकाण्डीय पवित्र मात्र नहीं है, यह आत्मा से उभरने वाला गुण है। जो लोग पूर्ण आत्म-समर्पण की विनयशीलता के कारण अपने तुच्छ अहंकार से नहीं चिपके रहते, उनको परामानवीय सत्य (ब्रह्म) एक अवर्णनीय प्रेम के अद्‌भूत लोक में ले जाता है। आत्मा उस दर्शन-सुख में छकी रहकर और अमित सौन्दर्य से अभिभूत होकर ब्रह्म का सारूप्य प्राप्त करने के लिए अपना उत्थान करने लगती है। किसी संत या गुरु के सान्निध्य में रहकर आत्म-समर्पण करना सरल होता है।

मानव ईश्वर की सन्तान है। जब मानव नाशवान् संसार और शरीर से अपने को अभिन्न समझने लगता है, तब वह मर्त्य हो जाता है। वह ईश्वर के साथ अपने को संयुक्त करके अमर हो सकता है। जब तक ऐस नहीं करता, तब तक वह संसार के अंधकार में भटकता रहता है। वह आग की चिनगारी के समान है या सागर की एक लहर के समान। व्यक्ति का निकास ईश्वर से है; वह ईश्वर की इच्छा की आंशिक अभिव्यक्ति के रूप में हमेशा उसी में स्थित रहता है, और अन्त में, जब वह पूर्ण हो जाता है, तब वह ईश्वर की इच्छा की पूर्णत: अभिव्यक्ति करने लगता है।

हमें उसी मार्ग पर चलना है जिस पर चलकर संतों ने ईश्वर से सीधा सम्पर्क प्राप्त किया है। हमें गुह्य, भीतरी मार्ग पर होकर चलना है, अनेक संकटों, अंधेरी रातों और धैर्य की परीक्षाओं में से गुजरना है। नानक कहते हैं: "योग देह में भस्म रमाना नहीं है; कानों में मुद्रा या कुण्डल पहन लेना और दाढ़ी मुंडा लेना तथा शंख फूंकना भी योग नहीं है, बल्कि वह तो है अपवित्रता और गन्दगी के बीच भी अनचीन्हे रहना: योग से संपर्क इस तरह होता है।"

नानक हिन्दुओं और मुसलमानों दोनों की औपचारिकता के आलोचक थे। वह श्रद्धालु हिन्दुओं के साथ ही, पहले भांति गंगा-स्नान को जाया करते थे। जब हिन्दू उगते सूरज को लक्ष्य करके जल का अर्घ्य चढ़ाते और समझते कि यह चढ़ाया हुआ जल उनके पितरों को मिलेगा, तब नानक उल्टी दिशा में पानी उलीचते। जब लोग पूछते कि ऐसा क्यों कर रहे हो, तब वह उत्तर देते: "मैं पंजाब के अपने खेतों को पानी से सींच रहा हूँ। अगर तुम अपने मरे हुए पितरों के लए स्वर्ग तक पानी फेंक सकते हो तो इस धरती के ही एक हिस्से में पानी पहुंचाना तो उससे कहीं ज्यादा आसान होना चाहिए।" उनके विषय में एक और किंवदन्ती प्रचलित है। कहते हैं कि मक्का में, वे काबा की ओर पैर करके सो रहे। एक मुल्ला ने क्रोधित होकर उनका ध्यान इस ओर दिलाया। नानक ने जवाब दिया– "अगर तुम समझते हो कि खुदा के घर की ओर पैर करने से मैं उसकी बेइज्जती कर रहा हूँ, तो मेरे पैरों को तुम उस दिशा में कर दो जिधर खुदा नहीं रहता हो।" नानक कहते हैं: "किसी मूर्ति की पूजा करो, किसी मन्दिर की तीर्थयात्रा करो, किसी निर्जन रेगिस्तान में वास करो, फिर भी तुम्हारा मन अपवित्र रहे, तो यह सारी पूजा और तीर्थ यात्रा फिजूल है। अगर चाहते हो कि तुम्हारा उद्धार हो, तो केवल सत्य की पूजा करो।" नानक हमसे कहते हैं: "किसी के साथ दुश्मनी मत करो। ईश्वर सबसे हृदय में विराजमान है।" क्षमा उच्चतम शक्ति-सम्पन्न प्रेम ही है। नानक कहते हैं: "जहां क्षमा है, वहां ईश्वर खुद है।"

जब अजीत रंधावा ने गुरु नानक से अहिंसा के विषय में जिज्ञासा की, तब नानक के उत्तर दिया:

(1) किसी का बुरा मत चाहो। यह विचार की अहिंसा है।

(2) किसी के साथ कटुवचन मत बोलो। यह वाणी की अहिंसा है।

(3) किसी के काम में रुकावट मत डालो। यह कर्म की अहिंसा है।

(4) अगर कोई आदमी तुम्हारा बुराई करता हो, तो उसे क्षमा कर दो।

(5) शारीरिक, मानसिक और आत्मिक तितिक्षा (सहनशीलता) का अभ्यास करो।

(6) प्राण देकर भी दूसरों का दु:ख दूर करो।

एक अलग अहं और उसकी पूर्णता में विश्वास मौलिक पाप है। सभी धर्मों के तत्त्वद्रष्टाओं ने अहं-शून्य होने का उपदेश दिया है। ईसा कहते हैं: "अगर कोई आदमी मेरा अनुसरण करना चाहता है, तो पहले उसे अपने आपको नकारने दो।" मीस्टर एकाहार्ट ने कहा था कि 'ईश्वरीय राज्य केवल उन्हीं के लिए है जो पूर्णतया मर चुके हैं।' अपनी अहंता के बंदीगृह से पलायन करना हमारा ध्येय होना चाहिए, न कि शरीर से पलायन करना, क्योंकि शरीर तो ईश्वर का मन्दिर है। अन्तिम लक्ष्य तक पहुंचने से पूर्व हमें कई जीवनों से गुजरना पड़ेगा। कोई भी असफलता अंतिम नहीं होती। सबका अन्तत: जागृत होना सुनिश्चित है। नानक और उनके अनुयायी कर्म और पुनर्जन्म के सिद्धान्त में विश्वास करते हैं। हम लोगों के स्वभावों में जन्म से ही भिन्नता होती है। कुछ लोग लोभी और अधिकार-लिप्सु होते हैं; कुछ लोग क्रोधी और कामुक। हम अपने पिछले कर्म का संस्कार लेकर दुनिया में आते हैं। परिस्थितियों के कारण इन विशेषताओं में वृद्धि भी हो सकती है। हम चाहें तो अपने प्रयास से अपनी कुप्रवृत्तियों को निर्बल और अपनी सद्प्रवृत्तियों को सबल बना सकते हैं। नश्वर वस्तुओं से सुख

नहीं मिल सकता। शाश्वत सुख तो ब्रह्म से युक्तावस्था में ही मिल सकता है। हम इसलिए संसार (परिवर्तनशील जगत्) में आ फंसे हैं, जन्म और मृत्यु के चक्र में आ उलझे हैं, क्योंकि हमने भौतिक संघटनों और वातावरण के साथ अपने को अभिन्न मान लिया है। हम भक्ति के द्वारा ईश्वर से एकत्व अनुभव करके संसार के आवागमन के चक्र से अपने को मुक्त कर सकते हैं। हमें निश्चय ही ईश्वर को अपने जीवन का निर्देशक-सिद्धान्त मान लेना चाहिए। इसके लिए संसार-त्याग करना और संन्यासी बन जाना आवश्यक नहीं है। खेतों और कल-कारखानों में, घर की छोटी-सी कोठरी और मठों में-सर्वत्र ईश्वर का वास है।

सिक्ख भी, अपने कुछ पूर्ववर्ती वैष्णव की भाँति जाति-भेद की निन्दा करते हैं। रामानन्द ने कहा था:

'जाति-पांति पूछे नाहिं कोई,
हरि को भजे सो हरि का होई।'

चूंकि ईश्वर घट-घट-व्यापी है, सब प्राणियों में उसका निवास है, इसलिए हमें किसी से घृणा नहीं करनी चाहिए। जब सर्वभावेन समर्पण के द्वारा ईश्वर के साथ एकात्म हो जाते हैं, तब हम ईश्वर के साधन के रूप में संसार में जीवन बिताते हैं।

मोक्ष का उद्देश्य देश-काल-युक्त संसार से पलायन करना नहीं है, वरन् जहां भी हम हों, वहीं ज्ञानालोकित होना है। मोक्ष का लक्ष्य है इस संसार में यह जानते हुए रहना कि यह दिव्य भावों से पूर्ण है। अकाल सत्य का अनुभव करने के लिए यह जरूरी नहीं कि हम संसार से पलायन कर जाएं। जो लोग संसार के चक्र से बंधे नहीं हैं, उनके लिए पार्थिव जीवन चिरन्तन आनन्द में केन्द्रीयभूत है। उनका जीवन आनन्दमय है, और जहां आनन्द है, वही सृजन है। इस दुनिया के अलावा उनका कोई दूसरा देश नहीं। उसकी निष्ठा और प्रेम समस्त मानवता के प्रति है। ईश्वर सार्वभौम है। वह इस नस्ल या उस राष्ट्र का ईश्वर नहीं हैं-उसकी अपनी कोई नस्ल या अपना कोई राष्ट्र नहीं। वह सभी मानव-प्राणियों का ईश्वर है। उसकी

दृष्टि में सब समान हैं और सब उस तक सीधे पहुंच सकते हैं। इसलिए हमें दूसरे लोगों और दूसरे धर्मों का सम्मान करना चाहिए।

नानक के हिन्दुओं और मुसलमानों को करीब लाने की कोशिश की। उनका जीवन और उनकी शिक्षाएं दोनों जातियों के बीच एकात और सौमनस्य का प्रतीक थीं। एक लोकप्रचलित पद्य में उनको हिन्दुओं का गुरु और मुसलमानों का पीर कहा गया है:

'गुरु नानक शाह फकीर,
हिन्दू का गुरु, मुसलमान का पीर।'

नानक के शान्तिप्रेमी अनुयायियों को एक लड़ाकू, योद्धा संप्रदाय में परिणत कर देना छठे गुरु हरगोविन्द और दसवें तथा अंतिम गुरु गोविन्द सिंह का काम था। दसवें गुरु ने शिष्यों (सिक्खों) के युवा समुदाय को अर्द्धसैनिक बिरादरी में बदल दिया, जिसके कुछ विशिष्ट प्रतीक थे; साथ ही उनकी रक्षा के लिए उन्होंने उनको कुछ पवित्र व्रतों में दीक्षित भी किया। जब उनके पिता गुरु तेगबहादूर को मुगल सम्राट औरंगजेब ने बुलाया, और उनको धर्म-परिवर्तन और मौत में से एक को चुन लेने को कहा, तब गुरु तेगबहादुर ने मौत को चुना। मरते समय उन्होंने यह सन्देश दिया था: 'सिर दिया, पर सिरार (धर्म) न दिया।'

गुरु गोविन्द सिंह के चार पुत्रों ने भी धर्म की रक्षा में अपने प्राणों की आहुति दे दी।

1669 के नववर्ष दिवस पर गुरु गोविन्दसिंह ने अपने पांच अनुयायियों को दीक्षा दी। वे 'पंज पियारे' प्रसिद्ध हुए। उनको उन्होंने एक नई बिरादरी में दीक्षित किया था जिसे 'खालसा' (खालिस या शुद्ध) कहा गया। इन 'पंज पियारों' में से एक शिष्य ब्राह्मण था, एक क्षत्रिय, और शेष नीची जातियों के थे। इस प्रकार उन्होंने सामाजिक एकता पर बल दिया। उन सबने एक ही कटोरे से मंत्रपूत जल पिया; उनका नया नामकरण हुआ; उनके नामों के आगे 'सिंह' शब्द जोड़ा गया।

उन्होंने पांच 'ककारों' का पालन करने का प्रण किया। वे पांच 'क' थे: 'केश' रखना (सिर और दाढ़ी के बाल न मुंडाना); केश में हर समय एक 'कंघा' रखना; दायीं कलाई में लोहे का एक 'कड़ा' पहनना, एक जोड़ा 'कच्छा' पहनना; और एक 'कृपाण' धारण करना। उनको चार आचार-नियमों ('रहत') का पालन करने का भी आदेश मिला। वे चार 'रहत' ये थे: केश न काटना, तम्बाकू न पीना, नशीले द्रव्यों के सेवन से बचना, जिबह किए जानवर का गोश्त न खाना और परस्त्रीगमन से बचना (सिक्ख सैनिकों से मुसलमान औरतों को बचाने की पेशबन्दी)। एक नई लिपि (गुरुमुखी), एक नया धर्मशास्त्र (गुरुग्रंथ साहिब),आराधना के नए केन्द्र (तीर्थ), नए धर्म-प्रतीक और कर्मकाण्डों ने सिक्ख मत को एक नया धर्म नहीं तो एक नया सम्प्रदाय तो बना ही दिया। जो चीज हिन्दू धर्म से मतभेद रखने वालों के आन्दोलन के रूप में शुरू हुई, वही अब एक नया धर्म-मत बन गई है।

किन्तु, यह दुर्भाग्य की बात है कि जिन अवरोधों को उखाड़ फेंकने के लिए सिक्ख गुरुओं ने इतना श्रम किया, उनको फिर से खड़ा किया जा रहा है। जिन अनिष्टकारी आचारों के विरुद्ध सिक्ख गुरुओं ने विद्रोह किया, उनमें से बहुत-से आचार सिक्ख-समाज में धीरे-धीरे आते जा रहे हैं। भौतिकता के प्रति मोह उनके महान् आदर्शों को भ्रष्ट किए दे रहा है। जो धर्म चेतना के बाहरी दहलीज पर ही रहता है और मन में दृढ़ संकल्प और हृदय में प्रेम के रूप में अपनी जड़े नही जमा पाता, वह नितान्त अपूर्ण और अपर्याप्त प्रमाणित होता है। धर्म को हमारे जीवन की संरचना में ताने-बाने की तरह बुन जाना चाहिए, हमारे अस्तित्व का एक अंग बन जाना चाहिए। उपनिषद् कहता है: "आत्मत् सर्वभूतेषु"। 'आदि ग्रन्थ' में जो चिरन्तन सत्य भावना की ताजगी और धर्मनिष्ठा के उत्साह के साथ प्रस्तुत किया गया है, उसके आह्वान के सम्मुख सागरों और पर्वतों के अवरोध निश्चय ही ढ़ह जाएंगे।

विज्ञान और धर्म

शताब्दियों की दूरी पार कर, हम पाषाण-युग से अंतरिक्ष-युग में आ पहुंचे हैं। विज्ञान और प्रौद्योगिकी (टेक्नोलॉजी) के क्षेत्र में, पिछले पचास वर्षों में जो उपलब्धियां हुई हैं, वे बुद्धि की बड़ी से बड़ी कारगुजारियों में से हैं। इस प्रौद्योगिक क्रान्ति की लहर सारे संसार में दौड़ गई है। जो खाना हम खाते हैं, जो कपड़े हम पहनते हैं, जिन मकानों में हम रहते हैं, जिन शब्दों का हम प्रयोग करते हैं, जो विचार हम सोचते हैं और जिस ढंग से हम अपना मनोरंजन करते हैं-ये सब चीजों बहुत सारी औद्योगिक प्रक्रियाओं, बड़े पैमाने के उद्योगों, बृहत उत्पादनों और श्रम बचाने वाले साधनों के द्वारा उत्पन्न की गई हैं। इन चीजों के कराण हमारे रहन-सहन के स्तरों में बहुत सुधार हुआ है और जीवन की सुख-सुविधाएं बढ़ गई हैं। गरीबी, बीमारी, भूख के विरूद्ध अपनी लड़ाई में हम विक्षान के द्वारा प्रस्तुत साधनों का उपयोग कर सकते हैं। हम अपने रहन-सहन की हालतों को बेहतर बना सकते हैं। कुछ समय पहले, 'लंदन टाइम्स' में स्टॉकहोम की एक रिपोर्ट प्रकाशित हुई थी जिसमें दिमाग के ऑपरेशन का ब्योरा दिया गया था। इस रिपोर्ट के अनुसार, इस ऑपरेशन में पहली बार, "ऑपरेशन के औजारों के बजाय प्राणुओं(प्रोटोन्स) की किरण का उपयोग किया गया था खोपड़ी की चमड़ी तक इसमें नहीं छेदी गई और न एक बूंद खून ही बहाया गया। इस इलाज के दौरान रोगी को 'घुमाते' रहा जाता है, जिससे कि किरण, जो एक बड़े 'सिन्क्रोसाइक्लोट्रोन' से उत्पन्न होती है और तन्तुओं को सीधे पारकर आठ इंच की गहराई तक पहुंच जाती है, मस्तिष्क के रुग्ण क्षेत्र को कई विभिन्न कोणों से स्पर्श कर सके। केवल वह ठीक जगह, जिस पर किरण को केन्द्रित किया जाता है, जल जाती है-इस मौके पर वह जगह अंगुली के नाखून के आकार की थी।" ऐसे हैं आधुनिक

विज्ञान के चमत्कार! आज विज्ञान इस अद्भूत संसार, जिसमें हम पैदा हुए हैं, का आनन्द लेने में हमारी सहायता कर रहा है।

कई लोग, जो इस विज्ञान-शासित समाज में रहते हैं, दावा करते हैं कि वैज्ञानिक ज्ञान से समाज की चिरस्थायी प्रगति होगी और मानवीय सम्बन्ध निरन्तर सुधरते जाएंगे। परन्तु मनुष्यों के जिस रूपान्तरण और उनके सामाजिक सम्बन्धों में जिस सुधार की आशा की गई थी, वह पूरी नहीं हुई है। महान् वैज्ञानिक उपलब्धियों के इस युग में मनुष्य के दुखों में बढ़ोत्तरी भी हुई हैं; इस युग ने दो-दो विश्व-युद्ध, विसंयोधी शिविर (कॉन्सेंट्रेशन कैम्प) और आणविक संहार देखें हैं, और अब यह युग देख रहा है एक प्रकार का 'शीत युद्ध' जो कभी अकस्मात् या जानबूझकर भयंकर युद्ध में परिणत हो सकता है। मनुष्य के वैज्ञानिक ज्ञान और उसकी प्रौद्योगिकी शक्ति में जिस गति से वृद्धि हुई है, उस गति से मानवीय विवेक में वृद्धि नहीं हुई है। दुनिया के विनाश का खतरा हमारे ऊपर काले बादल की तरह घुमड़ रहा है। बहुत-से लोग यह महसूस करने लगे हैं कि रोशनी गुल होती जा रही है और आणविक आयुधों में वृद्धि के साथ-साथ काली छायाएं अधिक काली होती जा रही है। लोगों का नशा उतर रहा है, उनका सम्मोहन भंग हो रहा है; चिन्ता और निराशा मन में घर करने लगी है। ये सारी बातें मनुष्य के सतत अन्तर्द्वन्द्व का लक्षण हैं। विज्ञान ने मानव को वातावरण की बहुत सारी निरंकुशताओं से बचा लिया है, परन्तु उसने उसकी अपनी प्रकृति की निरंकुशताओं से उसे अभी तक मुक्त नहीं किया है।

मानव-सुख और सामाजिक सहयोग के स्रोत ठीक वही नहीं है जो वैज्ञानिक जिज्ञासा के हैं। मनुष्य इस नई दुनिया के साथ अपना ताल-मेल बैठा सके, इसके लिए उसको आत्मिक शिक्षा देना अत्यन्त आवश्यक है। समाज का पुनर्निर्माण करने के लिए हमें पहले अपना पुनर्निर्माण करना है। मानविकी(ह्यूमैनिटीज) जिसमें कला, साहित्य, दर्शन और धर्म का समावेश हो जाता

है, मानव-कल्याण के लिए उतनी ही महत्वपूर्ण है जितना कि विज्ञान और पाश्चात्य देशों में, विज्ञान और धर्म का मूलस्रोत एक ही रहा है। वैदिक आश्रम और पाइथागोरियाई बिरादरी में तत्त्वदर्शी ऋषि और वैज्ञानिक एक ही थे। खुद विज्ञान को प्राकृतिक दर्शन कहा जाता था और उसका इतिहास मानव जाति के आध्यात्मिक इतिहास का एक अनिवार्य अंग रहा है। बाद के दिनों में, एक ओर विज्ञान और प्रौद्योगिकी को और दूसरी ओर नीति-शास्त्र तथा धर्म को एक-दूसरे से पृथक् करने की कोशिश हुई; इससे कई प्रकार की समस्याएं उत्पन्न हो गई, जैसे कि आस्था बनाम बुद्धि, नीतिशास्त्र बनाम शिल्प-विधियां। दोनों के बीच जो संघर्ष है, वह विभक्त-चेतना का एक लक्षण है। यह लक्षण आधुनिक युग की मानसिक अस्तव्यस्तता का भी परिचायक है। अक्सर यह सवाल पूछा जाता है कि क्या हम दिन दूनी रात चौगुनी गति से बढ़ने वाली एक प्रौद्योगिकी सभ्यता में अपने नैतिक तथा आध्यात्मिक मूल्यों की रक्षा कर सकते हैं?

हमारा युग विशेषज्ञता का युग है। हर आदमी कम से कम चीजों के बारे में अधिक से अधिक जानता है। हम किसी एक संकीर्ण क्षेत्र पर अपना सारा ध्यान लगा देते हैं और उस विस्तृत संदर्भ को भुला देते है जिसमें हम अपने विशेषज्ञतावाद का सही-सही अर्थ समझ सकते हैं। विशेषज्ञता प्राप्त करने की इस आधुनिक प्रवृत्ति ने ज्ञान को अलग-अलग कोटरों में बांट दिया है;ज्ञान पूर्ण इकाई न रहकर खण्डित इकाइयां बन गया है। हमें केवल किसी एक या कुछ विषयों का विशेषज्ञ ही नहीं बनना है, वरन् हमें जीवन के अर्थ और अपने सामाजिक उत्तरदायित्व को भी समझना चाहिए। हमें जहां विज्ञान की चेतना को ग्रहण करना है, वहां उसकी सीमाओं, उसकी कमियों को भी समझना है। साथ ही, हमें एक ऐसा दृष्टिकोण अपनाना चाहिए जो विज्ञान के निष्कर्ष के साथ सुसंगत हो। जो परम्परागत बातें अपनी सार्थकता खो चुकी हैं,उनसे चिपके रहने से कोई लाभ नहीं। संसार में जो वैज्ञानिक उपलब्धियां हुई हैं, उनकी ओर से

हमें अपनी आँख नहीं मूंद सकते, और चिन्तन-मनन के आन्तरिक जीवन तक ही अपने को सीमित नहीं रख सकते। हम आधुनिक संसार के तंत्र में शामिल हो चुके हैं, इसलिए हमें धार्मिक सत्य को भी केवल अपनी भावनाओं से नहीं खोजना है, बल्कि अपने मन से भी। हमारी वैज्ञानिक सभ्यता जितनी आगे बढ़ चुकी है, उससे हम पीछे नहीं हट सकते। इन दोनों में सामंजस्य करना हमारी पीढ़ी का उत्तरदायित्व है।

आइए, वर्तमान परिस्थिति की कुछ कठिनाईयों पर हम विचार करें। दर्शनशास्त्र स्वयं विज्ञान की चेतना से नियंत्रित है। प्रमाणवाद या तर्कसिद्ध प्रत्यक्षवाद का उद्देश्य समस्त ज्ञान को अनुभवाधारित बना देना है; अनुभव का भी तात्पर्य उस वस्तु से है जो दी गई हो या सामने प्रस्तुत की गई हो। यह अर्थ की प्रामाणिकता के सिद्धान्त को स्वीकार करता है; इसके अनुसार किसी वाक्य का अर्थ उस विशेष निर्निष्ट ढंग से निकाला जाता है जिससे उसकी सच्चाई परखी जा सके। विचारों या धारणाओं को ऐसा रूप देना होता है जिसमें उनको आंकड़ों में प्रस्तुत किया जा सके। जिस धारणाओं को दिए हुए आंकड़े के रूप में परिवर्तित नहीं किया जा सकता, उनको निरर्थक मानकर रद्द कर दिया जाता है। परम्परागत दर्शन-शास्त्र का स्थान ज्ञानवाद-सम्बन्धी विशुद्ध प्रश्नों को, जो वाक्य-रचना या शब्दार्थ-सम्बन्धी होते हैं, दे दिया जाता है। दर्शन-शास्त्र अनिवार्यत: भाषा का विश्लेषण और विचारों का तर्कसम्मत स्पष्टीकरण है।

मन की निरंकुश प्रवृत्ति आधुनिक विज्ञान के प्रत्यक्षवाद से मेल नहीं खाती। वैज्ञानिक केवल प्रत्यक्ष एवं प्रामाण्य साक्ष्य को ही सच मानता है। वि5न में प्रशिक्षित लोगों को ब्रह्माण्ड की प्रकृति, जीवन और मृत्यु के बारे में किए जाने वाले बुनियादी दावों पर ऐतबार नहीं आता।

प्रकृतिवादी मानते हैं कि मनुष्य की आत्मा केवल 'भाप की भभक' है। यह कणों का आकस्मिक संघट्ट है जिसे निरुद्देश्य रूप से ऊपर उछाल फेंका गया

है। यह एक संयोग-मात्र है, और मृत्यु चाहे तो मानव जाति को मटिया-मेट कर सकती है। मनुष्य का मन क्षिप्रता से गतिमान अणुओं का पार्थिव समुच्चय है। मानवात्मा की प्रकृति की व्याख्या इस ढंग से की जाती है कि उसकी वास्तविकता ही खटाई में पड़ जाती है। जीवनशास्त्री यह तर्क देते हैं कि व्यक्ति अपनी वंश-परम्परा और वातावरण की उपज होता है। मनोवैज्ञानिक हमें बताते हैं कि उपचेतना मन जिसमें नैसर्गिक प्रवृत्तियों और भावनाओं का वास रहता है, मनुष्य के जीवन में निर्णायक तत्त्व का काम करता है। समाजशास्त्रियों की दलील है कि जिस सामाजिक वातावरण में कोई मनुष्य पैदा होता है, वह उसके मन और चरित्र को अपने सांचे में ढाल देता है। आदमी को एक सामाजिक इकाई के रूप में खिलाया-पिलाया, पहनाया और सिखाया-पढ़ाया जाता है। उसके शौकों (हॉबीज) और दिल-बहलावों तक को आम पैमाने से नापने की कोशिश की जाती है। वह समाज का एक कर्म बन जाता है। मशीनों ने इंसान के लिए देश और काल को जीत लिया है, लेकिन इंसान मशीनों का गुलाम बन गया है। हम अपनी बातें व्यक्ति को नहीं सुनाते,समूह को और सामूहिक संगठनों को सुनाते हैं; मानव का निर्वैयक्तीकरण हो गया है। व्यक्ति अब व्यक्ति नहीं रहा, समूह बन गया है।

इस तरह के भौतिक दृष्टिकोण से देखें, तो इतिहास की रचना करने में व्यक्ति की भूमिका नगण्य हो जाती है। कोई शक्ति या सिद्धान्त है जो मानवीय कार्यों, ऐतिहासिक प्रारब्ध, पूर्वविधान, इतिहास तथा आर्थिक नियमों का अनुशासन करती है। मनुष्य का भवितव्य अटल है।

आधुनिक विज्ञान यांत्रिक भौतिक दृष्टिकोण के साथ प्रतिबद्ध नहीं है। विज्ञान जिस ब्रह्माण्ड का अध्ययन करता है, उसकी समुचित व्याख्या प्रकृतिवादी विज्ञान के द्वारा नहीं की जा सकती। भगवद्गीता हमें बताती है कि हम केवल मध्य को जानते हैं; न आदि को जानते हैं, न अन्त को। वैज्ञानिक कथन एकदम

सीमित सम्बन्धों के दायरे में ही समीचीन हैं। जब कि वैज्ञानिक लोग अणुओं, विद्युत-अणुओं (इलेक्ट्रॉन्स) के क्रिया-कलाप का अध्ययन करते हैं, तब वे अणुओं और विद्युत-अणुओं की सृष्टि के विषय में कुछ नहीं कहते, कह नहीं सकते। वैज्ञानिक, जो ब्रह्माण्ड का एक अंग हैं, एक वैज्ञानिक के रूप में, समग्र ब्रह्माण्ड के अर्थ तथा प्रयोजन के बारे में कोई कथन नहीं कर सकता। मैक्स प्लैंक कहता हैं: "विज्ञान प्रकृति के समस्त रहस्यों का कोई समाधान प्रस्तुत नहीं कर सकता और इसकी वजह यह है कि अन्ततः हम सभी प्रकृति के अंग हैं, इसलिए जिस रहस्य को हम सुलझाने चले हैं, उसके ही अंग बन जाते हैं। कारीगरी का कोई औजार जितना अपने ऊपर चल सकता है, उससे ज्यादा कोई भी पैनी से पैनी आँख अपने को नहीं देख सकती।"

इसके अतिरिक्त एक बात और है, विज्ञान ऐसे सिद्धान्तों या नियमों का समुच्चय है जो प्रेक्षण के द्वारा निर्णीत कुछ तथ्यों को समझने में हमें सक्षण बनाते हैं। कोई सिद्धान्त ऐसे विचारों का एक प्रतिमान होता है जिनका उपयोग अनुभव के फलस्वरूप प्रस्तुत आंकड़ों की व्याख्या करने में किया जाता है। वैज्ञानिक अपना ध्यान केवल आंखों से प्रेक्षित वस्तुओं तक ही सीमित नहीं रखता, बल्कि वह कुछ अधिक गहराई में उतरकर ऐसे वैज्ञानिक सत्त्वों का अनुमान करता है, जिनको प्रयोजन को जानने के लिए आवश्यक होते हैं। हमारे सामने सम्पूर्ण सृष्टि है, उससे सम्बन्धित कुछ तथ्य, आंकड़े भी हमारे पास है- जब हम इन तथ्यों या आंकड़ों का पर्यालोचन करते हैं. तब उसमें से दार्शनिक सिद्धान्त निकलते हैं। 'ब्रह्मसूत्र' का आरम्भ इन शब्दों से होता है: 'अथातो ब्रह्म-जिज्ञासा।' अगला सूत्र बताता है कि परब्रह्म समस्त सृष्टि-प्रक्रिया-उसकी उत्पत्ति, स्थिति और प्रलय-का आधार है। सत्य की आन्तरिक संरचना को बुद्धि की ही उपज है। प्रकृति आत्मनिर्भर नहीं है, वरन् यह अपने अस्तित्व के लिए एक इन्द्रियातीत सिद्धान्त पर निर्भर करती है, जिसका मन उसके रूप में

प्रतिबिम्बित होता है- भले ही कितने भी क्षीण प्रकार से यह समग्र विश्व ईश्वरमय है: 'ईशावास्यमिदं सर्वम्'।

यह निष्कर्ष कि एक चरम सिद्धान्त है जो ब्रह्माण्डीय प्रक्रिया को भीतर से परिचालित और निर्देशित करता है, केवल अनुमान की बात नहीं है, यह अन्त:प्रेरणा का भी विषय है। देश और काल से सम्बन्धित तथ्यों तक ही हमारा अनुभव सीमित नहीं है। हमको प्रकृति के नियमों, तर्कसिद्ध सार्वभौम सिद्धान्तों और परम सत्य (ब्रह्म) के विषय में भी अनुभव है।

इन्द्रियातीत सत्य (परब्रह्म) के अस्तित्व के प्रति पूर्ण रूप से जागरूक रहते हुए, आत्मा का उसके साथ प्रत्यक्ष सम्पर्क स्थापित करने की चेष्टा-प्राच्य और पाश्चात्य दर्शन का आधारभूत तत्त्व है। किसी दिव्य स्रोत से आत्मा की उत्पत्ति की बात को प्लेटो भी स्वीकार करता है। आत्मा अपने को ब्रह्म से पुन: संयुक्त करने की लालसा रखती है। सेंट पॉल को दमिश्क में जो आध्यात्मिक अनुभव हुआ, वह आत्मा की निश्चयता का एक उदाहरण है। ऑगस्टीन के ये शब्द प्रसिद्ध हैं: "मेरे मन ने अपनी थरथराती दृष्टि की एक ही चमक में निरपेक्ष सत्ता(ब्रह्म) के दर्शन कर लिए। वह सत्ता ही सत्य है।"'तत्सत्'। अनेक तत्त्वद्रष्टाओं एवं ऋषियों ने सौन्दर्य-कल्पना और वस्तुओं के अन्त: सत्य को प्रामाणिक बताया है। एच.जी.वेल्स ने 'फर्स्ट एंड लास्ट थिंग्स' में लिखा था: "कभी-कभी, नि:स्तब्ध रात्रि में और विरल एकान्त क्षणों में, मैं अपने आत्म-स्वरूप के साथ एक प्रकार का संपर्क अनुभव करता हूँ, परन्तु ऐसा लगता है कि जिससे मेरा संपर्क होता है वह खुद मैं नहीं हूँ... ऐसे क्षण मेरे जीवन में आते हैं, और वे मेरे धार्मिक जीवन के चरम तथ्य हैं। वे मेरे धार्मिक अनुभव के शिरोमणि क्षण होते हैं।" जिस किसी को ऐसा अनुभव होता है, वह उसमें मग्न हो रहा है और वह निरर्थक आध्यात्मिक तथा ज्ञानवादी तर्क-वितर्क एवं अटकलबाजी में नहीं उलझता। पूर्ण निश्चयता अपना प्रमाण स्वयं जुआ लेती है, उसको बाह्य प्रमाणों की आवश्यकता नहीं

होती-'हाथ कंगना को आरसी क्या?' इसकी दैविकता और इसकी तर्कशीलता इसको एक प्रमाणिक अनुभव का रूप दे देती हैं।

मनुष्य का उद्धार अध्यात्म-विद्या (मेआफिजिक्स) से नहीं होता है। आध्यात्मिक जीवन में चेतना और अस्तित्व का परिवर्तन करना होता है। आत्मा को नया जन्म देना होता है। जिनको आध्यात्मिक अनुभव प्राप्त हो चुका होता है, वे परंब्रह्म के विषय में 'इदमित्थं' कहने की स्थिति में नहीं होते क्योंकि मानव-मन, उसको पूर्णत: समझ ही नहीं सकता। इसलिए उसके स्वभाव और स्वरूप के विषय में जो भिन्न-भिन्न वर्णन प्राप्त होते हैं, उनके प्रति उनका दृष्टिकोण उदार रहता है। वे महसूस करते हैं कि दर्शन-शास्त्र ज्ञान की एक शाखा है, विस्मय की एक शाखा है।

जिस विश्व में हमने जन्म लिया है और जहां हम शायद अपनी मृत्यु की योजना भी बनाते हैं, उसमें एक अद्भुत चीज भी है, और वह है जिज्ञासु मानव-मन जिसमें दैवी सृजनात्मक प्रतिबिम्बित होती है। मनुष्य की रचना ईश्वर की प्रतिच्छवि के रूप में हुई है-वह प्रार्थनाएं करने से प्रसन्न। दया या क्रोध कोई भी उसके रथ-चक्रों को मोड़ नहीं सकता। वंश-परम्परा और वातावरण, उपचेतन मन, समाज और उसकी संस्थाएं-ये सब तथ्य हैं, असलियत हैं, लेकिन इनके अलावा भी एक चीज है: मानव का संकल्प, जो सारी चीज को एक नया और भिन्न संदर्भ दे देता है। मानवीय यथार्थ की सार्थकता स्वतंत्र होने में हैं। हमारी स्वेच्छा से एक नई घटना घट जाती है, जो अनूठी और वास्तविक होती है। मानव-प्रकृति में यह क्षमता अन्तर्निहित है कि मनुष्य चाहे तो अपने जीनशास्त्रीय, मनोवैज्ञानिक और समाजशास्त्रीय वंशानुक्रम की सीमाओं का अतिक्रमण कर सकता है। मनुष्य की स्वेछा अकारण और परिस्थिति-निरपेक्ष नहीं होती। मानव मन में सृजनात्मक सिद्धान्त काम कर रहा होता है। व्यक्ति स्वतंत्रता का स्रोत होता है। वैज्ञानिक या वस्तुगत विश्लेषण के द्वारा हम इसके मर्म तक नहीं पहुंच सकते। प्रत्येक महान्

वैज्ञानिक खोज एक सृजनात्मक क्रिया है। यह मात्र बौद्धिक प्रक्रिया नहीं है, बल्कि एक नैतिक उपलब्धि है। यह काम है उस आदमी का जो अपने कार्य को सफल करने के लिए जान लड़ा देता है, जो महद् प्रयत्न और आत्म-त्याग का अनुपम उदाहरण रखता है। अगर विज्ञान हमको कोई संदेश देता है, तो यह कि मानव प्राणी एक सक्रिय प्रतिनिधि है, वह कर्ता है, सर्जक है। वह किस्मत की बिसात का एक मोहरा मात्र है, वह परिस्थिति और आवश्यकता का दास नहीं है।

पूर्व और पश्चिम के महान् विचारकों ने विज्ञान और आध्यात्मिक जीवन दोनों की जरूरत महसूस की है। सभ्यता का उद्देश्य है हमको यह जताना कि हमारे भीतर सृजनशीलता है। व्यक्ति की स्वतंत्रता को सीमित करके भौतिक तथा आध्यात्मिक दासता की कोटि में नहीं पहुंचा देना चाहिए। सभ्यता का प्रयोजन ऐसे यंत्रचालित मनुष्य पैदा करना नहीं है, जो किसी भी पागल तानाशाह के आदेशों का आँख मूंदकर पालन करते हैं। समूह या समाज के सदस्य के रूप में हम कुछ ऐसे भी काम कर डालते हैं, जिन्हें हम अपने निजी जीवन में करना कभी पसन्द नहीं करेंगे। आदमी ने दिखा दिया है कि वह ऐसे-ऐसे भयंकर कृत्य करने में समर्थ है, जिनका वर्णन नहीं किया जा सकता। इसका कारण यह है कि मनुष्य पृथ्वी, पवन और जल आदि पंचभूतों का स्वामी बन गया है और उसने ऐसी धारणाएं मन में पाल रखी हैं जिनसे उसकी शान को बट्टा लग रहा है और उसकी आजादी बेतुकी बन गई है। मनुष्य, जो विज्ञान और प्रौद्योगिकी के बृहत् विकास का साधन और आविष्कारक है, आज एक समस्या बन गया है, वह खुद अपने लिए पहेली बन गया है। समस्या तभी सुलझ सकती है जब हम व्यक्ति के आन्तरिक जीवन के विकास की ओर अपना ध्यान दें। परब्रह्म, जो सृष्टि की एकमात्र सच्चाई है, के साथ तत्क्षण सम्बन्ध ही वह निश्चयात्मक सम्बल है जिसके बल पर टिके रहकर व्यक्ति अपने को भीड़ में खो नहीं देता। यदि ब्रह्म

के साथ मानवात्मा का सम्बन्ध स्थापित हो सके, तो मनुष्य को परिस्थितियों की लहरें बहा नहीं सकेंगी। तब वह यह भी जान पाएगा कि मानव-मन की सर्जनाएं मानव जाति के लिए अभिशाप नहीं,वरदान सिद्ध होंगी। यदि आशा और आश्वासन के साथ भय और चिन्ता मिश्रित हैं, तो इसकी वजह यह है कि हमारे स्वभावों में अभी सामंजस्य नहीं हुआ है और ऐक्य भाव नहीं आया है।

दुनिया का हंगामा मचा हुआ है। यह समझना भूल है कि जब तक किसी राष्ट्र को जीतने की काफी-कुछ सम्भावना न होगी तब तक वह लड़ाई नहीं छेड़ेगा। चूंकि स्पष्ट ही, आणविक युद्ध उन सबके लिए आत्मघातक होगा जो उसमें हिस्सा लेंगे, इसलिए कोई भी उसे शुरू नहीं करेगा। जो लोग ऐसा मानते हैं, वे यह समझ लेते हैं कि मनुष्य जो कुछ करेगा, उसमें उसकी बुद्धि की भूमिका अवश्य होगी। लेकिन इसमें एक शक है। दुनिया में, घटनाओं पर तर्क या बुद्धि का नियंत्रण नहीं रहता बल्कि मानवीय स्वभाव का रहता है। मानव-प्रकृति मनोवेगों से परिपूर्ण है और परिणाम का भय दिखाकर उसको पथ-भ्रष्ट नहीं किया जा सकता। जहां भावावेश इतना प्रबल है कि विवेकपूर्ण सोच-विचार एवं शान्तिपूर्ण तर्क-वितर्क के लिए गुंजाइश नहीं रह गई है, वहां लोगों का जीवन बहुत दु:खी है। उनके जीवन का सारा सुख-चैन छिन गया है। आज हमारे अंत-करण में आवश्यकता और स्वतंत्रता, घृणा और प्रेम, मृत्यु और जीवन के बीच संघर्ष छिड़ा हुआ है। संसार एकयुद्ध-क्षेत्र है; यहां हमसे यह अपेक्षा नहीं की जाती कि हम विजेता पक्ष में रहें, हमसे तो आशा की जाती है कि हमारा पक्ष न्याय का पक्ष हो।

इस अशान्त भू-ग्रह के इतिहास में शायद ही कोई शताब्दी ऐसी गुजरी हो जिसने हमारे सामने चुनौतियां न रखी हों। इतिहास परिवर्तन की एक शाश्वत प्रक्रिया है। पुरानी चीजों का स्थान नई चीजें लेती जा रही हैं-पुरानी व्यवस्था नई व्यवस्था के लिए जगह खाली कर रही है। कुछ चीजें दूसरी चीजों के मुकाबले

में ज्यादा टिकाऊ होती हैं, लेकिन कुछ भी चीज हमेशा नहीं बनी रहती। राकेट की क्षिप्र गति और उद्‌जन बम की शक्ति यह सूचित करती हैं कि हमारे सामने एक जैसी चुनौती है और इसलिए हमारे उद्देश्य और हित भी समान होने चाहिए। इतिहास को अब अपना रास्ता निश्चय ही बदल लेना चाहिए। हमें अपने अंत:करण में अंधकार और मृत्यु के आवेगों पर विजय प्राप्त करके जीवन का केतन लहराना चाहिए। निर्णय का क्षण उपस्थित है। यदि हम मानव जाति को धोखा नहीं देना चाहते, तो हमें अपने-आपको बदल डालना होगा और महानता के गुण अपने भीतर विकसित करने होंगे। विकल्प यह नहीं है कि समस्त मानव-जाति अकस्मात् आत्मघात कर ले या पूरी की पूरी मानवता कुचालों का शिकार होकर दासक के बंधन में जकड़ जाए। मनुष्य को अधिक अच्छा मनुष्य बनाना सम्भव है। उसको समझदार बनाया जा सकता है और राष्ट्रों में मैत्री भाव भी बढाया जा सकता है। हमें सैद्धान्तिक असहिष्णुता को तिलांजलि दे देनी होगी। अस्त-व्यस्त एवं अव्यवस्थित विचारणा की इस स्थिति में मानव जाति की श्रेष्ठतम परम्परा की रक्षा की जानी चाहिए। फ्रांसिस बेकन ने 'ऑव इन्नोवेशन्स' शीर्षक अपने एक निबन्ध में लिखा है: "और जो नए उपायों का प्रयोग नहीं करेगा, उसे नई बुराइयों की आशा करनी चाहिए; क्योंकि समय नई प्रवृत्तियों का सबसे बड़ा प्रवर्तक है; और अगर समय ही चीजों को बदतर बनाने लगे और समझाने-बुझाने तथा ज्ञान के बावजूद उन्हें बेहतरी की ओर न ले जाए, तो दुनिया का हश्र क्या होगा?" ऊंट किस करवट बैठेगा? हमें लोभ, घृणा और स्वार्थपरता की तृष्णाओं को पराभूत करना होगा और आत्म-विजय तथा आत्म-समर्पण प्राप्त करना होगा।

धर्मों और आधुनिक विज्ञान तथा प्रौद्योगिकी के सम्बन्ध में जो अनुभव दुनिया में हुए हैं, उनके प्रभाव के कारण सारी मानव जाति एकजुट बदलती जा रही है। सामान्य मनुष्य को अपने भीतर छिपी असामान्यता का लगाना

है और विश्व-समाज के एक नागरिक के रूप में रहना सीखना है। अज्ञात और अन्धविश्वास पर विज्ञान की विजय होकर रहेगी; स्वार्थपरता और भय पर धर्म की जय निश्चय होगी, और मानवता के महान् भविष्य का निर्माण करने के लिए तथा आदमी की बिरादरी कायम करने के लिए, जो आदिकाल से ही पैगम्बरों और नबियों का स्वप्न रहा है, संसार के सारे राष्ट्र मिल-जुलकर काम करेंगे।

सत्य की खोज

क्रम

सत्य की खोज

धर्म या सत्य की खोज आध्यात्मिक आवश्यकता है। ब्रह्मांड की प्रक्रिया पर दृष्टिपात करने पर हम पाते है कि एक वस्तु के बाद दूसरी वस्तु अस्तित्व में आ रही है या एक घटना के बाद दूसरी घटना घट रही है- मानव सभ्यताओं, कला के महान प्रतीकों तथा अन्य महान वस्तुओं का उदय होता है, विकास होता है और फिर अंत हो जाता है। और हम यह प्रश्न करते है, 'क्या अंत होना ही सब कुछ है या कुछ ऐसा भी है, जिसका अंत नही होता?' सतत परिवर्तन की इस प्रक्रिया में क्या कुछ ऐसा भी है, जिसे अपरिवर्तनीय माना जा सकता है? यह ऐसा प्रश्न है, जिसे हर प्रबुद्ध व्यक्ति अवश्य ही उठाता है। वह यह नही सोच सकता कि मात्र विनाश ही सम्पूर्ण अस्तित्व का अंत है और ब्रह्मांड की प्रक्रिया का उदय होता है और अवसान हो जाता है। यह प्रश्न अवश्य ही उठता है और यही कारण है कि सत्य के महान खोजी यह प्रश्न करते हैं।

उपनिषद में ऋषि ने कहा है, 'मुझे असत्य से सत्य, अंधकार से प्रकाश और मृत्यु से अमरत्व की ओर ले चल।' दूसरे शब्दों में उस ऋषि की यह अनुभूति है कि जिस विश्व में हम रह रहे हैं, वह असत्य, अंधकार और मृत्यु वाला विश्व है; किन्तु वह यह विश्वास नही करना चाहता कि अंधकार, मृत्यु और असत्य ही अस्तित्व या जीवन का अंत है। वह किसी ऐसी वस्तु की आवश्यकता महसूस करता है जो इन बातों से परे की है। अंत: वह प्रार्थना करता है, 'मुझे उस ओर ले चल।'

इसी प्रकार महात्मा बुद्ध ने प्रश्न किया, 'क्या बुढ़ापा, बीमारी और मृत्यु ही सब कुछ है या इनके परे भी कुछ है? क्या मनुष्य बुढ़ापे, बीमारी और मौत के लक्षण वाले समय के प्रभुत्व से स्वयं को मुक्त कर सकता है या विनाश ही परम सत्य है?'

इसी प्रकार ईसाई धर्मोपदेश के अनुसार, 'मृत्यु सब कुछ का अंत नही है। आखिरी जीत कब्र की नही होगी।' ईसाई धर्म सूली पर लटके ईसा को अंतिम सत्य नहीं मानता, वह कहता है, 'वह(ईसा) उठ खड़ा हुआ है।' इसका मतलब यह है कि कुछ ऐसा है जो मृत्यु के बाद भी जीवित रहता है। विनाश जिसका अंत है, यदि ऐसा जीवन ही सब कुछ होता तो संसार का कोई भी मनुष्य ऐसे जीवन से संतुष्ट न होता। यदि समय ही सब कुछ है यानी सब कुछ को समय निगल जाता है और ऐसा कुछ भी नही है जो समय से बच जाए-यानी यदि शाश्वत या सनातन कुछ भी नही है- तो जीवन का कोई भी अर्थ नहीं रह जाता है।

यदि जीवन का महत्व है, यदि इसका कोई अर्थ है, यदि इसका कोई उद्देश्य है तो हमारे पास कोई ऐसी वस्तु होनी चाहिए जो कालजयी या समय को लांघने वाली हो, जो हमें यह महसूस कराए कि हम सबमें कोई अमर तत्व है। यदि ब्रह्मांड की प्रक्रिया ही सब कुछ है या यह अस्तित्व ही सब कुछ है तो वास्तविकता या सत्य क्या है? इसका यह उत्तर है कि परमेश्वर ही सत्य है, क्योंकि यदि परमेश्वर न होता तो अस्तित्व भी संभव नही होता।

क्या वह परम शक्ति बुद्धिहीन या निष्क्रिय है? नहीं। विश्व में जो भी व्यवस्था या नियम तथा प्रगति आप पाते हैं, वह इस बात का घोतक है कि इस सबमें बुद्धि का उपयोग हुआ है और इस सबका कोई प्रयोजन है। जिस परमेश्वर को आप अनंत और अंतहीन मानते है, क्या यह विश्व ही उसका संभावित प्रकट रूप है? क्या वह इस संबावना को प्रकट करने के लिए बाध्य है या इसके चयन के लिए वह स्वाधीन है? अत: हम इसे स्वाधीनता कहते हैं। आप इसे सच्चिदानन्द कह सकते हैं या प्रकृति, बुद्धि और स्वाधीनता कह सकते हैं। पर ये ऐसी बातें है जिन्हें हमें इस विश्व की प्रकृति की छानबीन करते समय और इन प्रश्नों को पूछते समय स्वीकार करना पड़ता है या मान्यता देनी पड़ती है—क्या यह बाहरी दुनिया ही सब कुछ है या इसके पीछे 'कुछ' है जो इसे ज्ञान देता है,जीवन देता है; क्या यह

'कुछ' बुद्धि रखता है और इसका कोई उद्देश्य है, क्या यह 'कुछ' अपने आपके चयन के लिए स्वाधीन है; क्या यह जो कुछ करना चाहता है, उसके स्वाधीन है?

धर्म का वास्तविक गुण तब प्रकट होता है जब हम जीवन का सत्य जानने के लिए और इस दुनिया की दया और क्षमा योग्य वस्तुओं में वृद्धि के लिए निरन्तर खोज करते हैं और सतत अनुसंधान करते हैं। अनुसंधान या खोज की लगन और उन उद्देश्यों का विस्तार जिन्हें हम प्रेम अर्पण करते हैं–ये वास्तविक रूप में आध्यात्मिक मनुष्य के दो पक्ष होते हैं। हमें सत्य की खोज तब तक करते रहना चाहिए जब तक हम उसे पा न लें और उससे हमारा साक्षात्कार न हो। और जो कुछ भी हो, हर मनुष्य में वही तत्व मौजूद है, अत: वह हमारे प्यार और हमारी सद्भावना का अधिकारी है। समाज और सारी सभ्यता केवल इस बात का प्रयास है कि मनुष्य आपस में सद्भाव के साथ रह सकें। हम इस प्रयास को बनाए रखते हैं। हम तब तक प्रयास करते रहते हैं जब तक सारी दुनिया हमारा अपना परिवार न बन जाए।

सब धर्मों में इस बात का उल्लेख किया है। उनमें मानव चरित्र के इस पहलू पर बल दिया है जिसे मनुष्य का आध्यात्मिक पहलू कह सकते हैं। चार वेदों में चार महाकाव्य है जो इस पर बल देते हैं। वेदों की रचना इस निष्ठापूर्वक की गई है कि विश्व के साहित्यों के इतिहास में जिसकी कोई मिसाल नहीं है।

प्रज्ञानांब्रह्म

(प्रज्ञा या बुद्धि ही ब्रह्म है)

अयमात्मा ब्रह्म

(आत्मा ही ब्रह्म है।)

अहं ब्रह्मास्मि

(मैं ब्रह्म हूं।)

तत्वमसि

(वह तू ही है।)

ये चार कथन चार वेदों से लिए गए है और ये एक ही मौलिक सत्य पर बल देते हैं। वह सत्य यह है कि मनुष्य वर्तमान स्थिति से ऊपर उठने की सामर्थ्य रखता है, वह अपना उत्कर्ष कर सकता है और वह अपने जीवन को परिपूर्ण कर सकता है। यह परिपूर्णता कोरा सपना नहीं है। पर यह कुछ ऐसी चीज है, जो कोशिश करने पर हम प्राप्त कर सकते हैं। ईसाई धर्मोपदेश भी हमें यही बताते हैं, 'क्या तुम यह नहीं जानते कि तुम स्वयं भगवान का मंदिर हो और तुममें परमात्मा का वास है?' मोहम्मद साहब ने हमें बताया है कि ईश्वर तुम्हारी गर्दन की धमनी से भी अधिक तुम्हारे निकट है। प्रत्येक धर्म यह कहता है: देहो देवालयो नामा देह यानी शरीर को देवालय समझना चाहिए; जीवकी, जो सनातन है, प्रकृति शाश्वत है। यदि हम उस आत्मा की उपेक्षा करते हैं, परमात्मा के उस अंश की उपेक्षा करते हैं जो हम सबमें विद्यमान है तो हम अवश्य ही वस्तुओं, विचारों और सूक्ष्मताओं से सीमित हो जाते हैं। हम मानव की वास्तविक सृजनात्मकता खो बैठते हैं।

जब तक हम अस्तित्व की धारा से, घटनाओं के क्रम से, उन बातों से जो एक के बाद एक करके घटित होती रहती है, अपने को अलग नही कर सकते और जब तक हम यह महसूस नहीं कर सकते कि हममें कोई पदार्थेतर तत्व (जो मात्र पदार्थ-विषयक घटना-क्रम से ऊपर होता है) है, तब तक हम सही माने में मनुष्य नहीं है-हम केवल वस्तु है और हम केवल स्थूल पदार्थ हैं। हम तब मानव नहीं है बल्कि समाज की मानवता-रहित इकाई है। मुख्य बात यह है कि चाहे आप वैज्ञानिक हों, प्रौघोगिकीविद हों, दार्शनिक या नाटककार हों, या चाहे कुछ भी हों, आपको अपने अंदर मौजूद जीवित आत्मा की अनुभूति होनी चाहिए।

हार्वर्ड विश्वविद्यालय ने अपना आदर्श वाक्य (मोटो) रखा है: वेरिटास। इस लैटिन भाषा के शब्द का अर्थ है: सत्य। हीडलबर्ग विश्वविद्यालय का आदर्श वाक्य है: दी लिविंग स्पिरिट; यानी जीवंत चेतना। जीवंत चेतना आपमें मौजूद है और सब वस्तुएं उसके प्रकट रूप हैं; विज्ञान, साहित्य, कला आदि भी उसके

प्रकट रूप हैं। जब मनुष्य स्वयं में प्रवेश कर सकेगा और अपने सामने रखी बातों पर मत प्रकट कर पाएगा तभी उसमें निर्णय करने की क्षमता का जन्म होगा और तभी वह सृजन कर पाएगा।

हम ये सब बातें कह चुके हैं। पर व्यक्ति की पवित्रता के इस सिद्धान्त पर हमने समाज में अमल नहीं किया है। किसी भी व्यक्ति का अपमान नहीं होना चाहिए, किसी भी मनुष्य को गरीबी, बीमारी और अज्ञानता द्वारा कुचला नहीं जाना चाहिए। जो उपदेश हम देते हैं, उसपर हम अमल भी करें तो हमारा सामाजिक ढांचा इसे दर्शाएगा; परन्तु जब तक समाज का ढांचा इसे नहीं दर्शाता, हमारा उपदेश देना केवल गाल बजाना है और हमारे सिद्धान्त तथा व्यवहार में शर्मनाक अंतर है।

इस विषय पर न केवल हमारे देश में बल्कि दूसरे देशों में भी हाल में वास्तविक जागृति हुई है। ऐसी प्रवृत्ति दिखाई दे रही है कि जातिवाद, उपनिवेशवाद और ऐसी अन्य बुराइयां समूल नष्ट हों और मनुष्यों को राजनीतिक उत्पीड़न, सामाजिक अपमान, आर्थिक शोषण, जातिवाद अन्याय से मुक्ति दी जाए और इन सब अन्यायों का निराकरण हो। यदि हम वास्तव में व्यक्ति को पवित्र समझते हैं, उसको सम्मान देते है, उसे परमेश्वर का अंश मानते हैं तो यह समझना हमारे लिए अनिवार्य है कि जब तक हम इस पर व्यवहार नहीं करते, हम अपने सिद्धांतों के प्रति ईमानदार नहीं हैं। सिद्धांत बघारना एक बात है और उनपर व्यवहार करना बिलकुल दूसरी बात। इसी कथनी-करनी के अंतर ने हमें मौजूदा हालात में ला खड़ा किया है और अगर हम अपनी हालत सुधारना चाहते है तो इसी अंतर को हमें मिटाना चाहिए।

अंतर्राष्ट्रीय मामलों में भी यही बात लागू होती है। पिछले दो हजार वर्षों के दौरान ऐसा एक दशक भी नही रहा जिसमें दुनिया में सैनिक संघर्ष न हुआ हो। आज भी इस प्रकार के संघर्ष चालू हैं। सिद्धांत है : 'बुराई का प्रतिरोध करो।'

व्यवहार में यह है: 'यदि जरूरी हो जाए तो बुराई का प्रतिरोध लड़कर करो।' दुनिया में यही सब हो रहा है। परंतु भगवान इनमें दखल नहीं देता। नक्षत्रों का प्रभाव भी इसपर नहीं पड़ता। जब ईसा को सूली पर चढ़ा दिया गया, तब भी भगवान प्रकट नहीं हुआ और उसने दखल नहीं दिया।

इस दुनिया में इतनी असमानता, इतना अन्याय है। मनुष्य को इसका एहसास करना चाहिए कि उसमें ईश्वर का अंश है; उसे अपनी सृजनात्मकता, अपनी स्वाधीनता का लेखा-जोखा खुद करना चाहिए। मनुष्य के लिए इस दुनिया को सुधारना संभव है, क्योंकि मनुष्य में ईश्वर का अंश है। अत: जब तक मनुष्य सही काम करता है, वह प्रगति करता है; उसके लिए बेहतर भविष्य बनाना हमेशा संभव है।

वर्तमान संकट की घड़ी में हम देखते हैं कि अतीत धुंधला है, वर्तमान में उथल-पुथल है और भविष्य डरावना है। इस समय यह आवश्यक है कि मनुष्य अपनी महानता को समझे-उस महानता को जिसे उसने भुला दिया है, जिसकी उसने परवाह नहीं की है। इसे समझिए और इन आध्यातमिक सिद्धांतों पर सामाजिक व्यवहार करने का प्रयास कीजिए। इसपर ध्यान दीजिए कि समाज वास्तव में ईश्वर द्वारा निर्धारित व्यवस्था को दर्शाए।

परमेश्वर की साधना

अपने देश की प्राचीन धर्म-पुस्तकों और साथ ही पश्चिम के दर्शन के अध्ययन में मैंने अपने जीवन के 50 से अधिक वर्ष व्यतीत किए हैं। जितनी ही अधिक गहराई में मैं बैठा उतना ही अधिक इस बात का मुझपर प्रभाव पड़ा कि सब जगह मानव मन में समान आकांक्षा है। हम सब लोग इस बात में दिलचस्पी रखते है कि जीवन में सत्य क्या है।

ब्रह्मसूत्र का आरंभ इन शब्दों से होता है : अथातो ब्रह्मजिज्ञासा। अत: अब ब्रह्म को जानने की इच्छा है। क्या इस दुनिया में कुछ सच है? यहां जो कुछ हम देखते हैं, वह हमेंशा बदलता रहता है। दुनिया केवल उत्थान और पतन का सिलसिला लगती है। काल के इस चक्र में कुछ ऐसा भी है जो शाश्वत है, अनित्य है? वैसे हम सब इस बात की जरूरत महसूस करते हैं कि संसार में कुछ ऐसा हो जो शाश्वत और अंतहीन कहा जा सकें। पर इसका मतलब यह नहीं है कि ऐसा कुछ है ही। हम भूखे हों तो इसका मतलब यह नहीं है कि हमारे पास खाना मौजूद हो। ऐसा कुछ बुद्धिसंगत होना चाहिए जो हमें समझाए कि हमारी अभिलाषाएं क्या है और क्या उनकी संतुष्टि के लिए कोई वस्तु है?

इसी प्रकार ब्रह्मसूत्र का दूसरा सूत्र कहता है: जन्मादि अस्य यत:। जिससे सब जीव जन्म लेते हैं, जिससे सब जीवों का पालन होता है और जिसमें सब जीव समा जाते हैं, वही परम सत्य, परमेश्वर है। बुद्धि द्वारा अन्वेषण से, जिज्ञासा से, आलोचना से स्वयं यह ढूढ़िए कि क्या ऐसा परम सत्य है कि नहीं। हम यह पता करने का प्रयास करते हैं कि क्या इस परम सत्य से साक्षात्कार कराने वाली कोई वस्तु है? 'जन्मादि अस्य यत:' तैत्तिरीय उपनिषद में इस प्रकार आता है: यतो वा इमानि भूतानि जायंते, येन जातान्ति जीवन्ति, यत प्रयंत्यभिसंविशन्ति, तद विजिज्ञासस्व; तद ब्रह्मोति, स तपोतप्यत, स तपस तप्त्वा।

जब यह कहा गया कि तप ही ब्रह्मा है, तो यह भी कह दिया गया कि हमारी आकांक्षा ही परम सत्य के होने की सूचक है। जब यह कहा गया कि तप ही ब्रह्मा है, तो यह भी कह दिया गया कि हमारी जो आकांक्षा है, जो कामना है, वह स्वयं हमारे मनों और हृदयों में परमेश्वर के प्रभाव की घोतक है। यदि हम ही न होते तो यह आकांक्षा भी न होती और न इसकी मांग ही होती। अत: तैत्तिरीय उपनिषद हमें बताता है कि यदि आप संसार को देखें और उन सब चरणों पर दृष्टिपात करें, जिनसे गुजरते हुए यह वर्तमान स्थिति में पंहुचा है-अन्न, प्राण, मनस, विज्ञान और आनंद-तो हमें पता चलेगा कि यह संसार प्रगति कर रहा है, विकसित हो रहा है और तमाम प्रगतिशील मूल्यों को दर्शा रहा है।

अत: बुद्धि द्वारा हमें यह उत्तर मिलता है कि परम सत्य है अन्वेषण; दुनिया को देखना और यह पूछना कि क्या दुनिया स्वयं अपना पालन कर सकती है और या क्या इसके पीछे कुछ और है जो इसे ज्ञान देता है और जीवन बनाता है—ये बुद्धिसंगत उपाय है। परंतु यदि यह तर्क-सिद्ध बात है तो हम केवल तर्क-शास्त्रीय बहस से ही यह उत्तर पा रहे हैं। परमेश्वर से साक्षात्कार, तर्कशास्त्रीय बहस और पाठ्य-पुस्तक संबंधी ज्ञान के बीच सदा अंतर रहा है।

इसी प्रकार तीसरा सूत्र कहता है: शास्त्र-योनित्वात। शास्त्रों में सब बड़े ऋषियों और संतों के निजी अनुभव अंकित होते हैं। आप केवल तर्कशास्त्र से परम सत्य को नहीं समझ सकते। आपमें यह कहने की योग्यता होनी चाहिए, 'मैंने अपने प्राण में उस परम सत्य के स्पंदन की अनुभूति की है। मैंने उस परम सत्य को देखा है।' यह तर्कशास्त्रीय अनुमान का ही प्रश्न नही है। यह व्यक्तिगत साक्षात्कार का प्रश्न है। धर्म-पुस्तकों में ऐसे व्यक्तिगत साक्षात्कारों का उल्लेख किया गया है।

न्यायसूत्र में हमें पता चलता है कि वेद अप्रवचन है। परन्तु आप कौन हैं? वे सब, जिन्हें, ब्रह्मप्राप्ति हुई है, आप्त है; जिन्होंने ईश्वर की अनुभूति की है, वे आप्त हैं। स्वयं धर्म-पुस्तकों में उनके शब्द, उनकी उक्तियां या उनके कथन अंकित

हैं। वाक्यार्थ ज्ञानमात्रात न अमृतम्। हम वह सत्य नहीं पा सकते, वह व्यक्तिगत संतुष्टि नहीं पा सकते-यह वेदांत देशिका में कहा गया है।

यदि हम केवल सोच-विचार ही कर रहे हैं और सत्य के बारे में अनुमान ही लगा रहे हैं तो हम जीवन में वास्तविक मुक्ति नहीं पा सकते। हमें यह कहने की स्थिति में होना चाहिए, 'मैंने ईश्वर को देखा है, मैंने ब्रह्म को देखा है और मैंने यह जाना है कि वह हर व्यक्ति के दिमाग में काम कर रहा है,' यही शास्त्र है और वही आप्त-वचन हैं। आप्त केवल हमारे ही देश तक सीमित नहीं है: ऋषि आर्य म्लेच्छानां समानं लक्षणम्। यह ब्रह्म-प्राप्ति, यह ईश्वर-प्राप्ति उन सब जगहों में होती है जहां आकांक्षी आत्माएं हैं, जहां सत्यान्वेषी मन है और जहां परम सत्य से साक्षात्कार करने की चिर क्षुधा और चिर तृष्णा से व्याकुल लोग हैं।

पर कुछ ऐसी बात है कि ये कथन परस्पर विरोधी है। सब शास्त्र इस दिशा की ओर संकेत नहीं करते। हमारे पास बहुत बड़ी संख्या में परस्पर विरोधी कथन हैं। अत: चौथा सूत्र कहता है: तत तु समन्वयात। इन सब कथनों में सामंजस्य बिठाना होगा; और इन कथनों में सामंजस्य बिठाना सरल है।

ज्ञान को खंड-खंड करके विभाजित नहीं कर सकते। इसे हमें बताना चाहिए कि वैज्ञानिक ज्ञान या आध्यात्मिक ज्ञान या धार्मिक सत्य सब एक ही ओर इंगित करते हैं। सर्व शास्त्र प्रयोजनम् आत्म दर्शनम्। चाहे विज्ञान हो, प्रौद्योगिकी हो, मानविकी हो या कला हो, जो कुछ भी आप पढ़ें, उसे गहराई से पढ़ें तो आपको पता लगेगा कि वे सब यह संकेत देते हैं कि हममें जीवित आत्मा है और हममें अंतर्यामी ब्रह्म है।

महावाक्य इंगित करते हैं कि परमेश्वर मनुष्य में वास करता है। वह कहीं आकाश में नहीं रहता; न वह अंतरिक्ष में कहीं रहता है। वह यहीं है और हमारे अंदर रहता है। यदि आप अच्छी तरह उसे ढूंढ़ें तो आप उसे पा जाएंगे। यदि

हम अपने शरीर, मन और बुद्धि की परतों के पीछे प्रवेश करें तो ईश्वर को वहां अपनी चेतना की ज्योति में पाएंगे-ज्योतिषां ज्योति:, जिससे सब ज्योतियों का उदय होता है।

अत: आप पाएंगे कि जो कुछ हमारी प्राचीन धर्म-पुस्तकों में कहा गया है, उसे आज भी ग्रहण करने योग्य मानना चाहिए। उनमें कुछ भी ऐसा नहीं है जो बेकार और निर्थक हो। आप तर्क द्वारा उसके सामने प्रश्नचिन्ह खड़ा कर सकते हैं। आपको पता चलेगा कि उनमें सत्य संजोया गया है। हमारे साहित्य, हमारे धार्मिक साहित्य की यही महानता है। हमारी श्रेष्ठ पुस्तकें प्रत्येक युग के लिए हैं। कोई भी ऐसा व्यक्ति नही हैं जो यह कहेगा कि जो बातें ब्रह्मासूत्र के प्रथम चार सूत्रों में कही गई है, वे अविचारणीय हैं या ध्यान देने योग्य नहीं है। मनुष्य को खोजना चाहिए, अपनी बुद्धि का प्रयोग करना चाहिए, अपने मन और ह्दय को अनुशासित करना चाहिए, ताकि जिस पर वह पहुंचे, वह बुद्धिसंगत निष्कर्ष और सत्य से साक्षात्कार हो। तब जो कुछ भी विवाद हो, शास्त्रों के बीच जो कोई भी मतभेद हो, उसका निवारण बहुत आसानी से हो जाएगा।

आध्यात्मिक स्वाधीनता की खोज

दुनिया धर्म में संशयवाद और नैतिकता में अराजकता से परेशान है और हमें मालूम नहीं है कि कौन रास्ता पकड़ें और क्या करें। विज्ञान और प्रौद्योगिकी क्षेत्र में हमारी शानदार और चमत्कारी उपलब्धियों के बावजूद मनुष्यों के मन रीते और खोखले हैं। वे नहीं जानते कि इस शून्य को कैसे भरें। चूंकि आज लोग विज्ञान के तौर-तरीकों से परिचित हैं, इसलिए वे चाहेंगे कि उनकी प्रश्न करने की आदत बनी रहें। हमें उन्हें ऐसा कुछ देना चाहिए जो उनके विवेक को छुए-बौद्धिक तथा नैतिक। हम कोई ऐसा धार्मिक विश्वास आगे नहीं बढ़ा सकते जिसकी जड़ बुद्धि में न जमी हो। हर कोई हमसे पूछता है—क्या यह बुद्धिसंगत विश्वास है, क्या इसकी तार्किक विवेचना कर सकते हैं? क्या हमारे लिए संभव है कि बुद्धि, तर्क तथा विवेकसंगत उपायों से हम धर्म के उद्देश्य को प्राप्त कर लें?

जहां तक हमारे देश की बात है, हमने इन सब पक्षों पर बल दिया है। स्वयं भगवद्‌गीता के मुख्यपृष्ठ पर यह अंकित है: ब्रह्माविद्यायाम योगशास्त्रे श्रीकृष्णार्जुनसंवादे। ब्रह्माविद्या बौद्धिक अन्वेषण है। हमें यह जानना चाहते हैं कि यह दुनिया क्या है। इसे ही आप ब्रह्माविद्या कहते हैं। योगशास्त्र व्यावहारिक अनुशासन है जो बौद्धिक प्रस्ताव को जीवन भर के लिए विश्वास में बदल देगा। कृष्णार्जुनसंवाद एक अकेली आत्मा का परमात्मा से मिलन है। यही अंत है, उद्देश्य है और पूर्णयता है। यदि आप पूछें कि ब्रह्माविद्या क्या है तो इसका उल्लेख तैत्तिरीय उपनिषद के भृगुविद्या अध्याय में मिलता है।

भृगुर वै वारुणि: वारुणां उपससार,
अधिहि भगवो ब्रह्मोति।

यह आरंभ है: भृगु अपने पिता वरुण से पूछते हैं कि ब्रह्म क्या है। पिता उत्तर देते हैं:

यतो वा इमानि भूतानि जायंते,
येन जातान्ति जीवन्ति यत प्रयंत्यभिसंविशान्ति,
तद विजिज्ञासस्व, तद ब्रह्मोति
स तपोतप्यत, स तपस तप्त्वा।

आपको उस सत्य को ढूंढ़ने का प्रयास करना चाहिए, जो व्यापक और संबद्ध है और ब्रह्माड के हरेक पक्ष के लिए उत्तरदायी है। वरुण यही कहते हैं कि सब वस्तुएं इसी से जन्म लेती हैं, पोषित होती है और इसी में तिरोहित हो जाती हैं। क्या कोई ऐसी वस्तु है, जो इतनी व्यापक है और जिसमें ये सब चीजें इकट्ठी होकर समा जाती है? यह प्रश्न किया जाता है। वरुण आगे कहते हैं कि आपको इसे तप द्वारा सीखना होता है और आपके मन में दैवी शक्ति के अंश के होने के कारण प्रत्येक आकांक्षा जन्म लेती है। चूंकि आपमें दैवी शक्ति का वास है, इसलिए आप यह सब समझना चाहते हैं; अन्यथा आप यह सब कुछ न पूछते। अत: वह कहते हैं कि आपको तप द्वारा यह ज्ञान प्राप्त होगा कि तपोब्रह्म और ब्रह्मविजिज्ञासस्व क्या है। पाणिनि के अनुसार तप आलोचना(यानी चिंतन) है। किसी वस्तु के बाहरी आकार, रूप आदि से संतुष्ट न होकर उसके अंदर प्रवेश करना चाहना ही आलोचना है। यही तप है। यदि आप इस दृष्टिकोण से विचार करें तो आपको यह उत्तर मिलेगा कि यह सारा विश्व केवल संयोगवश जन्मा हुआ नहीं माना जा सकता और न वह किसी दुर्घटनावश जन्मा है। यह कुछ ऐसा भी नही है कि इसे अजूबा कहा जाए।

यह आपको इस योग्य बनाता है कि आप देख सकें कि कमिक रूप से मूल्य प्रकाश में आ रहे हैं : आप पदार्थ से आरंभ होते हैं, जीवन में पंहुचते हैं; जीवन से आरंभ होते हैं, मन में पंहुचते है; और मन से बुद्धि तक पंहुचते हैं। बुद्धि में भी संशयों और अन्य बातों से हलचल मचती है। इस प्रकार आप आत्मा की शान्ति तक पंहुचते हैं, जिसे परम आनन्द कहते हैं।

आध्यात्मिक स्वाधीनता इस ब्रह्मांड के मूल में है और इस स्वाधीनता से बुद्धि, मस्तिष्क, जीवन और भौतिक पदार्थ आदि जन्मते है। यह व्याख्या अच्छी है, क्योंकि इसे हम समझते हैं। यह कट्टरपंथी बात नहीं है और किसी ऋषि, संत या किसी और के आग्रह पर भी यह बात नहीं कही गई है। यह ब्रह्मांड के चित्र-पटल पर हमारी दृष्टि है और यह मालूम करने की कोशिश है कि ब्रह्मांड का पूर्ण उद्देश्य क्या है। ब्रह्मविधा के बाद योगशास्त्र आता है। केवल ब्रह्मविद्या से काम नहीं चलेगा। केवल बौद्धिक ज्ञान आपको आध्यात्मिक मनुष्य नहीं बना सकता।

विज्ञान विश्व की परिधि, वस्तुओं के ब्राह्म आकार, ब्रह्मांड की विविधता और बहुरूपता पर दृष्टिपात करता है; किंतु अस्तित्व के केन्द्र को, जहां से ये सब वस्तुएं आती हैं और निकलती है, केवल एकांत चिंतन द्वारा महसूस किया जा सकता है। केवल बौद्धिक विचार से ही आप इस अस्तित्व-केन्द्र को नहीं पकड़ सकते; बल्कि आपको अलग से अपने मस्तिष्क का ध्यान लगाना पड़ता है और एक तरह से उसे सूक्ष्म करके दुनिया की घटनाओं से काटकर और अस्तित्व के केन्द्र पर एकाग्र करके परम सत्य की संरचना को समझने का प्रयास करना होता है। वाक्यार्थज्ञान और पाठ्यपुस्तकीय ज्ञान से आप शाश्वत आनंद नहीं प्राप्त कर सकते। यही योगशास्त्र हैं। यदि आप स्वयं को अनुशासित करते हैं, यदि आप लोग-व्यवहार में क्रोध, घृणा, भीरुता, क्षुद्रता से मुक्त रहते हैं तो आपका ईश्वर से साक्षात्कार हो जाता है। 'पवित्र ह्दय वाले व्यक्ति भाग्यशाली हैं, क्योंकि उन्हें ईश्वर का दर्शन होगा।' यदि आप अपने ह्दय को शुद्ध कर सकें और उसे स्वच्छ रखें, या दूसरे शब्दों में, आप अपने मस्तिष्क को हर प्रकार के आत्मश्लाघापूर्ण स्वार्थ से अच्छी तरह मुक्त कर सकें तो आप ईश्वर को उसी तरह देख सकते हैं, जिस तरह अर्जुन ने कृष्ण को देखा। यही कृष्णार्जुन-संवाद है। यह आत्मा का परमात्मा से मिलन है।

इस प्रकार आपको दर्शन और धर्म की प्राप्ति होती है। धर्म आपको प्रश्न करने के लिए और प्रश्नों के परिणाम को अपने विश्वास में बदलने के लिए प्रेरित करता है। जब आप निर्मल या स्वच्छ हो जाते हैं या यों कहे कि आपमें अंहकार और स्वार्थ नहीं रह जाते और आपका ह्दय पवित्र हो जाता है, तब आपको ईश्वर का दर्शन हो जाएगा। आप अपने अस्तित्व के स्पंदन से परम सत्य को देखते हैं। यह कुछ ऐसा नहीं है, जिसे आपको अन्य व्यक्ति बताए। यह वह है, जिसे आप अपनी आंखों से देखें, अपने ह्दय से महसूस करें और अपने अस्तित्व के स्पंदन में इसकी अनुभूति करें। यही दर्शन है, जो आपसे प्रश्न करने और अपने को अनुशासित करने के लिए कहता है और तब बताता है कि आपको धार्मिक उद्देश्य की प्राप्ति हो जाएगी। यही ईश्वर से साक्षात्कार है। यही वह धर्म है, जिसका आगे इस विश्व में प्रचलन होगा।

मैं दुनिया के विभिन्न भागों में रह चुका हूं और मैंने बढ़ता हुआ संशयवाद देखा है। मैंने यह भी देखा है कि किस प्रकार लोग कहते हैं, 'कृपया अपनी बुद्धि का प्रयोग करें और हमें बताएं कि क्या दुनिया में कोई वास्तविकता है?' ईश्वर का अन्त नही हुआ है। इस संपूर्ण ब्रह्मांड के पीछे और सामने ईश्वर मौलिक सत्य के रूप में उजागर है। ईश्वर ही उन सर्वोच्च मूल्यों के क्रमिक प्रकटीकरण के लिए उत्तरदायी है, जिन्हें हम अपनी संस्कृति के विषय में मौलिक मानते हैं।

ज्ञान तथा कर्म

इस देश में यह लम्बी परंपरा रही है कि शिक्षा तथा सेवा सदा साथ-साथ रहीं। प्रसिद्ध मुंडक उपनिषद् में कहा गया है:

आत्म:-कीड़ा आत्म-राति: कियावान एष ब्रह्मविद्यां वरिष्ठः

वह कियावान मनुष्य ब्रह्म को जानने वालों में सर्वश्रेष्ठ माना जाता है, जो स्वयं ही आनंद की प्राप्त करता है और अपने से ही कीड़ा करता है।

दूसरे शब्दों में, मानवता की सेवा करने के आनंद ही के लिए बिना किसी प्रकार की बाध्यता या मजबूरी के कार्य करना उच्च प्रकार की सेवा है। यही कारण है कि भगवद्गीता इस कथन के साथ समाप्त होती है–कृष्ण के योग को अर्जुन के धनुष से जोड़ना चाहिए। इसका अर्थ यह है कि व्यावहारिक दक्षता तथा सैद्धांतिक चिंतन का मेल होना चाहिए। आपको यह अवश्य समझना चाहिए कि आप क्या करने का प्रयास कर रहे हैं और तब उसे करने का प्रयास करना चाहिए। आप जो करने का प्रयास कर रहे हैं और जो व्यावहारिक कार्य आप करते हैं, इनकी सैद्धांतिक समझ अवश्य होनी चाहिए। अर्जुन का धनुष वास्तविक कार्य का प्रतीक है और कृष्ण का योग उस चिंतन का प्रतीक है, जो किसी कार्य को करने से पहले आवश्यक है। इस जमाने में हम पहले करते हैं और तब सोचते हैं, पर यहां यह कहा गया है कि हमें पहले सोचना अवश्य चाहिए और तब कार्य करना चाहिए। पश्चिमी विचारक, व्हाइटहेड ने कहा: 'हम बाहर गिरजाघर बनाने से पहले दिमाग में गिरजाघर बनाते है!' जो कुछ हम करना चाहते हैं, उसके बारे में पहले हम सोचते हैं और तब इसे कार्य रूप में परिणत करते हैं। एक प्रसिद्ध श्लोक हमें बताता है कि इस दुनिया में बड़े दार्शनिक राजनीतिज्ञ हुए हैं।

विवेकी सर्वदा युक्त: कुर्वती नास्ति कर्ता

आलेप-वादम आश्रित्य श्री कृष्णा जनकी यथा।

श्रीकृष्ण और जनक महान ज्ञानी, दृष्टि और कर्ता थे। इस प्रकार ज्ञान को कर्म से मिलाने की परम्परा बहुत प्राचीन रही है और यह उपनिषदों के समय से हमारे युग तक चली आ रही है।

इसके बारे में हमें बताने वाला प्लेटो पहला विचारक नही है। इस बात के बारे में हमारे भी कुछ विचार रहे हैं। हमारे प्राचीन ऋषियों में से एक ने कहा: 'सबसे अच्छा जीवन वह है, जो महान पुस्तकों और महान व्यक्तियों के साथ बिताया जाए।' विश्वविद्यालय आपको महान पुस्तकें दे सकता है, परन्तु उसे महान पुरुष भी देने चाहिए।

ऐसी पुस्तकें हैं, जो हर युग के लिए है। हमारे युग की पुस्तकें भी है। हमें चिजीवी पुस्तकों को समझने की कोशिश करनी चाहिए, जिन्हें हम उच्च कोटि की पुस्तकें या 'क्लासिक' कहते हैं। इन उच्च कोटि की पुस्तकों के विषय सर्वव्यापी है तथा वे शाश्वत हैं। दूसरों को पीड़ा पहुंचाने से स्वयं को कष्टा देना बेहतर है। यह एक शाश्वत सत्य है। हमारे युग के लिए ही यह सत्य नहीं है। ऐसी पुस्तकें है, जो हमें इन बातों के बारे में बताती है। अन्य पुस्तकें है, जो वर्तमान समय की व्यवस्थाओं के बारे में बताती है, जैसे हमें अगले पांच वर्षों में क्या करना चाहिए। वे दिलचस्प होती है, पर वे उन पुस्तकों के समान दिलचस्प नही होती, जो शाश्वत है, हर युग के लिए है। उच्चकोटि की पुस्तकें या 'क्लासिक' सब युगों के लिए समकालीन है; वे केवल हमारे युग के लिए नहीं है, बल्कि सब युगों के लिए है।

हमारे लड़के और लड़कियों के लिए आवश्यक है कि उनमें मूल्यों के प्रति समुचित भावना हो। जो काम वे करते हैं, उनके प्रति उनमें औचित्य भावना हो– 'महान पुस्तकों की समझ और महान व्यक्तियों का साथ।' महान व्यक्ति

कहां हैं और महान पुस्तकें कहां हैं? वे सब यों ही कहीं पड़ी है। केवल पुस्तकें संग्रह करना कोई मानी नही रखता। विद्यार्थियों में पढ़ने के प्रति लगाव पैदा करना आवश्यक है। वास्तविक शिक्षित मनुष्य यानी विश्वविद्यालय को मनुष्य में पढ़ने के प्रति प्रेम भाव होना चाहिए। उसमें समझने की योग्यता होनी चाहिए। उसे यह जानकर अप्रसन्न होना चाहिए कि वह अपने जीवन में कुछ वास्तविक पढ़ाई नहीं कर पा रहा है। इसलिए ऐसा है कि यदि आप हमारे नवयुवक और नवयुवतियों को अच्छा जीवन बिताने के लिए उचित अवसर प्रदान करने में समर्थ है तो उन्हें आपको यह भी समझाना चाहिए कि अच्छा जीवन किन बातों को लेकर बनता है और अच्छे आदमियों ने क्या किया है। हमें अपने बच्चों में पढ़ने की यह आदत डालनी चाहिए। यदि पढ़ने की यह आदत नही है तो शिक्षा व्यर्थ हो जाती है और जवानी बेकार चली जाती है।

हमें सब संस्कृतियों के मूल्यवान विचार ग्रहण करने चाहिए। हमारे लिए वह पैदा करना आवश्यक है, जिसे विभिन्न संस्कृतियों का समागम कहते हैं और जो इस देश में लम्बे समय से चला आ रहा है। यदि हम यह कर सकें तो मनुष्यों में मतभेद कराने वाले और अशांति फैलाने वाले वर्तमान झगड़े और घृणाएं जल्दी ही खत्म हो जाएंगी। परन्तु इसके लिए भी सही माने में शिक्षा आवश्यक है। आपके पास इमारतें हो सकती है और आपके पास पुस्तकें भी हो सकती है; पर उन सबपर रखे-रखे जंग लग जाएगा। इस बर्बादी से बचने के लिए विद्यार्थियों में स्वयं यह इच्छा पैदा हो कि वे उन पुस्तकों को पढ़ें, उनसे लाभ उठाएं और महान पुस्तकों या महान आत्माओं के संपर्क में न होने की स्थिति में वे अप्रसन्न हों।

मनुष्य में परमेश्वर का अंश

शिक्षा का उद्देश्य क्या है? आपको वह प्रार्थना मालूम है: आप स्वयं की स्वच्छ तथा धवल बनाएं और तब आपके मस्तिष्क के सब रोग दूर करने होंगे। भाषा की स्पष्टता, शरीर की पवित्रता, आत्मा की शुद्धि–ये सब शिक्षा के उद्देश्य हैं।

कई लोग यह मानते हैं कि भारत आध्यात्मिक रहस्यों में लिपटा हुआ देश है और सामान्य जीवन तथा मानवता की सेवा के प्रति यहां लोग उदासीन हैं। वास्तव में आध्यात्मिक पूर्णता शरीर, मस्तिष्क और आत्मा के विकास में है: प्राणारामं मन आनन्दं शांति समृद्धं अमृतं। अमृत यानी अमरता 'प्राणारामं' (महत्वपूर्ण जीवन में स्पंदन), 'मन आनन्दं' (मन की संतुष्टि) और 'शांति समृद्धं' (आत्मा की शांति की प्रचुरता) से इसी संसार में प्राप्त हो जाती है। यदि ये तीन वस्तुएं आप प्राप्त कर लें तो आपको इसी संसार में मोक्ष प्राप्त हो जाएगा।

अमरता पाने के लिए यह आवश्यक नहीं कि आप दूसरे संसार में ही जाएं। यदि हमारे धर्मशास्त्रों ने हमें कुछ भी शिक्षा दी है तो वह यह है कि देह ही देवालय है। प्रत्येक मनुष्य को ईश्वर का मंदिर मानना चाहिए। शरीर (देह) देवालय है और सामान्यतया हम अपने अंदर मौजूद पवित्र आत्मा को भूलने लगते हैं और जीवन की मामूली बातों में उलझे रहते हैं। ऐसे लोग मानसिक अशांति, मानसिक रोग और इस प्रकार के अन्य कष्ट पाते हैं। यदि आप अपने अंदर मौजूद शाश्वत तत्व की उपेक्षा करते हैं तो इस संसार में गुमराह हो जाते हैं और यह नहीं जानते कि आपको क्या करना चाहिए। हम 'स्वयं से बाहर' और यों कहा जाए कि इस दुनिया में अजनबी बन जाते हैं। महान वेदों ने मनुष्य के इस आध्यात्मिक गुण पर आग्रह किया है। वेदों के चार महाकाव्य ये हैं:

प्रज्ञानां ब्रह्म,

अयमात्मा ब्रह्म,

अहं ब्रह्मास्मि,

तत्वमसि,

आपमें परमेश्वर का अंश है। आप स्वयं ब्रह्म है। आप परमात्मा से एकाकार हो सकते हैं। वह आपके अस्तित्व के आंतरिक केन्द्र में है। आप इसकी उपेक्षा करेंगे, इसे भुला देंगे तो आप परिधीय (साधारण) कार्यकलापों में खो जाएगें, और स्वयं से बाहर होकर असहाय होने का अनुभव करेंगे। इस प्रकार की नैतिक असहायता आज के तथाकथित शिक्षित व्यक्ति का लक्षण है।

यदि हमारे शिक्षित युवक अपने को वास्तव में शिक्षित समझना चाहते हैं तो उन्हें अपने अंदर मौजूद उस मुख्य अंश के प्रति चेतन होना चाहिए, जिससे शरीर, मस्तिष्क तथा बुद्धि का उदय होता है। और भी गहराई में जाने पर, बाहरी सतही जीवन को भेदने पर आप अनपे चैतन्य जीवन के प्राण बिंदु को पा लेते हैं-वह शाश्वत चेतना जिससे अन्य क्रियाकलापों का उदय होता है। यदि वेदों ने यह घोषित किया कि प्रत्येक मनुष्य में दैवी गुण है और उसे विकसित होना है और यदि देह को देवालय कहा गया है तो ऐसा क्यों है कि हमने मनुष्यों में तरह-तरह के बनावटी और संदिग्ध ऊंच-नीच के भेदभाव बना रखें हैं और क्यों हम किसी को ऊंचा और किसीको नीचा समझते है? यह कुछ ऐसी चीज है जो हमारी शिक्षा तथा संस्कृति की वास्तविक भावना के विपरीत है। यह आवश्यक हैं कि हम इन भेद-भावों के ऊपर उठें और प्रत्येक मनुष्य की मनुष्यता और प्रत्येक मनुष्य की अपने आध्यात्मिक जीवन की चरम स्थिति तक पंहुचने की क्षमता में विश्वास करें। जब तक हम यह करने में असमर्थ है, हम वास्तव में शिक्षित नहीं कहे जा सकते –हम नर पशु हैं, जो इस दुनिया में खाते-पीते, बच्चे पैदा करने और केवल अपने क्षुद्र स्वार्थों की पूर्ति करते हुए जीते हैं।

हम ताकत की भूख से ग्रस्त है। इसकी जगह पर सेवा तथा मानव सेवा की भूख और इस बात की भूख होनी चाहिए कि हर व्यक्ति को यह एहसास कराया जाए कि वह उच्चतम स्थिति तक पंहुच सकता है। 'उतने ही निष्कलंक बनो, जितना निष्कलंक परम पिता परमेश्वर है।' यह दैवी परिपूर्णता ऐसी है, जिसे हर व्यक्ति प्राप्त कर सकता है। आप यदि अस्तित्व की वास्तविक परिपूर्णता को अपना उद्देश्य नहीं बनाते तो आप दैवी परिपूर्णता को भी उद्देश्य नहीं बना सकते। अस्तित्व की परिपूर्णता शारीरिक विकास, भौतिक उपलब्धि या बौद्धिक उन्नति में नही है; यह अपने-आपमें तथा प्रत्येक मनुष्य में आध्यात्मिक तत्व को पहचानने में हैं। संसार को लोगों का ऐसा एक ही समुदाय मानना चाहिए, जहां आपके समान आदर्श है, आपकी समान आकांक्षाएं है, आपके समान उद्देश्य है और आपकी समान आशाएं है। हमने इस पत्र की अवहेलना की, इसलिए हम तमाम बुराइयों के शिकार हो गए हैं। यदि मानसिक रोग हैं—मानसिक रोगों से हममें से अधिकांश व्यक्ति पीड़ित है-तो इसका कारण यह है कि हमने अपने अंदर के परमात्मा के अंश की उपेक्षा की है। वास्तविकता शिक्षित व्यक्तियों की हैसियत से हमारा कर्तव्य है कि इस दैवी अंश को हम ढूंढें और यह खोज करें कि हममें बुद्धि, मस्तिष्क और शरीर से कहीं अधिक शाश्वत आत्मा है। इस शाश्वत आत्मा पर भारत में हमने विभिन्न प्रकार से बल दिया है। यही कारण है कि जीवन में इतने परिवर्तनों तथा अवसरों के बावजूद इन पिछले चार-पांच हजार सालों में हम भारतवासी नष्ट होने से बचे रहे हैं और हर पीढ़ी में हमने कुछ ऐसे लोग पैदा किए है, जिन्होंने भारत की इस शाश्वत ज्योति को जलाए रखा। यही कारण है कि हम आज भी जीवित हैं और उज्ज्वल भविष्य की कामना कर रहे हैं।

आपके पास विज्ञान हैं, आपके पास मानविकी है, आपके पास वाणिज्य है, आपके पास कला है; इनमें से इस बात के लिए प्रयास है कि आप अपने अंदर

परमात्मा का अंश खोज सकें। इसे कला क्यों कहते हैं? काम परमात्मानं लालि गृहणति इति कला। आप द्वारा ग्रहण की गई प्रत्येक कला आपको इस योग्य बनाती है कि आप परमात्मा या शाश्वत तत्व को ग्रहण कर सकें। परमात्मा ऊपर कहीं एक जगह पर बैठा नहीं है। वह इसी संसार में है। सांसारिक, शाश्वत, पवित्र तथा धर्मनिरपेक्ष तत्व सब एक-दूसरे में गुंथे हुए हैं। इनमें से किन्हीं भी दो के बीच कोई फासला नहीं है। अत:, जो भी कार्य हम करते हैं, वह हमारे अतिरिक्त अन्य कई व्यक्तियों पर प्रभाव डालने वाला होता है: बहुजन हिताय, बहुजन सुखाय।

संस्कृति के आवश्यक मूल्य

साहित्य हमारे इतिहास के आरम्भ से हमारे साथ रहा है। साहित्य को दो मापदण्ड पूरे करने चाहिए-कलात्मक उत्कृष्टता की प्राप्ति तथा मानवता के हित में सेवा। सौन्दर्य तथा मानवता, ये किसी भी प्रकार के साहित्य के दो मुख्य लक्षण है। हमारे विशाल देश का लंबा इतिहास है और वह आरम्भ से ही बहुभाषी रहा है। हमारी कई भाषाएं रही हैं, जिनमें महान साहित्यों की सृष्टि हुई है। भाषाओं और लोगों, जातियों, संस्कृतियों आदि को एक-दूसरे के नजदीक लाना हमारा मुख्य प्रयास रहा है।

हमारे देश में, आर्य और द्रविड़, हिन्दू और बौद्ध, मुसलमान और ईसाई, यहूदी और पारसी रहते आए है। आज हमारे सामने दूसरी चुनौती है: आधुनिकतावाद, नये विचारों, औद्योगिक प्रगति और अन्य बातों की चुनौती। हमें अपनी संस्कृति के आवश्यक मूल्यों को सहेजकर रखना चाहिए। इस प्रकार जिस राष्ट्रीय एकता की प्रक्रिया की हम बात करते हैं, वह एक निरन्तर प्रक्रिया है; वह कभी समाप्त नहीं होती; वह सदा चलती रहती है। हमें राष्ट्रीय एकता और राष्ट्रीय अखण्डता को बनाए रखने का प्रयास करना चाहिए। ये हमारे आदर्श है, जिन्हें हमने अपनी मंजिल समझना है। एक प्रकार से संस्कृति की विरासत हमारी सम्पूर्ण संस्कृति और हमारे सब साहित्यों का आधार है। यह विरासत मनुष्य के सम्मान और व्यक्ति की सम्भावित दिव्यता से आरंभ होती है। चार वेदों में चार महावाक्य या महान कथन हैं, जो प्रत्येक व्यक्ति की संभावित दिव्यता पर बल देते हैं। चार वेदों के ये कथन हमें बताते हैं कि हमें यह मालूम करना चाहिए कि मनुष्य का वास्तविक स्वभाव क्या है। इस प्रकार हमारा स्वभाव चिंतनशील बना है, ताकि हम अपनी संभावित दिव्यता को प्राप्त कर सकें। मोहनजोदड़ो संस्कृति में प्राप्त प्रिमाधों में से

एक प्रतिमा को हम ध्यान में बैठे, आंखें मूंदे और अपने मन की गहराई में डूबे हुए देखते हैं, मानो वह प्रतिमा संसार के सत्य को ढूंढने का प्रयास कर रही हो।

इस लोकतंत्रीय आधार के अतिरिक्त अन्य बात प्रत्येक व्यक्ति की 'सृजनात्मक शांति' है। उसे यह खोजना है कि सत्य क्या है। बाद में, मध्य युग में, जब विभिन्न भाषाएं अस्तित्व में आई, हमने प्राचीन संस्कृति को विभिन्न रूपों में ग्रहण करने का प्रयास किया। आप यह जानते हैं कि रामायण का कंबन ने तमिल में और रंगनाथ तथा भास्कर ने तेलुगु में अनुवाद किया। आप रामचरित मानस के बारे में जानते ही है। एक आवश्यक बात यह है कि निरन्तरता बनाए रखनी चाहिए। नाना पुराण निगमागम सम्मतम्। दूसरे शब्दों में, जब तुलसीदास ने रामचिरतमानस लिखा, उन्होंने इस बात पर बल दिया कि वह विभिन्न पुराणों, निगमों और अगमों के अनुरूप हो। वह अलग दिशा में नहीं जाना चाह रहे थे, बल्कि वह इन विभिन्न पुस्तकों द्वारा स्वीकार्य होना चाह रहे थे। 'सम्मतम्' शब्द का प्रयोग किया गया है, जिसका अर्थ है कि इन पुस्तकों के अनुरूप होना चाहिए। इस प्रकार जहां सृजनात्मक लेखकों ने विभिन्न विलक्षण कृतियां रची, वहां यह भी है कि उन्होंने एक ही पृष्ठभूमि को अपनाया और उसीपर रचनाएं की।

अन्य बात जो हम तक पहुंची है, वह सर्वधर्म समभाव या धर्मनिरपेक्षता है। इसे एक प्रकार से प्रत्येक धर्म का स्वागत कहना चाहिए। ऋग्वेद में कहा गया है: एकं सद विप्रा बहुधा बढंति। भगवद्गीता में कहा गया है :

ये यथा माम प्रपघंते
तांस तथैव भजामि अहं
माम वर्तमानुवर्तन्ते
मनुष्य: पार्थ सर्वशः

इस देश को विभिन्न संस्कृतियों, जातियों या धर्मों आदि को निकट लाने का ऐतिहासिक कार्य सौंपा गया है। हम नाना प्रकार के विश्वासों तथा उद्देश्यों को समझदारी से अपनाने के लिए आज भी कटिबद्ध है।

हमें यह नहीं सोचना चाहिए कि यह कार्य पूरा हो चुका है। यह हमें आगे करना है। इस देश में विभिन्न संस्कृतियों और मतों को पूरी तरह से एकीकृत करने में हम अभी सफल नहीं हुए है। प्रजातंत्र, सर्वधर्म समभाव, गरीबों और अमीरों में अंतर मिटाना- जहां तक संभव हो, ऐसे सिद्धान्तों को लेते हुए हमें इसे पूरा करने की कोशिश करनी है। इस कमी को एकदम पूरा करना संभव नहीं है। अत: राष्ट्रीय एकता तथा राष्ट्रीय एकीकरण का यह कार्य अभी पूरा होने की प्रतीक्षा में है। हमसे अपेक्षा की जाती है कि हम साहित्यिक माध्यमों से, अपने नाटकों और कहानियों से यह कार्य पूरा करें।

इसी प्रकार हमसे अपेक्षा की जाती है कि विभिन्न कार्यकलापों को पूरा करें, उन्हें एक-दूसरे से जोड़ें और एक हुए भारत की तस्वीर पेश करें। एकता, प्रजातांत्रिक आधार, सब संस्कृतियों और सब धर्मों की स्वीकृति-ये मुख्य सिद्धांत हैं, जो चार-पांच हजार वर्षों में हम तक पहुंचे हैं। ये ही सिद्धांत हैं, जिन्हें हमें पकड़ना है और किन्हीं भी साहित्यिक कृतियों की रचना में प्रयोग करना है।

उर्दू जैसी उपेक्षित भाषा तथा सिंधी भाषा भी हमारे कई देशवासी प्रयोग करते हैं। इन भाषाओं का भी उपयोग होना चाहिए। हमारे संविधान में स्वीकृत कुछ भाषाएं संस्कृत से संबंधित है और कुछ द्रविड भाषाएं है, परन्तु इन दोनों में परस्पर संबंध है। यह इसलिए संभव हुआ कि हमारी प्रादेशिक संस्कृतियों में अंतर्संबंध है और हमारे जीवन के विभिन्न पहलू आपस में जुड़े है। यह सब शताब्दियों से हो रहा है और अभी तक अधूरा है। यदि इस देश को दूसरे देशों को कोई सबक देना है तो वह यही है: भारत वह प्रयोगशाला रहा है, जहां विभिन्न संस्कृतियों, विभिन्न धर्म, विभिन्न जातियां आपस में मिली है। यदि हम

इन सबको अच्छी तरह एकीकृत करने में सफल होंगे तो यह आशा जागेगी कि संसार के लोगों की जाति, धर्म, भाषा आदि की विभिन्नताएं आपस में मिलेंगी और विभिन्नता को बनाए रखते हुए विश्व-समुदाय का निर्माण होगा।

किसी भी समुदाय को लें तो हम देखेंगे कि विविधता उसका अनिवार्य लक्षण है। यदि ऐसा है तो विविधता बनाए रखते हुए हमारे लिए यह संभव होगा कि हम सब समुदायों को जोड़कर एक समुदाय का निर्माण कर लें। ऐसे विश्व-समुदाय का उदय वर्तमान पीढ़ी के सुपुर्द कार्य है। इस देश में इस दिशा में होने वाला कार्य सारी दुनिया के लिए मार्गदर्शक हो सकता है।

ज्ञान का फल

हमारे युग का एक तथ्य विभिन्न संस्कृतियों तथा विभिन्न धर्मों का मुकाबला है। एक जमाना था, जब धर्म बिना एक-दूसरे को प्रभावित किए समानांतर रेखाओं में कार्य करते थे। आज हम सब इकट्ठा हो गए है। दुनिया सिमटकर एक हो गई है। विभिन्न देशों के बीच फासला नहीं रह गया है और वे एक-दूसरे के करीब आ गए है। पर अभी दुनिया को एकीकृत इकाई बनना है।

धर्म किस प्रकार अपने कार्य कर रहे है? जब आप धर्मों के औपचारिक पहलुओं पर बल देते हैं तो आप देखते हैं कि वे दुनिया में बंटवारा करने का काम करते हैं। जब आप धर्म के आंतरिक और गूढ़ पहलुओं पर बल देते हैं तो आप देखते हैं कि वे संसार को जोड़ते हैं। हमें यह खोजना चाहिए कि धर्म की वास्तविक महत्ता क्या है। धार्मिक खोज कोई वस्तु नहीं है, जिसे कर्तव्य का अपव्यय कहें। सच तो यह है कि प्रत्येक व्यक्ति यह जानने को उत्सुक रहता है कि यह संसार किससे बना है। क्या ब्रह्मांड का चित्र-पटल, जिसे हम आंखों से देखते हैं, वही सब कुछ है? या इसके पीछे कोई शक्ति है, जो हमें ज्ञान देती है, हममें जीवन का संचार करती है और इस सारी ब्रह्मांड-प्रक्रिया को जीवित रखती है? यह प्रश्न है, जिसे हम उठाते हैं। हर विचारशील व्यक्ति ने यह प्रश्न उठाया है। गीता में कहा गया है: अनित्यम् असुखम् लोकग्। उपनिषद् का स्रष्टा कहता है: यह संसार असत तथा अवास्तविक है; यह संसार तमस या अंधकार है। क्या कोई मार्ग हमारे सामने है? यह प्रश्न वह भी पूछता है।

बुद्ध ने बुढ़ापे, बीमारी और मौत को देखा और पूछा, 'क्या यही सब कुछ है या क्या कुछ ऐसा है, जिसे हम इस क्षणभंगुरता के बीच पा सकते हैं?' उन्हें एक योगी मिले, जिसने कहा, 'ओ श्रेष्ठ मनुष्य! जन्म और मृत्यु से डरकर मैंने यह संसार त्याग दिया है। ऐसा क्यों? स्वयं को इस संसार चक्र से मुक्त करने के

लिए। मैं यह खोजने के लिए संघर्ष कर रहा हूं कि क्या यहां कोई वस्तु शाश्वत है-कोई वस्तु, जो संसार की नश्वरता से परे हो–या विनाश को ले जाने वाली ये स्थितियां ही सब कुछ है। पर केवल इसलिए कि हम कोई वस्तु ढूंढते हैं, इसका अर्थ यह नहीं है कि वह वस्तु वास्तविक है। मैं खाना ढूंढ़ सकता हूं, पर खाना होना जरूरी नहीं है।'

आप पूछ सकते हैं कि क्या कोई ऐसी वस्तु इस दृश्य संसार के पीछे है? पर केवल आप पूछते हैं, इसलिए यह सही नहीं हो सकता कि वह वस्तु हो ही। अत: बुद्धि रखने वाले प्राणियों के नाते हम बुद्धि द्वारा या तार्किक चिंतन द्वारा यह पता करने की कोशिश करते है कि क्या ऐसी वस्तु अस्तित्व में है? हम उत्तर देते है, 'प्रयास करो, संसार को देखो, अनुभव को टटोलो और यह देखो कि कैसे क्या कुछ होता है।' भौतिक पदार्थ से हम जीवन की ओर जाते है; जीवन से हम मन या मस्तिष्क की ओर जाते है; मन या मस्तिष्क से हम ज्ञान या बुद्धि की ओर जाते हैं; और बुद्धि से आनंद, परम सत्य और मुक्ति की ओर जाते हैं। ब्रह्मांड सीढ़ी की तरह है मानो हम एक चरण से दूसरे चरण को ऊपर बढ़ रहे हैं।

तार्किक चिंतन द्वारा हम इसे विश्वासपूर्वक कह सकते हैं कि कोई सत्य है; कोई ऐसी वस्तु है, जो सबका आधार है। परन्तु बौद्धिक अनुमान आध्यात्मिक उपलब्धि से भिन्न होता है। हम तार्किक निर्णय से संतुष्ट नहीं हो सकते। 'ईश्वर का अस्तित्व है'–अपने स्वभाव में ईश्वर की सत्यता महसूस करते हुए यह कहना इससे भिन्न है: अनुभवावसानमेव विद्या फलम्। ज्ञान का फल, विद्या का फल ही अनुभव है। इस प्रकार हम कहते हैं कि कोई भी मनुष्य वास्तव में तब तक परिपूर्ण नहीं कहा जा सकता, जब तक वह बुद्धि के कलहों, संशयों तथा कठिनाईयों से ऊपर उठकर और प्रकाश पाकर चेतना के उच्चतर स्तर तक नहीं पंहुच जाता, जब तक आत्मा की पवित्र शांति नहीं पा जाता और जब तक वह यह कहने योग्य नहीं बनता कि 'मैं सत्य को जान चुका हूं।'

अत: यदि हम यह प्रश्न उठाते हैं कि क्या किसी वस्तु का अस्तित्व है, तार्किक रूप से हम इस निर्णय पर पहुंचते हैं कि कोई वस्तु होनी चाहिए-तब हमें साक्षात्कार हो जाता है, इस साक्षात्कार के लिए मस्तिष्क के मंथन और हमारे संपूर्ण अस्तित्व के अनुशासन की आवश्यकता है। हमें अपना स्वभाव बदलना चाहिए। जो कुछ हम हैं, उससे हमें भिन्न होना चाहिए। अनुभव या प्रकाश की प्राप्त का यही अर्थ है। वही मनुष्य है-अन्य नहीं- जो अपने को इतना बदल चुका है कि वह कह सके कि उसने सत्य के दर्शन कर लिए है। 'पवित्र ह्दय वाले लोग भाग्यशाली हैं, क्योंकि ईश्वर का साक्षात्कार होगा।' ईश्वर का साक्षात्कार ह्दय की पवित्रता का परिणाम है। हमें सख्त बौद्धिक अनुशासन से गुजरना चाहिए। हमें स्वयं को इतनी पूरी तरह बदल लेना चाहिए कि हम कह सकें, 'मैं परमात्मा को देख चुका हूं। अपने जीवनकाल में मैंने अपनी आंखों से परम सत्य को देख लिया है।'

परंतु अनुभव वाले लोगों ने सत्य का भिन्न विवरण दिया है। हम किसे स्वीकार करें? कणाद एक बात कहते हैं और जैनिनि कोई दूसरी बात। हम किसे मान लें? हमारे धर्मशास्त्र आरंभ से ही इस बात पर बल देते आए हैं कि जहां तक परमात्मा और उसे की जाने वाली प्रार्थनाओं की बात है, हमें उनके प्रति समभाव रखना चाहिए। यदि हम यह कह सकने की योग्यता रखते है तो जो भी वर्णन हम करते है-रूके हुए और अपूर्ण वर्णन ही वे होते हैं- उन वर्णनों में परस्पर विरोध नहीं होना चाहिए। इन सब बातों में समन्वय हो जाता है। हम उसे शिव कहते हैं, हम उसे विष्णु कहते हैं और हम उसे बुद्ध कहते हैं, हम उसे कोई भी नाम दे सकते हैं; परंतु आध्यात्मिक सत्य एक और केवल एक ही है।

यह श्लोक हम जानते हैं जिसमें कहा गया है: मैं शैव हूं। मैं पंचाक्षरी मंत्र (ॐ नम: शिवाय) का उच्चारण करता हूं, परन्तु मेरा हृदय गोपियों के प्रियतम को स्मरण करता है:

जनार्दनो वा महेश्वरी वा

न वस्तु-भेद प्रतिपत्तिर अस्ति

चाहे आप परम सत्य को जनार्दन कहें या महेश्वर, इनमें कोई अंतर नहीं है। ये नाम हैं, परंतु सब मार्ग उसी ईश्वर, उसी परम सत्य की ओर ले जाते है; और उसे हम क्या नाम देते हैं, इसपर विवाद नहीं होना चाहिए।

यह प्रश्न, इसका तार्किक उत्तर, अंतर्ज्ञान द्वारा प्राप्त प्रकाश और सब वर्णनों में अनुरूपता की भावना आदि जो कुछ भी हमारे पास है, उसमें कुछ भी कट्टरपंथी, सांप्रदायिक या इस या उस मत से विशेष संबंध रखने वाला नहीं है। हम देखते है: तद विष्णो: परमं पदं सदा पश्यन्ति सूर्याः। 'पश्यन्ति' शब्द प्रयुक्त हुआ है। हम वह दिव्य स्वरूप देखते हैं, जहां यह वास करता है और इस प्रकार इसका वर्णन करते हैं:

एष देवो विश्वकर्मा महात्मा

सदा जनानां ह्दये सन्निविष्टा:

ह्दां मनीषा मनसाभिक्लियो

या एनं विदुरामृतास ते भवन्ति

समझ, संकल्प तथा कल्पना द्वारा हम उस परम सत्य को उस रूप में देखते है, जो हमें उपयुक्त लगता है। इस प्रकार इस परम सत्य के नाना रूप है। इस परम सत्य का केवल यह या वह रूप नहीं होगा। शंकराचार्य हमें बताते हैं: स च भगवान ज्ञानैश्य शक्तिबलवीर्य तेजोभिः सदा सम्पन्न: त्रिगुणात्मिकं वैष्णविम् स्वं मायां मूलप्रकृतिम् वशिकृत्यो, अजो अव्ययो भूतानां ईश्वरो नित्यशुद्धबुद्धम्नक्तस्वभाव, ओपि सन स्वमायवा देहवान इव जात इव, लोकानुग्रहं कुर्वन्निव लक्ष्यते।

दुखी मानवता के उद्धार के लिए वह परमेश्वर नाना रूप ग्रहण कर लेता है।

वह बुद्ध, महावीर, नानक या किसी भी अन्य महापुरुष के रूप में प्रकट होता है। वे सब उस परम शक्ति के संदेशवाहक है। यह संभव है कि संदेशवाहक एक-दूसरे से सहमत न हों; परंतु हमारे धर्म की विशेषता रही है कि हम उस परमेश्वर के विभिन्न वर्णनों में अनुरूपता देखते हैं। जहां तक इन आध्यात्मिक पक्षों का संबंध है, जहां तक इन निजी अनुभवों का संभंध है, हम लोगों की बात सुनते हैं (श्रवण), हम लोगों के कहने के बारे में सोचते हैं (मनन), हम इसे अपने जीवन का अंग बना लेते हैं और यह आत्म दर्शन कहलाने लगता है। इस परमेश्वर के बारे में जानने के बराबर ही दर्जा दिया गया है।

इसी प्रकार गीता में कहा गया है: तद विद्धि प्रणिपातेन परिप्रश्नेन सेवया। 'प्रणिपात' गुरु को सुनना और उसके सामने झुकना है; 'परिप्रश्न' उससे शास्त्रार्थ करना तथा सब प्रकार के प्रश्न पूछना है। उसकी सेवा करके हम सत्य को ग्रहण करके अपने जीवन का अंग बना लेते हैं। हम बदल जाते हैं। मनुष्य की समस्या का हल मानवीय परिपूर्णता है। जो केवल शास्त्रों को दोहराता है, दर्शन पर विचार-विमर्श करता है, वह वास्तव में साधक नहीं है। वही पूर्ण मनुष्य है, जिसे परमेश्वर की अनुभूति हो चुकी हो। कर्मकांड वाला धर्म एक बात है और दार्शनिक धर्म दूसरी बात। अवतारवादी धर्म सर्वोच्च है। अवतारवादी धर्म में व्यक्ति स्वयं परमेश्वर का संदेशवाहक बन जाता है।

सारी दुनिया इन बातों को भारतीय दर्शन की आधारभूत पृष्ठभूमि मानती है; किंतु हमने नियमित रूप में इनका अनुसरण नहीं किया है। हमें दिशा-भ्रम हो गया है और हम पथभ्रष्ट हो गए हैं। हमारा विचार है कि यह करने या वह करने से हम मुक्ति पा सकते हैं। यह गलत बात है। उदाहरण के लिए जाति-प्रथा के विषय में वेदांत देशिका यह कहती है:

'श्वचोपि महिपाल विष्णुभक्तो द्विजाधिक:
विष्णु भक्ति विहिनश्च यती च स्वयचाधम:'

यदि हममें यह भावना नहीं है; यदि हमें परमेश्वर से प्रेम नहीं है, यदि हमें आध्यात्मिक मूल्यों की समझ नहीं है, तो इस बात का कोई महत्व नहीं है कि हमने किस कुल में जन्म लिया है। यदि हमें कुत्ते का मांस खाने की भी आदत है, परंतु हमें परमेश्वर से प्रेम है तो हम सबसे ऊंचे कुल के हैं, यदि परमेश्वर से प्रेम नहीं है तो हम नीचों से भी नीच हैं। दूसरे शब्दों में, हमारी जाति क्या है, हमारी दशा क्या है, यह इस बात पर निर्भर करता है कि हमारा चरित्र कैसा है, हमारा व्यवहार कैसा है।

वृक्षान चित्वा पशुन कृत्वा रुधिर-कर्दमम्
यघ एवं गम्यते स्वर्गं नरकं केन गम्यते

यदि पेड़ काटकर, जानवरों को मारकर और खून बहाकर हमें मोक्ष मिलता है तो नरक का मार्ग कौन-सा है-आलोचकगण यह पूछते हैं। दूसर शब्दों में, हम ऐसे कार्य कर रहे हैं जो हमारे धर्म के मौलिक उपदेशों के प्रतिकूल है। हम उन्हें करते हैं और यदि हमारे देश के लोगों की आलोचना और भर्त्सना होती है कि वे दूसरे देशों में अच्छे ढंग से नहीं रह सकते, तो इसका कारण यह है कि वे प्रवासी भारतीय हमारे देश की आध्यात्मिक संस्कृति के प्रतिनिधि नहीं है। वे परंपरागत रूढ़ सिद्धांतों के प्रतिनिधि है।

हमें यह समझना चाहिए कि हमारी संस्कृति का मूल तत्व क्या है, हिंदू धर्म क्या है; हमें वे काम नहीं करने चाहिए जो वास्तव में हिंदू धर्म के विपरीत हैं। प्रतिदिन हम ऐसे काम करते हैं। हम ईश्वर में विश्वास रखते हैं, परन्तु ऐसे काम करते हैं जो दुनिया के प्रति और शैतान और भोग के प्रति हमारी दिलचस्पी दर्शाते हैं। कोई भी ईश्वर में विश्वास रखने वाला मनुष्य वैसा दृष्टिकोण नही अपनाएगा, जैसा हम कभी-कभी अपनाते हैं। हमें स्वयं को जांचना चाहिए, परीक्षण करना चाहिए और प्रतिदिन स्वयं से प्रश्न करना चाहिए कि क्या हम

वास्तव में ईश्वर में विश्वास रखते हैं या केवल नकलची ईश्वरवादी है? यही सब हमें समझना है।

मेरा विश्वास है कि यदि शताब्दियों के दौरान पैदा हुई ये बुरी बातें हमारा धर्म छोड़ देता है तो यह धर्म इस संसार को एक कर देगा और यह धर्म लोगों को यह बताने में समर्थ होगा कि एक धर्म ऐसा भी है, जिसने समस्त मानव समाज में मैत्रीपूर्ण प्रेमभाव पैदा कर दिया है। चाहे हिन्दू हो; बौद्ध; सिख या जैन हों या कोई अन्य धर्म हो, वह धर्म किसी भी व्यक्ति को नीचा या तुच्छ नही समझता। जब तक हमें ईश्वर में विश्वास है और हम कुछेक आध्यात्मिक सिद्धांतों के प्रति वफादार है, हमें सदा सही माने में धार्मिक मनुष्य माना जाएगा। यदि हम ऐसे नहीं है तो चाहे हम कितना ही अधिक बतियाएं, कितने ही शास्त्र क्यों न पढ़ें, हमें वास्तव में धार्मिक मनुष्य नहीं माना जा सकता।

हमारा धर्म एक चरण से दूसरे चरण को गया है-हमारे यहां वेद थे, तब हमारे यहां उपनिषद् आए, उसके बाद गीता आई, हमारे यहां आचार्य थे, भक्त थे और आज भी हमारे यहां ऐसे कई लोग है जो धर्म के मर्म स्थान तक पंहुचे है। वे हमारे धर्म की सही भावना के सच्चे प्रतिनिधि है। हम उन्हें पहचानने में चूक सकते हैं; परंतु वे अत्यंत विनम्र और दिखावा न करने वाली ऐसी आत्माएं है, जो निरंतर स्वयं को परिवर्तित करती रहती है, निरंतर ध्यान करती है और हर समय यह जानने का प्रयास करती रहती है कि उनमें क्या खोट है और उन्हें हमारी संस्कृति की महान परंपराओं के योग्य अपने को बनाने के लिए क्या करते रहना चाहिए।

बुद्धिमान तथा प्रेम का धर्म

प्रत्येक समाज की आत्मा होती है; उसका शरीर भी होता है। ये वस्तुएं हमारे शरीरों को मजबूत बनाने में सहायक होती है और साथ-साथ हमें अपनी आत्मा का परिष्कार करने के लिए भी कुछ करना चाहिए। तभी हम इस देश में या इस दुनिया में टिक पाएंगे। ये दोनों पहलू–आध्यात्मिक तथा भौतिक–किसी भी समाज के स्वरूप का निर्माण करते हैं।

आप बुद्ध के जीवन में दो पक्ष देखते है: चिंतन, जिससे उन्हें प्रकाश मिला; शेष समय में मानव-सेवा। ज्ञान और सेवा के ये दो पक्ष किसी धर्म के मूल तत्व का निर्माण करते हैं। बुद्ध के युग में हमारे देश में ऐसे महान शिक्षक तो अवश्य थे जो कहते थे कि आत्म-ज्ञान आवश्यक है और वह कर्मकांड से कहीं अधिक महत्व रखता है; फिर भी उस युग में हमारे देश के अधिकांश लोग कर्मकांड पर ही बल देते थे। सत्य के ज्ञान के बिना केवल बाहरी कर्मकांड करके हम धर्म का वास्तविक महत्व नही समझते हैं।

मनुष्य को स्वयं अपने मन में पैठकर विचारना होगा, अपना ध्यान एकाग्र करना होगा और यह मालूम करना होगा कि सत्य क्या है- वह सत्य जिसका बाह्य रूप ये सब वस्तुएं है। अपने युग में प्रचलित धार्मिक व्यवहार से बुद्ध असंतुष्ट थे। अन्य किसी अवतार के समान ही उन्होंने कहा, 'हमें क्षमा चाहिए- बलिदान नहीं।' हम वास्तविक सहायता तथा मानवता की सेवा चाहते हैं। वही हमारी आवश्यकता है और हमें अन्य सूत्र तथा कर्मकांड संबंधी समारोह नहीं चाहिए।

उन्होंने कर्मकांड की भर्त्सना की और यह विचार प्रकट किया कि ये क्रियाएं, ये कर्मकांड हमें परम सत्य तक नहीं पहुंचाते। यदि हम सत्य को पाना चाहते हैं तो हमें ठीक वही करना होगा जो बुद्ध ने बताया था।

उन्होंने संसार को देखा और एक रोगी, एक वृद्ध और एक शव उनके सामने आए। मृत्यु, बुढ़ापा, बीमारी वे खतरे हैं, जिन्हें मनुष्य-देह को भुगतना पड़ता है। क्या इनसे बचने का कोई उपाय है? तब उन्हें साधु, जो सन्यासी था, मिला, वह तेजमय दिखता था। उन्होंने उससे पूछा, 'यह कैसे है कि इस दुखमय संसार में आपका चेहरा इतना तेजमय है?' संयासी ने सीधे यह कहा, 'ओ श्रेष्ठ मनुष्य, जन्म तथा मृत्यु से डरकर मैं संन्यासी बन गया हूं। मैं इधर-उधर भटकता रहता हूं और मेरा कोई स्थायी घर नहीं है। काल की निरंकुशता से बचने के लिए मैंने यह किया है।'

काल-समय-के प्रतीक जन्म तथा मृत्यु हैं। यदि आप उन्हें जीतना चाहते हैं, यदि आप वास्तव में निर्वाण चाहते हैं तो 'समय' से बचिए। इस माने में समय से न बचिए कि हम सांसारिक वस्तुओं से मुंह मोड़ने लगें लेकिन समय की पराधीनता से बचिए। निर्वाण न केवल समय का अतिक्रमण करना है बल्कि वह परिवर्तनकारी भी है। ज्ञान प्राप्त करने के बाद हम सांसारिक मामलों में उन्हें परिवर्तित करने की दृष्टि से मान लेते हैं–यद्यपि हम समय से मुक्ति पाकर उसे शाश्वत बना देना भी चाहते हैं। समय की परिधि से भागना हमारे लिए आवश्यक नही है : हमें सही दृष्टि सहेजकर समय की परिधि में ही रहना चाहिए। बुद्ध ने यही उपदेश दिया कि समय से बचो और साथ ही साथ समय पर नियंत्रण रखो। इस तरीके को अपनाकर हमें दुनिया में रहना चाहिए और बाकी समय में हमें स्वयं को मानवता की सेवा के लिए अर्पित कर देना चाहिए।

बुद्ध का सारा जीवन इन दो पक्षों का समन्वय है। उन्होंने हर संभव साधन से ज्ञान के प्रकाश की प्राप्ति का प्रयास किया और ज्ञान प्राप्त हो जाने पर स्वयं को मानवता की सेवा के लिए अर्पित कर दिया। बुद्धिमानी और प्रेम, ये दो वस्तुएं प्रत्येक धर्म का मूल तत्व है। बुद्ध ने अपने जीवन में इन दो वस्तुओं पर बल दिया। उन्होंने इस बात का उदाहरण हमारे सामने रखा कि हमें इस संसार में

बुद्धिमत्ता प्राप्त करने और मानवता की सेवा में अपना जीवन बिताना चाहिए। उनहोंने यही करने का भपूर प्रयास किया। अत: यदि आप यह जानना चाहते है कि धर्म का सार क्या है तो बुद्ध के जीवन का अध्ययन कीजिए। उनका सारा जीवन इसका जीवंत उदाहरण है।

दुर्भाग्य से बौद्ध धर्म में भी इतना बाहरी बातों और इतने संप्रदायों का समावेश हो गया है। बौद्ध धर्म भी शास्त्रीय, कट्टरपंथी और सांप्रदायिक धर्म बन गया। हमें उस मौलिक पवित्रता, साहसिकता तथा गतिशीलता की ओर जाना चाहिए जो बुद्ध के जीवन के प्रमुख तत्व थे। प्रत्येक मनुष्य को अपनी चेतना की गहराई में प्रवेश करके यह खोज करनी चाहिए कि मानव का एक स्थायी धर्म है और अन्य सब बातें उसके प्रकट रूप है। जब एक बार मनुष्य इस प्रकार की बुद्धिमत्ता को प्राप्त कर ले तो उसे मानवता की सेवा में लग जाना चाहिए।

सद्बुद्धि तथा प्रेम को ही बुद्ध द्वारा स्थापित धर्म के अनिवार्य तत्व समझा जाना चाहिए। उन्होंने बताया कि जीवन में दुख है, दुख का कारण है, दुख से बचा जा सकता है और निर्वाण या मोक्ष प्राप्त किया जा सकता है। यह कोई ऐसी वस्तु नहीं है जो हमारी पंहुच के बाहर हो। हम यहीं और अभी निर्वाण प्राप्त कर सकते हैं। इसके लिए दूसरे संसार में प्रवेश करना हमारे लिए आवश्यक नहीं है। यदि हम यहां और अभी वास्तव में ज्ञान का प्रकाश प्राप्त करना चाहते हैं तो हमें निरंतर अभ्यास तथा गहन चिंतन करना चाहिए–हमें ज्ञान का प्रकाश प्राप्त होकर रहेगा।

जब एक बार हमें ज्ञान का प्रकाश प्राप्त हो जाता है तो हम संसार में समुचित कार्यों में लग जाते है; हम संसार से विरक्त नहीं होते बल्कि सांसारिक कार्यकलापों में भाग लेते हैं। सांसारिक कार्यकलापों में भाग लेते हुए हम हर समय मानवता के विकास के लिए कार्य करते हैं। (आज जिस मंदिर के प्रतिष्ठापन के समय हम यहां एकत्र है, यदि यह मंदिर हमें आत्म-ज्ञान के इन आदर्शो के लिए उत्साहित

तथा प्रेरित करता है तो इस मंदिर की स्थापना का उद्देश्य पूरा हो जाएगा। केवल इसी उद्देश्य के लिए हम किसी मंदिर में जाते है।)

एक श्लोक है जो हमें शिक्षा देता है कि सही प्रकार का धर्म स्वयं को दिव्य भावना में, अध्यात्म की भावना में डुबो देना है। दूसरा मार्ग चिंतन तथा मनन का है। यदि वह भी आप न कर सकें तो आप मूर्ति-पूजा करें। वैसा भी आप न कर पाएं तो आप होम तथा यात्रा करें:

उत्तमा सहजावस्था द्वितीया ध्यानधारणा
त्रितीया प्रतिमापूजा होमयात्रा चतुर्थिका

वही मनुष्य ईश्वर में लीन है, वास्तव में मुक्त प्राणी है, वास्तव में दिव्य हैं, जो मनुष्य निरंतर ईश्वर के ध्यान में रहते हैं और ईश्वरीय वातावरण को सहजतापूर्वक ग्रहण कर लेते हैं। केवल शिक्षकीय वस्त्र धारण करने वाले और इस प्रकार शिक्षक होने का दावा करने वाले मनुष्य न ईश्वर में लीन है, न मुक्त है और न दिव्य है।

बुद्ध के जीवन से हम जानते हैं कि वास्तव में धार्मिक मनुष्य को ऐसे कार्य करने होते हैं जिसके लिए उसे बड़ी कीमत चुकानी होती है। बुद्ध ने अपना राजमहल, अपना राज्य, अपनी पत्नी, अपने पुत्र का त्याग दिया क्योंकि धार्मिक जीवन ऐसी वस्तु है जिसके लिए बहुत बड़ा मूल्य चुकाना होता है। यह कोई ऐसी वस्तु भी नहीं है जिसे हम किराने की दुकान या दवाओं की दुकान से खरीद लें। इसे हम कठोर अनुशासन में रहकर तथा कठिन आध्यात्मिक परिश्रम से प्राप्त कर सकते हैं। हममें से अधिकांश लोग धार्मिक आचरण करते हैं, मंदिरों-गिरिजाघरों-मस्जिदों में जाते हैं और सोचते हैं कि हम धार्मिक है; परंतु हर समय अपने ह्दयों में अधार्मिक विचार और भावनाएं रखे रहते हैं। अत: परम सत्य को देखने में बाधाओं पर विजय की प्रक्रिया आवश्यक होती है। बौद्धिक तथा आध्यात्मिक संघर्ष से इसे प्राप्त कीजिए-आप बदले हुए इंसान बन जाएगें और आपके कार्यकलापों का कहीं अधिक महत्व तथा मूल्य हो जाएगा।

मनुष्य को अभी और विकसित होना है

मानव कभी-कभी अनाथ होना महसूस करता है। क्या ईश्वर है? हम इस दारूण स्थिति में क्यों है? लोग एक-दूसरे को सूली पर क्यों चढ़ा रहे हैं? यह एक प्रकार का अभिशाप है। ऐसी परिस्थितियों में साधू वासवानी ने हममें आशा का संचार किया और कहा, 'बादलों के उस पार अभी भी सूरज चमकता है।' तमस या अंधकार के परे सूर्य के प्रकाश के रंग वाला देवता है। केवल इसीलिए जी हल्का न कीजिए कि आप संकट में है या निराश हैं। हमारे प्राचीन पनिषदों ने हमें यहीं संदेश दिया।

वह परमेश्वर इस अंधकार, उन्माद आदि से ग्रस्त संसार को बार-बार अपने दूत भेजता है जो जन-जन में आशा का संचार करते है और उन्हें जागृत करते हैं। परमेश्वर के इन दूतों को अवतार या देवता कहते हैं, जिनकी हम पूजा करते हैं।

यदि यह देश जिन संकटों से गुजरा है; उनके बावजूद भी जीवित है और आगे भी जीवित रहेगा तो इसका कारण यह है कि केवल सुरक्षा या जीवनेच्छा से ही हम जीवित नहीं रहते। इसका कारण मानव आत्मा की व्यापकता है जो हमारी प्रकृति के हर पक्ष को प्रभावित करता है। दिव्य चेतना राब सांसारिक मामलों मे प्रवेश करती है और प्रत्येक मानव अपने उच्चतर स्वरूप तक विकसित होता है।

मनुष्य अपनी वर्तमान स्थिति से ऊपर उठेगा; मनुष्य विकास-क्रम का अंत नही है; मनुष्य को अभी विकसित होना है- हमें ऐसा प्रतीत होता है। हम मनुष्य विवादों और कठिनाईयों में उलझे हुए हैं। हम खनिजों, पौधों और पशुओं से कहीं बड़े है। हम मनुष्य हैं–परन्तु मनुष्य ही इस सबका अंत नहीं है। मानव को महामानव बनना है। उसे अपने स्वरूप में स्थित प्रकाश के अनुसार बनना और उसे पकड़ना है। हम यह नहीं जानते कि वह प्रकाश वहां है और हमें शक्ति दे रहा है और हमारी सब सक्रियताओं को जीवनदान कर रहा है।

सत्य की खोज

इस संसार में जो इतनी निराशा और दुख है, उसका एक कारण यह है कि हमने अपने अंदर मौजूद ईश्वर के अंश या दिव्यता को भुला दिया है। मनुष्य जीवन का मुख्य कार्य है कि वह अपनी चेतना के स्तर से उच्चतर स्तर तक उठे। इस संसार में खनिज, पौधे, जानवर, मनुष्य और देवी आत्माएं रहती है। हमें ईश्वर में लीन आत्माएं बनना है; हमें अपूर्णता और अज्ञानता की अपनी वर्तमान स्थिति से आत्मा की शांति तथा मस्तिष्क या चित्त की स्थिरता की स्थिति तक उठना है। वैसी स्थिति में पहुंचने पर हम सब मनुष्यों को पना स्वजन या परिजन मानने लगेंगे। मानव का यही उद्देश्य होना चाहिए।

बात यह है कि पुरूषों की अपेक्षा स्त्रियां सत्य के अधिक निकट होती हैं। केरल की एक युवा लड़की ने तिरुपति जाकर एक श्लोक की रचना की, जिसे मैं जहां-तहां उद्धत करता रहता हूं:

रत्नाकर: तव गृहम् जाया च लक्ष्मी
किम् देयम् अस्ति भवते पुरूषोत्तमाय
आभिरगोप-ललना हृतमानसाय
दत्तम् मनो मे त्वरितम् गृहाण

आपका घर रत्नाकर है। आपकी पत्नी लक्ष्मी है। आप पुरूषोत्तम महाशक्तिमान को मां क्या दे सकती हूं? आपको देने के लिए मेरे पास हैं ही क्या? रत्नाकर आपका घर है, लक्ष्मी आपकी विवाहिता पत्नी है। मैं आपको अपना हृदय अर्पण करती हूं; इसे शीघ्र ग्रहण कीजिए; कृपया शीघ्रता कीजिए।

मीरा के जीवन में इस प्रकार का पूर्ण आत्मसमर्पण, पूर्ण साष्टांम प्रणाम तथा ईश्वर में पूर्ण विश्वास था। मीरा का जीवन ही इसलिए था। वह आतंकित की गई, उसे दारुण दुख दिया गया, उसे कई यातनाएं दी गई; पर उसने परमात्मा में अपने विश्वास को नहीं छोड़ा। इसी प्रकार के विश्वास ने इस देश को बचाया और आज भी बचा रहा है।

हमें अभी तक ईश्वर ने नहीं ठुकराया है। हमें वृथा जानकर उसने नहीं छोड़ा है। अंत: यह कभी संभव है कि हम यह सोचें कि इस संसार में कुछ दैवी शक्ति है, जो धीरे-धीरे करके अवसरांनुसार इस संसार के विभिन्न जीवन मूल्यों को जन्म दे रही है। यही कारण है कि हम यहां है और जीवित है। हमें जीवन ने इस प्रीतिभोज में भाग लेने का निमंत्रण दिया गया है, ताकि हम अधिक बड़े, अधिक शक्तिशाली हो सकें।

निराश न होइए। परिस्थितियों में कोई कटुता नहीं है। जो कुछ भी बाधाएं सामने है या हमें डरा रही है, उन सब बाधाओं को लांघना हमारे लिए संभव होगा। हम जो कुछ है, उससे ऊपर उठेंगे। आज की परिस्थितियां हमें जो कुछ भी महसूस कराती हों लेकिन यह निश्चित है कि यह दुनिया मानवता के लिए रहने का उपयुक्त स्थान बनकर रहेगी। जिसे भी ईश्वर या दैवी शक्ति में विश्वास है, उसे यह आभास होगा कि यांत्रिक, तार्किक या ऐतिहासिक नियतिवाद जैसी कोई वस्तु नहीं है; क्योंकि ऐसे ईश्वर का अस्तित्व है, जो आशा और समझ प्रदान करता है। जो कुछ भी बुराई है, उसे उखाड़ फेंककर हम, जो दुनिया हमारे सामने है, उससे बेहतर दुनिया बना सकते हैं।

विश्व-व्यापकता का स्पर्श

हम जनेऊ पहन लेते हैं और अपने को विप्र या शिक्षित लोग कहने लगते हैं। हम भगवा वस्त्र धारण कर लेते है और स्वयं को संन्यासी कहने लगते है। जनेऊ या वस्त्र पहनने से ही कोई मनुष्य शिक्षित या साधु नहीं बन जाता। ये तो बाहरी पहचान हैं जिनका उद्देश्य हममें शिक्षा या त्याग का दृष्टिकोण विकसित करना होता है। यदि यह दृष्टिकोण नहीं है तो आप न शिक्षित है और न त्यागी।

हमारे देश में बड़े लंबे समय से यह कठिनाई रही है कि शताब्दियों से यहां धर्म की अधिकता थी। इस धर्म से हम क्या कुछ कर पाए हैं? क्या हम एक-दूसरे को एक ही परिवार का सदस्य मानते हैं? क्या हम यह मानते है कि दुख और दूसरों के सुख को अपना सुख मानते है? जब तक ऐसा नहीं होता, हमारा धर्म धोखा है, प्रवंचना है, जिसे हमें छोड़ देना चाहिए और गंभीरता से नहीं लेना चाहिए।

यदि आप स्वयं को वास्तव में धार्मिक मनुष्य मानते हैं तो अपने त्याग और समाजसेवा की वह भावना विकसित करनी चाहिए जो हमारे देश के महान संतों और महान ऋषियों की पहचान रही है। संत और ऋषि तो एक मनुष्य होता है और उसके आसपास सैंकड़ों संत कहलाने वाले धोखेबाज लोग होते हैं। मैं चाहता हूं कि आप इन धोखेबाजों से सावधान रहें, उनके सुझाए रास्ते से दूर रहें और उन्हें यह जता दें कि वे असलियत में क्या है। महान धर्म में विनम्रता, त्याग तथा सेवा की भावना निहित होती है। जब मैंने कहा कि हमारे पास एक-दूसरे से घृणा करने के लिए काफी धर्म है और एक-दूसरे से प्रेम करने के लिए काफी धर्म नहीं है, तो मेरा यही मतलब था!

किसी भी विद्या-केन्द्र में पुस्तकालय का प्रमुख स्थान होता है। आदिकाल से ऐसा रहा है। हमारे देश में पुस्तकालय थे, यद्यपि उनकी इमारतें शानदार नहीं थीं। हमारे महान विद्वानों, हमारे पंडितों आदि की स्मरणशक्ति में ही पुस्तकालय थे; कुछ

पुस्तकालय तो भोजपत्र की पांडुलिपियां ही रखते थे और अन्य पुस्तकालयों में छपाई का आविष्कार होने के बाद पुस्तकालय बनाए और ऐसी चुनी हुई पुस्तकों का संग्रह करे जिनमें उसकी दिलचस्पी है, जो उसे लुभाती हैं और जिन्हें वह मुसीबत के समय पढ़ सकता है या केवल आनंद की प्राप्ति के लिए ही पढ़ सकता है।

अन्य संचार माध्यमों और पुस्तकों में अंतर होता है। पुस्तक चाहती है कि आप अकेले रहें और खामोश रहें। वह चाहती है कि आप जो कुछ पढ़ रहे हैं, उसपर ध्यान एकाग्र करके बैठें। आजकल पुस्तकें पढ़ने से पुस्तकें लिखना आसान है। हममें से कुछ ने पुस्तकें लिखी है और हम जानते हैं कि उन पुस्तकों को पढ़ना जब कितना कठिन है। दूसरे शब्दों में, यदि आप किसी विशेष पुस्तक की सामग्री की ग्रहण करना चाहते हैं तो आपको एकांत में व्यानस्थ होने के गुण का विकास करना होगा।

विश्व की महान पुस्तकें सब देशों और सब युगों की हैं। उनमें विश्व-व्यापकता का गुण है। एक विशिष्ट व्यक्ति से पूछा गया कि वह यात्रा के साथ कौन-सी तीन पुस्तकें साथ रखना चाहेगा। इसपर ईसाई होने के नाते उसने इन तीन पुस्तकों का नाम लिया: बाइबल, शेक्सपियर और कांट की 'क्रिटीक ऑफ प्योर रीजन', इन तीन पुस्तकों का उसने उल्लेख किया।

हमारे देश में इन तीन पुस्तकों से कई लोग परिचित है। हमसे पूछा जाता तो हम कहते: हमारी धार्मिक पुस्तकें, हमारा कालिदास और हमारे दार्शनिक। ये पुस्तकें हमें शिक्षित करती हैं, ये हमारे दिमागों को पैना बनाती हैं, जिससे हम हर प्रकार की मानवीय स्थिति के प्रति संवेदनसशील बनते हैं। यदि कालीदास तथा शेक्सपियर का स्वरूप विश्वव्यापक है तो ऐसा इसलिए है कि वे मानव स्वभाव की विविधता को प्रकट करते हैं। वे न केवल मानव आत्मा की हलचल के बारे में हमें बताते हैं बल्कि वे मानव आत्मा की गहराई, काव्य, करूणता, सौंदर्य तथा हर व्यक्ति को छूनेवाली करुणा से भी हमें परिचित कराते हैं।

चाहे हम भारतीय हों, अंग्रेज हों, अमेरिकी या जापानी हों, ये भाव सब मनुष्यों में समान रूप से रहते हैं। इन भावों की पुस्तक को खोलने पर हमें इनकी अनुभूति होती है और हम मानवता के सही स्वरूप से साक्षात्कार करते हैं। यही कारण है कि विश्वव्यापकता महान कलाकारों का लक्षण मानी जाती है। विज्ञान की पुस्तकों के बारे में यही बात कह सकते हैं; साहित्य की पुस्तकों पर यही बात लागू होती है; कलाकृतियों के विषय में यही बात सच है तथा संगीत की महान रचनाओं के विषय में भी यही बात कह सकते हैं। आप पाएंगे कि इनमें विश्वव्यापकता का स्पर्श है। ये आपकी परिस्थितियों से ऊपर आपको उठाती है; ये विश्वव्यापकता की वायु में आपको सांस लेने देती हैं; ये आपको महसूस कराती है कि चाहे आप पूर्व के हैं या पश्चिम के, आप वही मनुष्य हैं। आज जबकि पूर्व तथा पश्चिम एक-दूसरे के निकट आ रहे हैं और आप न केवल राजनीतिक संगठन बल्कि विश्वबंधुत्व के प्रतीक संयुक्त राष्ट्रसंघ की स्थापना में लगे हैं, यह हमारे लिए आवश्यक है कि हम इन महान विश्वव्यापी पुस्तकों के लिए रुचि विकसित करें। चाहे ये पुस्तकें ब्रिटेन या अमरीका की हों, भारत या जापान की हों, यह कोई बात नहीं। महत्व की बात यही है कि हम ऐसी रुचि उत्पन्न करें और उसे विकसित करें।

हमारे एक लोकप्रिय शास्त्र में कहा गया है: संसार विष वृक्षः। इस वृक्षरूपी संसार में यदि आप शाश्वतता की कुछ झलकियां पाना चाहते हैं, यदि आप क्षण-मंगुर तथा नश्वर बातों से बचना चाहते हैं, यदि आप परमानंद के एक कण को प्राप्त करना चाहते हैं, यदि आप महसूस करना चाहते हैं कि आप मरणशील नहीं है तो आपको उत्कृष्ट तथा श्रेष्ठ पुस्तकें अवश्य पढ़नी चाहिए और महान रचयिताओं से सामीप्य स्थापित करना चाहिए। आपमें यह योग्यता अवश्य होनी चाहिए कि आप महान कृत्तियों के सत्व, उनके मूल तत्व को ग्रहण कर लें। प्रत्येक महान पुस्तक आपके संपूर्ण अनुभव का निचोड़ है। यह आपकी

अंतर्दृष्टि के गहण क्षणों का परिणाम है। आपकी आत्मा द्वारा यह सिंचित है। यदि आप किसी विशेष लेखक की प्रकृति को जानना चाहते हैं, आपको उससे यह पूछने की जरूरत नहीं कि उसने क्या कुछ किया और वह किन परिस्थितियों से गुजरा। आपको केवल यह करना है कि आप उसकी पुस्तक को ऐसे ही यहां-वहां पर खोल लें और यह जान जाएं कि वह कैसा व्यक्ति रहा है और उसने जीवन में क्या किया! किसी मनुष्य का मूल तत्व उसके सृजन में उभरता है और उसकी साहित्यिक कृतियों में तो यह एकदम स्पष्ट दिखाई देता है।

जीवन की गहराई

चाहे साहित्य हो, दर्शन या इतिहास हो, आप शब्दों को सदा ऐसे विलक्षण ढंग से प्रयोग कर सकते हैं कि न केवल बात समझी जाए बल्कि वह प्रेरणा-उत्पादक भी हो। दुनिया में कई महान विचारक हो चुके हैं-प्लेटो, लाक; हमारे देश में शंकर। इन व्यक्तियों ने भाषा का पूर्ण प्रयोग किया। जो कुछ उन्होंने कहना चाहा, उसे भाषा के माध्यम से कह डाला। उन्होंने शब्दों को तोड़-मरोड़कर और सस्ते ढंग से बात नहीं कही बल्कि उनके शब्द-चयन में गंभीरता और कथन में गहराई थी।

किसी बड़े सृजनात्मक लेखक के पास दर्शन होना चाहिए जिसे वह शब्दों द्वारा प्रकट करें। उसके पास जीवन तथा अनुभव की बहुलता और गहराई होनी चाहिए। जब तक कोई स्वयं इनसे होकर न गुजरेगा, वह अन्य लोगों तक यह नहीं पहुंचा पाएगा। अत: यह केवल साहित्यिक सामग्री और कथ्य के छिछलेपन का ही प्रश्न नहीं है बल्कि आपको जीवन-सागर में गहरे उतरना चाहिए। वहां जो रहस्य, उसकी आपको खोज करनी चाहिए। इसी रहस्य में प्राकृतिक तथा ऐतिहासिक विश्व चित्रपटल की भव्यता तथा चमत्कार निहित है।

जबकि सारी दुनिया बदल रही हैं, हममें से कुछ लोग आज भी दुनिया में बदलाव को रोकना चाहते हैं। असंभव को करना संभव नहीं होगा। जबकि सब कुछ गतिशील है, जिसे हम संसार कहते हैं–'संसार' का अर्थ है: सतत प्रवाहमय-तो हम परिवर्तन को कैसे रोक सकते हैं? बदलती दुनिया में हम अपरिवर्तनशील भारत की कल्पना कैसे कर सकते हैं? यह सृजनात्मक लेखकों का कर्तव्य है कि चाहे उनका कोई भी जीवन-विषय हो, वे स्वाभाविक परिवर्तन लाने और उसे स्वीकार करने के लिए लोगों को शिक्षित करने में सहायक हों। इस देश में हमें बाहरी हमलों से उतना खतरा नहीं है जितना आंतरिक खतरों से।

यदि हम एक हैं, मजबूत है और प्रगति-पथ पर हैं तो हम किसी भी प्रकार के बाहरी हमले से मुकाबला करके अपनी रक्षा कर सकेंगे। यदि ये गुण हममें मौजूद नहीं है और यदि हम अपने सारे देश को एक सूत्र में नही बांध सकते-केवल ऐसी एकता नही चाहिए कि देश विशिष्ट भौगोलिक क्षेत्र के अंदर बाहरी तौर पर ढुलमुल रूप से एक ही बल्कि हम देशवासियों में दिल और दिमाग का एका हो-तो बाहरी हमलों से देश की रक्षा करना हमारे लिए संभव नही होगा। राष्ट्रों का अंत बाहरी हमलों के कारण नहीं बल्कि अंदरूनी सड़ांध और गड़बड़ी के कारण होता है। इसी से हमें बचाव करना है और मेरा विश्वास है कि सृजनशील लेखक अपने दिलों और दिमागों में यह विचार अंकुरित करेंगे कि इस बदलती दुनिया में उन्हें देश के प्रति यह कर्तव्य निभाना है।

जब-तब मैं यह सुना करता हूं कि करूणा का ह्रास हो गया है, मानव मन की मृत्यु हो गई है और मनुष्य केवल चेतनाहीन यंत्र बन गया है। वे वह सब तो करते है जो अन्य मनुष्य करते हैं लेकिन अपने लिए खुद सोच नहीं सकते। वे स्वेच्छानुसार कुछ नहीं करते; सृजनात्मक ढंग से स्वेच्छानुसार कार्य करने की उनकी शक्ति समाप्त हो जाती है; वे एक-दूसरे की नकल बन जाते हैं। मैं नही मानता कि इस प्रकार की आलोचना सही है। इसके विपरीत आज इतनी उग्र सामाजिक भावना है, इतनी दया है कि लोग यह कहते सुने जातें है, 'हम स्त्रियों को असमर्थ क्यों बना रहे है? हम अपने करोड़ों देशवासियों पर जाति-भेद या इस प्रकार के अन्याय क्यों कर रहे हैं? हम धार्मिक, जातिगत और भाषागत मुद्दों पर क्यों लड़-मर रहे हैं?'

अत: यह कहना सही नहीं है कि दया भाव का ह्रास हो गया है या सामाजिक भावना की मृत्यु हो गई है। हमें इन गुणों पर विचार करना है और देशवासियों पर होने वाले अत्याचारों तथा अन्याय के खिलाफ इनका प्रयोग करना है। वस्तुपरक दृष्टि से देखने पर हममें करुणा और साहस है। जब हम समूहों के सदस्यों के रूप में व्यवहार करते हैं तो हमारे इन गुणों का लोप हो जाता है और

हम चींटियों के बिल की चींटियां और जानवरों के झुंड के जानवरों की तरह बर्ताव करने लगते हैं। दूसरों के लिए करुणा की भावना होना ऐसा गुण है जो मानवता को पशु के स्तर से ऊपर उठाता है।

भागवत में द्रौपदी के बारे में एक कथा है। जब द्रौपदी की पांच संतानें-उपपांडव-अश्वत्थामा द्वारा मार दी गई तो अर्जुन द्रौपदी के सामने आकर कहता है, 'प्रिय द्रौपदी,मैं अश्वत्थामा के सिर को थाल पर रखकर तुम्हारे सामने लाउंगा।' द्रौपदी ने क्या उत्तर दिया?–

मा रोदिद अस्य जननी गौतमी पतिदेवता

यथा अहं मृतवत्सा आर्ता रोदिस्यश्रुमुखी मुहुः

'अश्वत्थामा की मां गौतमी उस प्रकार न रोए, जिस प्रकार अपने मारे गए बच्चों के सामने मैं रो रही हूं। उसका भी वही हाल क्यों हो जो मेरा हुआ है? अर्जुन, अश्वत्थामा को न छूना। उसे छोड़ दो।'

यहां पर आपको भारत की आत्मा के दर्शन होते हैं। यद्यपि द्रौपदी के बच्चे अश्वत्थामा द्वारा मार दिए गए, उन बच्चों की मां अर्जुन से कहती है,' अश्वत्थामा को न मारो। उसकी मां उस प्रकार न रोए जिस प्रकार आज मैं रो रही हूं।'

हमारे महाकाव्यों में कई बातें ऐसी है जिनका हम सदुपयोग कर सकते हैं। उनमें कई ऐसी बातें भी हैं जिन्हें हमें छोड़ देना है। परन्तु करुणा का यह गुण सच्ची मानवता की आवाज है। आज हमें दुनिया और अपने देश के लिए इसी करुणा की आवश्यकता है।

यह प्राकृतिक संबंध है। जाति, संप्रदाय, धर्म–ये सब बंधन अप्राकृतिक है। वे संदिग्ध है। वे मानवता का मूल तत्व नहीं है। वे मानव स्वभाव की महानता के अंग नही है। वे ऐसे कृत्रिम बंधन है, जिन्हें भूगोल तथा इतिहास की परिस्थितियों ने हमपर लाद दिया है। हमें उन्हें मानवता के मौलिक पहलू नहीं समझना चाहिए।

हमारी विरासत

हमारे कई देशवासी यह नहीं जानते कि भारतीय विरासत के प्रमुख सिद्धांत क्या हैं। उन्हें इसका कोई ज्ञान नहीं है कि हमारे देश का सामान्य दृष्टिकोण क्या है। दर्शन तथा जीवन की सर्वोच्च समस्याओं से जूझने की वैज्ञानिक प्रणाली लागू करने पर यह उजागर होता है।

एक उपनिषद् में कहा गया है, "मैं 'ब्रह्म' को सीखना चाहता हूं।" उत्तर है: तपस्या। ब्रह्म विजिनासस्व-तपो ब्रह्म। तप केवल आत्मसंयम ही नहीं है। तप आलोचना है। यह चिंतन है-जो संसार हम देखते हैं, उसपर चिंतन। जब हम बाह् संसार को देखते हैं तो पाते हैं कि इसकी अनेक प्रकार से व्याख्या की जा सकती है। दर्शन श्रेणीबद्ध आलोचना है। आप निम्नतम अपर्याप्त वस्तुओं से आरंभ करते हैं और धीरे-धीरे सर्वोच्च श्रेणी तक पहुंचते हैं।

उस उपनिषद् में भौतिक पदार्थ, जीवन, मस्तिष्क, बुद्धि तथा आत्मा का उच्चगामी क्रम में उल्लेख होते हैं। बुद्धि, मस्तिष्क, जीवन और भौतिक पदार्थ समूचे ब्रह्मांड पर लागू नहीं होते; वे इस जीवन के कुछ खंडों पर ही लागू होते हैं; किन्तु जो एकमात्र सर्वोच्च व्यापक सिद्धांत संपूर्ण ब्रह्मांड पर लागू होता है, वह आत्मा है। यह ब्रह्मांड के वस्तुपरक परीक्षण से अस्तित्व में आता है।

विषयगत सर्वेक्षण करना भी संभव है। तब आप पाते हैं कि आप चेतना के विभिन्न स्तरों पर रहते हैं। जाग्रत् अवस्था के विश्व, स्वप्न की अवस्था के विश्व तथा सुषुप्ति की स्वप्नरहित निद्रास्था के विश्व तथा इन तीनों अवस्थाओं के परे परम श्रेष्ठ चेतना की अवस्था होती है जिसे 'तुरीय' कहते हैं। आप इसे यह देते हैं-एकात्मात प्रत्यय सारं प्रपंचोपशमं शातं शिवं अद्वैतं। परन्तु यह विश्वव्यापी सिद्धांत और मनुष्य का यह सर्वोच्च सिद्धांत भिन्न नही है। अयं आत्मा ब्रह्म-

ब्रह्म ही परम आत्मा है। केवल इसलिए कि तर्कशास्त्र के अनुसार अथवा मानव भाषा की श्रेणियों के अंतर्गत इसकी व्याख्या करना आपके लिए संभव नही है, यह निरर्थक नहीं हो जाता।

केवल शंकर ही ऐसे विचारक है जो हमें बताते हैं कि ये अनिर्वचनीय बातें दिग्देशगुण फलभेद रहितं परमार्थसद अद्वयं ब्रह्म मंदबुद्धिना असद इव प्रतिभाति-मंदबुद्धिसे जानना बहुत कठिन है।परम सत्य की यह सर्वोच्च श्रेणी सब भेदों के परे है; यह 'असत' लगती है जबकि वास्तव में यह सत्य की पूर्णता है, क्योंकि यह सब सत्यों में गहनतम सत्य है। इस प्रकार यह प्रथम सिद्धांत है। चूंकि मानव भाषा या मानव श्रेणियों द्वारा इसे समझा नहीं जा सकता, इसलिए इसका अर्थ यह नहीं है कि यह केवल असत्य है। अत: हमें मनुष्यों द्वारा रखे गए हर प्रकार के वर्णन के प्रति आस्थावान होना चाहिए। इस प्रकार मस्तिष्क की वह ग्रहणशीलता, जो आत्मा के हर वर्णन, हर व्याख्या को स्वीकार कर लेती है, स्वीकार्य होती है।

अत: आप यहां उस परम सत्य को पाते हैं, जो स्वयं आपमें परम आत्मा है और जिसे कई रूपों में प्रकट किया जा सकता है। उस प्रकाश के वहन के कई संदेशवाहक हैं। हम इन सबको स्वीकार करते हैं और तब यदि हम इस संसार में रहना चाहते हैं तो हम परम सत्य को पहचान जाते हैं। अनुशासन, संयम आदि आवश्यक होते हैं। अत: स्वयं अपने अंदर उस प्रकाश के दर्शन के लिए हमसे आशा की जाती है कि हम आध्यात्मिक अभ्यास करें; हमारे अंदर मौजूद यह प्रकाश है।

यदि हम ऐसा करते हैं तो दूसरों से विवाद करने की आवश्यकता नही; हम निराश होकर निर्जीव नहीं हो जाएगें; हम हताश नहीं होगें। यदि मुसीबत का पहाड़ भी टूट पड़ेगा तो हमारे लिए यह आग्रह करना संभव होगा कि हमारे अंदर कुछ ऐसा है जो हमारे सारे वातावरण से कहीं अधिक श्रेष्ठ है।

आज के युग में जब दुनिया अस्थिर हो गई है, जब दुनिया खतरे पर टिकी है, जब दुनिया आत्मप्रसार करके स्वयं उन्नति नहीं कर सकती है, तब हमारे लिए आवश्यक है कि हम सत्य के अस्तित्व की मानें और यह भी मानें कि इस आस्था के फलस्वरूप यथोचित प्रगति की जा सकती है।

मेरा यह पक्का विश्वास है कि यह विरासत न केवल सब भारतीयों बल्कि दुनिया भर के लोगों को ग्राह्मा होगी। इसमें सांप्रदायिक कुछ भी नहीं है। यह वैज्ञानिक है, यह नैतिक है, यह आध्यात्मिक है। हमने इसे भुला दिया है–हमने उन तमाम फालतू बातों से मिलाकर इसे गड्ड-मड्ड कर दिया है, जो हमारे धर्म और व्यवहार में प्रवेश पा गई है। इन फालतू बातों को हमें छोड़ना है। हमारी विरासत में कई बातें है, जिनपर हम गर्व नहीं कर सकते है; परन्तु कई ऐसी बातें भी उसमें है, जिनपर हम गर्व कर सकते हैं। इन गर्व की जा सकने वाली बातों से हमें स्वयं को जोड़ना चाहिए और उन बातों से दूर रहना चाहिए, जिनपर हम गर्व नहीं कर सकते। इसी प्रकार हम सही दिशा में प्रगति कर सकते हैं।

ज्ञान तथा बुद्धि का विकास

सब संस्कृतियों का प्रमुख उद्देश्य यह रहा है कि हम सत्य को पहचानें–सर्व शास्त्र प्रयोजनं आत्मदर्शनं। सब शास्त्रों का प्रयोजन, उद्देश्य और आकांक्षा है: आत्म-दर्शन यानी सत्य की खोज और परम सत्य तक पहुंचने की क्षमता। चाहे प्राकृतिक विज्ञान हो या मानविकी का अध्ययन हो, हर प्रकार की वैज्ञानिक गवेषव्य का यही उद्देश्य रहा है।

हमारी आलोचना की जाती है कि प्रकृति के विषय में हमारे ज्ञान में वृद्धि हो रही है, किंतु हमारी बुद्धि का ह्रास हो रहा है। विज्ञान के क्षेत्र में चहुंमुखी प्रगति हो रही है और मनुष्य के नियंत्रण में इतनी बड़ी शक्ति आ गई है कि वह दुनिया को तहस-नहस कर सकता है। जो लोग परमाणु ऊर्जा के परिणामों पर विचार करते हैं, वे महसूस करते हैं: मनुष्य को क्या हो गया है; उसकी सांसारिक शक्ति इतनी कैसे बढ़ गई है; रेडियो, टेलिविजन तथा अन्य मशीनों द्वारा उसने अपने शरीर का इतना विस्तार कैसे कर लिया है–जबकि उसकी आत्मा अभी तक ठहरी हुई लगती है; उसकी आत्मा का इस प्रगति के अनुरूप विकास नहीं हुआ है।

बुद्धि के विकास तथा ज्ञान क वृद्धि में समानुपात नहीं है। इस असमानता ने कई लोगों को प्रभावित किया है। हमें वस्तुओं के स्वरूप की अपनी समझ का विस्तार करने का प्रयास करना चाहिए; हमें कुछ ऐसे मूल्य सामने रखने चाहिए, जिन्हें हमारे यांत्रिक उपकरण तथा युक्तियां उपयोग में लाएं। हमारे लिए यह जानना आवश्यक है कि विज्ञान का जो भी स्वरूप हो, यह मनुष्य की आत्मा ही है जो उस दिशा में स्वय को प्रकट कर रही है।

प्रत्येक मनुष्य को देखना चाहिए कि वह बाहरी या छिछले धरातल पर तो नहीं जी रहा है। मनुष्य को गहराई होनी चाहिए। जो कुछ भी बदलाव हो, मनुष्य

में कुछ ऐसा होता है, जो स्थायी है और सदा बना रहता है। वाचस्पति कहते हैं: एषु व्यावर्तमानेषु यद अनुवर्तते तत् तेम्यो भिन्नं। संसार-चक्र धूम रहा होता है। इस घूमने वाले समय-चक्र में सारी वस्तुएं घूम रही होती है। पर इस सबके बीच प्रत्येक मनुष्य में एक स्थायी केन्द्र होता है जो सत्य का और हमारा पथ आलोकित करने वाले प्रकाश का अक्षय स्रोत होता है। यदि हम इस केन्द्र की अवहेलना करते हैं, यदि हम छिछले धरातल पर जीते हैं, यदि हम मशीनों से काम लेते हुए स्वयं मशीन बन जाते हैं, तो वास्तव में बड़ा खतरा पैदा हो जाएगा और हम अपनी सही भावना से कटकर दूर छितरा जाएंगे।

अत: चाहे हमारा वैज्ञानिक या मानविकी संबंधी ज्ञान कितना ही क्यों न बढ़ जाए, सदा इसे मनुष्य के विलक्षण मस्तिष्क, मनुष्य की उत्कृष्ट आत्मा, मनुष्य की ऊर्ध्व चेतना की विशुद्ध ज्वाला का मुखर रूप समझना चाहिए। यदि हम छिछले धरातल पर जीते हैं तो हम उस सत्य की उपेक्षा करते हैं जो हर प्रकार की महानता का उद्गम है। हमें सदा इस ओर देखना चाहिए कि ज्ञान वृद्धि करता जा रहा है, पर बुद्धि का ह्रास होता जा रहा है।

यदि इस प्रकार हमारी आलोचना की जाती है तो इसका कारण यह है कि हम आध्यात्मिक पक्ष की उपेक्षा करते हैं। इसका यह भी कारण है कि हम उन मनुष्यों की उपेक्षा करते हैं जो जीवन के ऊपरी धरातल पर जीते हैं और उन्हें यह पता नहीं कि इन ऊपरी बातों को ही मानव-बुद्धि की उन्नति के उद्देश्य से प्रयोग किया जाता है। अत: बुद्धि तथा ज्ञान को साथ-साथ बढ़ना चाहिए।

संसार में प्रत्येक वस्तु शाश्वतता को ग्रहण करने के लिए साधन या उपकरण के रूप में प्रयोग होती है। जिन कलाओं पर हम विचार करते हैं, जिन कलाओं को हम विकसित करते हैं, वे कलाएं भी कला कही जाती हैं–कां परमात्मानां लाति गृहणाति इति कला। जिससे हम शाश्वतता को ग्रहण करते हैं, उसे ही कला कहते हैं। इसका उद्देश्य मनुष्य की आत्मा का परिष्कार करना है–आत्म संस्कृति वाव

शिल्पानि। सारी विद्याएं मौजूद हैं, लेकिन हम उन्हें अपनी आत्मा के परिष्कार के लिए उपयोग करने में असमर्थ होते हैं। हम कई बार यह कहते हैं, लेकिन इसे व्यवहार में नहीं लाते।

सारा विश्व हमारा घर बन जाएगा। कुछ समय हुआ, मुझे ईसाई धर्म गुरु पोप से मिलने का सौभाग्य प्राप्त हुआ। मैंने उनसे कहा कि जब ईसाई धर्म का उदय हुआ तो उस समय उसका आध्यात्मिक प्रभाव क्षेत्र यूनान और रोम तक सीमित था। यूनानी दर्शन तथा रोमन संगठन के साथ यहूदी धर्म की आत्मा का समन्वय हुआ और इस प्रकार आज का ईसाई धर्म अस्तित्व में आया। सेंट टामस एक्विनास ने अरस्तू के दर्शन का ईसाई अध्यात्मवाद से समन्वय करने का प्रयास किया; उन्होंने यह मान लिया कि अरस्तू का दर्शन संसार के धर्मेतर विषयों का प्रतिनिधित्व करता है और उन्होंने इन दोनों को समीप लाना चाहा। आज सारी दुनिया हर धर्म का आध्यात्मिक क्षेत्र बन गई है। यदि दुनिया को टिकना है, इसे खत्म नहीं होना है और जीवित रहना है तो इसे सब महान विज्ञानों तथा धार्मिक दर्शन की सब महान परम्पराओं का समन्वय करना होगा। कह सकते है कि ईसाई धर्म ने हर धर्म से और हर धर्म ने ईसाई धर्म से सामंजस्य स्थापित कर लिया है। ये सब मानव की विरासत है।

आत्म-ज्ञान

यदि हम आज जीवित हैं तो यह इसलिए नहीं है कि हमने महान औद्योगिक प्रगति की है या हमने यांत्रिक प्रवीणता प्राप्त कर ली है या हमारे पास परमाणु बम या इस प्रकार की वस्तुएं है। हम इसलिए जीवित हैं कि अब भी ऐसे लोग मौजूद हैं, जो जन-सामान्य को आध्यात्मिकता का रास्ता सुझाते हैं और उनका व्यवहार परमात्मा की इच्छानुसार है। ये ही लोग हैं, जो हमारे देश की वास्तविक संस्कृति या हमारी अध्यात्म विद्या का प्रतिनिधित्व करते हैं। सब विज्ञानों में महानतम विज्ञान स्वयं की आत्मा के बारे में ज्ञान है।

आत्मा क्या है? क्या यह हाड़-मांस है, क्या यह रक्त तथा मांशपेशियां है? क्या यह जीवन के यांत्रिक घटक मात्र है? आत्मा इन सबसे परे कुछ है। यह इन वस्तुओं से ऊपर है। वाचस्पति कहते हैं कि जो आपके परिवर्तित होते रहने वाले सब क्रियाकलापों में स्थायी तत्व है, वह आपमें सृजनात्मक तत्व है; वह वैयक्तिकता तथा आंतरिक स्वतंत्रता का सिद्धांत है। यदि आप इस संसार के घटना-क्रम में केवल एक मद बन जाते हैं, यदि आप केवल प्रकृति द्वारा निर्मित किए जाते हैं तो आपमें वह भावना नहीं जगती, जो मनुष्य को आगे बढ़ाने या, यों कहें कि विकसित होने के लिए प्रेरित करती है। प्रत्येक मनुष्य स्वप्नदृष्टा है। वह अधिक उदात्त और बेहतर जीवन के स्वप्न देखता है। वह केवल उस वातावरण का शिकार नहीं होता जिसमें उसे रखा जाता है। मनुष्य वातावरण को बनाता भी है। वह भी बदलता है और उसे भी बनाता है। अपनी इस सृजनशीलता की हम उपेक्षा करते हैं।

उस दिन मैं श्रोता-समुदाय से कह रहा था कि उस सुंदर कलाकृति संग्रह को 'हरमिटेज' (कुटीर) नाम हमें बताने को दिया गया कि मनुष्य को अपने हृदय तथा मस्तिष्क में (महान कृतियों के जन्म के लिए) 'कुटिया' बसानी चाहिए। जो

मनुष्य अपने को केवल प्रकृति का उत्पादन समझता है, वह महान कलाकृति को जन्म नहीं दे सकता। मैं आपसे यह कह रहा हूं कि प्रत्येक मनुष्य के जीवन के एकांत तथा सामाजिक पहलू होते हैं, यदि आप सामाजिक पहलू में खो जाते हैं तो आप कभी भी कोई ऐतिहासिक कार्य करके परिवर्तन नहीं ला पाएंगे। जीवन का एकांत पहलू भी है। मनुष्य को एकांत कुटिया अवश्य बनानी चाहिए; उसमें वह रहकर निर्णय दे और अपने अनुभव को नया रूप देते हुए हमें महान कलाकृति प्रदान करें।

मनुष्य उस समय निपट मानवीय होता है, जब वह एकांत में रहता है और भाषण नहीं दे रहा होता है, जब वह अपने अन्तर्मन में सिमट जाता है, जब वह बाह्य वातावरण से स्वयं को काट लेता है और अपने अन्तर्मन में प्रवेश करता है तथा मन को टटोलकर देखता है कि वहां क्या कमी है। हममें से कई लोग अपने मन में झांकने से डरते हैं, क्योंकि वहां इतना कुछ भरा होता है कि वे उससे साक्षात्कार करने से कतराते हैं। हम इससे बचना और भागना चाहते हैं। इस प्रकार हम सामाजिक प्राणी बन जाते हैं और अपने जीवन की वास्तविकताओं से दूर भाग जाते हैं।

आत्मा का ज्ञान सत्य या सबसे उत्कृष्ट ज्ञान होता है। उसे आप केवल बाह्य वातावरण को देखकर नहीं पा सकते। उपनिषद् में नारद तथा सनतकुमार में बड़ा विवाद छिड़ता है। उनका शिष्य कहता है, 'मैं हर प्रकार की विद्या या ज्ञान जानता हूं; पर क्या कारण है कि मैं मन की शांति नही पा सका हूं?' वह सत्य के समीप पहुंचता है केवल ग्रंथों को जानता हूं। मुझे आत्मा के बारे में सत्य ज्ञान नहीं हुआ है। यही कारण है कि मैं दुख के सागर को पार करने में असमर्थ रहा हूं।

केवल पुस्तकीय ज्ञान, मंदिरों में जाना, भजन गाना या मंत्र जपना इस आध्यात्मिक बुद्धि को प्राप्त करने में सहायक नहीं होते। केवल पुस्तकें पढ़ने से आप शाश्वत जीवन प्राप्त नहीं कर सकते। इससे आपको सच्ची आध्यात्मिक

बुद्धि नहीं प्राप्त होगी। यदि आप एक बार भी वह आध्यात्मिक बुद्धि प्राप्त कर सकें, तो आप सत्य के स्वरूप की संकल्पना कर सकने में समर्थ हो जाएंगे-सत्य, जो इस काल-नियमबद्ध संसार से परे है और जिसे शब्दों में व्याख्या करके नहीं प्रकट किया जा सकता। यही कारण है कि हमें धर्म पर आचरण के अन्य मार्गों के प्रति उदारता का दृष्टिकोण विकसित करना होता है। हमारे ऋषियों ने इतिहास के आदिकाल से हमें यह सीख दी है। पर तो भी आज भी जाति, संप्रदाय की दुहाई देते हुए हम वह राष्ट्रीय एकता विकसित नहीं कर सकें हैं, जो इस संसार में किसी भी प्रकार की प्रगति के लिए आवश्यक है।

आप पूर्व के उन देशों की ओर देखिए जो बहुत प्रगति कर चुके हैं–जापान, चीन आदि। आप वहां क्या पाते हैं? क्या वहां लोग जात-पात लेकर लड़ते रहते हैं? क्या वे सांप्रदायिक मतभेदों को लेकर सिर-फूडौवल करते रहते हैं? क्या वहां पूछा जाता है कि कोई मनुष्य किस जाति का है? वहां ये प्रश्न निरर्थक माने जाते हैं। हमें यह महान पाठ पढ़ना है कि जाति-भेद तथा सांप्रदायिक मतभेद भुला देने हैं और राष्ट्रीय कल्याण तथा राष्ट्रीय हित को अपना सर्वोच्च उद्देश्य मानना है। हमारे धर्म-ग्रंथों और शास्त्रों ने भी यही शिक्षा दी है। उन्होंने हमें शिक्षा दी है कि ईश्वर एक है, हम उसकी संतान है और इसलिए हमें इन छोटी-छो, फालतू बातों के बारे में नहीं लड़ना चाहिए।

केवल आत्म-परीक्षण द्वारा ही यह कर सकते हैं। हमें जीवन की भागदौड़ के बीच थोड़ा समय आत्म-परीक्षण के लिए देना चाहिए और यह मालूम करना चाहिए कि क्या हममें अहंकार, घमंड, हेठी, दूसरों के प्रति हेय भावना है और क्या हम यह समझते हैं कि हमसे बड़ा कोई नहीं हैं। इस प्रकार की बातें किसी मनुष्य में मानवीय गुण नहीं उपजातीं, यदि मनुष्य में मानवीय गुण होने हैं, यदि मनुष्य को मनुष्य बनना है तो उसे इन सब विकृतियों से स्वयं को मुक्त करना होगा-राग, भय तथा क्रोध से मुक्ति।

मानव आत्मा की स्वतंत्रता

अपने जीवनकाल में मैंने विज्ञान की दुनिया में इतने बदलाव देख लिए है–टेलीफोन, स्वचालित वाहन, रेडियो, दूरदर्शन, हवाई जहाज आदि। इतनी वैज्ञानिक प्रगति हो रही है। इस शताब्दी के तीन-चौथाई भागों में इतना कार्य हो चुका है, जो पिछली कई शताब्दियों में हुए कुल कार्य से भी अधिक है। यह दिखाता है कि किस तरह हमारा युग बुनियादी तौर पर विज्ञान तथा प्रौद्योगिकी का युग है। भूगर्भशास्त्र में भी कई बदलाव हुए है। भूकंप, ज्वालामुखी, हिमनद, पर्वतों का टूटना, नदियों का लुप्त हो जाना और दिशा बदलना आदि बड़े महत्व के हैं, यद्यपि ये घटनाएं होने में लम्बा समय लेती है। यह भी सच है कि चट्टानों तथा पथरीलें अस्थिपंजरों के अध्ययन से कुछ अंदाजा लगाकर सिद्धांत प्रतिपादित किए गए है। हम यह कहने लगे है कि एककोषीय जीव से उच्च स्तर के स्तनपायी बनते हुए हम मनुष्य बने हैं। कब जीवन का आरंभ हुआ, संसार में चेतनाशक्ति का कब जन्म हुआ-ये वे प्रश्न है जो वैज्ञानिकों के अनुसंधान से संबंध रखते हैं।

आठवीं शताब्दी ईसा पूर्व में रचा गया एक प्राचीन उपनिषद् है, जो ब्रह्मांड के विकास-क्रम की चर्चा करता है और उसमें पांच स्थितियां होने की बात करता है। पहली अकार्बनिक या भौतिक पदार्थ है, जिसके बाद प्राणिशास्त्रीय मनोवैज्ञानिक तथा तर्कशास्त्रीय स्थिति आती है। इनके बाद क्रमश: मानसिक,बौद्धिक और आध्यात्मिक स्थितियां आती हैं। अब हम तर्कशास्त्रीय मस्तिष्क की स्थिति में पहुंचे हैं, जब सुक्ष्म व्याख्याएं की जाती है और मंदिर तथा गिरिजाघर आदि बनाए जाते हैं। पर विकास-क्रम का यह अंत नहीं है। यह तर्कशास्त्रीय मस्तिष्क आध्यात्मिक मस्तिष्क में बदलना है। बौद्धिक संकल्पना हमें जाति, धर्म, राष्ट्र संबंधी विचार प्रदान करती है और इस स्थिति में हम दूसरे धर्मों और दूसरे राष्ट्रों के लोगों को अपने से भिन्न स्वभाव वाले समझते हैं।

ये संकल्पनाएं है, जो मनुष्य के तर्कशास्त्रीय मस्तिष्क द्वारा विकसित की जाती हैं, जिसे विज्ञान कहते हैं। परन्तु यह कहां जाता है कि जब यह विज्ञान परिचय-चिन्हों से युक्त हो जाता है और सारी दुनिया को बिरादरी मानने लगता है तथा विश्व बंधुत्व की भावना पैदा करता है, तब वह आनंद या मानव आत्मा की स्वतंत्रता में विकसित हो जाता है। यहीं विचार है जिस तक हमें पंहुचना है। इसका आग्रह है कि तर्कशास्त्रीय मस्तिष्क रखने वाले प्राणी के रूप में मनुष्य मानव विकास-क्रम में अंतिम स्थिति पर नहीं पहुंचा है। वह अधूरा और अपूर्ण है: उसे अभी और भी ऊंची स्थिति तक पहुंचना है।

वैज्ञानिक अध्ययन के मार्ग से भी हम इसी निष्कर्ष पर पहुंच रहे हैं। जो खनिज हमें प्राप्त होते हैं, जो तेल हम प्राप्त करते हैं, जो ईंधन हम इस्तेमाल करते हैं, वे औद्योगिक विकास के मुख्य आधार है। आज हम यूरेनियम प्राप्त करते हैं और यह यूरेनियम वह साधन है, जिससे परमाणु अस्त्र बनते है। इस परमाणु ऊर्जा का कैसे इस्तेमाल होता है; क्या इससे मानव कल्याण और प्रगति होनी है या अन्य मनुष्यों का, सब महान कलाओं तथा मनुष्य द्वारा बड़े परिश्रम से प्राप्त उपलब्धियों का संहार होना है और कैसे यह सब होना है-यह मनुष्य की आत्मा पर निर्भर करता है। मनुष्य की इस आत्मा का विकास होना है। उसे ऊपर उठना है, उसे लम्बी छलांग लगानी है।

आज का मनुष्य स्वयं को किसी सीमाबद्ध समूह का सदस्य समझता है। यदि उसकी इस संकीर्ण राष्ट्रवादी संकल्पना का उत्तरोत्तर विकास होना है तो पृथ्वी के गर्भ से निकाला जाने वाला यह यूरेनियम मानवता के लिए अभिशाप है। परन्तु यदि इसे मानव कल्याण के लिए इस्तेमाल होना है तो आवश्यक है कि मनुष्य बेहतर ढंग से विकसित हो। एक ओर यूरेनियम के उत्पादन द्वारा दी गई चुनौती है और दूसरी ओर उपनिषद् की वह संकल्पना है, जो हमें बताती है कि मनुष्य का बौद्धिक प्राणी होना काफी नहीं है और वह विकास क्रम की अंतिम

स्थिति पर नहीं पहुंचा है। ये दोनों बातें एक बिन्दु पर मिल जाती है। यदि हमारे युग की चुनौती का सामना करना है, यदि इस संसार को ऐसे स्वर्ग में परिणत होना है, जहां मनुष्य स्वतंत्र होकर और मेल-मिलाप तथा मैत्री-भाव से रह सकें तो यह आवश्यक है कि मनुष्य स्वयं विकसित हो। इस प्रकार हमसे उम्मीद की जाती है कि हम अपने उन सब संसाधनों का प्रयोग करें, जो अपने को परिपूर्ण करने के उद्देश्य से हमें उपलब्ध कराए गए है।

इस देश ने इतिहास के उदय से ही मानव विकास की दूसरी दिशा पर बल दिया है। यदि आप सिंधु घाटी की सभ्यता पर ध्यान से देखें तो आप वहां महायोगी की प्रतिमा पाएंगे-ध्यान में आत्म-विस्मृत महान संयासी जो अपनी प्रकृति को सुधारने का प्रयास कर रहा है और जो अपनी इच्छाओं पर किसी प्रकार की विजय पाने का प्रयास कर रहा है। आप बुद्ध को देखें जो बौधिवृक्ष के तले बैठे हैं और सत्य की खोज में अपने मन और शरीर को कष्ट दें रहे हैं। वह कहते हैं कि यदि मनुष्य को अपनी प्रकृति का विकास करना है तो उसे कष्ट सहना होगा। हर प्रकार की खोज का संबंध विजय-लालसा से होता है। आपमें न्यायोचित गुण होने चाहिए ताकि आप स्वयं अपनी प्रकृति की थाह पा सकें। जब ईसामसीह प्रार्थना में डूबे हुए जार्डन नदी के किनारे बैठे थे तो वह भी मानव प्रकृति के सुधार की बात पर विचार कर रहे थे। यही बात पैंगबर मोहम्मद के बारे में कह सकते हैं, जब वह मक्का की पहाड़ी पर सत्य की खोज के लिए चढ़ रहे थे। उनका ध्यान बाहरी चीजों पर नहीं था, वह धरती पर नहीं देख रहे थे; वह तब यही विचार कर रहे थे कि मानव प्रकृति का विकास कैसे किया जा सकता है।

इस भावना के कई साक्षी हमारे सामने है। आप इसे आध्यात्मिक अनुसासन या पवित्रता की भावना कह सकते हैं। हमारे देश का लिखित इतिहास 50 शताब्दियों का है और इस सारी अवधि में इस देश ने इसी भावना को ऊपर उठाया है।

गांधी नाम के आदमी को देखिये। वह भारत की आत्मा का प्रतीक है। लोग उनके पास जाकर कहते थे, 'आप देश के लिए स्वाधीनता प्राप्त करना चाह रहे हैं, पर इतिहास को देखिए। इतिहास बताता है कि किसी भी देश ने आप द्वारा सुझाए गए सत्य और प्रेम के रास्ते को अपनाकर स्वाधीनता नहीं पाई।' उनका उत्तर यह होता था,' हमें इतिहास के बुरे उदाहरण पर नहीं चलना चाहिए। इस देश में राष्ट्रीय स्वाधीनता प्राप्त करने के प्रयास में हम अच्छा उदाहरण लोगों के सामने रखें: हम अहिंसा, मैत्री, करुणा, अद्रोह से तथा घृणा से मुक्त होकर स्वाधीनता पाएं।' उन्होंने हमारे समाने ये विचार रखे।

अत: प्राचीन सिंधु घाटी सभ्यता के समय से लेकर गांधी और राम-कृष्ण तक एक ही भावना, एक ही अनुशासन को हमने बुलंद किया। इस विराट ब्रह्मांड का उद्देश्य यही है, युगों की आकांक्षा यही है, परमेश्वर की इच्छा यही है, इतिहास का अर्थ यही है कि हम अपने विचारों को आध्यात्मिक बुद्धिमत्ता के अनुरूप बनाएं, अपनी इच्छा की विश्वबंधुत्व की प्राप्ति के अनुसार बनां और अपने संवेगों को विश्व एकता के अनुसार ढ़ालें, ताकि हम साहचर्य तथा मैत्री की ओर अग्रसर हों और स्वयं को उच्चतर आध्यात्मिक स्तर तक ऊपर उठाएं। इस देश ने यही पाठ ग्रहण किया है और विश्व को दिया है।

आज भी हम भारतवासी सैनिक तानाशाहों या धन-कुबेरों को बहुत सम्मान नहीं देते। यह देश लंगोटी पहने गांधी जैसे या एक जगह से दूसरी जगह नंगे पैर फिरने वाले विनोबा जैसे आदमी को सम्मान देता है। यह इस बात का उदाहरण है कि विज्ञान के क्षेत्र में विलक्षण उपलब्धियों के बावजूद आज का मनुष्य उस मनुष्य की तुलना में कुछ भी नहीं है,जिसने अपने मन पर विजय पा ली हो। बुद्ध ने कहा था, 'विजय से घृणा का जन्म होता है; पराजित लोग दुख में जीते हैं।' हमें किसी प्रकार की भौतिक विजय स्थापित करना अपना उद्देश्य नहीं बनाना चाहिए। आज जब सारी दुनिया संकट की स्थिति में है; जब दुनिया चौराहे पर

खड़ी है, जब हम इस विचार में हैं कि परमाणु ऊर्जा का कैसे उपयोग करें और उसे मानव कल्याण के लिए न कि मानव विनाश के लिए प्रयोग करें, हमारे सामने इस देश ने उदाहरण रखा है और इस उदाहरण को हमें हमेशा याद रखना चाहिए।

दुनिया के हर हिस्से में पवित्रता तथा सुद्धता के प्रतीक-चिन्ह है। इस कारण यह कोई विशेष बात नहीं है; यह किसी विशेष देश का एकाधिकार नहीं है। पर हमें लौटना उसी तरफ है। हमें यह एहसास करना चाहिए कि मनुष्य आत्म-परिपूर्णता के लिए जीता है, न कि आत्म-विनाश के लिए। अत: यूरेनियम के विशाल भंडार जो हमें प्राप्त हुए हैं और जिनसे हम परमाणु ऊर्जा पैदा कर सकते हैं, उन्हें मनुष्य की भलाई के लिए इस्तेमाल किया जाना चाहिए, ताकि दुनिया उतनी ही अच्छी जगह रहने के लिए बन सके जितनी वह बन सकती है।

ईश्वर ने चाहा था कि मनुष्य एक-दूसरे को प्रेम करें और रचनात्मक कार्य करें। उसने यह नहीं चाहा कि मनुष्य एक-दूसरे से घृणा करें और आपस में ही लड़-मिट जाए। इसी दोराहे पर हम खड़े हैं। इसी संकट की घड़ी में हम जी रहे है। अंतर्राष्ट्रीय ख्यातिप्राप्त वैज्ञानिकों के लिए (जो इस सभा में मौजूद हैं) यह आवश्यक है कि उस आध्यात्मिक आयाम पर कुछ ध्यान दें, जिसे इस देश ने सिंधु घाटी सभ्यता के समय से लेकर हमारे जमाने में महात्मा गांधी तक बुलंद किए रखा है। यदि आप यह कर सकेंगे, आप न केवल हमारी भौतिक संपत्ति और ज्ञान में वृद्धि करेंगे, बल्कि आप मानवता के संसाधनों में भी वृद्धि कर सकेंगे। ये मानवता के संसाधन है: प्रत्येक मनुष्य में छिपी भलाई की अदृश्य धाराएँ। आप उन्हें प्रकाश में लाएंगे ताकि उनपर व्यवहार होने लगे।

कहा जाता है कि अवतार जन्म लेते हैं। यह कुछ ही व्यक्तियों के संबंध में सही नहीं होता। जो कुछेक व्यक्ति कर सकते हैं, वह सभी मनुष्य कर सकते हैं। सारी मनुष्य जाति में परमात्मा का अवतार अवतरित हो, हमें यह करने का प्रयास करना चाहिए। विज्ञान ने हमें आवश्यक सुविधाएं प्रदान की हैं। इसने सारी

दुनिया को साथ ला दिया है, इसने प्रत्येक देश की आध्यात्मिक विरासत को समझने योग्य हमें बना दिया है। यदि हम सारी दुनिया के आध्यात्मिक संसाधनों को प्रयोग में ला सकेंगे, यदि हम उन सबकी कार्य-रूप में परिणत कर सकेंगे, तो हम इस दुनिया को उससे कहीं अच्छी जगह बना सकेंगे, जैसी वह इन दिनों है।

आत्म-दर्शन

अपने महान युग में भारत कभी भी कटकर नहीं रहा। वह विश्व इतिहास की धारा का अंग रहा। यदि आप भारतीय गणित, चिकित्सा आदि की प्राचीन प्रणालियों को देखें, तो आप उनमें यूनानी, रोमन, पश्चिम एशियाई तथा अन्य प्रणालियों का बहुत प्रभाव पाएंगे। यदि आप यूरोपीय संसार पर दृष्टिपात करें तो आप पाएंगे कि विज्ञान की प्रगति न्यूटन (अंग्रेज), केपलर (जर्मन), कोपरनिकम (पोलैंडवासी) और गैलोलियो (इटलीवासी) आदि के सहयोग के कारण हुई। इन सब विद्वानों ने सहयोग किया और आधुनिक विश्व में वैज्ञानिक क्रांति ला उपस्थित की। इसी प्रकार हम भी अपने महान दिनों में अन्य राष्ट्रों से सहयोग कर रहे थे।

जब हम गुलाम हो गए, जब हम अन्य स्त्रोतों से कट गए, जब हम अलग-थलग पड़ गए, तब हमारे जीवन संकुचित हो गए और हम उस प्रकाश को साथ लेकर नहीं बढ़ सकें, जिसे ले जाने के हम अभ्यस्त थे। राजनीतिक स्वतंत्रता प्राप्त करने के बाद हम फिर इतिहास की मुख्यधारा में लौट आए। हमारे वैज्ञानिक दुनिया के विभिन्न भागों में जाते हैं और दुनिया की तरक्की में हाथ बंटाते है। आज जहां कहीं भी विज्ञान पर कार्य होता है, वहां हमारे वैज्ञानिक भी रहते हैं।

हमारे देश में कई ऐसी समस्याएं है जिनपर हमारा सिर शर्म से झुक जाता है। यह समस्याएं गरीबी, कुपोषण, रोग, खराब पेयजल की हैं और यह भई है कि देश के कुछ भागों में लोग मक्खियों की तरह जीते और मरते हैं। यह आवश्यक है कि हम इन समस्याओं पर प्रहार करना चाहें। यह आवश्यक है कि हम गरीबों का भला करना चाहें। गरीबों का ख्याल रखना ही वह मापदंड है, जिससे हम किसी सरकार की जांच करते हैं। यदि हम चाहते है कि हमें सभ्य समाज कहा जाए तो हमारी पहली दिलचस्पी इसमें होनी चाहिए कि हम उन गरीबों के लिए क्या कर रहे हैं, जो तरह-तरह की महामारियों के शिकार हैं, जो हमारे देश के नगरों के फुटपाथों पर या गांवों में मक्खियों की तरह मर जाते हैं।

यदि हम इन समस्याओं का सामना करना चाहते हैं तो यह आवश्यक है कि हम विज्ञान तथा प्रौधोगिकी में उन्नति करें। हमें इनका विकास करना चाहिए; हमें वैज्ञानिक दृष्टिकोण अपनाना चाहिए। हममें से हरेक में वैज्ञानिक भावना होनी चाहिए। पुरातनपंथ, अंधविश्वास और ऐसी अन्य बातों को, जिनसे हमारा शताब्दियों से पीछा नहीं छूटा है, हमें हटाना चाहिए और मनुष्यों को महसूस कराना चाहिए कि वे ऐसे इज्जतदार और समझदार इंसान हैं जिनपर न केवल अपने कामों की, बल्कि अपने सुपुर्द गरीबों की भलाई करने की जिम्मेदारी है।

कैंब्रिज में हुए एक विशिष्ट व्याख्यान के दौरान बार-बार यह कहा गया कि वैज्ञानिक संस्कृति और शैक्षणिक तथा साहित्यिक संस्कृति दो अलग चीजें हैं और उन्हें एक-दूसरे से बहुत कम लेना-देना है। हममें या तो ऋषि या संत पैदा होते हैं या तकनीकविद; हम या तो अंतर्ज्ञान वाले कल्पनाशील व्यक्ति पैदा करते हैं या व्यावहारिक योग्यता और यांत्रिक दक्षता वाले व्यक्ति; पर हम ऐसे व्यक्तियों को नहीं पैदा करते जो ऋषि और तकनीकविद दोनों होते हैं यानी ऐसे व्यक्ति जो अपनी कल्पना और वैज्ञानिक दक्षता को साथ-साथ विकसित कर लेते हैं। यह सारी संकल्पना मेरी राय में निराधार है, क्योंकि यह वैज्ञानिक संस्कृति और शैक्षणिक तथा साहित्यिक संस्कृति अलग नहीं है।

सत्य अखंड है। चाहे ऐतिहासिक सत्य हो, साहित्यिक सत्य हो या वैज्ञानिक सत्य हो, प्रवेश-द्वार अलग-अलग हो सकते हैं; परन्तु अंततोगत्वा हम जो कुछ करते हैं, वह समान होता है। साहित्य के अध्ययन से कल्पना जागृत होती है; कल्पना ही से वैज्ञानिक अग्रसर होता है और उसका अनुमान ही उससे वातावरण पुनर्निर्मित करवाता है ताकि वह प्रकृति के गूढ़ रहस्यों का उद्घाटन कर सकें। मनुष्य की आत्मा ही प्रकृति संबंधी तथ्यों पर निर्णय देती है और उसी के आधार पर मनुष्य वातावरण का पुनर्निर्माण करता है। हमें न केवल

अपने बाहरी वातावरण को बल्कि अनपे अंदरूनी वातावरण, अपनी आंतरिक शक्तियों और बल को भी बदलना चाहिए।

देशों के महान नेताओं और महान राजनीतिज्ञों ने प्रकृति पर विलक्षण शक्त प्राप्त कर ली है। उन्हें मानवता के विनाश करने या उसे बचाने की आश्चर्यजनक क्षमता प्राप्त हो गई है। यदि हमें आज अपनी शक्ति के कारण खतरा है तो यह उस बाह्य शक्ति के कारण नहीं बल्कि उसपर हमारी नियंत्रणहीनता के कारण है। हथियार हमें नष्ट नहीं करतें, बल्कि बुद्धिमानी के अभाव के कारण हम स्वयं को नष्ट कर सकते हैं। मनुष्य स्वयं ही मानवता का विनाश कर सकता है। यदि हम अपना सुधार करें तो विज्ञान मनुष्य जाति के विकास या उसकी गुणता में वृद्धि के लिए महान साधन सिद्ध होगा। हमारा यही उद्देश्य होना चाहिए। मानव आत्मा के संस्कार के लिए ही सब तकनीकी विषय है। आत्म-संस्कृति, मानव स्वभाव का विकास, मानव आत्मा का संस्कार- यह उद्देश्य ही हमें अपने सामने रखना चाहिए।

हममें से अधिकांश लोगों का ख्याल है कि वे इसलिए वैज्ञानिक है कि वे बटन दबाते हैं और रोशनी हो जाती है, दूसरा बटन दबाते हैं और टेलीफोन की घंटी बजने लगती है, तीसरा बटन दबाते है और मोटर कार बाहर निकल आती है। पर हम यह नहीं जानते कि ऐसा क्योंकर होता है। इन उपकरणों में कौन-सा ज्ञान भरा गया है? हम तो केवल बटन दबाना जानते है और इस प्रकार अपनी सुविधा के लिए काम करवाते हैं। इसका मतलब यह है कि हम मानव जीवन की सतह पर जीते है-मस्तिष्कहीन यंत्र, मशीन चालक, तकनीकविद। हम नहीं जानते कि इन वस्तुओं की गहराई किस तरफ इंगित करती है और उसके क्या मानी है। यदि हम यह जान लें तो हम यह कभी नही कहेंगे कि विज्ञान मानव विषय नहीं पर अन्य विषय है और साहित्य, इतिहास आद अन्य विषयों से अलग किस्म का आदमी बनता है। यह सही नहीं है।

हमें विज्ञान का सतही नहीं बल्कि गहन अध्ययन करना चाहिए। हमें समझना चाहिए कि ये सब बातें कैसे होती है, मनुष्य इन बातों में कैसे प्रवेश कर पाया है और इन सब उपकरणों ने कैसे सारी दुनिया बदलकर रख दी है। यह आवश्यक नहीं है कि हम तकनीकी या यांत्रिक दृष्टि से एक रूप हों। यह मतलब नहीं है। यदि हमने मानव आत्मा का समुचित विकास किया है तो हम केवल मस्तिष्कहीन यंत्र बनकर नहीं रह जाएंगे।

ज्ञान की सब शाखाओं का केवल एक उद्देश्य होता है-सर्वशास्त्र प्रयोजनम् आत्मदर्शनम्। ज्ञान की सब शाखाओं का उद्देश्य आत्म-दर्शन है। सारे सत्य को एक और अविभाज्य मानना चाहिए। चाहे आप इस विषय से संबंध रखते हों या उस विषय से, आपको सत्य के अनुसरण के मार्ग पर चलना चाहिए। यही है जिससे मनुष्य को सम्मान मिलता है, और वह सभ्य कहलाता है। यदि आप ऐसा कर सकते हैं तो आप वास्तव में सभ्य मनुष्य बन जाएंगे।

आत्मानुशासन

एक तेलुगु कवि ने कहा है कि कोई देश केवल मिट्टी से नहीं बनता, वह उन लोगों से बनता है जिनको वहां बसाया जाता है। यदि आज हम अपने देश में संकट से गुजर रहे हैं तो इससे यह मालूम होता है कि कितना ह्रास हो चुका है और इस ह्रास को साहित्य,कला, चित्रकला और मूर्तिकला के माध्यम से सुधारा जा सकता है। अंत: करण के विकास पर ध्यान देना उतना ही आवश्यक है, जितना कृषि तथा उघोग में धन लगाना।

कला वह है जो हमें परम सत्य की पहचान कराती है, जो हमें यह बताती है कि क्षणजीवी सांसारिक चित्रावली से भी ऊपर कुछ है, जो हमें यह बोध कराती है कि एक प्रकार की जीवनी शक्ति है, जो हमारे सारे क्रियाकलापों को चलाती और उनमें प्राण फूंकती है। कला का सही उद्देश्य हमें बोध कराना है।

आप साहित्य के बारे में जानते हैं। यह केवल कोई ऐसी चीज नहीं है जिसे प्रभावादी नहीं माना जाना चाहिए। यह केवल कोई ऐसी चीज नहीं है जिसे आप बह्य जगत से ग्रहण कर सकते हैं। यदि आप महान साहित्य की रचना करना चाहते हैं तो आपको बहुत बड़े आत्मानुशासन से गुजरना होगा। संगीत, नृत्य, नाटक, मूर्तिकला या चित्रकला, किसी भी साहित्यिक-कृति या कला-कृति को जन्म देने के लिए मन और हृदय को प्रसव-वेदना सहन करनी होगी। हम केवल बैठ जाएं, एक कागज का टुकड़ा उठा लें और शब्दों को घसीटने लगें-यह साहित्य नहीं है, बल्कि वह स्नातक परीक्षार्थी का लिखा साहित्य है जिसे उस समय रचा जाता है जब करने को कोई काम नहीं होता। अपने स्वभाव में पूरा बदलाव करते हुए आपको प्रसव-वेदना से गुजरना होगा:

देषमन्ते मत्ति काडोइ
देषमन्ते मानुसुतोइ

अनुशासन को आपकी पूरी जीनव-दिशा बदल देनी चाहिए। इसे आपको उससे अलग कुछ बना देना चाहिए जो आप है और तभी आप ऐसा साहित्य रच पाएंगे, जो उच्चतर प्रकार का होगा।

संगीत पर भी यही बात लागू होती है। तब तक वास्तविक संगीत नहीं पैदा हो सकता जब तक व्यक्ति अपने संगीत में बिलकुल डूब न जाए। उसे तब संगीत का भरपूर आनंद उठाना चाहिए जबकि वह गा रहा है या गा रही है। मतलब यह है कि आप अपने दर्शकों-श्रोताओं के सामने जो कुछ प्रस्तुत कर रहे हैं, उसके स्वयं अंग बन जाएं। आप अपने-आपको खो दें; आप अपने-आपसे बाहर निकल जाएं। आनंद या आह्लाद शब्द का यही अर्थ है। आनंद का अर्थ है, आप अपनी प्रकृति से बाहर निकल आएं। सच्चा संगीत आपको रोजमर्रा लक्षण से आपको मुक्त कराता है; आपको सच्ची कविता, सच्चे हर्षातिरेक, सच्चे आनंद के स्तर तक उठाता है तभी आप सच्चे संगीत को पा सकते हैं।

मूर्तिकला और चित्रकला के विषय में भी यही बात सही है। यह सिर्फ कुछ करने की बात नहीं है। मैं ब्रिटेन की महारानी के साथ इंग्लैंड में एक चित्रकला-प्रदर्शनी देख रहा था। वह सब चित्रों को देख रही थीं: उन्होंने कहा, 'क्या आप जानते है कि उस चित्र का कलाकार कौन है? वह कोई मनुष्य नहीं है, बल्कि बंदर है।' दूसरे शब्दों में, आप पूंछ से ब्रुश बांध दीजिए, कैन्वेस (चित्र बनाने के लिए टाट) लगा दीजिए और रंगों को पोत दीजिए। आप उन रंगों में अपना ब्रुश डुबाइए और कुछ रेखाएं घसीट दीजिए। बस, एक प्रकार का चित्र तैयार है; पर आप इस प्रकार का चित्र को पसंद नहीं करेंगे।

अजंता गुफाओं के कलाकारों ने कैसे काम किया? उनमें समर्पण की भावना थी; वे अनंत के यात्री थे; वे ऐसे लोग थे, जिन्हें जीवन और दिन के प्रकाश से कोई वास्ता नहीं था। वे ऐसे लोग थे, जिन्होंने अपने को बुद्ध

भगवान को अर्पण कर दिया था और वे उन चित्रों में बुद्ध जीवन के बारे में उत्कृष्ट चित्रण करना चाहते थे। वहां ऐसे चित्र है, जो अनंत काल तक बने रहेंगे। यदि दनिया में कोई भी चीज अक्षय मानी जा सकती है तो वे चित्र भी अक्षय हैं। यही बात, एलोरा गुफाओं और महाबलिपुरम के बारे में भी कह सकते हैं। क्या उन्होंने पैसे के लिए काम किया? क्या उन्होंने प्रसिद्धि के लिए काम किया? क्या वे इस या उस महत्वपूर्ण व्यक्ति द्वारा अपने चित्रों की प्रशंसा चाहते थे? इस प्रकार के कलाकारों ने साहित्य लिखा क्योंकि वे लिखे बिना न रह सकें; उन्होंने चित्र बनाए क्योंकि वे चित्र बनाए बिना न रह सकें; उन्होंने मूर्तियां बनाई क्योंकि उनके सामने कोई विकल्प नहीं था। उनपर यह अनिवार्यता लाद दी गई थी; यह आध्यात्मिक अनिवार्यता थी। इसी कारण वे उन शानदार कृतियों को जन्म दे सकें, जो आज दुनिया के आश्चर्य मानी जाती है।

यहां आपको परस्पर मिलती है। यहां कई महान लेखक, कई संगीतज्ञ, कई नर्तक और गायक आदि हुए है। आपको यह नहीं समझना चाहिए कि नृत्य कोई दूसरे दर्जे की कला है, जिसे अति प्रशिक्षित मनुष्यों की आवश्यकता नहीं होती। शिवपुराण में सभा मंडप और उसके आकार के बारे में प्रश्न उठाया गया। उत्तर था, 'हजार प्रथम श्रेणी की स्त्रियां, जो गायन और नृत्य में दक्ष हों और इतने ही पुरूष जो वाघ संगीत में प्रवीण हों।' पुरूषों को वाघों को बजाने का महत्वपूर्ण कार्य सौंपा गया और स्त्रियों को गाने और नाचने का। यह हमें शिवपुराण बताता है।

सब कलाकार, सब कवि-चाहे वह हमारे देश के हों या अन्य देशों के-एक प्रकार से एक ही बिरादरी के हैं। वे लोग सीमाएं तोड़ डालते हैं। जब आप श्री चर्चिल के बारे में बात करते हैं, तब आपमें मतभेद हो सकता है; लेकिन जब आप शेक्सपियर के बारे में बातें करते हैं, तब मतभेद गायब

हो जाते हैं। आप उस महान पुरुष की भरपूर प्रशंसा करने लगते है। इसी प्रकार जब आप आर्थिक या राजनीतिक समस्याओं के बारे में बातें करते हैं तो आपमें काफी कुछ मतभेद हो सकता है; लेकिन जब आप साहित्यिक या कला संबंधी समस्याओं के बारे में बातें करते है, तब आपमें समान भावना और विचार रहते हैं। आज दुनिया पागलखाना बनती जा रही है और लोग एक-दूसरे को नहीं समझते। ऐसी दुनिया को ऐसे ही भ्रातृभाव की आवश्यकता है। इसलिए यह आवश्यक है कि आप इन कलाओं को विकसित करें, जो सीमाएं लांघती हैं, सीमांतों के परे पहुंचती है और मानव आत्मा की महानता के हमें दर्शन कराती है। यही है जिसे हमें विकसित करना है।

ज्ञान से बढ़कर कुछ नहीं

कहा जाता है कि 'ज्ञान से बढ़कर कुछ नहीं।' ज्ञान न केवल सूचना है और न पांडित्य। यह केवल आलोचना भी नहीं है; यह गहन शिक्षा है। जो भी विषय आप लें, आपको सका अध्ययन करना चाहिए, उसमें प्रवेश करना चाहिए और उसके मूल में जाना चाहिए। वह यह नहीं है जिसे 'पल्लव ग्राहि पांडित्यं' कहा जाता है। यह कोई ऐसी वस्तु है, जो आपको आपनके चुने विषय में गंभीर अध्येता बना देता है। विवेक के बिना ज्ञान कुछ नहीं है;न विवेकं बिना ज्ञान। निर्णय शक्ति के बिना, सही और गलत की समझ के बिना, अपने जीवन और आचरण में कुछ मापदंड़ों को स्वीकार किये बिना यदि आप शिक्षित भी है तो आपका जीवन नीचे गिरा हुआ और अधंकारमय ही रहेगा। यदि आप विश्वविद्यालय के सच्चे व्यक्ति(सदस्य) बनना चाहते हैं तो यह आवश्यक है कि आपके कुछ आचरण सिद्धांत और व्यवहार के नियम हों।

अत: यह आवश्यक है कि हमें यह जानना चाहिए कि वास्तविक शिक्षा क्या है। यह विवेक है; यह सही बातों को ग्रहण करना है। प्रत्येक व्यक्ति के अंदर कुछ हिंसा के तत्व रहते हैं जिस कारण वह विद्रोह करने लगता है। कभी-कभी गागल हो जाता है और हत्या और खून करने पर आमादा हो जाता है। परन्तु आपको इसपर नियंत्रण रखने का प्रयास करना चाहिए। यदि आप स्वयं को वास्तव में शिक्षित व्यक्ति कहलाना चाहते हैं तो आपके अंदर पशु को नियंत्रण में रखना होगा। हममें पशु सदा मौजूद रहता है और यह एहसास कराता है कि हमारे स्वभाव का एक पक्ष ऐसा है, जो खुलकर सामने आता है और हमसे ऐसे काम करवाता है। जिनपर हम शांति के क्षणों में शर्मिन्दा होते हैं। आपको अपने को हमेशा ठीक-ठाक रखना चाहिए ताकि बुद्धि का नियंत्रण रहे और अन्याय तथा हिंसा की नहीं, बल्कि न्याय और सत्य की छाया रहे। लोकतंत्र

तथा हिंसा साथ नहीं चल सकते। यदि आप सच्चे लोकतंत्रवादी है तो आपमें मतभेद हो सकते हैं पर आप उन्हें सुलझा लेंगे और परस्पर परामर्श द्वारा उनपर नियंत्रण पा लेंगे। आप यह कभी नहीं कह सकेंगे कि मतभेद है और इस कारण झगड़ा होगा, जो सदा हिंसा की तरफ ले जाता है। इस प्रकार का जीवन आपको नहीं अपनाना चाहिए।

सब शास्त्रों का एकमात्र उद्देश्य आत्म-दर्शन है। ऐसे भी लोग है जो विश्वास करते हैं कि विज्ञान एक बात है और मानविकी दूसरी बात। यह सही नहीं है। यदि आप यह मालूम करें कि वैज्ञानिक या मानवतावादी या कलाकार जैसे आचरण करता है तो आपको पता चलेगा कि उनमें से अधिकांश का काम करने का तरीका वही है। यह कल्पना न कर लीजिए कि वैज्ञानिक सदा तथ्यों के अनुसार आचरण करते हैं; वे केवल तथ्यों को संग्रहित करते हैं। यदि वे सोचते है कि दुनिया ग्राह्य है, यदि वे सोचते है कि तथ्यों के संग्रह से ही कोई सिद्धांत निकल आएगा तो आप जानिए कि वहां विश्वास का तत्व मौजूद है। हजरत मूसा की इतने कठिन काम करने थे। एकाएक जलती हुई झाड़ी में उन्हें अपनी समस्या का हल दिखाई दिया। बड़ी कठिनाई के बाद, बड़े बौद्धिक प्रयास के बाद बुद्ध को सत्य की झलक दिखाई पड़ी- उन्हें वह प्रकाश मिला जिसने उन्हें और सारी दुनिया को प्रकाशित किया। वैज्ञानिक आर्किमिडीज अपने अध्ययन कक्ष में बैठे-बैठे अपनी समस्या का हल नहीं निकाल पाया, लेकिन अपने गुसलखाने में वह यह कहते हुए उछल-कूद करने लगा–'यूरेका: मैंने सत्य को पा लिया है।'

ये बातें केवल बौद्धिक प्रयास से हमें नहीं मालूम होतीं, लेकिन ये अन्य प्रकार के प्रयास द्वारा हमें मालूम होती है, जिसे हम सब कर सकते हैं और जो हमें सत्य की ओर ले जाता है। वैज्ञानिकों में भी संवेगात्मक अंतर्ज्ञान उतना ही होता है जितना परीक्षण और प्रयोग करने की शक्ति। मानवतावादी चेतना के अर्थों की खोज करता है और अपने सामने की वस्तुओं की भी खोज करता है। उसमें

भी अन्तर्ज्ञान और समझ के समन्वय की शक्ति होती है। अन्तर्ज्ञान और समझ दोनों साथ-साथ रहते हैं। हो सकता है कि वैज्ञानिक में इनमें से एक अधिक हो और मानवतावादी में दूसरा। परन्तु चाहे आप वैज्ञानिक हों, कलाकार हों या मानवतावादी हों, आप अपने मस्तिष्क के उन्हीं संसाधनों का प्रयोग करेंगे- अन्तर्ज्ञान संबंधी, बौद्धिक तथा संवेगात्मक। आप सत्य की खोज करना चाह रहे हैं।

सारी शिक्षा एक अर्थ में सत्य की खोज है; दूसरे अर्थ में यह सामाजिक भलाई की खोज है। आप सत्य की खोज तो कर सकते हैं, लेकिन आपको यह चाहिए कि आप इसे समाज का स्तर उठाने के काम में भी लाएं।

कानून की महिमा

कानून का सदा विकास होता रहा है। यह कोई ऐसी वस्तु नहीं जो ठहरी रहे। न यह अपने में कोई साध्य है। हिन्दू कानून को ले लीजिए: गोद लेने के तरीकों और विवाह के प्रकारों में कितना अंदर हो गया है? इनमें करीब-करीब आमूल परिवर्तन हो गया है और गोद लेने और विवाह के कानूनों का स्थान इन क्षेत्रों के दूसरे कानूनों ने ले लिया है। यह न केवल कानून में होता है, बल्कि धार्मिक रिवाजों में भी ऐसा होता है।

हमारे देश में एक जमाने में यज्ञ, कर्म आदि में विश्वास रखने वालों और आध्यात्मिक बुद्धिमानी तथा ज्ञान की उत्कृष्टता का आग्रह करने वालों में बड़ा विवाद छिड़ा था। उस विवाह के निपटारे का काम एक महिला निर्णायक को सौंपा गया। मंडन मिश्र यज्ञ कर रहे थे जबकि शंकराचार्य वहां पहुंच गए। शंकराचार्य पाठ-द्वयं मंडलस्थं दादर्श तत: सर्वांगाणि विक्ष्य संन्यासी इति ज्ञात्वा कोप कोलाहल चित्त: कुतो मुंदित्यित्यब्रबित। शंकराचार्य को वहां संन्यासी के वस्त्रों में देखकर मंडन मिश्र ने कहा, 'आप इस बड़े यज्ञ में बाधा पहुंचाने क्यों आए हैं जिसे मैं आज कर रहा हूं?'

जब बात ने विवाद का रूप धारण ले लिया तो मंडन मिश्र की पत्नी भारती से इन दोनों के बीच निपटारा करने को कहा गया। मैं आपको यह बताना चाहता हूं कि उसने किस प्रकार निर्णय लिया। पवित्रता, निरपेक्षता, वस्तुपरकता और शांति से और अपने पति का जरा भी पक्षपात किए बिना उसने इस प्रकार अपना निर्णय दिया, 'वास्तव में केवल कर्मकांड की अपेक्षा आध्यात्मिक बुद्धिमानी कहीं श्रेष्ठ है।' भारती ने यह कहा। उसने अच्छे निर्णायक, अच्छे न्यायाधीश का उदाहरण हमारे सामने रखा। इस निर्णय को देते समय अपने पति से अपने संबंध का उसने कुछ भी ध्यान नहीं रखा।

इस तथ्य पर भई उसने कोई ध्यान नही दिया कि वह दो महापुरुषों के बीच निर्णायक का काम कर रही है। शुद्ध वस्तुपरकता और सत्य के प्रति निष्ठा, ये ही दो बातें उसमें थी। उसने शंकराचार्य के पक्ष में निर्णय किया। जिसके फलस्वरूप मंडन मिश्र उनका शिष्य बन गया–श्रृंगेरि मठ के शंकराचार्य का प्रथम शिष्य संन्यासी सुरेश्वराचार्य। आप देखते हैं कि किस तरह यह सब हो गया। आप यह भी देखते हैं कि एक स्त्री ने, जिसे निर्णायक का स्थान दिया गया, किस प्रकार विवाद के विषय में अपना निर्णय दिया।

आज हम 'सजा देने वाले न्यायाधीश', 'रिहा करने वाले न्यायाधीश', 'बोलने वाले न्यायाधीश', 'खामोश न्यायाधीश' आदि के बारे में गैर-जिम्मेदारी से बातें करते है, परन्तु ऐसी कोई बात नही होती। भारती ने केवल जिम्मेदारी स्वीकार कर ली, सच्चाई का पता लगाया और कह दिया, 'यह मेरा निर्णय है। शंकराचार्य सही है और मंडन मिश्र गलत हैं।' यही था जो उसने कहा। इसी प्रकार कानून ऐसी चीज है जो बराबर बदलती रहती है। कानून परंपरागत रूपों और प्रवृतियों को भी देखता है और साथ ही हमारी आधुनिक प्रवृतियों और चुनौतियों को भी प्रत्युत्तर देता है। झगड़ों को निपटाने के लिए इन सब बातों का बी शुमार करना होगा।

हम किस प्रकार का जीवन बिताना चाहते है? कानून क्या कहता है? कानून का एक ही उद्देश्य होता है-लोगों की भलाई। लोगों की भलाई से मतलब अगीरों की या उच्च स्थिति में जन्में लोगों की भलाई से नहीं, बल्कि इस देश के हर नागरिक की भलाई से है। कानून का उद्देश्य यही है और यही करने का वह प्रयास करता है।

मुझे एक श्लोक याद आता है जिसमें कहा गया है, 'मुझसे अतीत के वैभवों की बात मत करों। मुझे यह बताओ कि तुम इस समय क्या कर रहे हो?' हमारे लिए आवश्यक नहीं कि हम अपने अतीत पर गर्व करें। एक नीग्रो आख्यान

ईसा की मृत्यु के बारे में इस प्रकार कहता है, 'जब उन्होंने भगवान ईसा को सूली पर चढ़ाया,क्या तुम वहां थे? जब उन्होंने ईसा को कब्र में उतारा, क्या तुम वहां थे?' जब यह भजन गाया गया, मैं साल्ट लेक सिटी में था और मारमोन चर्च के अध्यक्ष ने मुझसे दो शब्द बोलने के लिए कहा। मैंने कहा, 'आप ये अनुमान लगाने वाले प्रश्न क्यों उठा रहे हैं कि आप दो हजार वर्ष पहले वहां थे कि नहीं? समस्या यह है कि आप आज क्या कर रहे हैं? आप आज भी जातिगत हठधर्मिता और राष्ट्रवादी संकीर्णता आदि की वेदी पर ईसा को सूली पर चढ़ा रहे हैं। दो हजार वर्ष पहले क्या हुआ था, इसपर बतियाने में क्या रखा है?' जैसा मुझे याद आ रहा है, मैंने यही कहा था।

अत: हमें अपने न्यायालयों और संस्थाओं को मनुष्य और मनुष्य के बीच, नागरिक और राज्य के बीच के संबंधों का उचित निर्णायक बनाना चाहिए। यदि हमारे कानून का कोई उद्देश्य, कोई मंजिल होनी है तो वह उद्देश्य हमारे संविधान की प्रस्तावना में सुंदर ढंग से बताया गया है: न्याय, स्वतंत्रता, समानता और बंधुत्व। खरीदा गया न्याय नहीं, येनकेनप्रकारेण प्राप्त किया गया न्याय नहीं, बल्कि ऐसा निष्पक्ष न्याय, जिसे न्याय से प्रतिबद्ध लोगों ने दिया हो–ऐसे लोग, जो न्याय की स्थापना के लिए कानून की व्याख्या करते हैं। हर प्रकार के कानून में न्याय स्पष्ट होना चाहिए, अन्यथा वह सच्चा न्याय नहीं है। ताकतवर लोगों की इच्छा व्यक्त करने वाला एक प्रकार का कानून बहुत प्राचीन समय से चला आ रहा है, वह कानून नहीं है। न्याय को सब व्यक्तियों, सब नागरिकों और राज्य के बीच, राज्यों तथा केन्द्र के बीच होने वाले विवादों पर सही निर्णय देने की योग्यता रखनी चाहिए। न्याय का यही प्रकार है, जिसे हमें स्थापित करना है।

स्वतंत्रता प्रसिद्ध संकल्पना है। दो व्यक्ति समान नही होते: एक को माणिक

पसंद होता है तो दूसरे को हीरा; तीसरे व्यक्ति को मोती पसंद हो सकता है। हमें सहनशील बनना चाहिए। कोई भी समाज जो मतभेदों को सहन करता है, वह अपनी रक्षा करने की क्षमता रखता है। कोई समाज जो मतभेदों को दबाने लगता है, वह किसी के बचाए नहीं बच सकता। वैसा समाज हठधर्मी और फासिस्ट समाज बन जाता है। जब हम कहते हैं कि जहां तक धर्म के प्रकारों का संबंध है, हम सब कुछ सह लेते हैं, इसका मतलब यह नहीं होना चाहिए कि यह ऋणात्मक सहनशीलता है; परन्तु यह उन मूल्यों की घनात्मक सराहना होनी चाहिए, जो विभिन्न धर्मों में निहित है। हमारे यहां ऐसा है जो कोई भी नाम हम लें, जिस प्रकार की भी प्रार्थना हम करें, यदि वह ईमानदारी से किया जाता है और ह्दय से नकिलता है, तो वह परमेश्वर तक पंहुच जाता है। यही मानी है स्वतंत्रता के।

स्वतंत्रता का अर्थ उच्छृंखलता नहीं होता (जैसा कि हमारे मित्र, राज्यपाल महोदय ने अभी कहा है), स्वतंत्रता केवल अधिकारों का आग्रह और कर्तव्यों की अस्वीकृति नहीं होती। आपको केवल अधिकारों को ही नहीं बल्कि अपने कर्तव्यों को भी जानना चाहिए। यदि आप कर्तव्यों और दायित्वों की अवहेलना करते हैं तो आपकी स्वतंत्रता केवल उच्छृंखलता बन जाती है। अत: इस प्रकार की स्वतंत्रता ही हम इस देश में सुरक्षित करना चाहते हैं। प्रत्येक के लिए स्वतंत्रता बनाए रखी जानी चाहिए। चाहे कुछ भी किया जाए, जब तक यह समाज की नैतिक भावना और जनसाधारण के सामान्य कल्याण के विपरीत नहीं है, हमें स्वतंत्रता उपलब्ध किये रखनी होगी।

समानता की संकल्पना अब विकसित हो रही है। निहित स्वार्थों वाले लोग समानता की प्रवृति के विरुद्ध सदा अपना विरोध प्रकट करेंगे। दूसरे लोग कहेंगे, 'क्यों हर व्यक्ति को वही सुविधाएं न दी जाएं? कानून हर व्यक्ति को क्यों न बचाए?' किसी भी नागरिक को उपलब्ध कानून देश में सर्वोच्च स्थान पर

आसीन व्यक्ति को उपलब्ध कानून से भिन्न नहीं होना चाहिए। दोनों को समान कानूनों द्वारा न्याय मिलना चाहिए। कानून को व्यक्तियों का सम्मान नहीं करना चाहिए। कानून को हर व्यक्ति पर समुचित ध्यान देना चाहिए। राजनीतिक, आध्यात्मिक तथा नैतिक प्राधिकार के बीजरूप में व्यक्ति को, न कि समाज या राज्य को सर्वोच्च समझा जाना चाहिए। समानता का मुख्य तत्व यह है कि जीवन की परिस्थितियां ऐसी बन जाएं कि हर व्यक्ति के लिए अपना चरित्र और अपने गुणों को विकसित करना संभव होगा। हममें यह क्षमता होनी चाहिए, अन्यथा हमारी 'समानता' महज असमानता सिद्ध होगी।

अन्य लोग हैं जो कहते हैं, 'असमानता प्रकृति का कानून है। हम सबको बराबर नहीं मान सकते। व्यक्ति भिन्न रूचियों और भिन्न गुणों के साथ पैदा होते हैं।' परन्तु 'समानता' का अर्थ यह है कि कानून को समान अवसर देने चाहिए। इसका अर्थ यह नहीं है कि हम सबको एक बना देना चाहिए। 'समानता' से मतलब सिर्फ यह है कि कानून सब व्यक्तियों को समान अवसर प्रदान करें।

जब बंधुत्व या भाईचारे की भावना होती है, विभिन्न जातियों, संप्रदायों आदि के लोग न केवल एकजुट होते हैं, बल्कि वह सौजन्य की भावना उनमें रहती है, जो सब व्यक्तियों को परस्पर जोड़ने का काम करती है। सहयोग की इस भावना को विकसित करना हमारा दायित्व है। स्वयं अपने राष्ट्रीय आचरण या नैतिक मापदंड़ों की परीक्षा करना हमारे लिए आसान नही होता। हम सदा यह कहते हैं कि किसी राष्ट्र की कोई स्वाभाविक विशिष्टता नहीं होती। राष्ट्र के केवल हीत होते हैं। हम राष्ट्र के बारे में निर्णय देते समय यही देखते हैं कि कोई विशेष प्रकार का आचरण क्या राष्ट्र के हितों को साधता है या नहीं। परंतु इस प्रकार का विचार त्याग दिया जाना चाहिए। किसी भी प्रकार के शांति प्रयास को हमें कानून के शासन के अंतर्गत रखना चाहिए।

सब राष्ट्रों को इस कानून के मापदंड के अधीन रखा जाना चाहिए। जो हम अपने राष्ट्र के अंदर करना चाहते हैं, वही सारी दुनिया के अंदर करना चाहिए। हमारा यही लक्ष्य है। बंधुत्व का अर्थ है कि राष्ट्रों के बीच सहयोग और एकता का वह प्रकार स्थापित किया जाए कि उनकी विविधता, व्यक्तित्व,विशिष्टता आदि सुरक्षित रहें और साथ ही उससे सारी दुनिया का भी हित सिद्ध हो। हम इस प्रकार के बंधुत्व पर जोर दे रहे हैं। इस प्रकार के दायित्व हमारे संविधान की प्रस्तावना में प्रतिपादित किए गए है। यह अच्छे जीवन की संकल्पना है; अच्छा जीवन न्याय पर आधारित जीवन है; अच्छा जीवन वह है जहां मतभेदों को सहन किया जाए और जहां हर किसी को उच्चतम स्थान तक पंहुचने का अवसर प्राप्त हो। अच्छा जीवन तब आता है जब हम स्वयं अपने राष्ट्र को कई राष्ट्रों में से एक राष्ट्र की दृष्टि से देखने लगें और जब अपना राष्ट्र राष्ट्रों के पूरे समुदाय की सेवा करना चाहे।

ये आदर्श हमारे संविधान में रखे गए हैं और लोग इसकी चर्चा करते हैं, इसके बारे में बातें करते है और इसके बारे में पढ़ते हैं। यह वह संविधान है, जिसकी प्रस्तावना में चार शर्ते अपने निहित अर्थो के साथ रखी गई है। हम लोगों को इसे समझना चाहिए और जहां तक बन पड़े, अपने दैनिक जीवन में इनका पालन करना चाहिए। यदि हम ऐसा करते हैं तो हम इस देश के अच्छे नागरिक है। यदि लोग कानून के प्रति और न्याय देने वाले न्यायालयों के प्रति सम्मान खो देते हैं तो वह हमारे लिए बुरा दिन होगा। देश के लिए कानून को सम्मान देना, देश की सरकार के लिए कानून को सम्मान देना और न्यायालयों के लिए कानूनी प्रशासन की पवित्रता तथा शुद्धता बनाए रखना और न्या प्रदान करना आवश्यक है। यदि इस देश में कानून का शासन जारी रखना है (जोकि जारी रखा जाना चाहिए) तो यह बहुत आवश्यक है।

जो कोई भी कानून तोड़े, उसे सजा दी जानी चाहिए। गांधीजी द्वारा चलाए गए नागरिक असहयोग आंदोलन का यही मतलब था। उन्होंने कानूनों का उल्लंघन किया पर कानून द्वारा निर्धारित दंड के सामने समर्पण भी किया। उनहोंने उन दंडों से कभी बचना नहीं चाहा। हमें वही करना चाहिए। यदि वैसा होता है, यदि हमारे देशवासी कानून के प्रति सम्मान दिखाते हैं, यदि हमारे न्यायालय दुर्भावना,घृणा, पूर्वाग्रह या पक्षपात के बिना न्याय देते हैं, तो कानून के प्रति सम्मान दिखाने की प्रवृति और भी विकसित होगी।

सृजनशील सिनेमा की चुनौती

जहां तक जन-संचार का संबंध है, फिल्में आज सबसे अदिक सशक्त साधन हैं। वे जन-जन तक पहुंचती है। वे हमारे सारे अस्तित्व को झकझोरती है-आंख, कान, मस्तिष्क, मन, ह्दय। करोड़ों लोग फिल्में देखने जाते हैं और प्रत्यक्ष या परोक्ष ढंग से उनसे प्रभावित होते हैं। वे हमें बताती है कि राष्ट्र के जीवन पर किस प्रकार प्रभाव पड़ता है। वे यह भी दिखाती है कि एक राष्ट्र का दूसरे राष्ट्र से संवाद कैसे होता है।

जब फिल्मों में विश्वव्यापी प्रकार का मानव स्वभाव या मानव जीवन दिखाया जाता है तो वे सार्वभौमिक रूप से देखी जाती है। जहां तक मानव अनुभव के बुनियादी घटकों का संबंध है, वे एक ही होते हैं और जातीय, धार्मिक या विश्वास संबंधी भेदों द्वारा नहीं मिटते। मौलिक रूप से मानव स्वभाव एक है। मानव स्वभाव में वही भाव होते हैं, वही अनुभव होते है और वही आनंद तथा उमंग होती है। सुन्दरता की हम वही सराहना या प्रशंसा करते हैं और असुन्दरता के प्रति वही घृणा की उपेक्षा दिखाते हैं। भोगे गए अनुभव; व्यक्तिगत संबंध (जो सर्वाधिक पवित्र माने जाते हैं), भग्न प्रेम,मैत्री में विश्वासघात(जब हम निराशा के साये में रोकर यह जानना चाहते है कि क्या हम मैत्रीपूर्ण दुनिया में रहते हैं या कोई ऐसा मित्र रखते हैं जिसपर भरोसा कर सकें); अंधकारमय निराशा और अपमान(जिनमें डूबकर हम सारी दुनिया को अपने विरूद्ध पाते हैं)-ये मनोभाव हम सब मनुष्यों में समान होते हैं।

फिल्में अदम्य संवेगों,उन्माद के निकट की चित्तवृत्ति या हर्ष और परिपूर्णता के भावों को दिखाती है। हम पाते हैं कि एक रास्ता सही है और दूसरा रास्ते पर चलते हैं। हमारे मन खंडित है। आत्म-विखंडन, आत्म-विश्लेषण, आत्मालोचना तथा आत्म-सुधार की ये कहानियां सारी दुनिया में एक जैसी है। चूंकि फिल्में इस प्रकार

के विश्वव्यापी पहलुओं से संबंध रखती हैं, इसलिए उनकी विश्वव्यापी अपील होती है-चाहे अफ्रीका हो, एशिया हो या दुनिया का कोई और हिस्सा हो।

धनी देशों में निराशा और भय का वातावरण व्याप्त है। लोग इस भय में जीते हैं कि परमाणु अस्त्रों द्वारा विनाश हो जाएगा और हमारी कलाएं और सभ्यताएं सब राख हो जाएंगी। लोग अपने बच्चों को सुरक्षा के बारे में चिंतित रहते हैं। वे उन अजन्मी पीढ़ियों के बारे में चिंतित रहते हैं, जो परमाणु युद्ध के विषाक्त वातावरण की शिकार हो जाएंगी। जहां कहीं भी हम जाते हैं, इस परमाणु विनाश का भय हमपर हावी रहता है। हम इसे दूर करना चाहते हैं। आगे बढ़े देशों में भी यह भावना है कि दुनिया ठीक ढंग से नहीं चल रही है। यह आवश्यक है कि इस बुनियादी डर को हम दूर करें क्योंकि इसका मतलब है कि स्वयं मानव स्वभाव में कोई बुनियादी कमी है। अत: चाहे हम मानव स्वभाव की विश्वव्यापी समस्याओं या राष्ट्रीय समस्याओं से या अंतर्राष्ट्रीय समस्याओं से जूझ रहे हों, हमें अपने पुनर्निर्माण की आवश्यकता महसूस होती है।

हर कोई कहता है कि हम संकट की घड़ी में है। संकट का अर्थ दिशा-भ्रम होना है। यह निर्णय करना होता है कि जिस प्रकार हम जी रहे हैं, वह हमारे युग की आवश्यकताओं के अनुकूल नहीं है और बहुत कुछ और किया जाना चाहिए। हमें यह नहीं विश्वास करना चाहिए कि मनुष्य होनहार के आगे घुटने टेकने के लिए मजबूर है। मानव जीवन में होनहार या अवश्यम्भावी जैसी कोई चीज नहीं होती, जैसा कि कभी-कभी ऐतिहासिक भौतिकवाद या भवितव्यता को लेकर मान लिया जाता है। शेक्सपियर ने हमें बताया था, 'किसी अनिवार्यता के कारण हम शैतान नहीं बनते; किसी दैवी दबाव के कारण हम मूर्ख नही बनते।'

ऐसी कोई आवश्यकता नहीं कि हम,जो कुछ हमें होता है, उसे अनिवार्य स्वीकार कर लें। मनुष्य स्वतंत्र प्राणी है। उसमें आत्मा है जो प्रकृति की शक्तियों या इतिहास की धाराओं के विरूद्ध डट सकती है। अपनी इच्छा पर आग्रह

करने और अपने सामने वाली कठिनाइयों को पराजित करने से ही हम स्वयं के लिए बेहतर भविष्य बना पाएंगे। हम स्वयं में उस समय आत्मा की उपेक्षा करते हैं जब हम केवल जीवन की सतह पर तैरते हैं, एक घटना से दूसरी घटना तक भटकते रहते हैं और अपने अस्तित्व के मूल स्रोत से कटकर अलग हो जाते हैं। मनुष्य वस्तुओं में से कोई एक वस्तु या पदार्थों में से कोई एक पदार्थ नहीं है। वह व्यक्ति है। यदि वह अपनी व्यक्तिपरकता, आत्मीयता या आंतरिकता के प्रति चेतन हो जाता है तो वह प्रकृति का शिकार होने से बच जाता है। यदि संकट है तो वह इसलिए है कि मनुष्य चुनौती स्वीकार करें। संकट उसे महसूस कराता है कि उसका परम कर्तव्य परिस्थितियों के सामने झुकना है–परिस्थितियां जिन्हें हम यथार्थता कहते हैं–बल्कि उसे चाहिए कि वह नये ढंग से उन्हें बदले। मनुष्य की आत्मा में यह शक्ति रहती है। मनुष्य की आत्मा को बुनियादी रूप से स्वतंत्र माना जाना चाहिए।

एच.जी.वेल्स ने कहा था कि सारा इतिहास शिक्षा और विपत्ति के बीच एक प्रकार की दौड़ है। यदि हम अपने को फिर से सही शिक्षा नहीं देते तो हम विपत्ति में पड़ जाएगें, बरबाद हो जाएंगे। दूसरे लेखक ने हाल ही में कहा कि मनुष्य का इतिहास विरोध और आज्ञा के उल्लंघन से आरंभ हुआ। यदि हम अपने सम्मान का आग्रह नहीं करते और केवल हमें दी गई स्थितियों को स्वीकार कर लेते हैं, तो इतिहास आज्ञापालन के कार्य के साथ समाप्त हो जाएगा। लोगों का यह विश्वास हो सकता है कि यह अवश्यम्भावी है और हमारे करने के लिए कुछ नहीं रह गया है। यदि कोई व्यक्ति या राष्ट्र ऐसे दृष्टिकोण से आक्रांत हो गया है तो इसका मतलब है कि हम विपत्ति या बरबादी के होने में सहायक हो रहे हैं और उसे दूर करने की कोशिश नहीं कर रहे हैं।

अत:आज हम अपने देश के इतिहास और विश्व-इतिहास के चौराहे पर खड़े है। हमें आगे बढ़ना है या पीछे खिसक जाना है। इंतजार करने या ठहरे रहने

जैसी कोई बात संभव नहीं। यदि हम आगे नहीं बढ़ते तो हम अराजकता में लौट जाएंगे-अराजकता यानी जंगल का जीवन। इस प्रकार सारी दुनिया का इतिहास मिट जाएगा।

इस कारण यह जरूरी है कि वे महान कलाकार, जो फिल्म के माध्यम का प्रयोग कर रहे हैं, मानव समाज में नैतिक तथा आध्यात्मिक क्रान्ति लाने में मदद करें। क्रान्ति संभव है। हमारे सब फिल्म-कलाकार तथा सब महान लेखक स्वयं इस मत के है कि कुछ भी ऐसा नहीं है, जिसे हम पूरी तरह अटल मान लें। हमारे लिए यह आवश्यक है कि जिसे हम ठीक समझें, उसे करते चले जाएं। हमारे लिए यह संभव है कि सारी मानव जाति को हम एक परिवार समझेँ। यदि हम उन सिद्धान्त-निर्माताओं की बात न सुनें जो हमारी स्वाभाविक उदारता को विमूल कर देना चाहते हैं तो यह हमारे लिए संभव है। वे सिद्धांत-निर्माता ही हमसे कहते हैं कि जाति, राष्ट्र, धर्म में कुछ ऐसे मौलिक दृष्टिकोण होते हैं, जिन्हें हमें ग्रहण करना चाहिए। न जातिवादी हठधर्मिता, न राष्ट्रवादी अहंकार और न धार्मिक उन्माद ही अनिवार्य है। यदि हम अपनी जनता को सही ढंग से प्रशिक्षण दे सकते हैं तो हम इन सबपर विजय पा सकते हैं; और महान कलाकार वे लोग हैं, जो हमारे सामने उन मानव चरित्रों को प्रस्तुत करते हैं जो भाग्य से टक्कर लेते हैं और परिस्थितियों की शक्ति के ऊपर अपनी श्रेष्ठता आरोपित करने का प्रयास कर रहे होते हैं।

दुनिया में ऐसे लोग नहीं है जो दुष्ट हों। हम अभागे हो सकते हैं, लेकिन हम दुष्ट नही है। यही बात राष्ट्रों के बारे में कह सकते हैं। महान कलाकार हमसे सदा यह कहते हैं कि यदि हम उन द्वारा वर्णित पात्रों या चरित्रों के स्थान पर होते तो वैसे ही ढंग से व्यवहार करते। इसलिए निर्णय मत दीजिए; सहनशील बनिए, शांत रहिए; हम सब पापी है। घृणा द्वारा कचोटे जाने वाले ह्दयों में हम सहनशीलता और समझदारी के बीज बो सकते हैं।

प्रभावशाली फिल्में प्रेम का प्रकाश, दया की ज्योति बूढ़े और उत्साहहीन ह्दयों में जला सकती है। दुनिया को विभाजित करने वाले और शताब्दियों से परेशान करने वाले महान अन्तर्राष्ट्रीय संघर्षों के संबंध में भी समझदारी की सबसे अधिक आवश्यकता है। गाल्सवर्दी ने कहा, 'यदि मुझे परमात्मा से कोई प्रार्थना करनी है तो वह है: मुझे समझने की शक्ति दो।' कलाकार, और खासतौर से फिल्म-कलाकार, जिनके हाथों में इतना प्रभावशाली माध्यम हैं, हमें यह समझने में मदद कर सकते हैं कि हमारे लिए अतीत की ओर जाना सही नहीं है। हमें भविष्य की ओर जाना चाहिए। मानव आत्मा की इस महान साहसिंक यात्रा में इन कलाकारों के लिए संभव है कि वे हमें प्रगति की राह में आगे बढ़ाएं।

मानव स्वतंत्रता के प्रहरी

जहां तक हमारे क्रियाकलापों का संबंध है, हमारा प्रेस बड़ा उदार, बड़ा उपयोगी तथा बड़ा सहायक रहा है। प्रत्येक पीढ़ी की अपनी खास समस्याएं होती है, एक समय ऐसा था, जब हमारे समाने विदेशी शासन से स्वतंत्र होने की समस्या थी। अब हमारे सामने स्थिर लोकतंत्र के निर्माण की समस्या है-आर्थिक तथा राजनीतिक दोनों रूप में स्थिर लोकतंत्र। यही है जिसमें हमारी दिलचस्पी है और इस दृष्टि से भी प्रेस हमारे लिए बहुत उपयोगी साबित हुआ है। वास्तव में, प्रेस सत्ता प्रतिष्ठान के प्रति बहुत मैत्री नहीं रखता। वे ऐसी मित्रता क्यों करें? यह आवश्यक नहीं है। यदि सत्ता प्रतिष्ठान गलत काम कर रहा है तो पत्रकारों को यह बताना ही चाहिए कि सार्वजनिक जीवन में अधिक ईमानदारी, तनाव तथा संघर्ष कम करेगी; उनका कर्तव्य है कि सत्ताधारियों को बताएं कि वे कहां गलती कर रहे हैं और कहां उन्हें सुधार करना है। प्रेस यह काम बड़े संतोषजनक ढंग से कर रहा है; परन्तु हम यह नहीं कह सकते कि हमारे यहां एकाधिकार वाले समाचारपत्र नहीं है और सनसनीखेजपूर्ण पत्रकारिता नहीं है।

ऐसे लोगों की कभी भी कमी नहीं रही है, जो अपने अखबारों को पाठक संख्या यौन तथा अपराध-संबंधी समाचार देकर या अशलीलता और मिर्चमसालेदार खबरें उछालकर बढ़ाते हैं। हमारे यहां भी ऐसी बातें चलती है और जैसा कि पहले ही कह चुके हैं, आत्मानुशासन की प्रक्रिया द्वारा लोग पत्रकारिता का स्तर सुधार सकते हैं। पाठकों तथा पत्रकारों दोनों की एक-दूसरे पर प्रतिक्रिया होती है और यदि वे आम जनता की रुचि भ्रष्ट नहीं करना चाहते तो उन्हें स्वयं पर कुछ नियंत्रण रखना होगा और इस तरह पत्रकारिता का स्तर ऊपर उठाना होगा।

सारे संसार में इस समय मुख्य उद्देश्य सामाजिक समानता तथा विश्व शांति रहा है। इतिहास के अन्य युगों में हम प्रकृति की शक्तियों को नियंत्रित करके जल्दी

अमीर बनना चाहते थे या अभ्यास आदि करके आध्यात्मिक उत्थान करना चाहते थे या दूसरे देशों पर हमला करके उन्हें जीतना चाहते थे। पर आज दुनिया के लगभग सब लोग इसपर सहमत है कि सामाजिक समानता और विश्व एकता तथा शांति दो आवश्यक बातें है। आप कह सकते हैं कि समानता कोई तथ्य नहीं है; यह प्रकृति का कानून नहीं है; हम असमान होकर जन्म लेते हैं और तब आप बराबरी क्यों चाहते हैं? बात यह है कि राज्य को सब लोगों को समान अवसर प्रदान करने चाहिए ताकि वे विकसित हो सकें। इसी कारण जातिगत अलगाव, राजनीतिक प्रभुत्व तथा आर्थिक शोषण के विरुद्ध विरोध प्रकट किया गया है। हम इनके विरुद्ध सामाजिक समानता के नाम पर विरोध प्रकट करते हैं।

जहां तक विश्वशांति का प्रश्न है, अब वास्तविक शांति के बिना कोई भी देश जीवित नहीं रह सकता। यह दुर्भाग्य की बात है कि किसी प्रकार के परमाणु युद्ध के भयानक परिणामों के बारे में कभी-कभी पाठकों को नही बताया जाता। मैंने 'युद्ध का खेल' ('गेम ऑफ वार') नाम की फिल्म देखी। इसमें दिखाया गया था कि किस प्रकार मर्दो, औरतों और बच्चों के शरीर परमाणु शस्त्रों के कारण कट-पिट जाते हैं और उन्हें ढेर करके एक तरफ फेंक दिया जाता है। पर मुझे बताया गया कि यह खास फिल्म दिखाने के लिए बिलकुल भी इस्तेमाल नही की जाएगी। दूसरे शब्दों में, हमारे लिए मानव स्वभाव की निम्न प्रवृत्तियों को उत्तेजित करना आसान है। उच्च प्रवृत्तियों को विकसित करने के लिए अधिक अभ्यास और अनुशासन की आवश्यकता होती है। दया तथा भ्रातृभाव वे गुण है जिन्हें हमें विकसित करना चाहिए। दुनिया उससे अधिक तेजी से बदल रही है जितनी तेजी से हम अपने को बदल सकते हैं। हम अपने अंतर्राष्ट्रीय झगड़ों के निपटारे के लिए सार्वभौम राष्ट्रवाद तथा सैनिक तरीकों जैसे प्राचीन तरीकों को अब भी अपनाते हैं। हम घोषणा करते हैं कि हमें अपने विवाद और अंतर्राष्ट्रीय विवाद सुलह-सफाई, समझौते, पंच निर्णय से या परस्पर रजामंदी से निपटाने

की कोशिश करनी चाहिए। हमें यह करना ही है। इसके लिए मानव स्वभाव में वास्तविक और अंतिम परिवर्तन की आवश्यकता होती हैं, जिसे लाने में समाचारपत्रों के संपादक और जिम्मेदार आदमी मदद कर सकते हैं, बशर्ते कि वे अपने पेशे, विश्वशांति के आदर्श और प्रतिपादित सिद्धांतों के प्रति ईमानदार हों।

सामाजिक परिवर्तन कई तरीकों से लाया जा सकता है। हम उसे लोकतंत्रीय प्रक्रियाओं तथा तरीको से लाना चाहते हैं। ऐसे भी लोग हैं, जो किसी विशेष आर्थिक या राजनीतिक पद्धति का, जिसमें उनका दृढ़ विश्वास है, लादना चाहते हैं। कुछ और लोग है ज क्रांति की शब्दावली का प्रयोग करते हैं, स्वयं को बहुत महत्वपूर्ण दिखाने की कोशिश करते हैं और सारे समाज को अपने नौकर की तरह इस्तेमाल करते हैं। हमारी यह करने में दिलचस्पी है कि हम मनुष्यों, मानव समाज में लोकतंत्रीय प्रक्रियाओं तथा कार्यविधियों द्वारा परिवर्तन लाना चाहते हैं। उदारवाद को अपना सिद्धांत मानने वाली पद्धतियां भी उखाड़ फेंकी जाती है।

कभी-कभी प्रभावशाली लोगों का समूह करोड़ों लोगों के दिमाग बदलने और उनपर हुक्म चलाने में सफल हो जाता है, वे लोग जीवन की दिशा और उद्देश्य निश्चित करते हैं। निर्णयों के लेने में समुदाय को वास्तविक रूप में भाग लेना चाहिए। सही लोकतंत्र का यही अर्थ है। यदि हम समाज का परिवर्तन किसी रूढ़-सिद्धांत के आधार पर नहीं करना चाहते, यदि हम समाज को अपने निजी उद्देश्यों के लिए इस्तेमाल करते हुए कुछ व्यक्तियों को चोटी पर नहीं पहुंचने देना चाहते (जिसके लिए वे उन सब मनोवैज्ञानिक तरीकों का इस्तेमाल करेंगे जो आज उपलब्ध हैं), तो हमें लोकतंत्रीय प्रक्रियाओं को अपनाना चाहिए। यह देश इसी के लिए वचनबद्ध है।

प्रेस की जिम्मेदारी बहुत बड़ी होती है। आज प्रेस वैसा नही है जैसा कभी पुराने जमाने में था। जो भी पत्रकारिता के व्यवसाय को अपनाता है, उसे किसी विषय में विशेष ज्ञान होना चाहिए-राजनीति, अर्थशास्त्र, कला, खेलकूद, खेती,

स्त्री-समस्याएं। जो भी हो, उसे किसी एक क्षेत्र में विशेष योग्यता प्राप्त होनी चाहिए। हम सब बातों में व्यवसायी नहीं बन सकते। यह अफसोस की बात है कि टेप-रिकार्डिंग के चलने के बाद आशुलिपि या शार्टहैंड का ह्रास हो रहा है। मुझे याद है कि एक बार मैं मानचेस्टर विश्वविद्यालय में कुछ व्याख्यान दे रहा था। व्याख्यान का समय पांच और छह बजे के बीच था। जब तक मैं घर लौटता था, 'मानचेस्टर गार्जियन' अखबार का संवाददाता मेरे व्याख्यान की रिपोर्ट लेकर मेरे पास उसमें सुधार के लिए पहुंच जाता था। मैं नही सोचता कि इस प्रकार से अब काम होता है।

टेप-रिकॉर्डिंग से आशुलिपि लेखन की कला को नुकसान पहुंचा है। ऐसे कई व्यक्ति हैं जिन्होंने पत्रकारिता का पेशा अपनाया है और जो घटनाओं की रिपोर्ट पूरी लिखावट में करते हैं। संतुलन तथा अनुपात, इन दो आदतों को प्रत्येक पत्रकार को अपने सामने रखना चाहिए। इन गुणों के बिना बहुसंख्य पाठकों की दिलचस्पी बनाए रखना संभव नहीं है। हम कुछ समय तक कुछ लोगों की दिलचस्पी बनाए रख सकते हैं, लेकिन जनता हमारे कार्य करने के ढ़ंग के अनुसार राय कायम करेगी।

हम कहते हैं कि स्वतंत्र प्रेस अपनी जिम्मेदारियां समझता है। यह ठीक है। जिम्मेदारी की भावना मन में होती है; उसे बाहर से लादकर नहीं पैदा किया जा सकता। यदि किसी व्यक्ति द्वारा किया गया भ्रष्टाचार हो तो उसका पर्दाफाश करना होगा; यदि हिंसा का कोई पागलपन भरा कार्य हो तो जहां तक संभव हो, वहां तक आपको उसकी भर्त्सना करनी होगी; यदि लोगों के आचरण में संयम का अभाव है तो उसका भी भंडाफोड़ किया जाना चाहिए-ये वे महत्वपूर्ण बातें हैं जिन्हें जिम्मेदार संपादक को करना चाहिए। उसे इसकी परवाह नहीं करनी चाहिए कि किस बात का प्रचलन है और किस बात का नहीं। उसे मालूम करना चाहिए कि स्तय क्या है और राष्ट्र के सर्वोच्च हित में क्या है।

इस देश का दृष्टिकोण स्वतंत्रता संग्राम के शुरू के दिनों में ही अंतर्राष्ट्रीय रहा है। इसके लिए हम जवाहरलाल नेहरू के आभारी है; जिन्होंने हमारी मानसिकता मैं अंतर्राष्ट्रीय का विकास किया। इन प्रश्नों पर उनके विशिष्ट विचार थे; और गांधीजी, जिन्होंने अंतर्राष्ट्रीय मामलों में विशेषज्ञ होने का कभी दावा नहीं किया, उनके मतों को स्वीकार करते थे। वह जवाहरलाल नेहरू पर विश्वास करते थे कि वह भारतीय नागरिकों को उन समस्याओं के प्रति सचेत कर देंगे जिनसे आज की दुनिया त्रस्त है।

हमें अपने समाचारपत्रों में एशियाई तथा अफ्रीकी समाचारों को अधिक स्थान देना चाहिए। हमें यूरोपीय समाचार और विश्व समाचार भी अधिक देने चाहिए। दुनिया एक हो चुकी है-चाहे आप चाहें या न चाहेँ। पूर्व और पश्चिम एक-दूसरे के करीब आ गए है और वे अब कभी भी जुदा नहीं हो सकते। इसलिए हमारे लिए यह समझना जरूरी है कि वियतनाम में क्या हो रहा है, कांगों में क्या हो रहा है और दुनिया के दूसरे हिस्सों में क्या हो रहा है। हरेक व्यक्ति पर दुनिया के भविष्य की जिम्मेदारी है; उसे मानव स्वप्न को संजोए रखना है; उसपर मानवता का उत्तरदायित्व है; उसमें सारी दुनिया क प्रति कर्तव्य भावना होनी चाहिए; उसे मानवता के भविष्य के प्रति भी कर्तव्य की भावना रखनी चाहिए। प्रत्येक व्यक्ति में समाज का मानवतावादी स्वप्न साकार होना चाहिए-ऐसा समाज जिसमें मनुष्य समझा जाए और मनुष्य पर यूनानी (सभ्य) या बर्बर, कैथोलिक या प्रोटेस्टेंट, अरब या यहूदी, हिन्दु या मुसलमान का ठप्पा न लगाया जाए। मनुष्य को केवल मनुष्य माना जाए। किसी भी मनुष्य के लिए कुछ भी विदेशी नहीं रह जाना चाहिए।

●●●